भारतीय राष्ट्रवाद की भूमिका

(निबंध संग्रह)

भारतीय राष्ट्रवाद की भूमिका

(निबंध संग्रह)

शिवदयाल

प्रलेक प्रकाशन

प्रलेक प्रकाशन

PRALEK PRAKASHAN

(an Imprint of "PRALEK PUBLISHING HOUSE PVT.LTD.")

मुख्य कार्यालय : 702, जे-50, ग्लोबल सिटी, विरार (वेस्ट), मुम्बई, महाराष्ट्र-401303

दिल्ली एनसीआर कार्यालय : 03/सी, ज्ञान खण्ड-4 इंदिरापुरम गाजियाबाद, उ.प्र.-201014

बनारस कार्यालय : 02, उर्मिल प्रेम सदन, नासिरपुर, वाराणसी, उ.प्र.-221005

E.mail : pralek.prakashan@gmail.com

Website : www.pralekprakashan.com

दूरभाष : +91 7021263557

भारतीय राष्ट्रवाद की भूमिका : शिवदयाल

Bhartiya Rashtravad Ki Bhumika
by Shivdayal

ISBN : 978-93-5869-201-3

प्रथम पेपरबैक संस्करण : 2026

आवरण : डॉ. रणधीर सिंह, असिस्टेंट प्रोफेसर,

फाइन आर्ट्स, सी.एम.जी.एम.यू., कानुपर

पुस्तक सज्जा : प्रलेक स्टूडियो

(प्रलेक प्रकाशन का लोगो मिक्की पटेल की तूलिका से।)

प्रख्यात मराठी कवयित्री उषा मेहता
सामाजिक कार्यकर्त्री विजया चैहान
साहित्य-सिने समीक्षक व अनुवादक
रेखा देशपांडे के लिए!

भारतीय राष्ट्रवाद की भूमिका

प्राक्कथन

लेख-निबंध लिखने की अलग से जरूरत होती है। कभी-कभी कोई बात सीधे कहनी होती है, आशय भी यही होता है कि उसे सीधे ही ग्रहण किया जाए। विचारों की अभिव्यक्ति इसमें प्रत्यक्ष होती है और वैचारिक संवाद इसी विधा में सबसे अधिक प्रखरता से मुखर होता है। इसीलिए निबंध और लेख विचार-साहित्य का आधार हैं, और इससे किसे इनकार हो सकता है कि विचार-साहित्य में जीवन की, समाज की, सभ्यता-संस्कृति की सबसे क्षिप्र और प्रामाणिक आलोचना संभव होती है। साहित्यालोचन भी तो आखिर इसी विधा पर अवलम्बित होता है। इसीलिए निबंध एक जरूरी और प्रभावी विधा है जिसमें रचना करने का भी एक अलग परितोषक अनुभव होता है।

प्रस्तुत पुस्तक 'भारतीय राष्ट्रवाद की भूमिका' में मेरे चुने हुए अट्ठाइस निबंध/लेख/व्याख्यान संगृहीत हैं। सच पूछिए तो जिन विषयों पर इन निबंधों में चर्चा की गई है उनसे ही भारतीय राष्ट्रवाद की भूमिका तैयार होती है, हालाँकि इस शीर्षक से एक अलग ही निबंध है जिसका मराठी में अनुवाद प्रख्यात मराठी कवयित्री, लेखिका उषा मेहता जी ने किया। पाठक इस पुस्तक का परायण करते हुए यह अनुभव करेंगे कि इस विचार-वर्णपट, जिसमें भारतीय परम्परा, राष्ट्रवाद, लोकतंत्र की चुनौतियाँ, विकास की मरीचिका और इससे उपजा विश्वव्यापी संकट; दक्षिणी यूरोप, मिस्र और बाँग्लादेश जैसे देशों में करवट बदलती व्यवस्थाएँ; भारत में यथास्थिति तोड़नेवाली नई किस्म की राजनीति और उससे स्थापित प्रमेयों को मिल रही चुनौती; मीडिया और भाषा आदि विषय समाहित हैं; के पीछे एक प्रश्नाकुल, जिज्ञासु सर्जक की अपनी दुनिया को देखने-समझने की कोशिश और उससे उपजा चिंतन-मनन-अनुशीलन ही है। और यह दुनिया के किसी भी देश-समाज के एक सजग नागरिक का उद्यम और सरोकार हो सकता है।

आशा है पुस्तक पाठकों को अपने बने-बनाए विचारों से कुछ हटकर, अलग

तरह से सोचने को उकसाएगी, सोच–विचार का एक नया धरातल बनाने में उनकी मदद करेगी। मेरी अपनी कोशिश, स्वाभाविक मंशा तो द्वन्द्व से समास और विखण्डन से समंजन की ओर ही बढ़ने की रही है –भारत ही नहीं, मनुष्य समाज और इस समूची विश्वव्यवस्था के लिए इसके अतिरिक्त और विकल्प भी क्या बचता है!

कुछ लेखों के अनुवाद मराठी और उर्दू में हुए, यह भी हुआ कि कुछ का स्थानीय स्तर पर बुकलेट के रूप में प्रकाशन हुआ, कुछ को महत्वपूर्ण पुस्तकों में जगह मिली –सबका अनुग्रह मानता हूँ। उन सभी मित्रों, शुभचिंतकों, सुधी पाठकों का भी आभारी हूँ जिन्होंने रुचिपूर्वक इन लेखों को पढ़ा और अपनी प्रतिक्रिया दी।

अंत में प्रलेक प्रकाशन के निदेशक श्री जितेन्द्र पात्रो को हार्दिक धन्यवाद देता हूँ कि उन्होंने अपने प्रकाशन गृह से मेरी सातवीं पुस्तक को सुरुचिपूर्ण ढंग से बिना विलंब प्रकाशित किया। उन्हें अशेष शुभकामनाएँ!

पटना **शिवदयाल**

20 दिसंबर 2025

विषय सूची

1. राष्ट्र एक परिवार

हमारी परंपरा में संपूर्ण विश्व को ही परिवार माना गया है। यदि दुनिया के अन्य देश और समाज इस विचार को मान लें, इस भाव को ग्रहण कर लें तो संघर्ष की स्थिति ही न रहे। लेकिन अभी तो दुनिया पर तृतीय विश्व युद्ध का खतरा मडरा रहा है। कितने-कितने संघर्ष क्षेत्र हैं जहाँ भयानक संहार चल रहा है, धन-जन की अपरिमित क्षति हो रही है। हिंसा के तांडव के आगे मनुष्यता असहाय है। आए दिन परमाणु बम के उपयोग की धमकी भी सुनने को मिलती रहती है, यानी संसार के संपूर्ण विनाश की धमकी। मनुष्य समाज के अंदर जिस कुटुंब भाव की कल्पना हमारे यहाँ की गई है, दुनिया की गति उसके ठीक उलटी दिशा में है। हम प्रत्यक्ष युद्ध में नहीं है किंतु हमारे विरुद्ध प्रच्छन्न युद्ध तो चल ही रहा है जिसमें हजारों निरपराध नागरिक और सुरक्षा बल के जवानों की जानें गई हैं। देश की उत्तर-पूर्वी सीमा पर भी कुछ वर्षों से लगातार तनाव की स्थिति बनी रही है। गनीमत है कि बात अभी आगे नहीं बढ़ी।

आत्मरक्षा के जो भी उपाय किए जा सकते हैं हम कर रहे हैं।

दूसरी ओर जब हम अपने आप को देखते हैं, अपनी आंतरिक स्थिति पर नजर डालते हैं तब भी कलह-क्लेश का वातावरण दिखाई देता है। परस्पर अविश्वास ने हमें घेर रखा है। हमारी अर्थव्यवस्था बढ़ रही है लेकिन आपसदारी जैसे घट रही है। सामाजिक सतह पर जैसे हम बिखर रहे हैं। मिलजुलकर अपनी समस्याओं का समाधान करने की बजाए एक-दूसरे को अपने कष्टों का कारण मान रहे हैं। स्वतंत्रता-प्राप्ति के पश्चात राष्ट्रीय एकता के शिल्पी और सूत्रधार सरदार वल्लभभाई पटेल ने 'यूनिटी ऐंड मोर यूनिटी' की बात कही थी। इसी एकता की बदौलत न केवल हमें अस्तित्व रक्षा करनी थी बल्कि भारत को इस स्तर तक विकसित करना था कि वह दुनिया में अपना उचित स्थान प्राप्त कर सके -केवल भौतिक नहीं नैतिक मानदंडों पर भी। भारत आज भी उस दिशा में अग्रसर है, आंतरिक कलह-क्लेशों के

बाद भी विश्व व्यवस्था में उसने अपना एक स्पृहनीय स्थान बनाया है। कठिनाई यह है कि इस तथ्य को भी एकमत होकर हम नहीं स्वीकार कर पा रहे हैं। अपनी ही उपलब्धियों की अनदेखी कर रहे हैं, उन पर संदेह कर रहे हैं। देश में संसदीय लोकतंत्र और दलीय राजनीति की दशा और दिशा क्या है, यह स्थिति इसको बयान करती है। दलों की महिमा इतनी बढ़ गई है कि वे अपने हितों और आकांक्षाओं को देश और उसके हितों के ऊपर रख रहे हैं। बहुदलीय राजनीति में यह संभव है कि विभिन्न दल विभिन्न सामाजिक समूहों के प्रतिनिधित्व का दावा करें लेकिन इसका अर्थ यह नहीं कि दलों की प्रतिद्वंद्विता के कारण ये सामाजिक इकाइयाँ एक-दूसरे के विरुद्ध संघर्ष पर उतारू हो जाएँ, एक-दूसरे को अपना शत्रु मारने लगें। ध्यान से देखें तो राजनीतिक दल अपना समर्थक समूह इस प्रकार तैयार करते हैं, अपना राजनीति एजेंडा इस प्रकार बनाते हैं जिसमें वह अन्य किसी समूह के विरुद्ध नजर आए। नीतियों के आधार पर सामाजिक वर्गीकरण की जरूरत होती है, वह हो, लेकिन राजनीति इस प्रकार संचालित की जाए कि विभाजन और भेदभाव और बढ़ जाए तो यह खतरे की घंटी है। हमारी दलीय राजनीति आज इसी स्तर तक आ पहुँची है।

विश्व को एक परिवार मानने वाले देश के अंदर सदियों की संचित सामाजिकता का ह्रास सचमुच एक संकटपूर्ण स्थिति है। पिछले हजारों वर्षों में हमारा जीवन समुदाय आधारित रहा है। अनेक प्रकार की विविधताओं और विभाजनों के होते हुए भी एक सुरक्षा कवच की तरह समुदाय ने हमारी रक्षा की है। इसने हमें यह मूल्य बोध दिया है कि हमें अपने निजी स्वार्थों का बलिदान बड़े उद्देश्यों के लिए करना चाहिए। वृक्ष को छतनार बनाने के लिए समय-समय पर टहनियाँ छाँटनी पड़ती हैं। इसकी तैयारी भी रहनी चाहिए। हमारी सदियों की जीवित सभ्यता के पीछे दरअसल यही सामुदायिक मूल्य हैं जो विभिन्न स्तरों पर हमारे हितों और स्वार्थ की सीमा बांधते रहे हैं। उपनिवेशवाद अपनी जड़ें जमाने के लिए हमारे समुदाय को ही तहस-नस करने के उपक्रम करता रहा। कृषि, शिक्षा और न्याय व्यवस्था समुदाय की स्वायत्तता के अंतर्गत आने वाले विषय थे। अंग्रेजों ने इन क्षेत्रों में नृशंस दखल करते हुए हमारे समुदाय की रीढ़ तोड़ दी। स्वतंत्रता के बाद महान भारतीय समुदाय को वापस अपने पैरों पर खड़ा करना सबसे बड़ी जिम्मेदारी थी लेकिन स्वतंत्रता-पश्चात तो रही। सही कसर हमारी संसदीय लोकतांत्रिक राजनीति ने पूरी कर दी जिसने केवल विभाजन जनित भेदभाव ही नहीं, विविधता को भी राजनीति का विषय बनाया। हमारे सामाजिक-सामुदायिक जीवन में उपनिवेश काल के दौरान जो विसंगतियाँ घर कर गई थीं, उन्हें दूर करने की बजाए बढ़ा-चढ़ा कर उनका राजनीतिक हितों के लिए ही नहीं प्रचार किया बल्कि बढ़ावा भी दिया। लिहाजा जैसे एक अभियान के

तहत हमारे सामुदायिक जीवन को ही नहीं, हमारी सभ्यता-संस्कृति को भी निशाने पर लिया गया। समुदाय की जो नियंत्रणकारी भूमिका थी वह शासन ने अधिग्रहित कर ली। और चूंकि वह इसी राजनीति का परिणाम था इसलिए प्रकारांतर से शासन भी इसी अभियान में शामिल हो गया। जिस कमतरी का बोध अंग्रेज दो सौ सालों तक कराते रहे, उसमें स्वतंत्र भारत में और इजाफा होता रहा। यह वास्तव में एक दुःखांत कथा है जो स्वतंत्र भारत में सांस्कृतिक क्षरण के अतिरिक्त सत्ता लोलुपता के भेद भी खोलती है -किसी भी कीमत पर सत्ता प्राप्त करने की लिप्सा।

हमारी राष्ट्रीयता का आधार नस्ल या प्रजाति नहीं है। हमारी राष्ट्रीयता का आधार स्वयं पृथ्वी है,भूमि है जिस पर हमारा जीवन टिका हुआ है। यही भूमि हमारी माता है जो सब प्रकार से हमारा पोषण करती है, जीवन के समस्त साधन प्रदान करती है। अनेक जातियों-प्रजातियों का यह निवास स्थल है। हमारी राष्ट्रीयता का आधार अपनी समस्त विविधताओं, बहुवर्णीय छटाओं सहित यह भारत भूमि है। समस्त भारतवासी इसकी संतानें हैं। सब पर उसकी ममता है। सभी को वह सम भाव से पोषित करती है। इसकी रक्षा करना, इसकी पोषक क्षमता की अभिवृद्धि करना, इसकी मिट्टी-पानी, पर्वतों-मैदानों, वन प्रदेशों, इसके सकल संसाधनों को धरती के प्रत्येक सहवासी को सुलभ कराना भी हम सबका कर्तव्य है। यही वह कुटुंब भाव है जो राष्ट्र को परिवार मानता है। और भी आगे बढ़कर पृथ्वी माता को केंद्र में रखकर वह अखिल विश्व को कुटुंब, परिवार मानने लगता है। यह व्यवहारिक रूप से भी सही है। हमारी धरती एक है, सागर-महासागर मिले हुए हैं। एक ही वायुमंडल हमें घेरे हुए है। हम परस्पर संबद्ध हैं। हमारा जीवन एक-दूसरे से जुड़ा हुआ है, चाहे वह अनुकूलता की स्थिति हो या प्रतिकूलता की। मुश्किल यह है कि पश्चिमी पैमाने पर, यूरोपीय राष्ट्रों की राष्ट्रीयता के पैमाने पर हमारी राष्ट्रीयता को तोला जाता है और भारत को अनेक राष्ट्रों वाले राष्ट्र के रूप में देखने की जिद की जाती है। यह शुद्ध पश्चिमी और औपनिवेशिक दृष्टि है। यह दृष्टि जहाँ अभेद है, वहाँ भेद को स्थापित करती है। हमारा बौद्धिक वर्ग का एक बड़ा हिस्सा इससे आज तक प्रभावित है, यह विडंबना है। जो दृष्टि भारत को एक राष्ट्र ही नहीं मानती, वह भला राष्ट्र को परिवार क्यों कर मान सकती है। एक ऐसा वर्ग रहा था जिसने इसी आधार पर भारत विभाजन का विरोध नहीं किया, बल्कि समर्थन किया था। वास्तव में कुटुंब भाव की सर्वाधिक आवश्यकता हमें आजादी के समय थी लेकिन तब 'राष्ट्र' के एक घटक 'संस्कृति' की भी एक इकाई 'धर्म' के आधार पर राष्ट्र खंडित हो गया। आजादी के सतहत्तर वर्ष पश्चात वह दुःखद और त्रासद प्रसंग अब तक हमारी सामूहिक स्मृति में ताजा है। हमें आज भी वह उद्वेलित और विचलित करता है।

विभाजन पहले दिमाग में पलता है, बाद में वह जमीन घेरता है। अफसोस, आज भी जबकि भारत एक मजबूत और जिम्मेदार राष्ट्र के रूप में जाना जाता है, ऐसे वर्ग-समूह हैं जो विभाजन की मानसिकता से ग्रस्त हैं। ऐसी भी जमातें हैं जो भारत की राजव्यवस्था के लिए चुनौती बनी हुई हैं। दुर्भाग्य यह कि इन्हें किसी न किसी राजनीतिक दल का समर्थन या शह मिलती है। होना यह चाहिए कि उन्हें भी राष्ट्र की मुख्यधारा में लाया जाए। दूसरे का पक्ष जानना और समझना भी जरूरी है -यह समस्या के स्थाई समाधान की पूर्व शर्त हैं भी है। लेकिन यहाँ सनद रहे कि जो राष्ट्र की एकता और अखंडता के समक्ष फिर भी चुनौती प्रस्तुत कर रहे हों, उन्हें सहन नहीं किया जाए। जैसे आतंकवाद और घुसपैठ की समस्या भी सख्ती की माँग करती है। यह वैसा ही है जैसे घर की व्यवस्था की जरूरत के तहत कुछ कड़े निर्णय लेने पड़ते हैं। परिवार परस्पर प्रेम, सौहार्द और भरोसे से चलता है, एक-दूसरे की परवाह करके, कष्ट और परेशानियाँ बांटकर। अपने राष्ट्र-कुटुंब को भी इसी भाव से चल८ने की आवश्यकता है। सतत संवाद एक और बड़ी जरूरत है जिसकी उपेक्षा या अनदेखी नहीं की जा सकती। आलोचना संवाद का अभिन्न अंग है -स्वस्थ, गुण-दोष आधारित आलोचना वास्तव में हमारे सोच और कर्म को अधिक से अधिक निर्दोष बनती है। देश के अंदर संवाद की, आलोचना की संस्थागत संरचनाएँ हैं, उनकी शक्ति और क्षमता बनी रहे, बची रहे, यह भी जरूरी है। हमारी सुनने की क्षमता बढ़े, कमजोर से कमजोर आवाजों को हम सुन सकें, जो पीछे रह गए हों उन तक हमारे हाथ पहुँच सकें, ऐसी स्थिति देश में बननी चाहिए। जो समर्थ हैं उनकी जिम्मेदारी बड़ी है, उन्हें संवेदनशील होना पड़ेगा। हम अपने राष्ट्र-कुटुंब के ऐसे सदस्य बनें जिनमें केवल लेने, लेते जाने का ही आग्रह न हो, बल्कि देने की तत्परता भी हो। राष्ट्र को परिवार मानते हैं तो परिवारवादी आग्रहों को छोड़ना होगा। हर नागरिक को अपने वृहत्तर परिवार का अंग मानना होगा। परिवार तो समाज व्यवस्था की सबसे निचली इकाई है और राष्ट्र सबसे ऊपरी। चुनना होगा कि परिवार ही राष्ट्र है या हमारा राष्ट्र ही हमारा परिवार है।

वास्तविकता यह है कि आज के इस अर्थप्रधान युग में हर प्रकार के मानवीय संबंध तनाव व दबाव में हैं। मनुष्य समाज का जो पूरा ताना-बाना है, उसके मूल में संबंध हैं। इन संबंधों के कई स्वरूप हैं। आज जब कि परिवारिकता और सामाजिकता टूट रही है, संदेह और अविश्वास ने हमें घेर रखा है, हमारा राष्ट्रबोध एक रास्ता दिखाता है कि हम राष्ट्र को परिवार क्यों न मान कर एक-दूसरे से परिवार के सदस्यों की तरह जुड़ जाएँ। किस परिवार में कमियाँ नहीं होतीं, समस्याएँ नहीं होतीं, लेकिन उन्हें बाहर उजागर नहीं किया जाता। उनका रोना रोने से बेहतर है उनके

समाधान के लिए खुले मन से प्रस्तुत होना। यह भी संयोग की बात कि प्रधानमंत्री देशवासियों को 'मेरे परिवारजन' कहकर संबोधित करते हैं। यह पहली बार देखने को मिला है। राष्ट्र एक परिवार है तो इसमें शासन का आचरण कैसा हो ? शासन तो मूलत: व्यवस्था संचालन के लिए होता है, लोकतंत्र में सब की सहभागिता से। संवाद और समन्वय की पहल आगे बढ़कर शासन को भी लेनी होगी। यह सुनिश्चित करना होगा कि साधारण से साधारण व्यक्ति की पहुँच उस तक हो, सबको वह समान रूप से लभ्य हो।

हमारा राष्ट्र-परिवार कलह-क्लेश-विग्रह से मुक्त हो और उन्नति के पथ पर अग्रसर हो, इसके लिए साधारण युक्ति काम नहीं करेगी। इसके लिए समाज और राजसत्ता के स्तर पर दृढ़ संकल्प शक्ति की जरूरत होगी। इसके आगे और वृहत्तर लक्ष्य की प्राप्ति के लिए, राष्ट्र-परिवार के आगे विश्व-परिवार को संभव बनाने के लिए।

•••

2. भारतीय राष्ट्रवाद की भूमिका

भारत ही नहीं पूरे विश्व में राष्ट्रीयताओं का मुद्दा बहुत जटिल हो गया है, बल्कि इसके अत्यंत खतरनाक आयाम सामने आ रहे हैं। राष्ट्रवाद दो महायुद्धों का कारक रहा है-यह तथ्य भी दृष्टि से ओझल नहीं होना चाहिए, जब भी इस पर चर्चा की जाए।

आधुनिक लोकतंत्र की तरह राष्ट्रवाद भी यूरोप की ही देन है जिसने डेढ़-दो सौ सालों में आबादियों के वर्गीकरण अथवा विभेदीकरण का नया आधार तैयार किया। दुनिया भर में इसके चमत्कारिक प्रभाव हुए-सकारात्मक भी और नकारात्मक भी। अपने सकारात्मक प्रभाव में इसने आबादियों को समान स्रोत या अतीत, समान रूप-रंग, समान भाषा और संस्कृति के आधार पर संगठित किया और उनकी मुक्ति (पर-राष्ट्रीयताओं से) का माध्यम बना। अपने नकारात्मक प्रभाव में इसने एक 'राष्ट्रीयता' को दूसरी राष्ट्रीयता के साथ घोर घृणा, भीषण प्रतिद्वन्द्विता और संघर्ष में उतार दिया। अपने पूरे उफान पर राष्ट्रवाद अपने आप में उच्चतम मूल्य बन जाता है जिसके आगे मानवीय मूल्यों की भी महत्ता नहीं रह जाती जो कि मानवीय अस्तित्व का आधार हैं। राष्ट्रवादी अपनी उत्कट राष्ट्रभक्ति में वह सब कुछ कर गुजरना चाहता है जो कि मनुष्य मात्र के करने योग्य नहीं होता। राष्ट्रवाद मनुष्यों के 'विश्व-समाज' की स्थापना में न केवल मुख्य बाधक तत्व रहा है, बल्कि वास्तव में यह मनुष्य की कल्पना, उसके अंदर के औदात्य का संकुचन अथवा परिसीमन भी करता है।

1916-17 में जिन दिनों प्रथम महायुद्ध चल रहा था, कविगुरु रवीन्द्रनाथ टैगोर जापान और अमेरिका की यात्रा पर थे। इस दौरे के उनके राष्ट्रवाद विषयक व्याख्यान प्रसिद्ध हैं। टैगोर ने महायुद्ध के बारे में कहा-'राष्ट्रों का यह युद्ध प्रतिशोध का युद्ध है', 'युद्ध और कुछ नहीं, एक ऐसा धधकता हुआ लावा है, जो अपने भयानक रूप में फूट पड़ा है, यूरोप की लुटेरी सभ्यता उचित रूप से ही ध्वंस की ज्वाला में जलने लगी है',

'परदा उठ चुका है, और इस डरावने युद्ध में पश्चिम उस करनी के आमने-सामने है, जिसके लिए उसने अपनी आत्मा तक गिरवी रख दी थी।' कवि गुरु ने 'राष्ट्र' के बारे में कहा-'राष्ट्र का विचार मानव द्वारा आविष्कृत बेहोशी की सबसे शक्तिशाली दवा है। इसके धुएँ के असर से पूरा देश, नैतिक विकृति के प्रति बिना सचेत हुए, स्वार्थ-सिद्धि के सांघातिक कार्यक्रम को व्यवस्थित ढंग से लागू कर सकता है।'

कविगुरु की यह विश्वचेतना अचम्भित भी करती है क्योंकि बंगाल में नवजागरण ने बंगाली उप-राष्ट्रीयता को मजबूत बनाया था, इसके भी आगे बांग्ला साहित्य ने परतंत्रता के विरुद्ध भारतीय राष्ट्रवाद की जमीन तैयार करने में मदद की थी। यह भी कम रोचक विषय नहीं है कि स्वतंत्रता आंदोलन की बागडोर जिनके हाथ में थी, उन महात्मा गांधी ने 'राष्ट्रवाद' का शायद ही कभी सहारा लिया। उनका 'स्वदेशी' उपनिवेशवाद के जितना विरुद्ध जाता था, राष्ट्रवाद के उतना पक्ष में नहीं आता था। हालाँकि बंगाल के नवजागरण, 1857 के प्रथम स्वतंत्राता संग्राम के साथ ही ब्रिटिश उपनिवेशवाद के खिलाफ चले तमाम छोटे-बड़े संघर्षों से उपमहाद्वीप में एक राष्ट्रीयता का निर्माण हो रहा था और गांधी जी के समय तक इसका एक स्वरूप भी बन चुका था। लेकिन गांधी जी इस 'जागरण' को 'राष्ट्रवाद' में सीमित नहीं कर रहे थे। वे इस परिघटना को पश्चिम की भौतिकवादी (शैतानी!) सभ्यता के विकल्प के संधान में प्रयुक्त करना चाहते थे। यह उन्नीसवीं सदी के उत्तरार्द्ध में चले मंथन के बाद केशवचंद्र सेन, सुरेन्द्रनाथ बनर्जी, रामकृष्ण परमहंस, विवेकानंद, दादा भाई नौरोजी, व गोखले के विचारों के अनुरूप ही था। बाद में रवीन्द्रनाथ ने राष्ट्रवाद की पश्चिमी सभ्यता की एक और, किन्तु सर्वाधिक विनाशकारी खोज के रूप में कठोरतम आलोचना की। लेकिन इसी क्रम में भारतीय राष्ट्रवाद एक बहुत व्यापक अर्थ ग्रहण कर रहा था और दुनिया भर में केवल दमित राष्ट्रीयताओं ही नहीं, बल्कि शोषित-पीड़ित मानवता की मुक्ति का आह्वानकर्त्ता बन रहा था। रामकृष्ण परमहंस द्वारा 'दरिद्रनारायण' की प्रतिष्ठा और धार्मिक समन्वयवाद तथा 'भारत शूद्रों का होगा'-विवेकानंद की यह उक्ति भारतीय राष्ट्रवाद की ही और स्पष्ट अभिव्यक्ति है जो कि उसकी अधिरचना या आधारभूमि की रचना करती है। दक्षिणेश्वर इसीलिए नवजागरण का केन्द्र बन गया कि गुरु-शिष्य दोनों भारत के आध्यात्मिक मूल्यों के अनुरूप भक्ति को वेदांत के ज्ञान से जोड़कर जाति और धर्म के भेदों से रहित भारतीय समाज और राष्ट्र का पुनर्गठन कर रहे थे। दूसरी ओर दलित और गैर-ब्राह्मण जातियों के अंदर से उपजे प्रतिरोध और साथ ही भक्ति आंदोलन, जैसे-श्रीनारायण धर्म परिपालन योगम, मातुआ पंथ, सतनाम और बलहारी पंथ समता एवं एकत्व के

इन्हीं प्रयासों को परिपूर्णता प्रदान कर रहे थे।

भारतीय राष्ट्रवाद के बारे में चर्चा होने पर प्रायः पश्चिमी राष्ट्रवाद से इसकी तुलना की जाती है और यह निष्पत्ति सामने आती है कि 'भारत कभी एक राष्ट्र नहीं रहा', याकि 'भारत बहु-राष्ट्रीयताओं का देश है'। असल में यूरोप में समरूपता व नृतात्विक समानता मुख्य रूप से राष्ट्रवाद का आधार रही है, इस दृष्टि से भारत में अनेक राष्ट्रों का होना मान लिया जाता है। 'राष्ट्रवाद' का प्रतिपादक जॉन गॉटफ्रेड हर्डर था जिसने अट्ठारवीं सदी में पहली बार इस 'पद' का प्रयोग करके जर्मन राष्ट्रवाद की नींव रखी थी। उसने समान उत्पत्ति और भाषा का हवाला देकर जर्मनों को अपने को एक 'राष्ट्र' मानकर संगठित होने का आह्वान किया। मूल रूप से साहित्यालोचक हर्डर को भी 'अनुमान नहीं रहा होगा कि उसका यह वैचारिक आविष्कार दुनिया को कितना बदल कर रख देगा। यूरोप में यही राष्ट्रवाद 'राष्ट्र-राज्यों' का आधार बना और आज पूरी दुनिया में 'राष्ट्र रहित राज्य' शायद कोई नहीं। यह बीमारी इस कदर फैली और सांघातिक हुई कि धर्म भी राष्ट्रीयता का आधार बना दिया गया जिसका पहला शिकार बना भारत जिसकी सभ्यता सैकड़ों सालों से ऐसी किसी धारणा या विचार के बिल्कुल विलोम में खड़ी रही थी, जिसके लिए मनुष्यता और सार्वभौमिक बंधुता का विचार ही सर्वोपरि रहा था। विवेकानंद, रवीन्द्रनाथ और गांधी जी इसी आधार पर पश्चिम की भौतिकवादी लोलुपता और आक्रामकता का उत्तर ढूँढ़ रहे थे।

फिर भारतीय राष्ट्रवाद क्या कोरी कल्पना है (थी), इसका कोई आधार नहीं? क्या भारतीय जनता, यहाँ के लोगों के बीच एकत्व का ऐसा कोई सूत्र नहीं था जो उन्हें बाँधकर रखता हो और आखिरकार एक होने का भाव जगाता हो? यूरोप के विपरीत भारतीय राष्ट्रवाद का आधार बहुलता और विविधता ही रही है जैसा कि आज के अमेरिका में है, और इसे यूरोप के निकष पर नहीं परखा जा सकता। भारत की जो कल्पना है, या विचार है, उपनिवेशकाल में उसने एक मूर्त्त आकार अवश्य ग्रहण किया, लेकिन वास्तव में सदियों से यह भारतवासियों के मानस में, स्मृति और कल्पना में बना रहा है। इसकी एक भौगोलिक पहचान भी रही है जिसे आज भी धार्मिक अनुष्ठानों के अवसर पर अभिव्यक्ति मिलती है-'जंबूद्वीपे, भरतखंडे, आर्यावर्त्ते ....', जो यज्ञ में देवताओं के आह्वान के लिए यजमान और यज्ञ को उनकी अवस्थिति (लोकेशन) से जोड़ता है। यहाँ किसी एक देश का भूगोल नहीं है, बल्कि उस वृहत्त भूभाग की पहचान बताई जा रही है जो सबका साझा निवास है और इसीलिए पहचान भी है। भारतीय राष्ट्रीयता कोई एक पूर्वज, एक स्मृति और

एक इतिहास से नहीं बनती, लेकिन इसका आधार कहीं न कहीं एक भूखंड अवश्य है-'जंबूद्वीपे, भरतखंडे, आर्यावर्त्ते......' वह वृहत्त भौगोलिक इकाई है जो भले ही एक राजनीतिक मानचित्र में समाहित नहीं है, लेकिन जिससे तमिलनाडु से कश्मीर और सिंध और हिंदुकुश से असम और बर्मा (म्याँमार) की सीमा तक की परिधि में बसने वालों के बीच एकात्मता अनुभव की जाती रही है। राजनीतिक रूप के यह समूचा क्षेत्र (यानी उपमहाद्वीप) भले ही एक इकाई न हो, अनेक राज्य-साम्राज्य व शासन व्यवस्थाएँ इसमें शामिल रही हों, लेकिन यह भी सच है कि जितने भी साम्राज्य भारत में बने-लगभग सबने इसे एक राजनीतिक इकाई बनाने की कोशिश की, चाहे वे पौराणिक चक्रवर्ती सम्राट हों, या मौर्य हों, गुप्त हों, खिलजी हों, मुगल हों, या फिर अंग्रेज। विदेशी आक्रांताओं के लिए भी भारत-विजय का अर्थ इसी जंबूद्वीप, भरतखंड, आर्यावर्त्त पर एकच्छत्र शासन स्थापित करना रहा है। इस संपूर्ण क्षेत्र, समूचे भूखंड की आध्यात्मिक और सामाजिक चेतना का स्रोत भी समान रहा है, स्वप्न और आकांक्षाएँ भी समान रही हैं।

आखिर यह किस प्रकार संभव हुआ कि उत्तर से दक्खिन, पूरब से पच्छिम तक विभाजन-पूर्व के अखंड भारत में निचले स्तर की संस्थाएँ और प्रणालियाँ कमोवेश एकसमान थीं। ऊपर की व्यवस्थाएँ बदलने से भी इनमें कोई अंतर नहीं आया। राज्य-साम्राज्य बदल गए लेकिन ग्रामीण अर्थतंत्र और स्वशासन की व्यवस्थाएँ अपरिवर्तित रह गईं। भारतीय जन का सामुदायिक जीवन कहीं न कहीं राष्ट्रवाद की भूमिका जरूर रचता है। कम से कम उन्नीसवीं सदी तक भारत नागर-सभ्यता का देश नहीं रहा, यहाँ ग्राम्य-सभ्यता का हजारों साल का इतिहास रहा। भारतीय मूल्य एवं परम्पराओं का उत्स वास्तव में इसी ग्राम्य सभ्यता में है जो आत्मनिर्भर, स्वशासित स्थानीय इकाइयों से मिलकर बनती है। यहाँ ग्राम ही व्यक्ति की पहचान का सबसे ठोस और प्राथमिक आधार रहा -"'ग्राम' के लिए व्यक्ति निजी हितों को त्याग दे सकता है, 'जनपद' के लिए ग्राम-हित को छोड़ा जा सकता है, 'आत्म' के लिए देह को त्यागा जा सकता है।"

ब्रिटिश काल में स्थानीय, जमीनी स्वशासन की प्रणालियों को आघात पहुँचाया जाने लगा-यही कारण था कि एक विशेष प्रकार की राजनीतिक व्यवस्था और तंत्र के खिलाफ संभवतः पहली बार समूचा भारत उठ खड़ा हुआ। इससे यह मानने और कहने का आधार बनता है कि भारतीय राष्ट्रवाद का मूल उद्गम, उसका स्रोत वास्तव में स्वशासन की यही आत्मनिर्भर स्थानीय इकाइयाँ थीं। राष्ट्रवाद का आशय यदि एकत्व की भावना से समष्टि के लिए व्यष्टि का उत्सर्ग है तो भारतीय राष्ट्रवाद का आधार भारत का नागरिक समाज (सिविल सोसाइटी नहीं) है जो रवीन्द्रनाथ के शब्दों में अनेक आक्रमणों तथा

विजयों के बावजूद एक नैतिक यथार्थ के रूप में सुरक्षित रहा है।

इसी परिप्रेक्ष्य में यह कहा जाता है कि भारत सांस्कृतिक रूप से एक रहा है, फिर बात आगे बढ़कर 'सांस्कृतिक राष्ट्रवाद' तक जाती है और फिर इसे एक धर्म-पंथ तक सीमित करने की कोशिश होने लगती है। इसमें फिर केवल यह विशाल भूखंड ही नहीं, धार्मिक विश्वास और प्रतीक भी शामिल होने लगते हैं। इस 'सांस्कृतिक राष्ट्रवाद' की आज के सांस्कृतिक यथार्थ से टकराहट की स्थिति उत्पन्न हो जाती है। वास्तव में आज के भारत का सांस्कृतिक यथार्थ अत्यंत संश्लिष्ट सांस्कृतिक विविधता से बना है जिसमें अनेक पहचानें, अस्मिताएँ अंतर्विष्ट हैं, वह भी कभी-कभी एक-दूसरे को काटती और खारिज करती हुईं। भारत की लोकतांत्रिक राजनीति इन पहचानों को मान्यता देती है, बल्कि उकसाती भी है और अंततः इन्हें सत्ता केन्द्रों में प्रतिनिधित्व भी दिलाती है।

आज हमारी पारम्परिक स्थानीय स्वशासन की अनौपचारिक व्यवस्था को औपचारिक लोकतांत्रिक प्रणाली ने प्रतिस्थापित कर दिया है। भारतीय राष्ट्रवाद अब भारतीय लोकतंत्र में ही अभिव्यक्ति पाता है। आज की परिस्थिति में भारत राष्ट्रवाद का विचार छोड़ नहीं सकता, शायद कोई भी देश ऐसा नहीं कर सकता। 'राष्ट्रवाद' की अनुपस्थिति में तो भारत का अस्तित्व ही संभव नहीं दिखता। आज एक सबल राज्य भारतीय राष्ट्र की सुरक्षा के लिए सन्नद्ध है जबकि भारतीय जनता इसकी प्राणशक्ति है।

इतिहास की धारा भी विचित्र है। 'नकारात्मक' राष्ट्रवाद के लिए आज एक सकारात्मक भूमिका दिखाई दे रही है विश्व शांति और कल्याण के लिए। धार्मिक विकृति (¿×Ì¥×ÌðÂßÎ) और धर्म आधारित हिंसा और आतंकवाद के मुकाबले के लिए राष्ट्रवाद प्रयुक्त हो सकता है। इन संकटों का सामना कर रहे देशों के समक्ष चुनौती यह है कि वे किसी धार्मिक राज्य का अंग बनकर अपनी राष्ट्रीयता को मिट जाने दें या फिर बहुसांस्कृतिक राष्ट्रवादी अस्मिता के अमोघ अस्त्र से इन शक्तियों का शमन करें और दुनिया को बहुरंगी बना रहने दें, जैसा कि विधाता ने इसे सिरजा है।

15 अगस्त 1947 को एक संदेश महर्षि अरविंद ने भी दिया था ऑल इंडिया रेडियो के लिए। उन्होंने धर्म के आधार पर भारत के बँटवारे और खून-खराबे को अत्यंत दुर्भाग्यपूर्ण बताते हुए चेतावनी दी थी कि जितना जल्द हो सके दोनों देशों के पुनर्मिलन के लिए कोशिश करनी चाहिए, अन्यथा भारत ही नहीं, पूरे उपमहाद्वीप के लिए स्थाई संघर्ष और संकट की स्थिति बनी रहेगी और भारत अपनी उन्नति और विश्व समाज को अपने योगदान में अपेक्षित सीमा तक सफल नहीं हो सकेगा। महर्षि की आशंका एकदम सच सिद्ध हुई, भारत ही नहीं, पाकिस्तान के लिए भी।

आज भारत को अपने अंदर ही नहीं, अपने से बाहर भी देखना है, यहाँ भारतीय राष्ट्रवाद के लिए एक विशेष भूमिका है-विश्व शांति और बंधुत्व के लिए, लेकिन अपने को बड़ा बनाकर ही अपनी भूमिका बड़ी बनाई जा सकती है। भारत का यह ऐतिहासिक दाय है, उसे चूकना नहीं चाहिए।

•••

3. भारतीय परम्परा, राष्ट्रवाद और लोकतंत्र

राष्ट्रवाद की हमारी अवधारणा प्राय: राजनीति संदर्भों में ही बनी है, वह भी उन्नीसवीं सदी के उत्तरार्द्ध एवं बीसवीं सदी के पूर्वार्द्ध में जबकि हम राजनीतिक रूप से परतंत्र थे। परतंत्र भी ऐसी सत्ता के जिसकी मूलभूमि महासागरों के पार थी। हम उस राष्ट्र द्वारा शासित थे जिसके राष्ट्रवाद की अभिव्यक्ति मूलत: आक्रामक और राजनीतिक थी। यह राष्ट्रवाद ऐसे स्थान से जन्मा था जहाँ प्रकृति कठोर थी, संसाधन सीमित या अपर्याप्त थे। इन्हीं प्रतिकूलताओं में आपस में लड़ते-जूझते, छीनाझपटी करते नस्ली आधार पर जहाँ राष्ट्रीयताएँ विकसित हुईं जो आक्रामक एवं आत्मकेन्द्रित थीं। आगे चलकर यही राष्ट्रीयताएँ राष्ट्र-राज्यों के रूप में अवतरित हुईं और इन्हीं से आधुनिक यूरोप का निर्माण हुआ है।

अपने यहाँ जब भी हम राष्ट्रीयता या राष्ट्रवाद की चर्चा करते हैं, हमारा पैमाना यही यूरोपीय राष्ट्रीयताएँ व राष्ट्रवाद होता है। इन्हीं से तुलना कर हम अपने भारतीय राष्ट्रवाद को कमजोर व कमतर सिद्ध करने की कोशिश करते हैं, क्योंकि हममें न वह 'नस्ली' एकबद्धता है न आक्रामकता, न ही आत्मगौरव जो जर्मनों, अंग्रेजों, रोमनों, डचों या यूनानियों में है। वैसे भी यूरोपीय देशों का राष्ट्रवाद विजेता देशों का राष्ट्रवाद है जो हमें कुचलकर खड़े हुए हैं।

और हाँ, राष्ट्रीयता के इसी यूरोपीय पैमाने पर भारत को 'अनेक राष्ट्रीयताओं का देश' मानने का आग्रह एक राजनीतिक जमात में बना रहा, बल्कि आज तक है। और इसी आधार पर 'अनेक राष्ट्रीयताओं वाले देश' में धर्म को भी राष्ट्रीयता का आधार बनाकर दो बड़े, परस्पर विरोधी राष्ट्रों की सैद्धान्तिकी गढ़ी गयी-हिन्दू राष्ट्र और मुस्लिम राष्ट्र। इन दो बड़ी 'पहचानों' के अंदर बाकी सभी तथाकथित राष्ट्रीयताएँ विलीन हो गयीं और धार्मिक राष्ट्रीयता के आधार पर दो 'राष्ट्र-राज्य' बन गए-भारत और पाकिस्तान। भारत ने धर्म को राष्ट्रीयता का आधार नहीं माना और

'द्विराष्ट्रवाद' के सिद्धांत को कभी स्वीकार नहीं किया लेकिन पाकिस्तान की संकल्पना में विलीन अनेक राष्ट्रीयताओं में एक बंगाली (भाषाई) राष्ट्रीयता खड़ी हो गयी और एक और राष्ट्र-राज्य 'बांग्लादेश' अस्तित्व में आया। यानी मात्र चैबीस वर्षों के अंदर उपमहाद्वीप में दूसरा राजनीतिक विभाजन हुआ। एक विचित्र विडंबना यह कि ढाका में ही 1906 में मुस्लिम लीग की स्थापना हुई जिसकी विभाजनकारी राजनीति भारत-विभाजन का प्रमुख कारण बनी और पाकिस्तान अस्तित्व में आया। यहाँ तक कि 'सीधी कार्रवाई' भी बंगाल में ही शुरू की गयी थी, सिंध, पंजाब या पश्चिमोत्तर सीमाप्रांत में नहीं। फिर मात्र चैबीस सालों में धार्मिक राष्ट्रीयता पर भाषाई राष्ट्रीयता आखिर क्यों और किस प्रकार इतनी भारी पड़ गयी कि एक और संप्रभु देश का ही जन्म हो गया। एक परिकल्पना है, हाइपोथीसिस कि मान लीजिए बांग्लाभाषियों की एक बड़ी आबादी अगर पश्चिमी पाकिस्तान में भी होती, तब भी क्या बांग्लादेश संभव था या होता? इन पंक्तियों के लेखक को यह लगता है कि बांग्लादेश के निर्माण में 'मातृभूमि' की बहुत बड़ी भूमिका थी। पूर्वी पाकिस्तानियों के पास बांग्ला भाषा तो थी, बंग भूमि भी थी-राष्ट्र का यह प्रमुख घटक तत्व, उसका मूलाधार। बंगाली कहीं और जाकर बांग्लादेश का निर्माण नहीं कर सकते थे, बंगाली मुसलमान रहते भी उन्होंने अपनी ही धरती पर पाकिस्तान बनाया था। दूसरी ओर उत्तर प्रदेश, दिल्ली, बिहार और पंजाब से उत्प्रवास कर मुसलमानों ने पाकिस्तान बनाया। उनमें से अधिकांश 'मुहाजिर' ही बने रहे, उन्हें नया देश तो मिला लेकिन मातृभूमि की कीमत पर। पंजाब, सिंध, पश्चिमोत्तर सीमाप्रांत और बंगाल से भी हिन्दू विभाजित भारत में आए तो, लेकिन उनका देश नहीं बदला। जिस भूमि को वे मातृभूमि मानते थे, उस मातृभूमि का बोध अखंड रहा। उनका उत्प्रवास देश छोड़ने जैसा नहीं था, अपनी मूल भूमि खोने और भयानक ज्यादतियों के बावजूद उन्होंने अपना देश नहीं खोया।

पाकिस्तान में आज राष्ट्रीयता का संकट ज्यादा गहरा है। वहाँ जो राजनीतिक प्रणाली बनी वह विभिन्न राष्ट्रीयताओं को एक पाकिस्तानी राष्ट्रीयता में सूत्रबद्ध न कर सकी। जिस इस्लाम का हवाला देकर वह कश्मीर पर दावा करता है, वही इस्लाम सिंधी, बलोची, पख्तून आदि क्षेत्रीय राष्ट्रीयताओं को अपनी छतरी के नीचे नहीं ला सका है। इन इलाकों में पाकिस्तान राष्ट्र स्वाभाविक रूप में मातृभूमि का भी बोध नहीं कराता जबकि इन राज्यों में दमन सहित वे सभी कारक मौजूद हैं जो बांग्लादेश के निर्माण में निर्णायक सिद्ध हुए।

वास्तविकता यह है कि भारतीय परम्परा में राष्ट्र का विचार सभ्यता के आरंभिक

काल से ही चला आ रहा है। लेकिन इसका आधार नस्ल या जाति नहीं, यानी रक्त की समानता नहीं, बल्कि इसके तीन आधारभूत मान्य तत्व हैं-भूमि, बिना भूमि के राष्ट्र की कल्पना नहीं की जा सकती; जन, भूमि पर रहने-बसने वाले, उसके संसाधनों का साझा उपयोग करने वाले मानव-समूह; तथा संस्कृति, इस जन, इन मानव-समूहों का आचार-विचार, आस्था-विश्वास, रहन-सहन, अथवा जीवनशैली जो लंबे समय में साथ-साथ रहते विकसित होती है। यह जो जन है वह एक ही नृ-समूह समूह हो, यह जरूरी नहीं। अनेक नृ-समूह, जातियाँ व नस्लें एक निश्चित भौगोलिक क्षेत्र में मिल-जुलकर एक संस्कृति का निर्माण करती हैं, एक साझा जीवन-दृष्टि विकसित करती हैं, तब एक राष्ट्र का निर्माण होता है। जिस भूमि पर यह राष्ट्र खड़ा होता है वह वंदनीय मातृभूमि है, सबसे पावन तीर्थ है क्योंकि यह साकार ब्रह्म है। मनुष्य-जीवन की उपलब्धि यहीं जन्म लेकर इस दुनिया को देखना-समझना है, जो कुछ उपलब्ध है उसे भोगना है और अंततः इसी मिट्टी का हिस्सा बन जाना है।

राष्ट्र की इस अवधारणा में साक्षात प्रकृति है, उसके उपादान हैं और मानव जीवन है और इनके मेल से बनी और विकसित वह संस्कृति है जो प्रकृति को द्रोह-भाव से नहीं देखती, अनुग्रह-भाव से देखती है, क्योंकि प्रकृति यहाँ कृपण नहीं कृपालु है। इससे कोई प्रतिद्वन्द्विता नहीं, छीना-झपटी नहीं, आधिपत्य की आक्रामकता नहीं। भूमि चूँकि मातृभूमि है तो बसने वाले सभी इसकी संतानें हैं और सहोदर हैं। यहाँ सह-अस्तित्व नहीं, साझा अस्तित्व है, Co-Existenee नहीं है, Shared Existenee है। सह-अस्तित्व में एक प्रकार का दबाव है, मजबूरी है, अधिकार का दावा है, प्रत्याशा भी। साझा-अस्तित्व में कर्त्तव्यबोध है, त्याग है, समवेदना और आकुलता है। परिवार में सह-अस्तित्व नहीं होता, साझा अस्तित्व होता है। इसी नैतिक बोध पर अवलंबित जीवन-दृष्टि से भारतीय परम्परा भी विकसित हुई। राष्ट्रवाद, परम्परा, मूल्य-विधान, और धर्म-ये सभी एक ही समुच्चय का निर्माण करते हैं, या उसके अंग हैं जिसे भारतीय संस्कृति कह सकते हैं। ये अंग स्वायत्त हो सकते हैं, स्वतंत्र नहीं। क्योंकि एक के बिना दूसरे का होना कोई अर्थ नहीं रखता।

ध्यान से देखें तो मानव-समूहों का ऐसा ही साहचर्य और नैतिक बोध लोकतंत्र का आधार है। केवल संयोग नहीं कि प्रजातंत्र हमारे लिए उतनी ही प्राचीन अवधारणा है जितनी कि राजतंत्र। भले ही प्रणाली के रूप में प्रजातंत्र हमारे यहाँ कालांतर में विलुप्त हो गए हों लेकिन ऊपरी ढाँचे में राजा के लिए धर्मानुकूल आचरण एवं प्रजावत्सलता का मूल्य तथा निचले स्तर पर स्वायत्त पंचायतों की आज तक चली

आ रही व्यवस्था प्रजातांत्रिक चेतना का प्रमाण है।

राष्ट्रवाद में यदि एक राजनीतिक इकाई की अनिवार्यता को मानेंगे, जैसा कि माना जाता रहा ही है, तो यही निष्पत्ति निकलेगी कि भारत एक राष्ट्र नहीं रहा। उसे एक संपूर्ण राजनीतिक इकाई का स्वरूप तो उपनिवेश काल में मिला, वह भी ब्रिटिश राजसत्ता के सीधे अधिकार में आने के बाद। यही वह दौर था जब यूरोप में राष्ट्र-राज्यों का उदय हो रहा था। नस्ली पहचानें राष्ट्रीयता का आधार बन रही थीं। इसी दौर में जापान का एक सशक्त राष्ट्र के रूप में उदय हुआ-राष्ट्रवाद के उफान ने मात्र पचास सालों में उसे एक मजबूत राष्ट्र बना दिया-एशिया की पहली महाशक्ति। राष्ट्रवादी चेतना और देशभावना दमित समाजों के लिए मुक्ति-पथ तैयार कर रही थी। जर्मनी का एकीकरण और उसके बाद इटली के एकीकरण और इन देशों की उभरती ताकत ने राष्ट्रवाद का एक ज्वार पैदा कर दिया। मैजिनी, इमानुएल और गैरीबाल्डी जैसे नायक कहीं न कहीं पूरी दुनिया में पराधीनता में पिस रहे देशों-समाजों के लिए प्रेरणा बन रहे थे। भारत के पढ़े-लिखे युवा भी इनसे प्रेरित तथा इनके प्रति आकर्षित हो रहे थे।

और इसी दौर में यूरोप औद्योगिक क्रांति का फल भी चख रहा था। वहाँ पूँजीवाद औद्योगिक पूंजीवाद के चरण में प्रवेश कर रहा था। यूरोप वैभवशाली बन रहा था और इसके पीछे उसकी वैज्ञानिक उपलब्धियों के अलावा उपनिवेशों के संसाधनों की लूट भी थी। लगभग सभी प्रमुख देशों के उपनिवेश थे। राष्ट्रवाद के ज्वार के साथ ही जर्मनी और इटली के उदय ने समूच यूरोप को भीषण असुरक्षाजनित प्रतिद्वन्द्विता में उतार दिया। पूँजीवाद ऐसी गलाकाट प्रतिद्वन्द्विता में और फूलता-फलता है। पूँजीवाद और राष्ट्रवाद -दोनों एक-दूसरे को खुराक देने लगे जिसका परिणाम हथियारों एवं युद्धास्त्रों के बड़े पैमाने पर निर्माण एवं उत्पादन के रूप में सामने आया। इस भयानक असुरक्षा बोध, अविश्वास एवं स्वार्थी प्रतिद्वन्द्विता की परिणति आखिरकार प्रथम विश्वयुद्ध के रूप में हुई जिससे आधी से अधिक दुनिया प्रभावित हुई और करोड़ों लोग मारे गए। इस महायुद्ध में ऑस्ट्रियन साम्राज्य एवं तुर्की के उस्मानी साम्राज्य के साथ ही रूसी एवं जर्मन साम्राज्यों का पतन हो गया और साम्राज्यों के युग का ही अंत हो गया। इसी के साथ लोकतंत्र अनेक देशों के लिए स्वाभाविक विकल्प बना।

लेकिन असुरक्षा से उपजे राष्ट्रवाद का कहीं और भयानक परिणाम आना शेष था-दूसरे महायुद्ध के रूप में। इस प्रकार हम देखते हैं कि यूरोपीय देशों में राजनीति अस्तित्व-रक्षा का औजार बनी, इसीलिए यूरोप में राष्ट्रवाद का स्वरूप राजनीतिक

बना, इसी से राष्ट्र-राज्य अस्तित्व में आए और दुनिया में राष्ट्रवाद का अर्थ हो गया राजनीतिक राष्ट्रवाद और यही आज राष्ट्रों की चालक शक्ति है।

उन्नीसवीं सदी के उत्तरार्द्ध में अंग्रेजों ने भारत का अभूतपूर्व राजनीतिक मानचित्र बनाया। इसका क्षेत्रफल पश्चिम में अफगानिस्तान से लेकर पूर्व में बर्मा यानी म्यांमार तक और उसके भी नीचे दक्खिन में मलय और हिन्द चीन तक फैला था। सबसे महत्वपूर्ण बात थी कि पूरा का पूरा दक्षिण भारत के राजनीतिक मानचित्र में शामिल था। दक्षिणी राज्य भले ही सांस्कृतिक रूप से अविच्छिन्न रहे हों, राजनीतिक रूप से बिल्कुल स्वायत्त रहे थे। अंग्रेजों की इस देन के बारे में बहुत कम चर्चा होती है। नौवीं सदी में आचार्य शंकर ने जो सांस्कृतिक चैहद्दी खींची थी वह एक वृहत राजनीतिक इकाई का अंग बन गयी और इसे अंग्रेजों ने अपने औपनिवेशिक हितों एवं जरूरतों के लिए ही सही, संभव बनाया। अंग्रेजों ने प्रकारांतर से रेल, सड़क और तार यानी टेलीग्राफ की अधिरचना खड़ी कर भारत की सांस्कृतिक एकता को मजबूत ही किया और उन्नीसवीं-बीसवीं सदी के राष्ट्रवादी उभार का इससे सीधा संबंध बनता है। इसके पीछे औपनिवेशिक दमन के विरुद्ध लगभग पूरे देश में प्रतिरोधों-संघर्षों-विद्रोहों की अटूट परम्परा की पृष्ठभूमि भी रही। इसकी सबसे प्रभावी व सशक्त अभिव्यक्ति राजनीतिक स्वतंत्रता के लिए लंबे संघर्ष की तैयारी और संकल्प के रूप में हुई।

एक प्राचीन देश और उसके गौरव को पुनर्स्थापित करने, उसके विश्व-बोध, उसकी सांस्कृतिक-सभ्यतागत उपलब्धियों से आधुनिक दुनिया को अवगत कराना और मान दिलवाना, दूसरी ओर आधुनिक ज्ञान-विज्ञान, आचार-विचार और मूल्यबोध से लैस होकर सैकड़ों वर्षों के पददलित जनगण को स्वातंत्र्यचेता नागरिक बनाना-यह दोहरा दायित्व उस दौर के भारतीय देसी बौद्धिकों पर था। और उन्होंने इसका निर्वाह भी किया। भारत में सर्वतोन्मुखी प्रतिभा का एक प्रकार का मानो विस्फोट हुआ। राजनीति, धर्म एवं अध्यात्म, दर्शन, साहित्य, कला; साथ ही गणित एवं विज्ञान के क्षेत्र में लगभग समूचे भारत में एक से बढ़कर एक प्रतिभाएँ सामने आयीं और निश्चय ही राष्ट्र के प्रति गौरव-बोध जगाने और बढ़ाने में उनका ऐतिहासिक योगदान रहा। एक अभूतपूर्व जागरणकाल आ उपस्थित हुआ।

यह वह समय था जब गाँवों की आत्मनिर्भरता टूट रही थी, उद्योग-धंधों का विकास हो रहा था, नये औद्योगिक एवं नगरीय केन्द्र स्थापित हो रहे थे। यदि कामकाजी श्रमिकों का वर्ग बन रहा था तो देसी उद्योगपतियों एवं पूँजीपतियों का भी। भारत की एक सर्वथा नई राष्ट्रीय अर्थव्यवस्था बन रही थी जिसमें पूरब-

पश्चिम, उत्तर-दक्खिन सबकी सहभागिता थी। राष्ट्रवाद की दृष्टि से एक महत्वपूर्ण परिघटना थी। यह किसानों के मजदूर बनने का समय था और टूटती सामाजिक वर्जनाओं के बीच उत्पीड़ित-दमित तबकों के आत्मचेतस, अधिकारचेतस वर्ग में रूपांतरित होने का भी। इसमें दलित थे तो स्त्रियाँ भी थीं। उपनिवेशवाद और विदेशी शासन से मुक्ति के लिए यदि राजनीतिक संघर्ष तेज हो रहा था तो भारतीय समाज की आंतरिक वर्चस्ववादी संरचनाओं को तोड़ने के भी सघन प्रयास चल रहे थे, लेकिन इसमें प्रायः सभी जाति-समूहों के आदर्शवादी युवा शामिल थे, कारण यह कि स्वराज्य की अवधारणा और कार्यक्रम में इन्हें शामिल मान लिया गया था। हालाँकि कुछ ऐसी धाराओं का जरूर विकास हुआ जिन्होंने सामाजिक मुक्ति को राजनीतिक मुक्ति से बढ़कर माना और अपने संघर्ष को मोटे तौर पर सामाजिक बहिष्करण एवं वर्चस्ववाद के विरोध तक सीमित रखा। इस दौर में धर्म-पंथ एवं धार्मिक पहचान के प्रति अत्यधिक आग्रह दिखाई देता है। कांग्रेस और दूसरे संगठनों की समावेशी राष्ट्रीय धारा जाति एवं धर्म-पंथ आधारित संगठनों अथवा इनकी राजनीति को बेअसर या न्यूट्रलाइज नहीं कर सकी। तब भी बंग-भंग विरोधी आंदोलन और क्रांतिकारी आंदोलन से लेकर चम्पारण सत्याग्रह भी भारतीय राष्ट्रवाद की ही अभिव्यक्ति था।

गांधीजी अपनी तरह का राष्ट्रवाद खड़ा कर रहे थे जिसका बहुलांश भारतीय सनातन परम्परा के तत्वों से मिलकर बना था। उनका आंदोलन राष्ट्रवाद की राजनीतिक अभिव्यक्ति मात्र नहीं था। उनका प्रयास वास्तव में पश्चिमी सभ्यता का ठेठ भारतीय विकल्प खड़ा करने का था। उनका रामराज्य भारत के बहुसंख्यक हिन्दू समाज को कहीं न कहीं उसकी सदियों की गुलामी से उपजी स्मृतिविहीनता से बाहर निकालकर आत्मगौरव की उपलब्धि भी कराता था। दूसरी ओर ब्रिटेन के वेस्टमिंस्टर मार्का लोकतंत्र से कहीं अधिक संवेद्य एवं उदात्त राजव्यवस्था के विकल्प के रूप में प्रस्तुत करता था जिसकी स्थापना राजा रामचन्द्र ने उपेक्षित जन समूहों के सहयोग से की थी, और प्रजा का हित और कल्याण ही जिसका एकमात्र लक्ष्य था। राम को गांधीजी ने भारतीय सभ्यता-संस्कृति के परम शुद्ध और सात्विक तत्व के रूप में तत्कालीन राजनीति में विन्यस्त कर दिया था और स्वतंत्रता आंदोलन में शामिल होने को भारतीय आम जनों की नैतिक बाध्यता बना दी थी।

सबसे विलक्षण बात थी कि गांधीजी ने भारतीय राष्ट्र को रामराज्य की उपलब्धि के लिए सत्य एवं अहिंसा के शुद्ध साधनों को अपनाने पर जोर दिया। यहाँ पुनः भारतीय परम्परा ही उनका मार्गदर्शन कर रही थी क्योंकि प्रेम, सत्य, शांति और

अहिंसा कोई नए प्रत्यय नहीं थे। नया था विरोध-प्रतिरोध का उनका औजार जिसे पहली बार उन्होंने दक्षिण अरीका में सफलतापूर्वक आजमाया था-सत्याग्रह। सत्याग्रह अन्याय के प्रतिकार के लिए प्रयुक्त एक ऐसे अस्त्र का संधान था जो अहिंसक तो था लेकिन शासकों के लिए असंवैधानिक, यानी गैरकानूनी एवं प्रत्यक्ष था, और खुला था। इसमें गोपन कुछ भी नहीं था। इसका प्रयोग साधारण से साधारण, कमजोर से कमजोर व्यक्ति या समुदाय असहमति या प्रतिकार के लिए कर सकता था। प्रकारांतर से सत्याग्रह भी भारतीय मूल्यों को प्रतिष्ठा दिलाने वाला प्रयोग ही था जिसके उपयोग से गांधी जी ने भारतीय राष्ट्रवाद में नये, साथ ही हाशियाकृत, बहिष्कृत वर्गों एवं समुदायों को जोड़ दिया या कि उन्हें प्रवेश दिलाया।

वास्तव में स्वतंत्रता आंदोलन का परिपाक काल भारतीय राष्ट्रवाद का भी उत्कर्ष काल था जो भारतीय संस्कृति और परम्परा के तत्वों से जुड़कर लगातार समावेशी और सर्वग्राह्य होता चला गया। भारतीय जन का शायद ही कोई अंग इससे अछूता बचा था। लगभग हर भारतीय भाषा में, बल्कि स्थानीय भाषाओं एवं बोलियों में भी राष्ट्र-प्रेम की रचनाएँ की जा रही थीं। बांग्ला, हिन्दी, उर्दू, पंजाबी, सिन्धी, गुजराती आदि भाषाओं में, तो भोजपुरी और बुंदेलखंडी जैसी लोकभाषाओं में मुक्ति के गीत गाए जा रहे थे। महाकवि सुब्रह्मणयम भारती, माधव पण्णिकर, शंकर पण्णिकर, 'चंद्रशेखर' और बाद में कुसुमाग्रज कैसे कवियों ने तमिल, मलयालम और मराठी भाषाओं में राष्ट्रवाद से ओत-प्रोत रचनाएँ कीं।

समय-समय पर चले दमन चक्र ने भारतीय राष्ट्रवाद को और सुनम्य तथा गतिशील ही बनाया। स्वतंत्राता आंदोलन की सभी प्रमुख धाराएँ इससे ओत-प्रोत थीं। यदि यह गांधीजी के अहिंसक प्रयोगों में अभिव्यक्त हो रहा था तो तिलक, अरविंद, लाजपत राय जैसे नेताओं से प्रेरित क्रांतिकारी आंदोलनों में भी। लेकिन इसकी चरम अभिव्यक्ति रास बिहारी बोस और नेताजी सुभाष चन्द्र बोस के आईएनए एवं आजाद हिंद फौज के रूप में हुई। इतिहास में इसके पहले ऐसी कोई घटना दर्ज नहीं है जिसमें स्वदेश की मुक्ति के लिए परदेस में सेना गठित कर सैन्य अभियान चलाया गया हो। मातृभूमि की मुक्ति ही सेनानियों का एकमात्र लक्ष्य था। उनमें न कोई हिन्दू था, न मुसलमान, न बंगाली, न मद्रासी, न स्त्री न पुरुष; वे केवल और केवल हिन्दुस्तानी थे। यहाँ कोई लेन-देन नहीं था, सौदेबाजी नहीं थी, केवल उत्सर्ग की भावना थी। आजाद हिंद फौज (आई एन ए) अथवा नेताजी सुभाष बोस के 'दुस्साहसिक' अभियान के औचित्य एवं उपयुक्तता को लेकर बहस की जा सकती है लेकिन लगभग पच्चीस हजार आजाद हिंद फौजियों के सर्वोच्च बलिदान

ने भारतीय राष्ट्रवाद के 'मिथक' को वास्तविकता बना दिया। उनकी एक मातृभूमि थी, अलग-अलग क्षेत्रों एवं परिवेशों से आने के बावजूद वे एक 'जन' थे और एक ही सामासिक संस्कृति के प्रतिनिधि थे। आकस्मिक नहीं कि नेताजी ने ऐसे प्रतीक दिए जिनसे भारतीय राष्ट्र की पहचान, उसकी अस्मिता, उद्घाटित होती है। उन्होंने 'जय हिन्द' का नारा दिया जो हमारे राष्ट्रीय अभिवादन में प्रयुक्त होता है। उन्होंने गांधीजी को नवोदित देश का राष्ट्रपिता घोषित किया। एक और विलक्षण बात, और दुर्भाग्य से इसकी चर्चा भी बहुत कम होती है, कि उन्होंने हिन्दी को आजाद हिन्द फौज की भाषा बनाया-कामकाज से लेकर बोलचाल तक। स्वयं बंगाली होते हुए भी उन्होंने हिन्दी को राष्ट्रभाषा न केवल माना बल्कि उसका उसी रूप में प्रयोग भी किया। अब इस प्रकरण की तुलना आप संविधान सभा में और बाद में संसद में राष्ट्रभाषा और राजभाषा, और अंग्रेजी की तथाकथित महत्ता पर चली बहसों और उनके परिणामों से करके देखिए तो आश्चर्य होता है।

हिन्दी भारतीय राष्ट्रवाद की सबसे विलक्षण, सबसे विशेष निर्मिति है। हमारी भाषाएँ और बोलियाँ, हमारे अनुभव, ज्ञान और चिंतन की वाहक तो रही ही हैं, इन्हीं की बदौलत संवाद की हमारी परम्परा भी फूलती-फलती रही है। भाषाओं का वैभव हमारे पास न होता तो सत्यान्वेषण के लिए शास्त्रार्थ संभव नहीं हो पाता। ध्यान से देखें तो शास्त्रार्थ भी समावेशन और सम्मिलन की ही युक्ति थी और है। इससे नए विचारों, सिद्धांतों को हठात् स्वीकार नहीं कर लिया जाता था, उन्हें पहले से प्रचलित सिद्धांतों को निरस्त करने की चुनौती होती थी, उन्हें कसौटियों पर कसा जाता था, तब मान्य किया जाता था। यह सनातन परम्परा में ही नहीं जैन एवं बौद्ध परम्परा के लिए भी इतना ही सच था।

जिस समय हम उपनिवेशवाद के बहाने पश्चिम के मुकाबले खड़े हो रहे थे, हमारी अपनी कोई ऐसी भाषा नहीं थी जिसमें हिन्दुस्तान का समवेत स्वर हो। यहाँ तक कि आपसी संवाद के लिए भी कोई समृद्ध भाषा नहीं थी जिसे हर कहीं बोला-समझा जा सके। इन्हीं परिस्थितियों में हिन्दी का विकास हुआ। मुक्तिकामी जन की मुक्ति की आकांक्षा को स्वर देने के लिए दुनिया की कोई भी भाषा इस प्रकार अस्तित्व में नहीं आई, न ही किसी भाषा ने मात्र सौ साल के अंदर वह मुकाम हासिल किया जो हिन्दी कर पायी। हिन्दी भारतीय राष्ट्रवाद की वाणी है, और इसी कारण से राष्ट्रभाषा है, न कि केवल बोलने-समझने वालों की संख्या के कारण, जैसा कि मान लिया जाता है, विशेषकर गैर-हिन्दी भाषी क्षेत्रों में।

भारतीय राष्ट्रवाद अपनी राजनीतिक अभिव्यक्ति में भी मुक्तिकामी तो रहा

लेकिन यह स्वरक्षा के भाव से ही संचालित रहा है। आक्रमण, अतिक्रमण और अधिकार हरण की इसकी प्रवृति नहीं बन पायी जैसी कि पश्चिमी राष्ट्रों में ही नहीं, पूरब के देशों में भी दिखाई देती है। स्वतंत्रता के सत्तर वर्षों में भी कभी भारत ने किसी अन्य देश पर हमला तो दूर, दूसरे की जमीन के टुकड़े पर भी दावा नहीं किया। ऐसा शायद इसलिए कि भारतीय राष्ट्रवाद की सार्थकता सार्वभौमवाद अथवा अंतरराष्ट्रीयता को साकार करने में है। हमें भारतीय नागरिक होते हुए 'विश्व नागरिक' बनना है। हमें अपने परिवेश में रहते, उसका परिमार्जन-परिष्कार करते 'विश्वप्रकृति' के साथ एकाकार होना है। हिन्दू अद्वैतवादी, पुनरुद्धारक विवेकानंद और तर्कशील मानवतावादी, चिंतक-सर्जक रवीन्द्रनाथ दोनों अलग-अलग विचार-धरातल से वास्तव में यही कुछ संकेत कर रहे हैं। यहाँ उल्लेख करना जरूरी लगता है कि कविगुरु रवीन्द्रनाथ जिस राष्ट्रवाद के विरोधी थे वह पश्चिम का हिंसक, आक्रामक अंधराष्ट्रवाद था जिसका भयानक परिणाम पूरे विश्व को झेलना पड़ा, जिसकी ओर बढ़ने से वे भारत के नवोदित राष्ट्रवाद को रोकना चाहते थे। उनका उचित ही मानना था कि जिस सभ्यता का आधार समाज तथा मानव का आध्यात्मिक आदर्श रहा है वह चिरस्थायी होती है, स्वयं भारत तथा चीन (तब का) इसके उदाहरण हैं। उनकी 'मातृभूमि वंदना' तथा 'जन-गण-मन' जैसी रचनाएँ इस बात का प्रमाण हैं कि वे भारतीय राष्ट्रवाद को व्यापक संदर्भों से जोड़कर उसे सर्वहितकामी बनाना चाहते थे। उनका 'जन गण मन' हमारा राष्ट्रगान है और इसमें हमारे संघवाद का आदर्श झलकता है। उन्होंने कहीं न कहीं बांग्ला राष्ट्रवाद के भारतीय राष्ट्रवाद में रूपांतरण की प्रक्रिया को मजबूती दी, बल्कि दोनों को एक कर दिया। 'गोरा' उपन्यास में तो कविगुरु ने उन लोगों की आलोचना की है जो भारत को एक राष्ट्र के रूप में स्वीकार नहीं करते।

वर्तमान में भारत में राष्ट्रवाद का जो विमर्श सामने आया है वह कहीं न कहीं अस्मिताओं की टकराहट से उपजा है, शायद उसकी प्रतिक्रिया में। ये टकराहटें और संघर्ष कभी-कभी विखंडन को बढ़ावा देने लगते हैं। भारतीय राष्ट्रवाद और उसका सांस्कृतिक बोध इन्हें अपनी परिधि में समेट सकता है। दूसरी ओर लंबे समय से देश बाहरी चुनौतियों से जूझ रहा है। अपने को एक और अक्षुण्ण रखकर ही भारत शेष विश्व को कुछ दे सकता है। इस एकता के लिए राष्ट्रवाद एक व्यापक आधार प्रदान करता है, और हमारी लोकतांत्रिक प्रणाली इसके लिए एक उत्तम और सुलभ उपकरण है। वास्तव में लोकतंत्र और उसकी संस्थाओं में ही हमारा राष्ट्रवाद साकार और सार्थक हो रहा है क्योंकि ये संस्थाएँ किसी एक जाति-धर्म-क्षेत्र का नहीं,

समस्त भारतीय जन का प्रतिनिधित्व करती हैं। राष्ट्रवाद की कोई भी व्याख्या या नैरेटिव जो अखंड मातृभूमि, समस्त जनगण, तथा हमारी विविधतापूर्ण सांस्कृतिक विरासत और जन-जीवन में से किसी एक की उपेक्षा करे तो वह भारतीय राष्ट्रवाद की एकांगी व्याख्या होगी। दूसरी ओर हम राष्ट्रवाद को राज्यवाद में घटने, यानी रेड्यूस होने नहीं दे सकते। भारत अब भी एक बनता हुआ राष्ट्र है और समान और साझा तत्वों की खोज आज भारतीय राष्ट्रीयता को मजबूत करने का सबसे बड़ा उद्यम है।

•••

4. वसुधैव कुटुम्बकम और भारत का विश्व बोध

भूमंडलीकरण के शुरुआती दौर में संसार के विभिन्न देशों की अर्थव्यवस्था को जोड़ने की जरूरत पर जोर दिया जा रहा था। इसके महत्व को रेखांकित करने के लिए 'ग्लोबल विलेज' यानी 'विश्वग्राम' का प्रतीक गढ़ा गया जिसकी आज तक चर्चा होती है। समस्त विश्व समुदाय के लिए विश्वग्राम एक बिल्कुल नया विचार था और इसे लेकर एक नवीन उत्तेजना का संचार विश्व भर में हुआ। उसी समय भारत में एक प्राचीन किंतु भारतीय मानस में गहरे विन्यस्त एक विचार को नया संदर्भ मिल गया अपनी सार्वकालिक प्रासंगिकता सिद्ध करने के लिए –'वसुधैव कुटुंबकम' का विचार। विश्वग्राम में तो पूरे विश्व को एक गांव मानने का आग्रह था जबकि वसुधैवकुटुंबकम में तो समूचे विश्व को, धरती को एक परिवार मान लेने की बात है। सोचने की बात है कि विश्वग्राम के नए और मौलिक विचार से प्रभावित और उत्तेजित लोग कम से कम ढाई-तीन हजार वर्षों पूर्व रचित महोपनिषद के इस श्लोक के विषय में क्या राय रखेंगे, जो कहता है –

'अयं निज परोवेति गणना लघुचेतसाम् ।

उदारचरितानाम् तु वसुधैवकुटुंबकम ॥ (महोपनिषद, अध्याय 6 मंत्र 71)

इस मंत्र का अर्थ है कि अपना पराया का भेद तो छोटे मन, संकुचित चित्त वाले लोग करते हैं, उदार हृदय वालों के लिए तो यह संपूर्ण वसुधा (यानी धरती) ही परिवार है। महोपनिषद का यह मंत्र भारत की विश्व दृष्टि को प्रकट करता है। भारत के विश्वबोध को उजागर करने वाले अनेक श्लोक और मंत्र शास्त्रों में भरे पड़े हैं लेकिन इस एक 'वसुधैव कुटुंबकम' के अतिरिक्त अन्य दो की चर्चा करनी आवश्यक है। पहला है अथर्ववेद का 'पृथिवी सूक्त' जिसकी रचना ऋषि अथर्वा ने की थी। इस सूक्त में ऋषि ने संपूर्ण पृथ्वी को माता के रूप में देखा और आत्मस्थ किया है –'माता भूमिः पुत्रोऽहम पृथिव्याः'। पूरे मंत्र में पर्जन्य अर्थात वर्षा के देवता को पिता माना गया है, माता पृथिवी और पर्जन्य पिता दोनों मिलकर हमारा पालन-

पोषण करते हैं। मंत्र में उस ऊर्जा से ऋषि स्वयं को यानी जीव मात्र को पवित्र करने का आह्वान माता पृथ्वी से करता है जो उसके अंदर अजस्त्र बहती रहती है। यह मंत्र वास्तव में महोपनिषद के वसुधैव कुटुंबकम की मानो पूर्व पीठिका रचता है। यह धरती को एक सेंद्रीय पिंड या इकाई मानकर उसकी माता के साथ सादृश्यता स्थापित करता है। अब इससे यह स्पष्ट हो जाता है कि क्यों प्रकृति विजय की आकांक्षा हममें नहीं रही, बल्कि प्रकृति के साथ अपना तादात्म्य स्थापित करने की चेष्टा अनंत काल से हम करते आ रहे हैं, स्वयं को उसी का अविभाज्य अंग मानते हुए। पृथ्विी सूक्त अपनी धरती के साथ हमारा भाव-व्यवहार क्या हो, कैसा हो, उसके प्रति हमें जागृत और सचेत करता है।

इन दो मंत्रों को यजुर्वेद के शांति पाठ से जोड़कर देखा जाए जिसमें सर्वत्र शांति की कामना की गई है, शांति की उपलब्धि को जीवन की चरम उपलब्धि मान लिया गया है। इस शांति पाठ मंत्र का भावार्थ है -'शांति हो प्रभु त्रिभुवन में, जल में, थल में, गगन में, अंतरिक्ष में, अग्नि में, पवन में, औषधि, वनस्पति, वन, उपवन में, सकल विश्व में, अवचेतन में; शांति राष्ट्र-निर्माण, सृजन, नगर, ग्राम और भवन में, जीव मात्र के तन-मन और जगत के कण-कण में प्रभु शांति हो!' शांतिपाठ हमारी दिनचर्या का अंग है, अनेक विद्यालयों में भी बच्चे प्रतिदिन इस का पाठ करते हैं। प्रत्येक पूजा, यज्ञ आदि के पश्चात समापन शांति पाठ से ही होता है, इन सबके अलावा हमारे यहाँ एक लोकक्षेम मंत्र भी है जो बहुत लोकप्रिय है। अनेक संस्थाओं के ध्येय वाक्य के रूप में भी इसका उपयोग होता है -'सर्वे भवंतु सुखिनः । सर्वे संतु निरामया।। सर्वे भद्राणि पश्यंतु। मां कश्चित् दुःख भाग्भवेत।।

यह समस्त विश्व की कल्याण कामना वाला मंत्र है जो कहता है -सभी सुखी होवें, सभी निरोग होवें, सब का जीवन मंगलमय हो, कोई भी दुःख का भागी न बने, हे भगवान, हमें ऐसा वर दो।

इसी प्रकार मंगलम् मंत्र में मन और आत्मा से लेकर समस्त जीव और सूर्य, चंद्र आदि ग्रहों के लिए मंगल कामना की गई है जिनसे धरती पर जीवन का अस्तित्व बनता है। तो इन्हीं और ऐसी ही प्रार्थनाओं से भारत का विश्व बोध बना है। हमारी प्रार्थनाएँ आत्म केंद्रित, अपने ही सुख की कामना वाली नहीं है। हमें यह पता है कि सबके सुख में ही हमारा सुख हो सकता है, सब कहीं शांति हो तभी हमारे अंदर शांति हो सकती है। इन्हीं प्रार्थनाओं में दूसरे के अस्तित्व को मानने, उसे सहन करने का भाव भी दृढ़ होता है। 'दूसरा' अन्य कोई नहीं, हमारे आत्म का ही विस्तार है, उसी का अंग है। दूसरों के होने में ही हमारा होना अर्थ पाता है। इस 'दूसरे' या 'अन्य' में केवल मनुष्य, मनुष्य समाज और राष्ट्र नहीं बल्कि संपूर्ण सृष्टि ही है,

धरती के समस्त चर-अचर उपादान। इसीलिए हम न केवल मनुष्य-संवेदी बल्कि जीव-संवेदी चेतना से संचालित होते हैं। विविधता, जिसमें विचार भिन्नता समाविष्ट है, को स्वीकार करना, उसे सम्मान देना हमारी इसी चराचरवादी चेतना के कारण संभव हो पाता है। हम सह-अस्तित्व से आगे बढ़कर साझे-अस्तित्व वाले लोग हैं। हमारी हजारों साल की जीवित और स्पंदित सभ्यता का यही रहस्य है।

आज की दुनिया, भूमंडलीकृत दुनिया अनेक अर्थों में परस्पर-निर्भर दुनिया है। पांचवी अर्थव्यवस्था होने के कारण भारत की हैसियत और भूमिका बड़ी है। आज विश्व अर्थव्यवस्था का काफी कुछ दारोमदार भारत पर है। भारत अनेक अंतरराष्ट्रीय मंचों और फोरमों के माध्यम से आज अपनी बात मजबूती से कहता है और उसकी बात सुनी जाती है। आने वाले कुछ वर्षों में भारत दुनिया की तीसरी सबसे बड़ी अर्थव्यवस्था बन जाने वाला है। एक आंकड़े के अनुसार पिछले दस वर्षों में विश्व अर्थव्यवस्था में 35% की वृद्धि हुई है, इसमें भारत का योगदान 14.6% है। उल्लेखनीय बात यह है कि भारत ने अपना वैश्विक प्रभाव इस सीमा तक बढ़ाया है तो इसके पीछे अन्य देशों या समाजों का शोषण-दोहन नहीं, दूसरे की भूमि और संसाधनों पर प्रत्यक्ष-अप्रत्यक्ष नियंत्रण नहीं, बल्कि इसके लिए परस्पर लेनदेन और सहयोग तथा वचन और कर्म से दूसरे देशों का भरोसा अर्जित करना और विश्व समुदाय में अपनी साख बनाना ही मुख्य रूप से जिम्मेदार कारक हैं। हमारा अंतरराष्ट्रीय कार्य-व्यापार वास्तव में वसुधैव कुटुंबकम के विचार से ही संचालित रहा है और इसी के प्रति हमारी निष्ठा प्रकट होती रही। अपनी वैश्विक जिम्मेदारियों एवं प्रतिबद्धताओं के प्रति भारत संकल्पित और अटल रहा है। उसने उन मुद्दों पर अपनी बात स्पष्टता और दृढ़ता के साथ रखी है जो दुनिया के आठ अरब लोगों को प्रभावित कर सकते हैं। उसने जलवायु परिवर्तन, युद्ध और अंतरराष्ट्रीय आतंकवाद जैसे ज्वलंत विषयों पर केवल एक भोक्ता देश के ही नाते नहीं, बल्कि शांति, स्थिरता और समृद्धि की कामना करने वाले तमाम देशों की तरफ से अपना पक्ष सामने रखा है। ना केवल आर्थिक ताकत होने के कारण बल्कि विश्व शांति और विश्वकल्याण के प्रति अटूट प्रतिबद्धता के कारण भारत की एक नैतिक अपील है। भारत अपने राष्ट्रीय हितों को सर्वोपरि रखते हुए भी अंतरराष्ट्रीय मुद्दों पर जो बात कहता है उसे अन्य देशों को ऐसा नहीं लगता कि इसमें भारत की अपनी गरज है, स्वार्थ है। स्वतंत्रता आंदोलन के समय से ही हमने अपनी राष्ट्रीय चेतना को संकुचित नहीं होने दिया। भारतीय राष्ट्रवाद को रवींद्रनाथ नाथ ठाकुर, स्वामी विवेकानंद और गांधीजी जैसे संस्कृति पुरुषों और नेताओं ने सार्वभौमवाद से जोड़ा। स्वतंत्रता प्राप्ति के पश्चात भी हमने जिस अंतरराष्ट्रीयतावाद के विकास के प्रति अपने को समर्पित किया, वह केवल

अपने राष्ट्रीय हितों पर अवलंबित नहीं था, बल्कि भारत ने उस समय के पराधीन देशों, नव-स्वतंत्र विकासशील देशों की आवाज बनने की कोशिश की थी। आगे भी यह कोशिश जारी रही।

भारत आज जी-20 देशों के समूह का अध्यक्ष है। जी20 एक महत्वपूर्ण अंतरराष्ट्रीय मंच है। यह दुनिया की सबसे बड़ी अर्थव्यवस्थाओं वाले देशों का समूह है जिनके हिस्से दुनिया के कुल विश्व उत्पाद (ग्रॉस वर्ल्ड प्रोडक्ट) का 80% आता है। इन देशों में दुनिया की दो-तिहाई आबादी बसती है तथा 75% अंतरराष्ट्रीय व्यापार भी इन्हीं के हिस्से। भारत के कहने पर जी-20 देशों ने यूरोपियन यूनियन की तरह अफ्रीकन यूनियन को भी समूह में शामिल करना स्वीकार कर लिया है। यह बड़ी बात है, इसी से स्पष्ट हो जाता है जी20 का क्या अंतरराष्ट्रीय महत्व है और इसकी अध्यक्षता वास्तव में कितनी विशेष है। यह आकस्मिक नहीं है कि भारत ने जी20 का विषय, थीम बनाया है -'वसुधैव कुटुंबकम' -एक पृथ्वी, एक परिवार, एक भविष्य। यह विषय न केवल इस समूह के देशों को आपस में जोड़ने वाला है बल्कि उन्हें अपनी धरती और धरती पर रह रहे सहवासियों -प्राकृतिक उपादान, जीव-जंतुओं-वनस्पतियों से भी जोड़ता है, उनके प्रति संवेदित करता है। इसमें व्यष्टि से लेकर समष्टि तक समाहित है। जी20 का लोगो भी इसी भाव के अनुरूप है -राष्ट्रीय पुष्प कमल ने पृथ्वी को धारण किया हुआ है। यह चित्र उन्नति और समृद्धि का प्रतीक है जो धारणीय विकास से इस प्रकार संभव हो जिसमें प्राकृतिक संसाधनों का विनाश नहीं हो।

प्रश्न है कि जी-20 की अध्यक्षता को अवसर बनाकर भारत विश्व व्यवस्था को अपनी ओर से क्या योगदान दे सकता है? राजनय, अंतरराष्ट्रीय संबंध, परस्पर लेन-देन और व्यापार की पारंपरिक परिपाटी से आगे बढ़कर भारत अपने विश्व बोध तथा विश्व दृष्टि से अंतरराष्ट्रीय संबंधों में धरती से संबंधित चिंताओं को शामिल करवा सके, संसाधनों के अधिकाधिक उपभोग पर आधारित प्रचलित विकास के स्थान पर जीव-संवेदी, धरती-संवेदी धारणीय विकास का मार्ग प्रशस्त कर सके, वसुधैव कुटुंबकम के मूल्य को वर्तमान विश्व व्यवस्था के आदर्श के रूप में स्थापित करवा सके तो भारत का यह ऐतिहासिक योगदान होगा शांति, समृद्धि और विश्व बंधुत्व को स्थापित करने और वास्तविक बनाने की दिशा में।

वसुधैव कुटुंबकम के संदर्भ में बिहार का विशेष महत्व है। वसुधैव कुटुंबकम के पूरे परिप्रेक्ष्य में बिहार के योगदान को भी याद रखा जाना चाहिए क्योंकि शताब्दियों तक बिहार भारत का नियंता बना रहा था।

बुद्ध और महावीर के धर्म यहीं जनमें जिन्होंने जीव के प्रति दया और करुणा

का पाठ पढ़ाया। बिहार में ही नालंदा और विक्रमशिला में ज्ञान के अंतरराष्ट्रीय केंद्र लगभग एक हजार वर्ष तक अस्तित्व में रहे। भारत का पहला साम्राज्य मौर्यों ने यहीं स्थापित किया था। धर्म, राज व्यवस्था और शिक्षा व्यवस्था -इन तीनों ही क्षेत्रों में बिहार के अंतरराष्ट्रीयतावाद ने भारत की साभ्यातिक चेतना में स्थान बनाकर रखा। उस काल के हमारे ये पूर्वज तो वास्तव में वसुधैव कुटुंबकम का ही आदर्श लेकर चल रहे थे।

आज हमें यह देखना है और विचार करना है कि विकास और प्रगति के नाम पर हम अपने को तो समृद्ध कर रहे हैं लेकिन इन प्रयत्नों से अपनी धरती को कितना समृद्ध कर पा रहे हैं। आखिर तो यह वसुधा ही हम सब को धारण करती है, सब राष्ट्रीयताओं के मूल में तो यही स्वयंप्रभा समुज्ज्वला हमारी धरती है, वसुधा है।

•••

5. मेरा विकसित भारत

विकसित भारत की संकल्पना एक निश्चय के रूप में पिछले सालों में प्रकट हुई है और स्वतंत्रता प्राप्ति के शती-वर्ष यानी वर्ष 2047 तक भारत एक विकसित राष्ट्र बने, यह हमारे प्रधानमंत्री और भारत सरकार का लक्ष्य है। भारत में जो क्षमता है उस लिहाज से ऐसा भी नहीं कि यह कोई असंभव लक्ष्य हो। स्वतंत्रता के पचहत्तर वर्षों में भारत विश्व की पांचवीं सबसे बड़ी अर्थव्यवस्था बन चुका है। ऐसा अनुमान लगाया जा रहा है कि अगले कुछ वर्षों में भारत अमेरिका और चीन के बाद दुनिया की तीसरी सबसे बड़ी अर्थव्यवस्था वाला देश बन जाएगा। विश्व अर्थव्यवस्था में भारत की यह हैसियत लगभग तीन सौ वर्षों बाद बनी है। पूर्व-औपनिवेशिक काल में मूल रूप से कृषि अर्थव्यवस्था वाले हमारे देश का विश्व अर्थव्यवस्था में को योगदान 24-25 प्रतिशत तक था। हमारे देश में उद्योग-धंधों का जाल भी बिछा था जिनके उत्पादों का निर्यात होता था और बदले में विदेशी मुद्रा (सोने) की आवक होती थी। उपनिवेश काल में अंग्रेजों ने इंग्लैंड के हित में भारत की पारंपरिक अर्थव्यवस्था की कमर तोड़ दी, उसे सीधा ब्रिटेन के आर्थिक हितों से जोड़ दिया। हमारे यहाँ से कच्चा माल ब्रिटेन जाता था, इससे वहाँ नए कारखाने लग रहे थे, और वहाँ से बना-बनाया उत्पाद भारतीय बाजारों में उतरता था। कच्चा माल भी हम ही दें और तैयार माल भी हम ही खरीदें-ऐसी अंधेरगर्दी अंग्रेजों ने मचाई। भारत दरिद्र होता चला गया, इतना कि 1947 में अंग्रेजों के भारत छोड़ने के समय विश्व अर्थव्यवस्था में भारत का योगदान घटकर मात्र तीन प्रतिशत से भी कम रह गया - कुल घरेलू उत्पाद केवल 2.7 लाख करोड़ रुपए था। अंग्रेजी शिक्षा प्रणाली का खूब महिमामंडन किया जाता है जबकि आजादी के समय भारत में केवल 15 प्रतिशत आबादी साक्षर थी। इससे शिक्षितों और सुशिक्षितों के प्रतिशत और अनुपात का अंदाजा भी लगाया जा सकता है।

आजादी के बाद से ही तेज विकास -वह भी औद्योगिक विकास सरकारों की प्राथमिकता में रहा है। परिणामस्वरुप 1980 के दशक तक भारत दुनिया के दस प्रमुख औद्योगिक देशों में शामिल था। यह कम बड़ी बात नहीं थी, बल्कि इसे मिश्रित अर्थव्यवस्था के प्रयोग की सफलता भी माना जा सकता है। हालांकि आर्थिक गतिविधियों में राज्य के बढ़ते हस्तक्षेप से आर्थिक विकास अवरुद्ध हुआ, बेरोजगारी बढ़ी, महंगाई बढ़ी, सरकारी महकमों में भ्रष्टाचार बढ़ा और आमजन में असंतोष भी। इस दौर को इंस्पेक्टर राज के नाम से भी जाना जाता है। इसी समय विश्व अर्थव्यवस्था में ठहराव और गतिरोध को दूर करने के लिए अमेरिका और पश्चिमी देशों ने गैट (जी ए टी टी) समझौते के माध्यम से उदारीकरण, निजीकरण और भूमंडलीकरण(एलपीजी) की प्रक्रिया शुरू की। चीन के बाद भारत भी इस समझौते में शामिल हुआ। संयोग से उस समय भारत की अर्थव्यवस्था खास कर दो कारणों - मुद्रा स्फीति तथा भुगतान संतुलन संकट -से बहुत बुरे दौर से गुजर रही थी। इससे पार पाने के लिए तत्कालीन प्रधानमंत्री नरसिम्हा राव को भारत के लिए अवसर दिखाई दिया। उन्होंने नई आर्थिक नीति को लागू करके भारतीय अर्थव्यवस्था को विश्व अर्थव्यवस्था से जोड़ दिया। आने वाले वर्षों में यह बात स्पष्ट होती गई कि कोई भी सरकार उदारीकरण की नीति से पीछे हटने का जोखिम नहीं ले सकती। हालांकि भारत ने अपने पग धीरे-धीरे बढ़ाए। नरसिम्हा राव ने कोरिया और मलेशिया जैसे 'एशियन टाइगर्स' का भारत द्वारा अनुसरण करने की सलाह पर कहा था -हम 'इंडियन एलिफैंट', भारतीय हाथी की चाल चलना ही पसंद करेंगे। तो जो भारत मिश्रित अर्थव्यवस्था के मार्ग पर चलकर एक औद्योगिक ताकत बन चुका था, वही भारत भूमंडलीकरण के तीन दशकों बाद दुनिया की एक प्रमुख आर्थिक ताकत बन चुका है। दस साल पहले तक भारत विश्व की 11वीं अर्थव्यवस्था था, जबकि आज वह पांचवें पायदान पर है। यही कारण है कि यहाँ से विकसित भारत एक दृश्यमान लक्ष्य है। जब सभी देश भूमंडलीकरण का लाभ उठाने में लगे हैं तो भारत को क्यों पीछे रहना चाहिए इतनी बड़ी आबादी के रहते -यह तर्क असंगत नहीं है।

तो आज एक विकसित देश होने का क्या मतलब है प्रचलित विकास के मानदंडों पर? क्या लक्षण और विशेषताएँ हैं? उसकी मजबूत अर्थव्यवस्था, ऊंची प्रति व्यक्ति आय, उच्च प्रौद्योगिकी व उद्योगों की प्रचुरता, राजनीतिक स्थिरता (मतलब एक दलीय शासन नहीं), उच्च जीवन-स्तर तथा नागरिकों को उपलब्ध स्वतंत्रता।

यह जो विकसित देश के मानदंड हैं अगले दो दशकों में भारत उनपर खरा उतरने में कहाँ तक समर्थ हो पाएगा, यह तो भविष्य बताएगा। आज जितने भी

विकसित देश हैं उनकी अर्थव्यवस्था बड़ी है जबकि आबादी छोटी। चीन को भी यदि विकसित मान लें तो क्षेत्रफल के अनुपात में अपनी आबादी को उसने नियंत्रित कर लिया है। भारत की राह की सबसे बड़ी बाधा बढ़ती हुई आबादी है। भारत में पूंजी निर्माण बड़े पैमाने पर हुआ, अर्थव्यवस्था का आकार बहुत बड़ा हुआ, विकास ने तेज रफ्तार पकड़ी लेकिन इसका अपेक्षित लाभ साधनहीन तबके को नहीं मिल सका। हालांकि एक नए अध्ययन (एन.सी.ए.ई.आर थिंक टैंक) से यह बात स्पष्ट हुई है कि गरीबी 2011-12 के 21 प्रतिशत से घटकर अभी 8.5 प्रतिशत पर आ गई है। आम आदमी का जीवन-स्तर निश्चय ही उन्नत हुआ है। मध्यवर्ग का विकास हुआ है, वह सशक्त और आर्थिक रूप से बहुत सक्षम हुआ है। कह सकते हैं कि मध्यवर्ग की ऊपरी तह और मोटी हुई है और आज भारत की अर्थव्यवस्था का दारोमदार मध्यवर्ग पर ही है। वह बाजार का संचालक है, क्योंकि सबसे बड़ा उपभोक्ता और खरीदार वही है। वहीं यह भी सच्चाई है कि आय की असमानता बहुत बढ़ी है। एक ही कंपनी के शीर्ष अधिकारी और निचले स्तर के कर्मचारी की आय के बीच बहुत बड़ा फर्क है -एक करोड़ और दस हजार का फर्क। हमारे संविधान के नीति-निर्देशक तत्वों के अंतर्गत इस बात पर जोर दिया गया है कि धन और संसाधन कुछ लोगों के हाथ में न सिमट आए, राज्य को इसका ध्यान रखना चाहिए। प्रति व्यक्ति आय औसतन बहुत बेहतर नजर आ सकती है लेकिन समाज के सबसे निचले तबके की हालत, सामाजिक-आर्थिक दशाएँ विकसित भारत की राह की एक बड़ी रुकावट हैं।

उच्च प्रौद्योगिकी और मजबूत अर्थव्यवस्था की पूर्व शर्तें भारत पूरी करने की स्थिति में निश्चय ही होगा, लेकिन यही बात निश्चयपूर्वक राजनीतिक स्थिरता के विषय में नहीं कहीं जा सकती। अगले पच्चीस वर्षों में भारत में राजनीतिक स्थायित्व बहुत कुछ इस बात पर निर्भर करेगा कि संसदीय राजनीति जाति-धर्म-भाषा-क्षेत्र जैसे सामाजिक विभाजनों से कैसे निपटती है। सामान्य प्रवृत्ति यह बनी है कि विभाजनों को उभारकर, गहरा बनाकर सत्ता की राह सुगम बनाई जाए। राजनीति विभाजनों को पाटने का एक कारगर औजार है लेकिन हमारे यहाँ दलीय राजनीति विभाजनों पर ही फलती-फूलती है। इससे हमारा सामुदायिक जीवन क्षत-विक्षत हो रहा है। यह एक राष्ट्रीयता, एक नागरिकता को अनेक राष्ट्रीयताओं, अनेक नागरिकताओं में विभक्त करती है। ऐसी राजनीति ने नागरिकों के लोकतंत्र को मानो जातियों के लोकतंत्र में तब्दील कर दिया है। यह एक गंभीर चुनौती है। विकसित राष्ट्र अलग-अलग पहचानों में बंटे नागरिक नहीं बना सकते। यह कितनी बड़ी विडंबना है कि

लंबी लड़ाई लड़कर आजादी पाने के 75 साल बाद भी हमारी कोई राष्ट्रभाषा नहीं है। क्या विकसित भारत की कोई राष्ट्रभाषा होगी?

यह भी विचारणीय है कि 2047 में संविधान और उसकी व्यवस्थाओं का क्या स्वरूप होगा। ऐसा मानने का फिलहाल कोई ठोस कारण नहीं दिखाई देता कि भारत अपने संविधान को तज देगा। ऐसा उसी हाल में संभव है जबकि कोई उलट-पुलट हो जाए। कोई नई राजनीतिक शक्ति इस संविधान से बलात भारतीय राज्य को अलग कर दे। यह संभावना फिलहाल दूर-दूर तक नहीं है। तब हमारे संविधान में नीति निर्देशक तत्व हैं, उनको वास्तविक बनाने की दिशा में हम कितना आगे बढ़ पाएँगे? अब तो संविधान लागू हुए भी पचहत्तर वर्ष हो रहे हैं। समान नागरिक संहिता को संविधान निर्माताओं ने राष्ट्र का एक जरूरी लक्ष्य माना है। देखना होगा कि भारत विभिन्न समुदायों के निजी कानूनों के रहते विकसित राष्ट्र बनेगा या एक समान नागरिक संहिता को तब तक लागू किया जा चुका होगा। नीति निर्देशक तत्वों के अनेक बिंदुओं पर सरकार ने प्रभावी कदम उठाए हैं। पंचायती राज व्यवस्था, 6 से 14 आयु वर्ग के बच्चों को निःशुल्क शिक्षा, पर्यावरण संरक्षण आदि ऐसे ही विषय हैं।

विकसित भारत के लक्ष्य को पूरा करने के संदर्भ में आज श्रम की दशा पर भी विचार करना बहुत आवश्यक प्रतीत होता है। श्रम की दशा का सीधा संबंध जीवन दशाओं से है। पक्के रोजगार की कमी है। भूमंडलीकरण के साथ ही तदर्थ रोजगार का अभिशाप भी साथ चला आ रहा है। यह समान कार्य के लिए समान वेतन के सिद्धांत और संवैधानिक व्यवस्था के खिलाफ है। इसमें कोई संदेह नहीं कि श्रम क्षेत्र पर बहुत दबाव है। रोजगार के लिए पलायन या आप्रवास बड़े पैमाने पर होता है। आप्रवासी श्रमिकों की समस्याएँ अलग हैं। यह भी सोचने की बात है कि एक साधारण व्यक्ति को एक दिन में आठ घंटे से अधिक काम क्यों करना चाहिए? हम जीवन में आनंद का अनुपात क्यों घटाना चाहते हैं?

मेरी दृष्टि में विकसित भारत का अर्थ भौतिक उन्नति और उन्नत जीवन-स्तर को प्राप्त करना तो है, चुनौती यह भी है कि हम ऐसे भारत का निर्माण करें जहाँ स्वातंत्र्यचेता, तेजस्वी, सुसंस्कृत, संवेदनशील और परस्पर सहयोगशील तथा परदुःखकातर मनुष्यों का समाज रहता हो। ऐसा भारत बने जहाँ व्यक्ति समुदाय की चिंता करे और समुदाय व्यक्ति की। शिक्षा इसके लिए महत्वपूर्ण माध्यम और उपकरण है। शिक्षा प्रारंभिक स्तर पर इस प्रकार परिचालित की जाए जिसमें वह राज्य से अधिक समुदाय का विषय हो जाए। राज्य उत्तम संसाधनों और अधिरचना तथा व्यवस्थाओं का प्रबंध करे। माध्यमिक और उच्च शिक्षा में बेहतर से बेहतर प्रतिभाओं

को लाने की और लगाने की चुनौती है। समर्थ, ज्ञानी-गुणी शिक्षक ही महान राष्ट्र का निर्माण कर सकते हैं। शिक्षा व्यवस्था में भारतीय ज्ञान परंपरा के मूल तत्वों का आधुनिक युग-संदर्भ में किस प्रकार और किस सीमा तक उपयोग किया जाए, इसके लिए एक सुविचारित नीति बनाने की भी जरूरत होगी। यह भी सुनिश्चित करना होगा की शिक्षा और ज्ञान पर पूंजी का वर्चस्व न हो।

बढ़ती जनसंख्या का संसाधनों पर ही नहीं, समाज-व्यवस्था, पर्यावरण और पारितंत्र पर भी बहुत गहरा दबाव है। हमें देखना होगा कि 2047 में हमारी भावी पीढ़ी के लिए कितना पानी उपलब्ध होगा, कैसी हवा और कैसी मिट्टी उपयोग के लिए होगी, कितना खनिज हम उनके लिए छोड़ रहे हैं। बढ़ती जनसंख्या हमारी हर उपलब्धि को अपर्याप्त बना देती है। हमें एक कारगर जनसंख्या नीति बनाने की जरूरत है अपनी भावी संततियों के लिए।

विकास के आधुनिक मानकों पर खरा उतरने के अतिरिक्त भी हमें प्रचलित विकास के विकल्प में दुनिया के समक्ष भारत के सनातन मूल्यों के अनुरूप एक प्रकृति-संवेदी विकास का मॉडल खड़ा करना चाहिए -संतोष, सद्भाव और मैत्री जिसका चरम लक्ष्य हो।

आज शहरीकरण के साथ हमें ग्रामीकरण(villagisation) पर ध्यान देना चाहिए, स्थानीय संसाधनों का उपयोग करके हम कुटीर और छोटे उद्योगों की बदौलत ग्राम स्वावलंबन की ओर बढ़ सकते हैं। इस एक उपाय में अनेक समस्याओं का हल है। हमें यह भी सुनिश्चित करना होगा कि हमारी पंचायतें और अधिक अधिकार-संपन्न बनें जिसमें निचले स्तर की व्यवस्था स्वयं जनता के प्रति उत्तरदायी जन प्रतिनिधि सम्भाल सकें, और स्थानीय जनता का उनपर अंकुश हो। पंचायत प्रतिनिधियों का सघन प्रशिक्षण कार्यक्रम देश भर में चलाया जाना चाहिए। राजनीतिक दल पंचायतीराज व्यवस्था में दखल न दें और पंचायत चुनाव हरगिज दलीय आधार पर नहीं हों। स्वशासन समुदाय का विषय है, हमारा महान भारतीय समुदाय ही महान राष्ट्र का आधार है। हम लोकतंत्र का एक ऐसा मॉडल, ऐसा आदर्श खड़ा करें जिसमें कि जनता स्वयं उम्मीदवारों का चयन करे और दल उस चयन को सम्मान दें। जनप्रतिनिधियों पर निर्वाचक जनता का अंकुश हो।

आरक्षण पर नयी दृष्टि से विचार करना समय की मांग है। आज इस बिन्दु पर गहराई से विचार करने की जरूरत है कि आरक्षण का आधार जाति के स्थान पर परिवार क्यों नहीं हो सकता। आखिर हमारी व्यवस्था में बीपीएल परिवार भी एक प्रकार से आरक्षित कोटि है। इस आधार पर आए दिन के कलह-क्लेष का शमन

आवश्यक है, वैकल्पिक युक्तियों पर विचार होते रहना चाहिए।

गवर्नेंस और शासन–प्रशासन में भी विऔपनिवेशिकीकरण की प्रक्रिया को शुरू करने की जरूरत है ताकि आम जनता को वास्तविक स्वराज का अनुभव हो सके। लोकतंत्र में शासक और शासित के रिश्ते को नई दृष्टि से देखने और बरतने की जरूरत है। हमें राज्यवाद और अर्थवाद की अतियों में जाने से बचने का हर प्रयास करना चाहिए।

लोकतंत्र भारतीय राष्ट्रवाद की सबसे प्रामाणिक और यथार्थ अभिव्यक्ति है। स्वतंत्रता के सौ वर्ष पर यह अपने प्रखरतम रूप में समस्त देशवासियों को लभ्य हो और दुनिया के समक्ष प्रकट हो।

•••

6. किसे चाहिए लोकतंत्र

लोकतंत्र के युग में यह सवाल बड़ा अटपटा लगता है, बेतुका -किसे चाहिए लोकतंत्र? आज दुनिया के सौ से अधिक देशों में लोकतंत्र है, और जहाँ कहीं नहीं है वहाँ इसके लिए किसी न किसी स्तर प्रयास हो रहे हैं। लगता है जैसे लोकतंत्र की स्वीकार्यता के बारे में दुनिया भर में एक सहमति बन गई है। इसे एक सफल शासन-प्रणाली मान लिया गया है। सफल नहीं भी तो कम से कम उपयुक्त शासन-प्रणाली माने जाने के बारे में तो कोई संदेह नहीं होना चाहिए। पिछली सदी में सर्वसत्तावादी देशों में जो शासन-परिवर्तन हुआ उसमें ऐसे देश नाम मात्र को होंगे जिन्होंने किसी एकतंत्रीय शासन के बदले में पुनः एकतंत्रीय शासन को ही चुना हो। चाहे वे तानाशाही वाले देश हों, या राजशाही वाले, एक दलीय शासन वाले हों या मार्शल लॉ अर्थात सैनिक तानाशाही वाले, अपवादों को छोड़ लगभग सभी ने लोकतंत्र को ही वरा, भले ही वह कमजोर लोकतंत्र ही क्यों न हो। बल्कि यह भी हुआ कि नये शासन में लोकतंत्र के नाम पर पुनः तानाशाही कायम हो गई। जैसे घाना के राष्ट्रपति एनाक्रूमा ने स्वयं को आजीवन राष्ट्रपति चुनवा लिया और अंततः उनकी हत्या हो गई। दूसरी ओर जिम्बाबवे के राष्ट्रपति राबर्ट मुगाबे को देखिए। लोकतंत्र के नाम पर कैसे वे एक निरंकुश शासक बन बैठे। इस मामले में सबसे अच्छा रिकार्ड रहा पूर्व सोवियत संघ के देशों (सीआइएस) का। इन देशों ने समाजवाद को छोड़कर लोकतंत्र का रास्ता अपनाया और कुल मिलकर वे लोकतंत्र अच्छी तरह चला रहे हैं। रूस में यह जरूर हुआ कि दो बार राष्ट्रपति रह चुके पुतिन तीसरी बार अपनी अथाह लोकप्रियता के बल पर (या उसे भुनाकर) प्रधानमंत्री के कमतर पद पर आसीन हो गए। तब भी वहाँ कमोबेश लोकतंत्र ठीक-ठाक ही चल रहा है। यह क्यों न कहा जाए कि दुनिया के अधिकांश लोकतांत्रिक देशों में लोकतंत्र 'ठीक ठाक' ही चल रहा है।

लोकतंत्र से आम आदमी की अपेक्षाएँ इतनी अधिक होती हैं कि शासन का

बड़ा से बड़ा लक्ष्य आखिरकार छोटा साबित होता है। राजतंत्र या एकदलीय तंत्र में एक नागरिक की शासन से, सरकार से जो अपेक्षाएँ होती हैं वे अधिक से अधिक सुरक्षा जान-माल की सुरक्षा और आजीविका की रक्षा के इर्द-गिर्द अधिक होती हैं। वहाँ नागरिक अधिकार-भावना के साथ चीजों को उतना नहीं देखता-परखता। उस पर तो कर्त्तव्य का बोझ लदा होता है जिससे वह चाहे भी तो अलग नहीं हो सकता। उसे तमाम तरह के निषेधों के बीच अपनी स्थिति निश्चित करनी पड़ती है, इनके साथ रहने की आदत बनानी पड़ती है। आपको रोजी-रोटी मिल गई, तो आप अपने लिए कुछ आजादी की माँग नहीं कर सकते। यहाँ तक कि रोजी-रोटी की भी माँग नहीं कर सकते, जब उपलब्ध होगी तो आपको मिलेगी। ऐसा नहीं हो सकता कि आपकी भौतिक आवश्यकताएँ पूरी हो रही हैं तो आपकी अभौतिक आवश्यकताओं की माँग का आधार तैयार हो रहा है जिसे आप सरकार के समक्ष रख सकते हैं। अगर आप ऐसा करते हैं तो आप जोखिम उठा रहे हैं। सोवियत संघ के पराभव से प्रेरित होकर और इस उम्मीद के साथ कि उनके देश में भी आखिरकार लोकतंत्र स्थापित होगा, चीन के हजारों उत्साही युवाओं ने अभिव्यक्ति की स्वतंत्रता और बहुदलीय लोकतंत्र की माँग कर डाली। बदले में बीजिंग का थ्येन आन मन चौक उनके खून से रंग दिया गया। निहत्थों को टैंकों से रौंदा गया। आज चीन विश्व की सबसे तेजी से विकसित हो रही अर्थव्यवस्था वाला देश है। जिसे पूँजीवादी अर्थतंत्र चाहिए लेकिन लोकतंत्र नहीं। वहाँ आलंपिक का शानदार आयोजन हुआ, क्रांति की साठवीं वर्षगांठ पर सैन्य क्षमता का जबरदस्त प्रदर्शन हुआ लेकिन इसे देखने के लिए सड़कों पर नागरिक नहीं थे। बाहर निकलने की मनाही थी। ऐसी स्थिति में एक चीनी नागरिक को अपने देश की सरकार से क्या अपेक्षा हो सकती है? बर्मा, यानी म्याँमार के नागरिक को अपनी सरकार से क्या अपेक्षा हो सकती है जहाँ सैनिक जुंटा ने जबरन देश को बंधक बना रखा है?

लोकतंत्र में नागरिक अधिकार-भावना के साथ चीजों को देखता है, जैसा कि उसे देखना चाहिए। उसकी अधिकार की तृषा कभी शांत नहीं होती। उसे एक चीज मिली तो दूसरी चाहिए, दूसरी मिली तो फिर तीसरी। उसकी अधिकार-चेतना तंत्र की चालक शक्ति है। जहाँ माँग नहीं भी है, वहाँ माँग पैदा की जा सकती है। इसके लिए राजनीतिक दल हैं, हित-समूह हैं, नागरिक समाज की संस्थाएँ हैं। लोकतंत्र एक अतिशय जाग्रत प्रणाली है -अंग्रेजी में जिसे 'मोस्ट वाइब्रेंट सिस्टम' कह सकते हैं। यहाँ जो सक्रियता है वह सिर्फ सत्ता के स्तर पर नहीं, जनता के स्तर पर भी है। सरकार या सत्ता के स्तर पर जो सक्रियता या गतिविधि दिखाई देती है वह अक्सर जनता के स्तर पर चल रही सक्रियता की प्रतिक्रिया या अनुक्रिया में होती है। वास्तव

में यह इस क्रिया–प्रतिक्रिया अथवा क्रिया–अनुक्रिया की एक जटिल प्रणाली है और इससे सत्ता और समाज के बीच का सम्बन्ध निर्धरित होता है। दोनों एक–दूसरे पर अपने ढंग से दबाव बनाते हैं। दोनों के पास इसके लिए अपने मेकैनिज्म हैं। राज्य या सत्ता के पास दण्डकारी शक्ति है, दमन की वैध (!) शक्ति है तो समाज के पास विरोध या प्रतिरोध का अधिकार है। समाज के पास उसकी अपनी स्वायत्त संस्थाएँ हैं। विकल्प चुनने और तैयार करने का अधिकार है। मोटे तौर पर मत का अधिकार है।

एक रोचक तथ्य यह है कि लोकतंत्र शायद ही किसी देश की जनता को उपहार में मिला हो। शायद ही कहीं नागरिकों को अपना शासन–प्रतिनिधि चुनने का अधिकार यों ही मिल गया हो। लोकतंत्र समाज ने, नागरिकों ने अपने लिए हासिल किया है। इसके लिए लड़ाइयाँ लड़ी हैं, कुर्बानियाँ दी हैं। आधुनिक लोकतंत्र जिस स्वरूप में हमें दिखाई दे रहा है एक शासन–प्रणाली के रूप में, इसके पीछे लगभग आठ–सौ वर्षों का संघर्ष है। स्वयं भारतीय लोकतंत्र के पीछे सौ सालों के कठिन संघर्ष का इतिहास है। ब्रिटेन को आधुनिक लोकतंत्र का जन्मदाता कहा जाता है। सन् 1215 ई. में मैग्ना कार्टा की संधि में ब्रिटेन के राजा जॉन को प्रजा के राजनीतिक और कानूनी अधिकारों के संरक्षण के लिए विवश किया गया। बाद में वहाँ संसद (पार्लमेंट) और राजा के बीच लम्बा संघर्ष चला जिससे ब्रिटेन की राजव्यवस्था गहरे तक बदल गई। वहाँ राजशाही की प्रतीकात्मक श्रेष्ठता तो बनी रही लेकिन वास्तविक सत्ता जन प्रतिनिधियों के हाथ आ गई। सन् 1789 की फ्रांसीसी क्रान्ति और अमेरिका का स्वतंत्रता संघर्ष भी आधुनिक लोकतंत्र के निर्माण में सहायक हुआ। वास्तव में बीसवीं सदी के पूर्व विश्व के चुनिंदा देश ही लोकतांत्रिक थे जिनमें ब्रिटेन, फ्रांस और अमेरिका शामिल हैं। औद्योगिक क्रान्ति और पूँजीवाद ने भी दुनिया के अर्थतंत्र को धीरे–धीरे बदल दिया। पूँजी की सत्ता स्थापित हुई और लोकतंत्र के प्रसार के लिए कुछ हद तक इसने उत्प्रेरक का काम किया। यह भी कहा जा सकता है कि लोकतंत्र और पूँजीवाद दोनों ने एक–दूसरे के विकास में एक भूमिका निभाई। इसी बीच रूसी क्रान्ति ने पूँजी के ऊपर राजनीति को प्रतिष्ठापित कर दिया। कई देशों में क्रान्तियाँ हुई –समाजवाद की स्थापना के लिए। कोई छत्तीस देशों में समाजवादी शासन स्थापित हुआ। इसका असर दुनिया भर में देशों पर पड़ा। लेकिन उपनिवेशवादी शासन से मुक्त हुए देशों के लिए लोकतंत्र ही स्वाभाविक विकल्प बना। इसका एक स्वाभाविक कारण यह था कि उपनिवेश प्राय: योरोपीय देशों ने बनाए थे और उन लगभग सभी देशों में लोकतांत्रिक व्यवस्था ही चल रही थी। उसमें भी सबसे अधिक उपनिवेश तो आधुनिक लोकतंत्र के जनक इंग्लैण्ड के थे। इसीलिए अगर बीसवीं सदी क्रान्तियों की सदी थी तो यह लोकतंत्र की सदी भी थी।

प्रायः उपनिवेशवाद से संघर्ष की परिणति लोकतंत्र की स्थापना में हुई। उपनिवेशवादी दौर के बाद भी बिना संघर्ष और बलिदान के लोकतंत्र कहीं नहीं आया, चाहे वह पोलैण्ड हो, सोवियतसंघ हो, इण्डोनेशिया हो या नेपाल। एकमात्र भूटान, हमारा निकटतम पड़ोसी, ही वह देश है जहाँ राजशाही ने देश में लोकतंत्र स्थापित करने की स्वयं ऐतिहासिक पहल की। वास्तव में शासन की वैधता के कारण लोकतंत्र एक स्वाभाविक विकल्प बना और बना रहेगा। यह रेखांकित करना इसलिए आवश्यक है कि हमारे यहाँ लोकतंत्र की बात कई लोगों को कम 'रैडिकल' या हल्की लगती है। यह तो ऐसी चीज है जो हमें यों ही उपलब्ध हो गई है और यह तो हमारे साथ हर हाल में रहने ही वाली है। और भी कठोर शब्दों का उपयोग किया जाए तो "लोकतंत्र का तो पूँजीवाद के साथ चोली-दामन का रिश्ता है", इस पर विचार-विमर्श से तो पूँजीवाद का ही पक्षपोषण होता है।

वास्तव में लोकतंत्र की बात करते हुए हम लोकतंत्र की विडम्बनाओं का चित्रण करने से बच नहीं सकते। अपेक्षाएँ ऊँची, उपलब्धि अल्प। इस व्यवस्था की प्रणालीगत खामियों को उजागर करने का भी कोई अवसर छोड़ा नहीं जाना चाहिए। एक तरह से देखें तो लोकतांत्रिक व्यवस्था के शोधन का एक तरीका यह भी है कि लोकतंत्र पर चर्चा लगातार चलती रहे, और इन चर्चाओं का समाज के निचले स्तर तक प्रसार हो। हमारे चाहे-अनचाहे लोकतंत्र एक व्यवस्था और मूल्य के रूप में हमेशा चर्चा में रहता भी है। मूल्य के रूप में कम बल्कि नहीं के बराबर, और व्यवस्था के रूप में ज्यादा। लोकतांत्रिक व्यवस्था हर किसी को छूती है, हर व्यक्ति, वर्ग, जमात .... इत्यादि को। लोकतंत्र (व्यवस्था) हर किसी को चाहिए। उन्हें भी चाहिए जिनका इस व्यवस्था में विश्वास नहीं। लोकतंत्र का रोना वे भी रोते हैं जो अतिवादी तरीकों से काम करते हैं और अपने हिसाब का बदलाव समाज में लाना चाहते हैं, और वे भी जिनका इस व्यवस्था में विश्वास तो नहीं है लेकिन इसका इस्तेमाल वे बदलाव के या परिवर्तन के अपने एजेण्डे के लिए करना चाहते हैं। आखिर इन सभी लोगों को नागरिक अधिकार चाहिएँ, अभिव्यक्ति की स्वतंत्रता चाहिए, कानून का राज (अपने हित और उद्देश्यों की खातिर) चाहिए। एक टुच्चे अपराधी से लेकर बड़ा संविधानविद् -लोकतंत्र किसे नहीं चाहिए?

अपने लिए लोकतंत्र सबको चाहिए, लेकिन क्या दूसरों के लिए भी चाहिए? यह प्रश्न बड़ा है, महत्वपूर्ण है। इसमें व्यवस्था और मूल्य का अंतर स्पष्ट होता है। हमारे लोकतंत्र के संकट और उसकी विडम्बनाओं को यह प्रश्न सम्बोधित करता है। एक व्यवस्था के रूप में लोकतंत्र सबको चाहिए, लेकिन दूसरों को लोकतंत्र देने का सवाल लोकतंत्र के मूल्य से जुड़ा हुआ है। लोकतंत्र व्यवस्था के ऊपर कहीं ऊपर एक

मूल्य है एक उदात्त, महान मूल्य। हम में से अधिकतर लोकतंत्र का साधन के रूप में उपयोग करना चाहते हैं। उसे साध्य बनाकर उसके प्रति समर्पित होना नहीं चाहते। हमारा साध्य स्वयं लोकतंत्र नहीं होकर कुछ और होता है चाहे वह निजी हितसाधन के लिए हो अथवा विचारधारा या सिद्धांत के नाम पर, इतना तय समझना चाहिए जिस समाज या राष्ट्र में लोकतंत्र के प्रति मूल्यगत प्रतिबद्धता और निष्ठा नहीं रहेगी, वहाँ सिर्फ व्यवस्था के रूप में लोकतंत्र दीर्घजीवी नहीं होगा। अगर होगा भी तो वह सिर्फ देह होगी, आत्माविहीन देह अगर ऐसा होना संभव हो। राजनीतिक लोकतंत्र इसे एक व्यवस्था का औपचारिक स्वरूप प्रदान करता है जो लोकतंत्र की प्राथमिक जरूरत है लेकिन अंतिम नहीं। हमारे लोकतंत्र का संकट यही है कि हमारी सारी प्रतिबद्धता इसी स्तर पर चुक जाती है। लोकतंत्र के प्रति व्यवस्थागत आग्रह तो हममें रहता है लेकिन मूल्यगत आग्रह नहीं। जो लोग व्यवस्था के स्तर पर सीधे जुड़े हुए हैं (राजनीतिक वर्ग और नौकरशाही, विशेषकर) उनमें तो शायद कतई नहीं। हम अपने हितसाधन के उपाय लोकतंत्र और इसकी व्यवस्थाओं में खोजना चाहते हैं, खोजते रहते हैं, और इस बात की लोकतांत्रिक मूल्यों से कोई संगति नहीं बैठती। अंत में हम एक निराशा में घिर जाते हैं, इस व्यवस्था के प्रति एक अविश्वास पनपना शुरू होता है "लोकतंत्र से काम नहीं चलेगा", या "नहीं, इससे ज्यादा लोकतंत्र हम नहीं दे सकते", अथवा यह कि "हम लोकतंत्र के लायक नहीं।" मुश्किल यह है कि यह स्थिति अंततः हमें ऐसी स्थिति और व्यवस्था की ओर ढकेलती हैं जिसमें दमन की अनिवार्यता बनती है। लोकतंत्र की विडम्बनाओं का समाधान लोकतंत्र के नाम पर दमन में ढूँढ़ा जाता है (यह काम तो अमेरिका भी करता है, अपने सारे 'कर्त्तव्य' लोकतंत्र के नाम पर!) या फिर लोकतंत्र का विकल्प या तो धर्मसत्ता में ढूँढ़ने की कोशिश होती है, या फिर कठोर राजसत्ता में। खेद है कि स्वयं लोक में नहीं। समाज विवेक से चलता है, सत्ता शक्ति के सहारे चलना चाहती है। लोकतंत्र को चलाना है तो शक्ति के ऊपर विवेक को रखना होगा, नहीं तो सारा शिराजा बिखर जाएगा। लोकतंत्र अगर एक वैध शासन है तो सिर्फ इसलिए कि उसके पीछे जनता की सामूहिक शक्ति है। अगर राज्य इस स्थिति में आ जाए कि उसे जनेच्छा की कोई दरकार ही न रहे तो वह अपनी वैधता खो देगा, फिर लोकतंत्र कहाँ बचेगा? इसी कसौटी पर आज राज्य के कामकाज को परखने की जरूरत है। क्या वास्तव में राज्य की नीतियों-कार्यक्रमों में जनता की आवश्यकताओं और इच्छाओं की अभिव्यक्ति हो रही है?

लोकतंत्र को चलाना, लोकतांत्रिक बने रहना अत्यंत जिम्मेदारी का काम है, यह अधिकार-भावना से आगे कर्त्तव्य-बोध है। क्योंकि इसका अर्थ है दूसरों को

अधिकार देकर खुद को अधिकार-सम्पन्न बनाना। एक नागरिक के रूप में लोकतंत्र के प्रति हमारी निष्ठा हर कहीं झलकनी चाहिए, सिर्फ राजनीतिक मत प्रकट करने में नहीं। बी.पी. सिन्हा याद आते हैं। समाजवादी चिंतक और तेजस्वी कार्यकर्त्ता। ओजस्वी वक्ता थे। सत्तर के दशक में सभाओं -गोष्ठियों में उनका भाषण होता। हर भाषण में वे ''सच्चे-पूरे जनतंत्र'' की वकालत करते, बल्कि हर भाषण उनका इसी बात पर समाप्त होता-हमें एक सच्चा, पूरा जनतंत्र चाहिए। तब हम युवा आपस में उनकी बात दोहरा कर, हँस-बोलकर अपना मन हल्का करते। उनकी बात का मर्म आज कहीं जाकर स्पष्ट हो रहा है। वे राजनीतिक लोकतंत्र से आगे बढ़कर सामाजिक जनतंत्र और आर्थिक जनतंत्र की बात करते थे। इस बात को तीन दशक गुजर गए हैं और हमारा गणतंत्र साठ साल का हो चला है, और हम इस 'अधूरे' जनतंत्र और इसकी विडम्बनाओं के साथ चल रहे हैं। जिसमें सत्ता और समाज के बीच संवाद सिकुड़ रहा है, दूरी बढ़ रही है। विश्वीकरण के ताप से हमारा 'आत्म' झुलस रहा है, बाजार हमारी स्वायत्तता हरण करने पर अमादा है और इसके लिए उसने दुनिया भर की सत्ताओं के साथ दुरभिसंधि कर ली है। ऐसे में तनिक ठहर कर गहराई से विचार करना होगा कि आखिर किसे चाहिए लोकतंत्र, किसके लिए लोकतंत्र चाहिए? आज बी.पी. सिन्हा और उनके जैसे तमाम लोगों को याद करने का समय है जिन्होंने हमें समय रहते चेताया था। यह चेतने का समय है!

•••

7. हमारे लोकतंत्र का संकट

यह डिगती आस्थाओं का दौर है। इस शताब्दी की शुरूआत से लेकर अब तक एक पर एक जैसी घटनाएँ घटती चली गई हैं, उससे व्यवस्था पर से आम नागरिक का विश्वास घटता चला गया है। अब तो परदेस में भी कुछ होता है तो उसका असर अपने यहाँ होता है, भले वह असर हमें क्लेश पहुँचाने वाला ही होता हो। अमेरिका में 9/11 हो, यूरोप में मंदी हो, मध्यपूर्व में झगड़े-फसाद हों और तेल गर्म होने लगे, यहाँ तक कि बर्मा, यानी म्याँमार में भी यदि सामुदायिक हिंसा हो जाए तो उसकी आँच हमें झुलसाने लगती है। दुनिया भर की पीड़ा और त्रास को भारत जैसे चुम्बक की तरह अपनी ओर खींचता है।

और हमारा अपना हाल क्या है? दुनिया का सबसे बड़ा लोकतंत्र -सवा अरब लोगों का, छह-सात प्रतिशत की दर से बढ़ती अर्थव्यवस्था जिसकी अधिकांश आबादी को अब तक 'ट्रिकल डाउन' का ही आसरा है। छीजते जाते संसाधन, बिगड़ता जाता पर्यावरण, जलावतनी और विस्थापन, एक-दूसरे को काटती और खारिज करती पहचानें, लगभग एक-तिहाई से भी अधिक भूभाग सैन्यबलों के भरोसे, और इतने पर भी धन और सुविधा की लिप्सा में डूबे हमारी करोड़पतियों की कुरू-सभा के सभासद जिनके महाअमाशयों में कुछ भी और कितना भी पचा लेने की क्षमता गुस्सा ही नहीं पैदा करती, भयाक्रांत भी कर देती है। भारत अब गरीबों का देश नहीं रहा, उसी प्रकार गाँवों का देश भी नहीं रहा। उसकी मासूमियत नहीं बची, सलोनापन नुच गया। यह एक नया देश बन रहा है हमारे सामने, हमारे होते और हम जैसे अपरिचिती में चले जा रहे हैं, नेपथ्य में। हमारे होने, न होने से जैसे इसे कोई फर्क नहीं पड़ने वाला। इस नये बनते देश में अब एक ही नागरिकता चलने वाली है -पूँजी की नागरिकता। यह विश्व नागरिकता होगी, इसमें कोई देश-बंधन नहीं होगा। जो निवेश कर सके, नागरिकता उसकी, चाहे देशी हो या विदेशी।

और समाजवाद भी अब पूँजी का होगा, पूँजी बढ़नी चाहिए, चाहे वह उद्यम से कमाई गई हो, चाहे कालाबाजारी, भ्रष्टाचार या लूटमार से। सब तरह की पूँजी का समान मूल्य। और तब नैतिकता भी पूँजी की। नैतिक वह जो धन से उपजा हो, शील से नहीं। शील तो रास्ते की शायद सबसे बड़ी रुकावट होगी।

तो क्या पैंसठ साल की उम्र तक पहुँचते-पहुँचते हमारा लोकतंत्र विफल हो गया है? सोवियत समाजवाद भी तो सत्तर की आयु ही पार कर सका था। अगर गिरावट की गति यही रही तो कहना मुश्किल है किसकी आयु लंबी रहेगी इतिहास में। ऊपर जिन लक्षणों की चर्चा की गई है वे सचमुच विघटन के लक्षण हैं। यहाँ आकर संसदीय लोकतंत्र और राजनीति की सीमा साफ-साफ दिखाई दे रही है। यह वह प्रणाली है जिसे हमारे राष्ट्र निर्माताओं ने अपनाया लेकिन जो बनी और विकसित हुई थी सर्वथा भिन्न, बल्कि विपरीत परिवेश में। आदमी की एक फितरत होती है, जिससे घृणा करता है, खुद वैसा ही बनता जाता है। जिस साम्राज्यवाद ने हमें दो सौ वर्षों तक पीसा, वह ब्रिटिश संसदीय व्यवस्था की ही कोख से पैदा हुआ था -आजाद होते ही यह मोटी बात हमें याद न रही। हद तो यह कि एक आजाद देश के नागरिकों को भी गुलाम देश के कानूनों के अनुसार चलने के लिए बाध्य किया गया। क्या सचमुच आजादी के समय भी हममें आत्मगौरव का बोध कराने लायक कुछ भी नहीं था। वह 'भारत का प्राचीन गौरव' 'भारत की महान सभ्यता और संस्कृति', 'भारतीय चिंतन की विराटता', आदि-आदि सिर्फ कहने की बातें थीं जिन्हें हमारे नायक आजादी के आंदोलन में लोगों में उत्साह जगाने के लिए दोहराते रहते थे? छोड़िए प्राचीन भारत के गौरव को, अपने पर अभिमान करने के लिए फिर भी हमारे पास साम्राज्यवाद के खिलाफ सबसे विलक्षण संघर्ष की विरासत थी जो स्वतंत्रता के रूप में फलीभूत हुई थी, लेकिन आश्चर्य! अपनी राजव्यवस्था अपने अनुसार बनाने का आत्मविश्वास हममें नहीं था। हमारे नेताओं का इतिहास-बोध भी कितना खोखला था जो वे देश का विभाजन टाल नहीं सके। एक हजार साल तक साथ रहते आए समुदायों को साथ-साथ रखने में नाकाम रहे। काँग्रेस वर्किंग कमिटी के विभाजन का प्रस्ताव तो निर्विरोध ही पास हो गया था, मात्र काँग्रेस सोशलिस्ट पार्टी के प्रतिनिधि जयप्रकाश नारायण और राम मनोहर लोहिया ने ही प्रस्ताव का विरोध किया।

भारत के आधुनिक इतिहास की ये घटनाएँ ऐसी हैं जो आने वाली पीढ़ियों को भी उद्वेलित करती रहेंगी -भारत का विभाजन और अपने ढंग की राजव्यवस्था का निर्माण कर सकने की अक्षमता। अब विचार करने पर लगता है कि जो तबाही विभाजन के फैसले के बाद हुई उसके सामने मुस्लिम लीग की 'सीधी कार्रवाई' और

कथित 'सिविल वार' कम ही ठहरती। लाख फसाद होने के बाद भी साथ रहने की आशा बची रहती। उसी तरह अगर हमारे राष्ट्र निर्माता अपने पूर्वजों की उपलब्धियों पर दृष्टि डालते तो उन्हें मौर्यों, गुप्तों, चोलों, चालुक्यों और विजयनगर की राजव्यवस्था की ऊपरी संरचना के साथ ही भारतीय ग्राम्य व्यवस्था एवं लोकजीवन की उन परम्पराओं का भी कुछ बोध होता जो न केवल समुदायों को स्वायतता प्रदान करती थीं, बल्कि कहीं-न-कहीं राजसत्ता पर अंकुश रखती थीं, राजा को प्रजापालक बनने के लिए बाध्य भी करती थीं। इन परम्पराओं का विकास पश्चिम के 'प्रकृति-विजय' की लालसा से नहीं बल्कि प्रकृति-मैत्री के भाव से हुआ था। तिलक और गांधी जी जब स्वराज की और ग्राम स्वराज्य की बात करते थे, उनका संकेत भारत की इसी परम्परा को आगे बढ़ाने के लिए होता था जो वास्तव में साम्राज्यवाद व औपनिवेशिक काल में जानबूझ कर नष्ट कर दी गई थीं। इन पर थोड़ी चर्चा आवश्यक है। हमें लोकतंत्र का अपना आधार खोजने के लिए अपने इतिहास के विकास का सूक्ष्म परीक्षण करना होगा।

लगभग छह सौ वर्ष ईसा पूर्व उत्तर भारत में दो प्रकार की संस्थाएँ देखने को मिलती हैं -प्रजातंत्र और राजतंत्र। राजतंत्र मुख्यत: गंगा के मैदानों में केन्द्रित थे जबकि प्रजातंत्र इनकी उत्तरी परिधि पर। ऐसा माना जाता है कि प्रजातंत्र राजतंत्र से पहले की व्यवस्था है जिसपर कबीलाई संस्कृति का प्रभाव था और जिसमें लोगों ने अपनी प्राचीन और निरंतर चली आ रही परम्पराओं को सुरक्षित रखा था। प्रजातंत्र स्वाभाविक तौर पर राजतंत्र की कट्टरता के विरोधी थे। प्रजातंत्र में या तो कोई अकेला 'जन' होता था, जैसे कि शाक्य, मल्ल आदि या 'जनों' का कोई संघ जैसे 'वृज्जियों का संघ'। एक विचार यह है कि प्रजातंत्रों का जन्म वैदिक जनों से हुआ जिन्होंने अपनी परम्पराओं को बनाए रखा, फिर बाद में राजतंत्रों में इनका विलय होता गया। परिणामस्वरूप, जनों का जो एक लोकतांत्रिक ढाँचा हुआ करता था, वह तो नहीं रहा लेकिन जनों का प्रतिनिधित्व करने वाली 'परिषदों' के द्वारा शासन का विचार बनाया गया। ऐसा माना जाता है कि राजतंत्रों में वैदिक कर्मकांडों की प्रतिष्ठा थी जबकि प्रजातंत्रों में सामान्यत: वैदिक आचार-विचारों का पालन नहीं किया जाता था। विचारों की स्वतंत्रता प्रजातंत्रों की विशेषता थी। बाद में बौद्ध एवं जैन धर्म के संस्थापक प्रजातंत्रों में ही जन्में जिन्होंने धार्मिक और सामाजिक रूढ़ियों के खिलाफ लोगों को संगठित किया। बुद्ध 'शाक्य' जन से थे जबकि महावीर 'ज्ञात्रिक' जन से। ब्राह्मणत्तर सिद्धांतों का विकास अधिकतर प्रजातंत्रों में ही हुआ। इन सिद्धांतों में बौद्धों का राज्य के उद्भव का सामाजिक संविदा का सिद्धांत सबसे महत्वपूर्ण था। बाद में

अठारहवीं सदी में फ्रांस में रूसो ने इसे प्रतिपादित किया।

बौद्धों का आग्रह था कि न्याय और शासन के लिए किसी व्यक्ति को निर्वाचित किया जाना चाहिए और राजा का पद वंशानुगत नहीं होना चाहिए। ये सिद्धांत प्रजातांत्रिक व्यवस्था का पक्षपोषण करते थे। बाद में बाहरी आक्रमणों और प्रजातंत्रों के आंतरिक अंतर्विरोधों के कारण भी प्रजातंत्र विलुप्त होते गए। तब भी ईसा की चौथी शताब्दी तक कुछ प्रजातंत्रों के होने की जानकारी मिलती है। रोचक तथ्य यह है कि इस क्रम में प्रजातंत्रों और राजतंत्रों का एक-दूसरे में विलय अथवा परिवर्तन भी होता रहा। कम्बोज के राजतंत्र छोड़कर प्रजातंत्र अपनाने का उल्लेख मिलता है।

धीरे-धीरे राजतंत्रों में जनों के प्रति निष्ठा कम होती गई और इसके स्थान पर 'वर्ण-निष्ठा' बढ़ती गई। साम्राज्यवादी क्षेत्र विस्तार की नीतियों के चलते लोकप्रिय परिषदें निर्बल हुईं। कृषि क्षेत्र पर बढ़ती निर्भरता के कारण भी राजतंत्र लगातार मजबूत होते गए और राजा की दैवीय स्थिति संबंधी धारणा जोर पकड़ती गई। आखिरकार मौर्यकाल में राजतंत्र एक शक्तिशाली और सुसंगठित तंत्र के रूप में उभरा। मौर्यों ने पहली बार एक शक्तिशाली साम्राज्य का निर्माण किया जिसका प्रभाव सदियों तक भारत के राजनीतिक जीवन पर बना रहा। मौर्य साम्राज्य की राजव्यवस्था के नीतिकार कौटिल्य के सप्तांग सिद्धांत की झलक वर्तमान नौकरशाही में भी मिलती है। मौर्यकाल में राजधानी पर राजा का प्रत्यक्ष शासन होता था। चार प्रांतों के प्रमुख राजपुरुष होते थे, जबकि अपेक्षाकृत छोटी इकाइयों के राज्यपालों का चुनाव स्थानीय लोगों से किया जाता था। प्रत्येक प्रांत का उप-विभाजन जिलों में किया गया था और प्रत्येक जिला ग्राम समूहों में बँटा था। इससे कही-न-कहीं नीचे से नियंत्रण की भी व्यवस्था बनाई गई थी। वैसे मौर्यों की राजसभा में चार सौ चुने हुए सदस्य होते थे। राजसभा राजा पर कई बार अंकुश भी लगा सकती थी।

मौर्यो के बाद कुषाणों की राजव्यवस्था में प्रांतों की स्वायत इकाइयाँ थी, और प्रांतों के संघ से केन्द्र की शक्ति पर अंकुश लगता था। गुप्तकाल में भी लगभग यही व्यवस्था बनी रही। इस क्रम में महत्वपूर्ण बात यह है कि ऊपर के परिवर्तनों से प्रशासनिक ढाँचा बदलने के बाद भी गाँवों के प्रशासन पर शायद ही कोई अंतर पड़ा। भारतीय गाँव स्वायत्त इकाइयों के क्रम में विकसित हुए, गाँवों में बुनियादी स्तर पर एक राजनीतिक संगठन हमेशा बना रहा। गाँव के अपने कर्मचारी होते थे जो राजस्व वसूली के साथ ही जमीन की माप का काम भी करते थे। उत्तर भारत के 'पटवारी' और दक्षिण भारत के 'कारनाम' अब तक यह काम करते चले आ रहे हैं लेकिन भिन्न परिस्थितियों में। गाँवों के इस संगठन पर स्थानीय विवादों और झगड़ों के

निपटारे का भी भार होता था। गाँवों की भूमिका क्या थी, इसका अनुमान इस तथ्य से लगाया जा सकता है कि उन्नीसवीं सदी के उत्तरार्द्ध के पहले तक नियम हमारी ग्राम पंचायतों में ही बनते थे। उसके बाद औपनिवेशिक शासन ने अपने हित में 'विधि का शासन' लागू किया। ग्राम-पंचायतों में बने नियम-कानून परम्पराओं के रूप में समुदाय द्वारा आत्मसात कर लिए जाते थे। राजाओं या राजसत्ता का इनमें शायद ही कोई दखल हो सकता था, उनका अधिकार राजस्व पर होता था जो मुगलों के जमाने तक प्राय: एक चैथाई ही रहा। भूमि किसान की सम्पति थी राजा की नहीं।

तुलना करने पर हम स्पष्ट देख सकते हैं कि भारत में राजतंत्रों में भी आमजन को जो मूलभूत अधिकार प्राप्त थे वह इंग्लैंड और फ्रांस में मैग्नाकार्टा और क्रांति-पश्चात की व्यवस्थाओं में भी सुलभ नहीं हो पाए। न यहाँ कोई 'अंधकार युग' आया, न दास-प्रथा का उत्पीड़न हुआ। यहाँ की विशिष्ट सामाजिक-आर्थिक परिस्थितियों ने राजाओं के लिए क्रूर होने की अनिवार्यता पैदा नहीं की। राजा और राजसत्ता की आलोचना को आश्चर्य से नहीं देखा जाता था। विचार राज्यों की सीमाओं का अतिक्रमण करते थे और एक सांस्कृतिक धारा का निर्माण करते थे। इसीलिए भारत भले ही राजनीतिक रूप से एक नहीं रहा हो, सांस्कृतिक रूप से एक रहा। समय-समय पर चले उदारवादी आंदोलनों ने केवल जड़ता ही नहीं तोड़ी, भारत की सांस्कृतिक एकता को भी मजबूत किया। यह एक असाधारण बात लगती है कि भारत के ग्राम्य जीवन के साथ ही सांस्कृतिक जीवन में राज्य का दखल या तो नहीं था, या फिर बहुत कम था। गांधीजी, और बाद में विनोबा जी और जयप्रकाश न्यूनतम राज्य-नियंत्रण वाली ऐसी ही विकेन्द्रित राजनीतिक-आर्थिक व्यवस्था का निर्माण करना चाहते थे। लेकिन हुआ इसका उल्टा। पश्चिमी लोकतंत्र के रास्ते चलकर हम राज्यवाद, फिर पूँजीवाद के दलदल में उतर गए हैं। दलीय प्रणाली में लोगों के अधिकार पहले ही सीमित हो गये, उस पर से व्यापक औद्योगिकीकरण ने लोकतांत्रिक अधिकारों और लोकतंत्र के माध्यम से 'स्वशासन' यानी अपने शासन की संभावना को धूमिल कर दिया है। इसका सबसे बड़ा कारण यह है कि पूँजी और तकनीक से उपजे भौतिकवाद ने नैतिकता के लिए जगह ही नहीं छोड़ी है और इससे लोकतंत्र की ही जमीन सिकुड़ने लगती है। जेपी (जयप्रकाश नारायण)ने 'भारतीय राज्य व्यवस्था की पुनर्रचना : एक सुझाव'' में कहा है-'लोकतंत्र की समस्या मूलत: नैतिक समस्या है। संविधान, शासन प्रणाली, दल, निर्वाचन ये सब लोकतंत्र के अनिवार्य अंग हैं। किन्तु जब तक लोगों में नैतिकता की भावना न रहेगी, लोगों का आचार-विचार ठीक न रहेगा, तब तक अच्छे से अच्छे संविधान और राजनीतिक

प्रणाली के बावजूद लोकतंत्र ठीक से काम नहीं कर सकता। वर्तमान उद्योगवाद ने जिस भौतिकवादी प्रवृति की सृष्टि कर रखी है, उसके साथ लोकतंत्र मेल नहीं खाता।' वास्तव में इससे हमारी सांस्कृतिक एकता भी खतरे में पड़ रही है, राजनीतिक जीवन तो दूषित हो ही रहा है।

आज हमारे लोकतंत्र का यह दोहरा संकट है। एक ओर तो हमने अपने लिए जो व्यवस्था बनाई वह हमारे उपयुक्त न थी, न हमारी परम्परा अथवा विरासत से जुड़ी थी। दूसरी ओर जो रास्ता हमने चुना है उसमें आगे भी नैतिकता -व्यक्तिगत या सार्वजनिक का अभाव बढ़ता ही जाएगा और भविष्य में हम बस नाम भर के लिए लोकतंत्र रह जाने वाले हैं। भारत निर्माण का रास्ता वह नहीं जो विज्ञापित किया जा रहा है, बल्कि वह है जो हमारी भूली हुई विरासत की पगडंडी से होकर निकलता है।

•••

8. समाजवादी क्रान्ति का सपना और यथार्थ

वह चमत्कार से कम न था। या कि वह एक महाविस्फोट था जिसने दुनिया भर के तत्कालीन यथास्थितिवादी (सामान्यतया पूँजीवादी) सत्ता-प्रतिष्ठानों की चूलें हिला दी थीं। 1917 में रूस में लेनिन के नेतृत्व में जो बोल्शेविक क्रान्ति हुई थी उसने युग के प्रवाह को जैसे मोड़ दिया। रूस में तब औद्योगिकीकरण अपने उत्कर्ष पर नहीं था जब लेनिन ने मार्क्सवाद को जमीन पर उतार दिया, सर्वहारा के अधिनायकवाद का सपना साकार किया। इसके लिए रूसी जनता ने उस दौर के शायद सबसे शक्तिशाली और निरंकुश जारशाही को उखाड़ फेंका। और 1992 में भी वह चमत्कार ही था जबकि रूस के लोगों ने ही, जो प्रथम समाजवादी राष्ट्र के निर्माता थे, समाजवादी व्यवस्था से अपने को इस कदर अलग कर लिया -जैसे वे कभी इसका हिस्सा थे ही नहीं।

एक बार जरुर आशंका हुई थी कि स्टालिनवाद फिर से रूसी जनता को अपने शिकंजे में ले लेगा जब कि सन् 1991 में येनायेव के नेतृत्व में गोर्बाचेव की सत्ता के खिलाफ विद्रोह हुआ। किन्तु इस सदी में दूसरी बार रूसी लोगों ने अपनी मुक्ति के लिए अपने प्राण न्योछावर करने की संकल्प शक्ति के साथ पिछले 70-75 सालों का इतिहास पलट दिया। किन्तु येनायेव का विद्रोह विफल होने के पश्चात गोर्बाचेव के हाथों से सत्ता जाने, फिर सोवियत संघ के बिखरते चले जाने की प्रक्रिया और येल्तसिन के धुर दक्षिणपंथी रुझान को देखते हुए ऐसा लगा जैसे पूर्व सोवियत संघ के लोगों की मुक्ति के उस सपने का जैसे अपहरण हो गया हो जो उन्होंने ग्लासनोश्त और पेरेस्त्रोइका के दौर में देखे थे। यह कुछ-कुछ ऐसा ही रहा जैसे लेनिन के बाद स्टालिन काल में समाजवाद के नाम पर लोगों की व्यक्तिगत स्वतंत्रता और नागरिक अधिकारों का निर्ममता से दमन किया गया था और लोग उन अत्याचारों को ''संक्रमण काल की विवशता'' मान कर झेलते रहे।

एक व्यवस्था के रूप में सोवियत संघ सहित पूरे यूरोप में समाजवाद समाप्त हो

चुका है, और जहाँ कहीं यह जीवित है प्रायः संशयग्रस्त है, चाहे वह चीन हो या क्यूबा या उत्तर कोरिया। बल्कि दुनिया भर में समाजवादी आन्दोलन से जुड़े लोग आज बचाव की मुद्रा में हैं चाहे वे सत्ता में हो या सत्ता के विरुद्ध। मोटे तौर पर जैसे मान लिया गया है कि मार्क्सवाद एक विफल और मूलतः अव्यवहारिक विचारधारा है, और कि समाजवादी व्यवस्था कहीं ज्यादा उत्पीड़क व्यवस्था सिद्ध हुई है। तो क्या वास्तव में समाजवादी मूल्य अप्रासंगिक हो गए हैं और मार्क्सवाद एक विचारधारा के रूप में अकाल मृत्यु को प्राप्त कर चुका है?

मानव समाज में वर्ग रहते चले आए हैं। अलग-अलग युगों या कालखण्डों में अलग-अलग इनका स्वरूप रहता चला आया है। मार्क्सवाद दरअसल इन वर्गों के अध्ययन की एक पद्धति है -वैज्ञानिक पद्धति, जो वर्गों को उनके ऐतिहासिक विकास-क्रम में देखती-समझती है और उस आधार पर सामाजिक सम्बन्धों को परिभाषित करती है। और यहीं मार्क्सवाद सामाजिक परिवर्तन के एक उपकरण के रूप में भी व्यवहृत होने लगता है क्योंकि अपने उद्देश्यों में मार्क्सवाद एक वर्गविहीन, शोषण-विहीन मानव समाज की स्थापना का आग्रह रखता है। यह शोषण-दोहन, उत्पीड़न तथा तमाम तरह के मानवीय दु:खों का कारण वर्ग-भेद को मानता है। इसलिए मार्क्सवाद वर्गविहीनता को सर्वोच्च मानवीय मूल्य के रूप में स्थापित करता है। इन उद्देश्यों में कहीं न कहीं यह स्थापना अन्तर्निहित है कि इस प्रकार की वर्गविहीनता में जब कि राज्य नामक संस्था की अनिवार्यता भी समाप्त हो जाएगी वास्तव में मानव मात्र की संपूर्ण मुक्ति निहित है।

एक मायने में मार्क्सवाद राज्य के अस्तित्व को पूँजीवाद से समाजवाद की ओर संक्रमण करने वाले दौर तक ही आवश्यक मानता है जबकि सर्वहारा वर्ग राज्य-शक्ति पर नियंत्रण स्थापित करके 'सर्वहारा वर्ग का अधिनायकत्व' स्थापित करेगा। इस संक्रमणकालीन अवस्था में सर्वहारा वर्ग द्वारा पूँजीवादी उत्पादन-प्रणाली, वितरण व्यवस्था तथा यहाँ तक कि पूँजीवादी आग्रह रखने वाले साहित्य, सामाजिक मूल्यों एवं परम्पराओं को भी जबरन बदलने की अनिवार्यता होगी। ऐसे व्यक्तियों या समूहों का भी उन्मूलन किया जाएगा जो येन-केन-प्रकारेण समाजवादी व्यवस्था के विरुद्ध षड्यंत्र रच सकते हैं। मार्क्सवाद का आग्रह है कि सर्वहारा वर्ग की तानाशाही के बिना समाजवादी व्यवस्था का अभ्युदय हो ही नहीं सकता। तथापि यह एक संक्रमणकालीन व्यवस्था है जिसमें यह सुनिश्चित किया जाता है कि समाजवादी व्यवस्था स्थायीत्व प्राप्त कर चुकी है। तो कहीं न कहीं राज्य के अस्तित्व को मार्क्सवाद सर्वहारा वर्ग की तानाशाही के काल तक ही सीमित रखना चाहता है, किन्तु इसमें कोई समयबद्धता नहीं है क्योंकि यह सब कुछ देश, काल, परिस्थिति

पर निर्भर करेगा। किन्तु लेनिन ने समाजवाद में राज्य के अस्तित्व के बारे में विचार व्यक्त किया था कि हर समाज में कुछ न कुछ लोग प्रतिगामी रहेंगे ही, यह एक वास्तविकता है इसलिए राज्य का अस्तित्व समाजवाद में बना रहेगा।

सन् 1917 की रूसी क्रान्ति के पश्चात समाजवाद के बारे में अनुभव क्या हैं? चाहे वह सोवियत संघ हो अथवा दूसरी दुनिया के अन्य देश (पूर्वी यूरोप), चीन हो या कोरिया या क्यूबा, मार्क्सवाद एक व्यवस्था के रूप में सर्वहारा वर्ग की तानाशाही की अवस्था से कहीं भी आगे नहीं निकल पाया, राज्य नामक संस्था के विलोपीकरण की बात तो खैर बहुत दूर की है! इसका नतीजा क्या निकला? नतीजा यह निकला कि मार्क्सवाद का एक व्यवस्था के रूप में जो चित्र बना वह सिर्फ दमन, उत्पीड़न का बना, उसका मानवीय स्वरूप उभर कर सामने नहीं आ सका। व्यवस्था को उदार बनाने की हर मांग को फौजी बूटों तले कुचला गया। सुधार का आह्वान करने पर ख्रुश्चेव पदच्युत किए गए, बीजिंग का तियानयेनमन चैराहा नागरिक अधिकार एवं लोकतंत्र की माँग करने वाले छात्रों के खून से रंगा गया। तब सवाल यह उठता है कि इन समाजवादी देशों ने संक्रमण की इस अवस्था से वास्तव में आगे निकलने का ईमानदारी से प्रयास किया? फिलहाल हम उदारीकरण और नागरिक अधिकारों की बात तो छोड़ ही दें। सोवियत अनुभव क्या कहता है?

हम सिर्फ कल्पना ही कर सकते हैं कि लेनिन का उत्तराधिकारी स्टालिन के बदले कोई और होता तो समाजवाद का कैसा मॉडल हमारे सामने आता। बहरहाल, स्टालिन की दमनकारी नीतियों के बावजूद द्वितीय विश्वयुद्ध में सोवियत संघ की भूमिका ने उसको समाजवादी होने के साथ-साथ एक सबल एवं स्थिर राज्य के रूप में स्थापित कर दिया। इससे स्टालिन जिस 'लौह आवरण' का निर्माण कर रहा था वह और पुख्ता होता चला गया। इस आवरण के बाहर न अन्दर की चीखें सुनाई दे सकती थीं न ही बाहर की हवा अन्दर प्रवेश पा सकती थी। सारे दरवाजे बन्द, वातायन बन्द, रोशनदान बन्द! इसके साथ ही शुरू हुआ एक सर्वथा नए तरह के युद्ध का दौर जो दरअसल पूँजीवादी हितों और समाजवादी विचारधारा के बीच था। इस नए तरह के युद्ध में बन्दूकें तो तनती थीं पर कन्धे औरों के हुआ करते थे। इसे शीत-युद्ध नाम दिया गया। इसी दौर में दुनिया को आणविक अस्त्रों के ढेर पर बैठा दिया गया -पूरी दुनिया पर छा जाने की होड़ में। छोटे-बड़े कई देश इसकी बलि चढ़े - कोई लोकतंत्र के नाम पर तो कोई समाजवाद के नाम पर। वियतनाम और कोरिया जैसे देश अखाड़ा बन कर बँट भी गए। इस बीच लौह आवरण का न केवल शिकंजा कसता चला गया बल्कि उसका फैलाव भी होता चला गया। साम्राज्यवाद विरोधी मुहिम के नाम पर छोटे-बड़े पड़ोसी गणराज्यों सहित हँगरी, पोलैण्ड, चेकोस्लोवाकिया,

अफगानिस्तान, आदि देश सोवियत टैंकों के नीचे कुचल दिए गए। सर्वहारा के अधिनायकत्व की जय होती रही।

आवरण के अन्दर लेकिन मुश्किल यह थी कि थीसिस का एण्टीथीसिस तैयार हो रहा था। सर्वहारा के अधिनायकवाद के दौरान विपुल शक्ति पाकर शासनकर्त्ता वर्ग जो सर्वहारा-शक्ति का बिम्ब था या प्रतिनिधि था, सर्वहारा रहा ही नहीं, वह सर्वजयी हो गया। उस पर सवाल नहीं दागे जा सकते थे, संशय नहीं किया जा सकता था, अवहेलना तो खैर की ही नहीं जा सकती थी। यहाँ तक कि 'पार्टी लाइन' से थोड़ा भी मतान्तर प्रतिक्रियावादी अथवा प्रतिक्रान्तिकारी होना सिद्ध करता था और इसके लिए कन्सन्ट्रेशन कैम्प में दिमाग की सफाई का प्रावधान था। कहा यह जाता था कि सोचने-समझने-विचारने का काम सिर्फ पार्टी कर सकती है, व्यक्ति नहीं। यदि व्यक्ति सोचेगा, विचारेगा तो उसमें उसका वर्गजनित आग्रह होगा। इस प्रकार पार्टी की भूमिका वैसी ही हो गई जैसे कि एक धार्मिक समाज में पुजारी वर्ग की होती है। एक संस्था के रूप में राज्य की शक्ति में उत्तरोत्तर वृद्धि होती गई जबकि उत्तरोत्तर उसे कमजोर पड़ना चाहिए था। राज्य स्वयं अपने आप में एक प्रभु वर्ग बनता गया जो सर्वसत्तावादी था, जिसके हाथों अर्थव्यवस्था, शिक्षा, संस्कृति, राजनीतिक व्यवस्था -सब कुछ कठोरतापूर्वक नियंत्रित था। आम आदमी को कोई स्वायत्तता नहीं थी, यहाँ तक कि उसे जीने का अधिकार भी नहीं था। इससे न सिर्फ तंत्र लगातार कठोर और अपरिवर्तनीय होता चला गया बल्कि एक विचारधारा के रूप में मार्क्सवाद का विकास भी अवरुद्ध हो गया।

सोवियत संघ के कर्णधार पूरी दुनिया में समाजवाद के प्रचार-प्रसार के लिए कुछ भी करने को तैयार और तत्पर थे किन्तु स्वयं कोई विचार ग्रहण करने के प्रति घृणा की हद तक उनमें अरुचि का भाव था। इसी बीच वर्त्तमान युग में अन्तर्राष्ट्रीय स्तर पर हो रहे परिवर्तनों से उन्होंने आँखें मूँद लीं। ईश्वर सारे दु:खों को हर लेता है उसी प्रकार मार्क्सवाद सारे अन्तर्विरोधों को सोख सकता है, यह दुराग्रह उनके अर्थतंत्र के लिए अभिशाप बन गया। आर्थिक शक्तियों का अन्धाधुन्ध केन्द्रीकरण, गिरती हुई राष्ट्रीय आय, उद्योग में प्रेरणा-प्रोत्साहन का अभाव, आर्थिक क्रियाकलापों में पार्टी का सीधा हस्तक्षेप, बढ़ती हुई उत्पादन-लागत और घटती जाती उत्पादकता और गुणवत्ता, एक अवस्था तक पहुँचने के पश्चात उत्पादक शक्तियों का विकास अवरुद्ध हो जाना -ये सब आर्थिक अवनति के कारण बनते गए। न सिर्फ सोवियत संघ के लिए अपनी अंतराष्ट्रीय 'प्रतिबद्धताओं' को पूरा करने का सामर्थ्य नहीं रहा, बल्कि संघ में शामिल राष्ट्रीयताओं का उभार रोकने की भी क्षमता जाती रही। दरअसल सोवियत संघ की घटनाएँ इस बात का प्रमाण हैं कि विचारों की

अपरिवर्तनशीलता अथवा उनको अटल, अचल रखने का आग्रह कितना आत्मघाती सिद्ध होता है।

हालाँकि यह मानना गलत होगा कि व्यवस्था में सुधार के लिए कोई पहल नहीं हुई। ख्रुश्चेव ने स्टालिन काल में किए गए अपराधों का खुलासा किया, साथ ही एक अपेक्षाकृत उदार और मानवीय भविष्य का आश्वासन भी दिया। तथापि ख्रुश्चेव ने स्टालिन के एक नेता के रूप में भर्त्सना तो की परन्तु उस व्यवस्था का कोई जिक्र नहीं किया जिसमें स्टालिन जैसा सर्वसत्तावादी बनता है। यदि ख्रुश्चेव ने तत्कालीन समाजवादी ढाँचे पर सवाल खड़े किए होते तो उन्हें सहारा देने को क्रान्ति के दिनों के मुकाबले कहीं बहुत अधिक शिक्षित और प्रबुद्ध जन समुदाय सामने आ सकता, किन्तु सम्भव है ख्रुश्चेव के पास कोई वैकल्पिक मॉडल नहीं रहा हो। और यहीं गोर्बाचेव उनसे आगे निकल गए। आन्द्रोपोव के उत्तराधिकारी के रूप में गोर्बाचेव ने सर्वप्रथम ब्रेझनेव युग के प्रभामण्डल से अपने देश को मुक्त करने का प्रयास शुरू किया। ब्रेझनेव के जाने के बाद कट्टरपंथी समाजवादी आन्तरिक तौर पर कमजोर भी पड़े थे। गोर्बाचेव ने ग्लासनोश्त (खुलापन) और पेरेस्त्रोइका (पुनर्गठन) की शुरुआत करके पुराने अथवा प्रचलित तंत्र पर चोट की, फिर धीरे-धीरे इस बात को उजागर किया कि क्या-कुछ कैसे गलत होता चला आ रहा है, कि सर्वहारा के अधिनायकत्व की वास्तविकता क्या रही, यथार्थ क्या रहा! यहाँ एक महत्वपूर्ण सवाल सामने आता है कि स्टालिन और ब्रेझनेव काल का दमन क्या वास्तव में मार्क्सवाद के अनुरूप था? यदि नहीं, तो क्या वास्तव में गोर्बाचेव को एक पथभ्रष्ट कम्यूनिस्ट कहा जा सकता है? वास्तव में समाजवाद को जनवाद के साथ संयुक्त करने का उन्होंने बीड़ा उठाया और यह चुनौती स्वीकार की कि आम सोवियतजनों को व्यवस्था के बारे में पूछने और जानने का पूरा हक है। उन्होंने जीवन के सभी पहलुओं में व्यापक जनवादीकरण का एजेंडा हाथ में लिया और पेरेस्त्रोइका को एक और क्रान्ति के रूप में परिभाषित किया। इसके लिए उन्होंने लेनिन के उस कथन का आधार लिया जिसमें वे कहते हैं कि ''समाजवाद आम जनता की जीती-जागती सृजनात्मकता है।'' उनके अनुसार समाजवाद कोई पहले से ही सिद्ध सैद्धान्तिक स्कीम नहीं है जिसके अनुसार समाज दो गुटों में बँटा है -वे लोग जो आदेश देते हैं, और वे जो उनका पालन करते हैं।

सोवियत संघ की अत्यन्त तेजी से बदली परिस्थितियों ने गोर्बाचेव को एक ईमानदार और प्रतिबद्ध कम्यूनिस्ट साबित करने का अवसर ही प्रदान नहीं किया वरना एक व्यवस्था के रूप में समाजवाद इस तरह शायद अकाल-मृत्यु को प्राप्त नहीं होता तथा एक विचारधारा के रूप में उसके भविष्य पर प्रश्नचिह्न नहीं लगता। इस

स्थिति के लिए अगस्त 1991 में सत्ता पर अवैध ढंग से कब्जा करने वाले तथाकथित पक्के और प्रतिबद्ध कामरेड कम जिम्मेदार नहीं थे। विद्रोह की इस घटना के बाद रूसी जनता का रहा-सहा धैर्य भी जाता रहा, उन्हें कम्यूनिस्टों से इस कदर विरक्ति हो गई कि उन्होंने कम्यूनिज्म से सम्बन्धित हर पहचान को जैसे दफन करने की कसम खा ली। उन्हें टैंकों-तोपखानों का भी कोई भय न रहा। इसी दौरान बोरिस येल्तसिन नए नायक बन कर उभरे तो रूसी जनता ने उन्हें अपना सारा विश्वास अर्पित कर दिया।

इस कम्यूनिस्ट विरोधी उन्माद जिसे एक मायने में हर्षोन्माद ही कहना चाहिए, में हुआ यह कि नवीन व्यवस्था समाज को एकदम धुर दक्षिणपंथ की ओर लेकर चली गई। तब बदला क्या? पूँजीवाद का विकल्प (या कि अनिवार्य परिणति) समाजवाद और समाजवाद का विकल्प फिर से पूँजीवाद? चीन में यही हुआ, लेकिन जरा हट के। वहाँ राज्य-पूँजीवाद की पताका फहर रही है। यानी समय की सूई एक मायने में फिर पीछे की ओर घूमी है जब कि सारा संसार खासकर तीसरी दुनिया के तमाम देश सोवियत संघ के बाद चीन की ओर टकटकी लगाकर देख रहे थे कि वहाँ नया कुछ होगा। लेकिन हुआ यह कि सोवियत संघ टूट गया, समाजवादी व्यवस्था ध्वस्त हो गई जबकि चीन को नागरिक स्वतंत्रता और मानवाधिकारों की माँग को कुचलने के लिए अपने ही युवाओं के खिलाफ तियानयनमेन जैसी घृणित कार्रवाई करनी पड़ी, तब भी अपने को बचाए रखने के लिए पूँजीवाद का रास्ता अपनाना पड़ा। संभवत: आज की वैश्विक परिस्थितियों में पूँजीवाद से पूरी तरह बचना संभव नहीं है। अपने देश में भी वामपंथी सरकारों ने अपनी जनता के लिए पूँजीवादी विकास की अनिवार्यता स्वीकार की है और इस ओर कदम बढ़ाए हैं। उत्पादन, उपभोग अथवा खपत और वितरण की जो व्यवस्था चल रही है उसमें निजी स्वामित्व और बाजार के वर्चस्व को पूरी तरह अस्वीकार करना संभव नहीं है। वैश्विकीकरण अथवा भूमंडलीकरण इसी व्यवस्था की अनिवार्य परिणति है जिसके प्रभाव से दुनिया की कोई भी आबादी अछूती नहीं रह सकती। चीन ने आर्थिक व्यवस्था में परिवर्तन के लिए खुद को तैयार किया और इस तरह उसने समाजवाद का एक और ही मॉडल खड़ा कर दिया।

चीन ने आंतरिक और बाह्य परिस्थितियों का आकलन करने के पश्चात आर्थिक सुधारों को अपरिहार्य माना। इसकी कोशिश डेंग शियाओ पेंग ने अस्सी के दशक में ही शुरू कर दी थी। 14वीं पीपुल्स कांग्रेस में देश के लिए मुक्त बाजार अर्थव्यवस्था को निर्णायक रूप से अपनाया गया और यह माना गया कि इसके लिए गैरबराबरी को सहन किया जा सकता है। 'समाजवादी बाजार अर्थव्यवस्था' को दीर्घकालीन

अर्थनीति घोषित करते हुए चीनी नेतृत्व ने वास्तव में एक नई बहस की शुरुआत की। देश की जनता को सन् 2050 तक अमेरिका से भी उन्नत जीवन-स्तर का आश्वासन दिया गया। इसके लिए चीन न सिर्फ विश्व व्यापार संगठन Who का सदस्य बना बल्कि विदेशी निवेश के लिए अपने दरवाजे खोल दिए। द्रुत आर्थिक विकास के उपायों के तहत 'विशेष आर्थिक क्षेत्र' SEZ स्थापित किए गए। 'शेन्जेन' जैसा पिछड़ा इलाका दस वर्षों के अंदर विशेष आर्थिक क्षेत्र के रूप में उभर कर अंतर्राष्ट्रीय स्तर पर अपनी पहचान बना सका। चीन की अर्थव्यवस्था विश्व की सबसे तेज रफ्तार अर्थव्यवस्था बन सकी। दूसरी ओर राज्य और शासन तंत्र में किसी भी प्रकार की ढील की सम्भावना को नकार दिया गया और राजनीतिक मामलों में पार्टी का एकछत्र नियंत्रण सुनिश्चित किया गया। ऐसे अन्तर्विरोध में आर्थिक सुधार सम्बन्धी प्रयास किस हद तक सफल हो सकते हैं और कब तक -यह तो समय ही बताएगा। किन्तु यह बात निश्चित प्रतीत होती है कि मुक्त अर्थव्यवस्था का दवाब चीन की राजनीतिक व्यवस्था पर अवश्य पड़ेगा। यदि चीन का नेतृत्व इस बात को समझकर कर अभी से इस दिशा में प्रयास शुरू करे तो तियानयेनमन चैक काण्ड की पुनरावृत्ति रोकी जा सकती है। दरअसल दमन की अनिवार्यता इस बात का प्रमाण है कि कहीं न कहीं व्यवस्था टूट रही है।

सोवियत संघ बदली हुई परिस्थितियों के अनुरूप आवश्यक लोच का प्रदर्शन करने में असफल रहा और अंतत: वहाँ समाजवादी व्यवस्था ध्वस्त हो गई। फिर भी अगर लेनिनग्राद का सेंट पीटर्सबर्ग बनना वास्तव में एक विशेष समाजवादी मॉडल का नहीं बल्कि समाजवादी मूल्यों का ही अन्तिम संस्कार है तो भय है, रूसी लोगों को अगले कुछ दशकों बाद फिर से एक मुक्तिपर्व का आयोजन करना पड़ेगा। तब क्रेमलिन की घड़ी की सूई पता नहीं क्या समय बताएगी।

लेकिन दुनिया के वे तमाम साधारण लोग जो वास्तव में इस ग्रह की गतिविधियाँ संचालित करते हैं, अपनी सामूहिक मुक्ति और सुखमय जीवन के लिए एक तीसरा रास्ता चाहते हैं। यह तीसरा रास्ता कैसा हो?

हम इस सवाल को ऐसे लें कि मनुष्य की मूलभूत आवश्यकताएँ क्या हैं जिनकी सम्पूर्ति उसके सभ्य एवं सुसंस्कृत अस्तित्व के लिए नियामक हैं। भोजन, वस्त्र, आवास उसकी मूलभूत भौतिक आवश्यकताएँ हैं किन्तु एक चिंतनशील प्राणी होने के नाते आत्मप्रकाशन अथवा अभिव्यक्ति भी उसकी एक मूलभूत आवश्यकता है। मनुष्य की आत्मप्रकाशन की चाहना में निहित हैं न सिर्फ व्यक्तिगत स्वतंत्रता तथा नागरिक अधिकारों सम्बन्धी अवधारणाएँ, बल्कि उसकी समस्त सृजनात्मक क्षमताएँ और प्रवृत्तियाँ जबकि उसकी भौतिक आवश्यकताओं की पूर्ति उसके मानवीय

अस्तित्व के लिए अपरिहार्य हैं। भौतिक आवश्यकताओं एवं अभिव्यक्ति की चाहना के बीच ऐसा कोई अन्योन्याश्रय सम्बन्ध नहीं है किन्तु यह माना जाता है कि भूखे आदमी से यह अपेक्षा नहीं की जा सकती कि खाली पेट वह किसी दुर्लभ कलाकृति का निर्माण कर सकता है। यह बहुत कुछ संतुष्टि के स्तर पर भी निर्भर करता है तथा व्यक्ति-दर-व्यक्ति इसके परिणाम भिन्न हो सकते हैं। तो इस अर्थ में भौतिक आवश्यकताओं और आत्माभिव्यक्ति सम्बन्धी आवश्यकताओं के बीच परस्पराश्रित सम्बन्ध हैं। पहले प्रकार की आवश्यकताओं में बनती है सभ्यताएँ -जीवन का भौतिक मानदण्ड निर्धरित होता है जबकि दूसरे प्रकार की यानी आत्मप्रकाशन सम्बन्धी आवश्यकताओं में निर्मित होती है संस्कृति, क्योंकि उनसे जनमती है कला, उससे विकसित होते हैं जीवन-मूल्य, विचारधाराएँ। तो यह दोनों ही प्रकार की आवश्यकताएँ मनुष्य के अर्थवान एवं गरिमामय अस्तित्व का आधार हैं।

मार्क्सवाद का एक विचारधारा अथवा समाजवादी मूल्यों के उत्तरोतर विकास के लिए आवश्यक है कि उसमें मनुष्य की भौतिक आवश्यकताओं के साथ-साथ आत्माभिव्यक्ति सम्बन्धी आवश्यकताओं का भी समावेश हो। तब मार्क्सवाद व्यक्तिगत स्वतंत्रता, नागरिक अध्किार व लोकतंत्र जैसी अवधारणाओं से जुड़कर और समृद्ध और मानवीय बनेगा। एक बन्द किताब की तरह इस्तेमाल न होकर वह एक खुली किताब बने और अलग-अलग देशों के, समाजों के अनुभवों से सीखे। एक बात बिल्कुल तय है -स्वतंत्रता के बिना समानता का कोई अर्थ नहीं, बल्कि वह व्यर्थ है। इसीलिए समाजवाद में जब तक लोकतंत्र नहीं जुड़ेगा वह पूर्णता नहीं प्राप्त कर सकता। भारत में समाजवादी आंदोलन का आदर्श यही रहा है। सिर्फ लोकतंत्र अथवा लोकशक्ति को विकसित करके ही राज्य-शक्ति को कम से कमतर किया जा सकता है। राज्य के हाथों अन्धधुन्ध शक्ति देना आखिरकार एक विभीषिका को ही आमंत्रित करना है। गांधी जी ने कहा था-'' ... राज्य की हिंसा की तुलना में वैयक्तिक मिल्कियत या पूँजीपतियों की हिंसा कम हानिकारक है। लेकिन यदि राज्य की मिल्कियत अनिवार्य ही हो तो मैं भरसक राज्य की कम से कम मिल्कियत की सिफारिश करूँगा।''

तो फिलहाल दुनिया के जो बचे हुए समाजवादी देश हैं वे मार्क्सवाद का, समाजवादी व्यवस्था का एक दूसरा चेहरा संसार के सामने पेश कर सकते हैं यदि वे गैर-मार्क्सवादी विचारधाराओं से भी कुछ ग्रहण करना सीखें और यह आग्रह छोड़े कि यह मार्क्सवाद ही है जिसका सत्य पर एकाधिकार है। यह समझना होगा कि व्यक्ति भी एक महत्वपूर्ण इकाई है। मनुष्य वर्गीय प्राणी ही नहीं बल्कि मूल रूप से एक सामाजिक प्राणी है। किसी वर्ग विशेष का प्रतिनिधिमात्र होने से एक व्यक्ति के

रूप में उसकी निजता, उसकी अस्मिता की अवहेलना नहीं की जा सकती। जिस व्यवस्था में मनुष्य अपनी आत्माभिव्यक्ति देखता और महसूस करता है उसका उससे रागात्मक लगाव भी बनता है। यह रागात्मक लगाव संतुष्टि के अत्यन्त उच्च स्तर को प्रदर्शित करता है। इन्हीं अर्थों में साध्य और साधन के अन्तर को कम से कमतर करना भी एक अत्यन्त महत्व का विषय है। प्रकृति और मनुष्य के अंतर्सम्बन्धों तथा तकनीक के उपयोग के बारे में नई दृष्टि बनानी होगी। इस तथाकथित विकास के पूरे तामझाम को नए सिरे से समझना होगा और विकल्प के रास्ते तलाशने होंगे। विचारधारा कोई भी हो, उसे तालाब के पानी की बजाए निर्झर बनना चाहिए। आखिरकार मानव जीवन एक निश्चित और तयशुदा फार्मूले में कैद हो सकने की चीज नहीं है। कोई भी विचारधारा अधिक से अधिक मानव जीवन को सुखमय और सारमय बनाने में अपने हिसाब से एक रास्ता ही सुझा सकती है।

समाजवादी क्रान्तियों का अनुभव कहता है कि खूनी क्रान्ति मनुष्य जाति के लिए बहुत महँगा सौदा है, और उसके मुकाबले उसका हासिल, उसकी प्राप्ति कतई ऐसी नहीं जिस पर गर्व या संतोष किया जा सके। अब तक ऐसी किसी एक क्रान्ति ने नई व्यवस्था में एक पूर्ण तो क्या संतुष्ट मनुष्य का निर्माण नहीं किया। उल्टे जो व्यवस्थाएँ बनीं उनमें सिद्धांत के नाम पर आदमी ने आदमी पर अत्याचार के नए तरीके इजाद किए और हदें पार कीं।

हिंसा चाहे कितनी भी जायज या औचित्यपूर्ण लगे, प्रतिहिंसा को जन्म दिए बिना नहीं रह सकती। इससे साथ-साथ रहने वाले असंख्य जीवनों को जोड़ने वाले कोमल और सूक्ष्म तंतुओं की जो क्षति होती है, उसकी भी भरपाई नहीं हो पाती, जबकि ये धागे हजारों वर्षों के सह-अस्तित्व और साझे सरोकारों से निर्मित होते हैं। रक्त-क्रांति बहुत बड़ी कीमत वसूलती है, और अगर वह विपथगा हो जाए तो इसका भी कई गुना मोल साधारण लोगों को चुकाना पड़ता है।

भारतीय स्वतंत्रता-संघर्ष की विरासत हमें ही नहीं, पूरी दुनिया को यह सीख देती है कि अन्याय के विरुद्ध संघर्ष के लिए बाहरी औजारों -मनुष्य को मारने वाले हथियारों पर निर्भरता अपरिहार्य नहीं। हमें स्वतंत्रता भी मिली, बिना किसी 'प्रतिक्रांति' की कीमत वसूले, विभाजन का मामला अलग है, और इतने वर्षों से हम लोकतंत्र चला रहे हैं। भले ही इसमें अनेक कमियाँ हों, विभेदकारी स्थितियाँ हों, शोषण और दमन हो, लेकिन आखिरकार हम सर्वसत्तावाद से बचे हुए हैं और तमाम प्रतिकूल स्थितियों के रहते लोकतंत्र हमारी सबसे मजबूत और ठोस पहचान बन रहा है।

दुनिया के छत्तीस देशों में समाजवादी शासन स्थापित हुआ, आज बस पांच देश समाजवादी रह गए, कितने समाजवादी, यह ऊपर के विवेचन से स्पष्ट है। इन देशों

के लोगों ने समाजवाद के लिए भारी कीमत चुकाई है। लाखों लोगों को जान गँवानी पड़ी। इनमें से जितने लोग समाजवाद स्थापित करने के लिए बलिदान हुए, लगभग उतने ही समाजवादी शासन में खेत रहे। इस उत्सर्ग के बदले उनको जो रोजी-रोटी या सुविधाओं की गारंटी की गई, उसे तुच्छ ही माना जाएगा, वह भी तब जबकि उनकी स्वतंत्रता भी हर ली गई हो।

हाल की वैश्विक मंदी ने पूँजीवाद की सीमा फिर से उजागर कर दी है। महत्वपूर्ण बात यह है कि इसका प्रभाव उन देशों पर कम पड़ा जहाँ अर्थव्यवस्था को पूरी तरह बाजार के हवाले न कर राज्य के नियंत्रण की कुछ गुंजाइश रखी गई थी, यानी एक संतुलन बनाये रखा गया था। यहाँ से दुनिया को एक नए रास्ते पर ले जाया जा सकता है जिसमें प्राकृतिक और मानव संसाधनों के अंधाधुँध दोहन पर रोक लगाकर इस धरती पर जीवन की सम्भावना को बचाकर रखा जा सके।

दुनिया भर में समाजवादी आन्दोलनों से जुड़े लोगों के लिए आज यह सबसे बड़ी चुनौती है।

•••

9. इस लहूलुहान मंजर के पीछे

देश के सामाजिक-सांस्कृतिक जीवन में भी बेचैनी-सी है। यह बेचैनी राजनीतिक हलचलों में खो जाती है या ओझल हो जाती है और फिर प्रकारान्तर से राजनीति के ही नए मुद्दों में रूपान्तरित हो जाती है। परिणाम यह होता है कि सामाजिक या सांस्कृतिक मुद्दों का हल भी हम राजनीति में ही खोजने लग जाते हैं। वास्तव में यदि हम गहराई से देखें और विचार करें तो कितने ही अनसुलझे प्रश्नों को आजादी के बाद से ही ढोते चले आ रहे हैं। सामाजिक नेतृत्व हमारा कोई है नहीं, उसकी भरपाई राजनीतिक नेतृत्व ही कर देता है। लेखक-विचारक की हमारे समाज में आज वह हैसियत नहीं कि उस ओर आशा से अथवा विश्वास से देखा जाए। लिहाजा जो सामाजिक-सांस्कृतिक स्पेस है वह भी राजनीतिकों का अखाड़ा बन जाता है। धर्म, जाति, भाषा, अभिव्यक्ति आदि से जुड़े मुद्दों का हल निकालने की बजाए इसीलिए यथासंभव उन्हें टाला जाता है। फिर सही समय और अवसर मिलते ही इसपर राजनीति शुरू हो जाती है और तब वे मुद्दे सामाजिक या सांस्कृतिक मुद्दे न रहकर राजनीतिक मुद्दे बन जाते हैं। पहल समाज के हाथ से निकलकर राजनीति के हाथ चली जाती है, जहाँ वोट है, चुनाव क्षेत्र है, सत्ता है, सुविधा और प्रभुत्व है।

एक बहुलतावादी समाज में सहअस्तित्व के प्रश्न अनिवार्य रूप से प्रथमतः सामाजिक तथा सांस्कृतिक प्रश्न हैं। इनका समाधान राजनीति में खोजने के परिणाम क्या हो सकते है, यह इस उपमहाद्वीप के लोगों को खूब अच्छी तरह पता है। भारत विभाजन इसका सबसे वीभत्स उदाहरण है। राजनीतिक नेताओं ने यह तय कर लिया है कि हिन्दू और मुसलमान दो अलग सामाजिक-सांस्कृतिक इकाइयाँ हैं-इस हद तक अलग कि दोनों दो राष्ट्र हैं, इसलिए इनका साथ रहना संभव नहीं। एक हजार साल से दोनों समुदाय साथ रहते आए थे गाँव-गाँव, गली-मोहल्लों में, एक-दूसरे को मानते हुए, स्वीकारते हुए। परस्पर आदान-प्रदान और मेल-मिलाप से इन्होंने जो साझी संस्कृति विकसित की वह अंग्रेजों के जाने के समय ऐन आजादी के पहले

बेमानी हो गई। उस समय के दिग्गज राजनीतिकों को यह 'इल्हाम' हुआ -एक हजार साल रह लिया, बस बहुत हो गया, अब और साथ नहीं रह सकते। लाखों जानें गई, करोड़ों जिन्दगियाँ बर्बाद हो गई, देश बँट गया। हासिल क्या हुआ? एक घाव जो अब तक रिस रहा है। बँटवारा विफल हो गया लेकिन सरहदें अब भी अलग हैं और जैसे उनपर अब भी बिजली दौड़ रही है। भारत में अब भी बीस करोड़ मुसलमान हैं और वह एक हजार साल की विरासत अभी जिन्दा है, लाख चुनौतियाँ पेश आने पर भी। पाकिस्तान में हिन्दुओं का बाहुल्य पूर्वी पाकिस्तान में था जो अब बाँग्लादेश है जहाँ केवल आठ प्रतिशत हिन्दू बने जो आए दिन नृशंस हिंसा के शिकार होते रहते हैं। पश्चिमी पाकिस्तान जो आज का पाकिस्तान है, वहाँ गिने-चुने हिन्दू बचे हैं लेकिन इस मुस्लिम देश की सामाजिक-साँस्कृतिक उपलब्धि क्या है? इस्लाम क्या वहाँ सामाजिक एकता और भाईचारे का आधार बन सका? पंजाबी, सिंधी, बलूच, पठान, मोहाजिर -ये पहचानें क्या सहअस्तित्व का कोई ठोस आधार ढूँढ़ पाईं? यहाँ बात राजनीति की नहीं की जा रही है, वैसे पाकिस्तान की राजनीतिक उपलब्धि ही क्या है? परमाणु बम। सैन्यवाद और सामंती राजनीति, जो कहने को तो लोकतंत्र के लिए जूझ रही है लेकिन जिसके लिए लोक का मतलब मात्र प्रजा है जो शासित होने के लिए अभिशप्त है चाहे वह सैन्य शासक हों या जम्हूरी हुक्मरान। आज तक पाकिस्तान में जमीन के सवाल पर, बंधुआ मजदूरों और बेगारी के सवाल पर, शिक्षा के प्रसार और गुणवत्ता के सवाल पर, हाशिये पर धकेली गई आबादियों के सवाल पर किस दल ने कितने समय तक संघर्ष चलाया? कुछ महिला समूह और मानवाधिकार संगठन जरूर सक्रिय रहे हैं लेकिन प्रभावकारी हस्तक्षेप लायक हैसियत में वे अब भी नहीं आ सके। वैसे भी लोकतंत्र के व्यापक अर्थ में इन गतिविधियों को 'ऑर्नामेंटल' ही माना जाएगा, ये जमीनी संघर्ष की जगह नहीं ले सकतीं।

भारत, भारतीयता से अलग रहने और दिखने की जिद ने आज पाकिस्तान को इस मुकाम तक पहुँचाया है, जहाँ उसकी पहचान, उसके अस्तित्व को ही खतरा हो गया है-वह भी अपने ही अंदर से। यह जो लहूलुहान मंजर दिखता है -वह तो परिणाम है, कारण तो पाकिस्तान के जन्म के समय के ही हैं। याद कीजिए, पश्चिमी सीमाप्रांत की योद्धा जातियों को गांधीवादी अहिंसा और सत्याग्रह में संस्कारित करने वाले खुदाई खिदमतगार खान अब्दुल गफ्फार खाँ को किस प्रकार प्रताड़ित किया गया। पहले तो उन्हें गैर-इस्लामी और फिर पाकिस्तान का शत्रु ही घोषित कर दिया गया जो अब भी भारत विभाजन को स्वीकार न कर सका था। और आज पाकिस्तान का वही इलाका सबसे ज्यादा खौल रहा है। इतिहास दोहराता ही नहीं खुद को, शायद बदला भी लेता है।

भारत से अलग हो पाकिस्तानी शासकों ने सिर्फ इस्लाम के छाते के नीचे क्षेत्रीय पहचानों और विविधताओं को ढँकने या बलात मिटाने की कोशिश की। वे यह भूल गए कि धर्म राष्ट्रीयता का एक आधर भले हो सकता है, एकमात्र आधार नहीं। नहीं तो पूरा मध्यपूर्व एक देश होता, और यूरोप भी महादेश न होकर एक महाद्वीपीय राष्ट्र होता। बल्कि दुनिया में जितने धर्म हैं उतने देश होते। जिन दिनों पाकिस्तान की माँग जोर पकड़ रही थी और इसे साम्राज्यवादी ब्रिटिश सरकार की शह मिल रही थी, काश कोई उनसे पूछता कि जब धर्म और आस्था के नाम पर भारत में हिन्दू-मुसलमान दो राष्ट्र हैं तब ईसाइयत के नाम पर ब्रिटेन और फ्रांस अलग-अलग क्यों थे, एक ही देश क्यों न हो गए। धर्म के नाम पर बँटवारे का साम्राज्यवादी एजेंडा आज भी हमारे इस उपमहाद्वीप में चल रहा है, दुर्भाग्य से दोनों ही तरफ। इसके संवाहकों की अच्छी तादाद है, लेकिन सौभाग्य यह कि इनकी अब तक उतनी मनमानी चल नहीं पाई है। जनता का बड़ा हिस्सा इन्हें अभी-भी अंदर से स्वीकार नहीं करता है। आस्था के सनातन केन्द्र जो हमारे पूर्वजों ने मिलजुलकर बनाए थे वे आज भी हमारी स्मृति का हिस्सा हैं। उनमें से कुछ नफरत की आँधियों से महफूज रहे और आज भी हमें अपनी ओर खींचते हैं। पाकिस्तान में जो कुछ तीर्थ बच गए हिन्दुओं के, उनमें कतसराज का जीर्णषीर्ण मंदिर समूह और हिंगलाज माता मंदिर प्रमुख हैं। हिंगलाज को बलूच लोग नानी का मंदिर कहते हैं और इसे अपनी विरासत का हिस्सा मानते हैं। इसके बचे रहने का भी यही कारण है। पाकिस्तान की नई पीढ़ी में सिन्धु घाटी, पोरस और अब भगत सिंह को लेकर उत्सुकता जगी है, वे अपनी विरासत को नए सिरे से परिभाषित करना चाहते हैं, यह आशा जगाने वाली बात है। लाहौर के एक चैराहे को भगत सिंह चौक कहा जा रहा है। भारतीय प्रतिमानों को अगर पाकिस्तान अपनी विरासत से भी जोड़ता है तो भारत के साथ विरासत में साझा करने का यह बड़ा अवसर है जिसके सुखद परिणाम हो सकते हैं। इससे बँटवारे की निरर्थकता भी सिद्ध होती है।

देखें तो सहअस्तित्व से भारतीय जनजीवन को पूर्णता में परिभाषित नहीं किया जा सकता, ठीक उसी प्रकार जिस प्रकार 'धर्म' को 'रेलीजन' प्रतिस्थापित नहीं कर सकता। भारतीय जन-गण अलग-अलग अस्तित्वों का समुच्चय नहीं। हम साथ-साथ अपना अलग-अलग अस्तित्व बनाए नहीं रखते बल्कि अस्तित्व का साझा करते हैं। यह सहअस्तित्व नहीं बल्कि साझा अस्तित्व है। अनेक धर्मों, सैकड़ों भाषाओं-बोलियों और हजारों जातियों वाला समाज हजारों साल से साझे अस्तित्व के कारण आज तक बचा रहा। इस साझेपन को जब पश्चिमी नजरिए से सह-अस्तित्व के रूप में साम्राज्यवादियों ने देखा तो देश टूट गया। पिछले पाँच हजार

सालों में इसी साझेपन की बदौलत भारत की समावेशी संस्कृति का निर्माण हुआ है जिसका सबसे बड़ा गुण रहा है मत-भिन्नता की प्रतिष्ठा और विरोध सहन करने की शक्ति। यही हमारे सामाजिक, सांस्कृतिक, बल्कि राजनीतिक जीवन की बुनियाद रही है। आज भी अगर भारत में लोकतंत्र है तो इसके पीछे कही न कहीं एक यह बड़ा कारण है। लेकिन यह भी सच है कि आज हम एक इसी कसौटी पर लगातार कमजोर पड़ रहे हैं। हममें सहनशीलता घट रही है, हम विमत का आदर करना तो दूर, उसका सामना करने से भी कतराने लगे हैं और अनर्थ यह कि इसके लिए अपनी सामाजिक-सांस्कृतिक पहचान को ढाल बनाने की कोशिश करते हैं। यहाँ तक कि हत्यारों को बचाने के लिए भी हम अपनी पहचान की दुहाई देते हैं। इस स्थिति का लाभ वे लोग उठा रहे हैं जो अपने स्वार्थों के लिए दूसरों की स्वतंत्रता की सीमा तय करते है और हमारा राजनीतिक वर्ग इन्हीं स्वार्थी, आत्मकेन्द्रित तत्वों को भारत का जनगण, उसकी आवाज मानता है। एक किताब के खिलाफ कुछ सौ लोग सड़क पर आते हैं और सरकार आसानी से हिल जाती है और कानून व्यवस्था और व्यापक समाज के हित में वह किताब प्रतिबंधित कर दी जाती है। यही लोग किसी लेखक-कलाकार को देश निकाला दिलवा देते हैं या देश छोड़ने पर मजबूर कर देते हैं, तो कभी किसी रचनाकार को किसी सांस्कृतिक आयोजन में शामिल होने से रोक देते हैं। राजनीतिक लोग लेखक जमात का समाज पर इतना प्रभाव स्वीकार करते हैं कि उन पर या उनकी कृतियों पर पाबंदी लगाना उन्हें जरूरी लगता है? अगर हाँ, तो क्या अभिव्यक्ति का प्रश्न इस देश में राजनीति ही तय करती रहेगी? यह विडम्बना भी देखिए कि जो लोग भ्रष्टाचार के खिलाफ सड़कों पर उतरे जन सैलाब को 'जनता का प्रतिनिधित्व' नहीं मानते, उनके लिए वे लोग किस प्रकार भारत की आवाज बन जाते हैं जो कुछ सौ या हजार की संख्या में किसी लेखक या कलाकार के या उसकी कृति के खिलाफ पाबंदी की माँग करने सड़कों पर उतर जाते हैं।

तो क्या यह माना जाए कि हमारे देश की राजनीति हमारी संस्कृति के न सिर्फ खिलाफ जा रही है बल्कि साम्राज्यवादी काल की विभाजनकारी दृष्टि और युक्तियों को ही और मजबूत कर रही है? हमारी संस्कृति हमें अनेक में एक को देखने की दृष्टि देती है और इसी कारण भारत में अलग-अलग संस्कृतियाँ नहीं बल्कि एक ही विराट् संस्कृति की अलग-अलग अभिव्यक्तियाँ रहीं। अगर राजनीति इसी बात पर अमादा है तो आखिर हम और कितने नकली बँटवारों के लिए अभिशप्त होने वाले हैं! कब वह समय आएगा जब भारत का सांस्कृतिक विवेक राजनीतिक बुद्धि पर अंकुश लगा सकने की स्थिति में होगा। क्या हमारे लेखकों-कलाकारों-बुद्धिजीवियों में इसका हौसला है? क्या वे आधुनिकता और प्रगतिशीलता के अपने बने-बनाए

चैखटों से बाहर निकलकर भारत और इसकी सामाजिक-सांस्कृतिक विरासत को देखने-समझने की जहमत उठाने को तैयार हैं? क्या वे भारत और भारतीय उपमहाद्वीप के लोगों की 'एक-सी' तकदीर बदलने और इस यांत्रिक, निष्ठुर, नृशंस विश्वव्यवस्था को बदलने में अपनी कोई भूमिका देखते हैं? क्या वे 'गरीबनवाज' और 'हिंगलाज' प्रतीकों का अर्थ और महत्व समझने को तैयार हैं?

उनकी गरदन की तरफ जो हाथ तेजी से बढ़े चले आ रहे हैं उन्हें रोकने के लिए यह पहलकदमी उन्हें लेनी ही पड़ेगी।

•••

10. आहत आस्थाओं का देश

आस्था और अभिव्यक्ति को लेकर पिछले कुछ वर्षों में अनेक लज्जाजनक प्रसंग सामने आए हैं, बल्कि आए दिन कुछ न कुछ घटता ही रहता है। एक घाव अभी भरता नहीं कि और खरोचें लग जाती हैं। किसी के कुछ कहने पर कोई न कोई आहत हो रहा है, लेकिन जो कोई आहत हो रहा है वह खुद ही को कोई खास जाति या समुदाय बता रहा है। वह कह रहा है–चूँकि इस बात से मुझे चोट पहुँची इसलिए यह माना जाए कि मैं जिस समुदाय से आता हूँ उसकी भावनाएँ भी आहत हुईं। कौन हैं ये लोग? या तो धर्म या संस्कृति के ठेकेदार या फिर राजनीति के ठेकेदार। अब इस समाज में कुछ विलक्षण बुद्धिजीवी भी शामिल हो गए हैं लेकिन फिर भी इस विशेषता के साथ कि इन्हें व्यापक समाज का बुद्धिजीवी बनने से किसी 'इस' या 'उस' समाज का बुद्धिजीवी कहलाना बेहतर लगता है। ये बुद्धिजीवी भी ऊपरिलिखित 'ठेकेदारों' का ही पिष्टपोषण करते हैं, भले ही वे इस ख्याल में गाफिल रहें कि उनकी कोई अलग स्वायत्तता है। ये लोग किसी समुदाय विशेष की तरफ से पूरे अधिकार और विश्वास के साथ अपने विचार रखते हैं–आधिकारिक प्रवक्ता के तौर पर जैसे। मजे की बात यह कि उनके कथन भी प्राय: उकसाने या चोट पहुँचाने वाले ही होते हैं।

भारत में अभिव्यक्ति का प्रश्न अब नियंत्रित अभिव्यक्ति बनाम स्वाधीन अभिव्यक्ति का हो गया है। सरकार और अदालतें लोकतंत्र और संविधान की दुहाई देते हुए ही प्रगट या अप्रगट रूप से नियंत्रित अभिव्यक्ति के पक्ष में ही नजर आती हैं। हम बोलें जरूर, लेकिन ऐसे बोलें जिससे किसी और की 'भावनाएँ आहत न हों'! स्कूलों–कॉलेजों–पंचायतों में अब इस बात के लिए प्रशिक्षण की व्यवस्था होनी चाहिए कि एक नागरिक के तौर पर हमें क्या बोलना है, कितना बोलना है और कैसे बोलना है। प्रशिक्षकों के रूप में धार्मिक समूहों और राजनीतिक दलों के नुमाइंदों को नियुक्त किया जा सकता है। आखिर तो 'भावना' और 'आस्था' के

थोक डीलर तो ये ही लोग हैं। ये लोग ही तय करते हैं, किसे आने देना है, किसे निकाल बाहर करना है! अगर सचमुच ऐसी व्यवस्था हो जाए तो कम से कम सरकार का काम आसान हो जाएगा और जनता भी यह बात गांठ बांध लेगी कि वह 'जनार्दन' नहीं है, बस प्रजा है इस लोकतंत्र में, और इसीलिए ढंग से, हिसाब से रहना है। इतना होने पर तो 'स्वतंत्र्यचेता' बुद्धिजीवियों को अपनी औकात समझ में आ ही जानी है, और इन करतबों का प्रयोजन भी तो आखिरकार यही है।

कभी-कभी मन में विचार आता है कि इस बहुधार्मिक, बहुभाषिक, बहुसांस्कृतिक समाज में भाषाशास्त्रियों को नई 'लोकतांत्रिक भाषा' रचने के लिए तैयारी शुरू कर देनी चाहिए। ऐसी भाषा जिसमें व्यंजना न हो, मुहावरे न हो, व्यंग्य व उलटबांसियाँ न हों, जिसमें बात को समझाने के लिए उदाहरणों का प्रयोग न हो और हाँ, जहाँ मजाक के लिए भी कोई गुंजाइश न हो। हमारे यहाँ तो चुटकुले और लतीफे भी बहुत कहे-सुने जाते हैं जिनमें कोई न कोई समुदाय आ ही जाता है। दाद देनी पड़ेगी हमारे 'सरदार जी' भाइयों की जिन्होंने अब तक अपने ऊपर गढ़े जाने वाले लतीफों के लिए मुकदमा नहीं किया। या क्या पता उनकी सहनशीलता भी जवाब दे जाए! हमारे परम सहिष्णु ग्रामीण समाज में विभिन्न जातियों के बारे में एक से बढ़कर एक लोकोक्तियाँ और मुहावरे प्रचलित हैं। इनमें निम्न जातियों को ही नहीं, उच्च जातियों को भी लक्ष्य बनाया गया है, बल्कि अधिक बनाया गया है-उनके दोहरे मानदंडों, स्वार्थी व आत्मकेन्द्रित स्वभाव, उनके तिकड़मों और काइयाँपन को निशाना बनाया गया है। यह सब भी प्रतिबंधित हो जाना चाहिए अब, क्योंकि इससे आखिर किसी न किसी की भावनाएँ आहत होती ही हैं।

तो बिल्कुल सादा, सरल, समत्वपूर्ण, लोकतांत्रिक भाषा रचना और बरतना भी हमारा राष्ट्रीय कर्त्तव्य होना ही चाहिए। एक इतना-सा काम हो जाने पर तो लेखकों-लिक्खाड़ों का काम तमाम हो ही जाना है। इससे नियंत्रित अभिव्यक्ति का महान उद्देश्य पूरा हो जाता है। यह रास्ता निरापद है और लोकतांत्रिक मर्यादाओं के अनुकूल भी ठहरता है। आखिर अपने देश में वैसा कारनामा तो किया नहीं जा सकता, जेसे कि पूर्वी पाकिस्तान के ढाका में सन् 1971 के संभवतः अप्रैल महीने के आखिर में जनरल टिक्का खां की फौज ने पाकिस्तानी राष्ट्र के 'व्यापक हित में' अभियान चलाकर ढाका को लगभग 'बुद्धिजीवीविहीन' बना डाला था। रह रहेगा बांस न बजेगी बांसुरी। वैसे होने को क्या नहीं हो सकता। अपने देश में ऐसा सपना देखने वाले न हों-यह कैसे कहा जा सकता है। मौका मिलने की बात है। देश की जनता मौका कमोबेश सबको देती ही है-आज न कल।

जिस देश और समाज ने कुछ अपवादों को छोड़ कभी भी वाणी पर बंधन

स्वीकार नहीं किया उसे अब उपदेश देने की कोशिश की जा रही है-क्या बोलो, कैसे बोलो, या फिर बोलो ही क्यों? संवाद और सायुज्यता जिस समाज व संस्कृति का आधार रहा तो वहाँ अभिव्यक्ति का पाठ पढ़ाया जा रहा है। आप अभिव्यक्ति को रोकिए, और संवाद खत्म! इतना विशाल देश और समाज क्या संवादहीनता में टिका रह सकता है? क्या हमारे हित और सोच सचमुच इतना परस्पर विरोधी है कि हमें खुलकर अपनी बातें रखने से गुरेज करना चाहिए? यदि हाँ, तो एक राष्ट्र के रूप में बचे रहने की हमारी कुछ संभावना है?

एक भ्रम फैलाया जा रहा है, जैसे अभिव्यक्ति की स्वाधीनता का अर्थ दूसरों को चोट पहुँचना ही हो। यह बात तो कोई भी व्यक्ति समझ सकता है, बल्कि बचपन से ही हम पढ़ते-सुनते आए हैं कि हमारी स्वतंत्रता दूसरों पर बंधन भी हो सकती है, वह वहीं तक प्रयोज्य हो सकती है जहाँ तक दूसरे भी उसका उतना ही अनुभव करें जितना कि हम। उसी तरह गाली-गलौज और धमकी को स्वाधीन अभिव्यक्ति का उदाहरण नहीं माना जा सकता। हमारे बोलने की आजादी का मतलब है हमारे बारे में बोलने की दूसरों को आजादी देना। और क्या अर्थ हो सकता है इसका? यहाँ हम अथवा कोई अन्य व्यक्ति, समूह या समुदाय इससे बरी नहीं हो सकता-किसी भी आधार पर नहीं। ऐसा नहीं हो सकता कि हम राजनीति में सामाजिक विभाजन को स्वीकार करें और अभिव्यक्ति के मामले में इससे पलट जाएँ और 'दण्डमुक्ति' के बहाने तलाशें।

भारत में लोकतांत्रिक राजनीति का प्रसार हुआ है। इसके क्या नतीजे हुए हैं, अच्छे या बुरे, या जैसे भी, इसका विश्लेषण करने से रोका नहीं जा सकता, न ही उसकी कसौटी बदली जा सकती है। इसकी जरूरत तो कतई नहीं है। अगर आप दलित, पिछड़ा, अल्पसंख्यक या महिला बनकर चुनाव लड़ते हैं और अपनी इस विशिष्ट पहचान से सत्ता प्राप्ति में आपको सहूलियत होती है तो इसी आधार पर अपने कार्यप्रदर्शन या आचरण के मूल्याँकन से परहेज क्यों हो? यहाँ अभिव्यक्ति का मामला क्योंकर उठना चाहिए? आपको तो जवाब देने के लिए प्रस्तुत होना चाहिए और अपनी बात रखनी चाहिए।

याद आता है, संभवतः 1996 में पटना में आयोजित एक सभा में प्रख्यात समाजवादी नेता व चिंतक किशन पटनायक ने राजनीतिक विश्लेषण प्रस्तुत करते हुए कहा था कि यह भारत का दुर्भाग्य है कि राजनीति में जो शूद्र नेतृत्व खड़ा हुआ, वह भी भ्रष्ट हो गया, इससे बदलाव की संभावनाएँ धूमिल हो गईं। आज की स्थिति होती तो शायद किशनजी को भी अपने 'कथन' का फल भुगतना पड़ता। देश भर में उनके खिलाफ मुकदमे दायर होते और उन्हें 'खलनायक' घोषित कर दिया जाता।

उनके कथन की गहराई में उतरा जाए तो पता चलेगा कि किस पीड़ा से उन्होंने यह बात कही। तब तक राजनीतिक अर्थशास्त्र में भ्रष्टाचार को 'समकारी कारक' मानने के आधुनिक सिद्धांत का प्रवर्तन नहीं हुआ था, उनका कथन तो इस सिद्धांत के ठीक विपरीत पड़ता है। इसी प्रकार सत्तर से नब्बे के दशक तक आंदोलनकारी समूहों में यह सर्वमान्य बात थी कि महिलाओं के समाज और राजनीति की मुख्यधारा में आने से समाज और व्यवस्था मानवीय बनेगी। क्या इस विश्वास पर देश का महिला नेतृत्व खरा उतर सका? चार-पांच राज्यों में महिला नेतृत्व उभरा तो, लेकिन उसने अपने को किसी भी स्तर पर पूर्ववर्तियों से अलग दिखने का प्रयास भी नहीं किया, बल्कि कभी तो अपने को अधिक सख्त और असंवदेनशील ही सिद्ध किया। क्या यह असंगत विश्लेषण है और महिला विरोधी है, और ऐसा कहना अभिव्यक्ति की स्वतंत्रता का दुरुपयोग है?

राजनीतिक जोड़-घटाव व चुनावी लाभ-हानि के फेर में देश में एक प्रतिबंध की संस्कृति विकसित की गयी है। अदालत भी 'प्रतिबंध' की मांग पर अतिशय संवेदनशीलता, बल्कि सदाशयता दिखाती है। यह कौन-सा लोकतंत्र है जिसमें सरकार कोई फिल्म देखकर बताए कि वह जनता के देखने योग्य है या नहीं? कोई किताब पढ़कर हमें बताया जाए कि न, यह तुम्हारे पढ़ने योग्य नहीं! क्या सरकार के पास कोई पैमाना है जिससे यह जाना जा सके कि कोई फिल्म देखने या किताब पढ़ने की इच्छा रखने वाले कितने लोग हैं देश में, और उनकी इच्छा का भी आदर होना चाहिए? कुछ सौ या हजार लोगों के विरोध पर इतने बड़े देश में अभिव्यक्ति का प्रश्न हल किया जाएगा? यह तो नकारात्मकता की हद है! कितनी लज्जाजनक बात है यह कि 'कामाध्यात्म' के देश में हम नग्नता को अश्लीलता में रेड्यूस होते देख रहे हैं, और स्वयं अश्लीलता की ओर से आंखें फेर रखी हैं। हमारे बच्चे पोर्न साइट्स देखते बड़े हो रहे हैं, स्त्री-पुरुष होने का अर्थ नर-मादा होने में सिमटता जा रहा है, और कुछ सिरफिरे कलाकारों की बनाई नग्न आकृतियों पर रंग पोत रहे हैं। वैलेंटाइन डे मनाते युवाओं को कान पकड़वाकर उठ-बैठ करवा रहे हैं। हम इन 'आहत' लोगों की यह सब स्वतंत्रताएँ सह रहे हैं। ये स्वतंत्रताएँ सिस्टम को, सरकार को, सत्ताधारी वर्ग को सूट करती हैं। इन्हीं स्वतंत्रताओं की आड़ में एक ओर युवा पीढ़ी को 'लाइसेंस्ड दारू' में डुबोया जा रहा है तो दूसरी ओर अखबार मालिकों को सरकारी टेंडरों व विज्ञापनों से मालामाल कर असहमति और विरोध को ढकने की कोशिशें की जा रही हैं। लोकतंत्र का आभास हो तो ठीक, वह वास्तविक न बनने पाए। अभिव्यक्ति को नियंत्रित करने के ये उदाहरण हैं।

हमारा यह इतना विशाल देश संवादहीनता में अब तक नहीं जीता रहा। हमारी

संस्कृति तो संवाद की संस्कृति रही है। अलग-अलग मत और विचार रखते, अलग आचरण और व्यवहार का पालन करते लोग साथ-साथ रहते आए हैं। हमारे यहाँ तो आस्तिकों ने ईशनिंदा को भी आदर से देखा। चार्वाक जैसे भोगवादी दर्शन के जनक को भी ऋषि माना। दिगंबरों को हाथ जोड़कर प्रणाम किया और उनके प्रति श्रद्धा बरती। आत्मा के सामने देह को नगण्य माना। रति को भी सृजन की अपरिमित संभावनाओं के रूप में देखा बल्कि उसे देवोपलब्धि का माध्यम बनाया। हम अपने सामुदायिक आचरण में कितना गिर चुके हैं, यह देखने का साहस अपने अंदर जुटाने का समय आ गया है। परस्पर व्यवहार और विचार-विनिमय के लिए एक जागृत समाज अपने को कानून और सरकार के ऊपर नहीं छोड़ सकता।

सार्थक संवाद स्वाधीन अभिव्यक्ति से ही संभव है। बहुलतावादी अथवा बहुसांस्कृतिक समाज अभिव्यक्ति पर नियंत्रण से नहीं बल्कि सामाजिक-सांस्कृतिक सुनम्यता से ही बच पाएगा। यह सुनम्यता तब बढ़ेगी जब प्रत्येक सामाजिक समूह या समुदाय अपने से बाहर देखने की भी कोशिश करेगा, उसमें आलोचना करने का साहस और आलोचना सहने का धैर्य और शक्ति होगी। जो सचमुच लोकतंत्र और आजादी चाहते हैं उन्हें यह सुनिश्चित करना होगा कि अभिव्यक्ति आस्थाओं की बंधक न हो। अभिव्यक्ति पर नियंत्रण तो आखिरकार समाज को लगातार कट्टरता अथवा कठोरता, अर्थात भंगुरता की ओर ही ले जाएगा।

•••

11. विकास की मरीचिका

व्यापार और युद्ध-अभियान -सभ्यताओं के बीच संपर्क के यही दो प्रमुख माध्यम रहे हैं। यों, आप्रवास को भी एक माध्यम गिना जा सकता है, सबसे आदि कारण, जिसमें एक स्थान पर बसने वाला आदि मनुष्य समूह भोजन अथवा संसाधनों की खोज में एक स्थान से दूसरे स्थान पर विचरता था, लेकिन इसकी परिणति भी अंततः युद्धों और समझौतों में ही होती थी। बाद में सभ्यता के विकास के साथ जरूरतों को पूरा करने के लिए आदान-प्रदान और फिर व्यापार का विकास हुआ। लेकिन इसके उलट युद्धों और लड़ाइयों ने भी नई शक्लें अख्तियार कीं। केवल भूमि के लिए नहीं, व्यापार और बाद में धर्म प्रचार के लिए भी युद्ध होने लगे, और दुनिया की सूरत लगातार बदलती चली आई। आज भी दुनिया में जो जद्दोजहद है उसके मूल में व्यापार है जिसकी जद में धरती के समस्त संसाधन हैं।

इस बीच दुनिया पूरब-पश्चिम में ही नहीं, दक्खिन-उत्तर में भी बंट गई है। दिशाएँ एक-दूसरे के खिलाफ जा रही हैं, जबकि पिछले ढाई हजार साल के इतिहास पर ध्यान दें तो ऐसी फाँक होनी नहीं चाहिए थी। अगर पूरब और पश्चिम के बीच सभ्यताओं का विभाजन मान भी लिया जाए, जो कि माना ही जाता है, तो 326 ई.पू. सिंकदर ने पूरब विजय के लिए नहीं, विश्व विजय के लिए अपना युद्ध अभियान शुरू किया था। वास्तव में ग्रीस के पश्चिम में था भी क्या जिसके लिए अभियान चलाया जाता। दुनिया तो उस समय पूरब की ओर खुलती थी, फैलती गई थी। सिकंदर ने बड़े-बड़े साम्राज्यों को धूल में मिलाया, राजवंशों का नाश किया और भारतीय उपमहाद्वीप तक आ पहुँचा। यहीं पूरब के प्रताप से उसका प्रथम और वास्तविक साक्षात्कार हुआ। पूरब के ज्ञान, उसके बौद्धिक और भौतिक वैभव से ही नहीं, पराक्रम से भी जबकि सिन्धु पार करने पर राजा पोरस ने उससे लोहा लिया जिसे सिकंदर ने हराया तो, लेकिन मित्र बना लिया।

पश्चिम का पूरब, विशेषकर भारत से यह पहला संपर्क नहीं था। आज हमें ज्ञात

होता है कि सिन्धु घाटी सभ्यता काल में भी भारत के मिस्त्र और मेसोपोटामिया के साथ घनिष्ठ व्यापार संबंध थे। रोचक तथ्य यह है कि सिकंदर का अभियान धार्मिक अभियान नहीं था। न तो धर्म रक्षा न ही धर्म थोपने या स्थापित करने के लिए उसने विश्व विजय की कामना की। इसके पश्चात रोमन साम्राज्य के उत्थान में भी धर्म विजय की आकांक्षा या भूमिका नहीं थी। रोमन साम्राज्य पहली सदी ईसापूर्व से पांचवीं सदी ईसापूर्व तक पश्चिमी सभ्यता का केन्द्र बना रहा।

लेकिन यही वह काल था जबकि पश्चिम पर पूर्व ने प्रभाव डालना शुरू किया जिसका असर आज तक है, बल्कि समय बीतने के साथ मजबूत ही होता गया है। मध्यपूर्व यहूदी, ईसाई और बाद में इस्लाम धर्म का अभ्युदय केन्द्र हुआ। यहूदी, और ईसाई धर्म का फैलाव शुरू में पूरब की ओर उतना नहीं हुआ जितना पश्चिम की ओर हुआ क्योंकि उस समय रोमन साम्राज्य उत्कर्ष पर था। शुरू में तो रोमन ईसाइयत को कुचलने में लगे रहे, लेकिन धीरे-धीरे स्वयं इसके प्रभाव में भी आते गए। बाद में छठी सदी में इस्लाम का उदय हुआ तो रोमन साम्राज्य का पतन हो रहा था, पश्चिमी भाग का पतन हो चुका था, जबकि साम्राज्य का पूर्वी भाग पुनः खड़ा होने की कोशिश कर रहा था बाइजैनटाइन साम्राज्य के रूप में जिसकी राजधानी थी कौन्सटैनटिनोपोल। संभवतः इसी कारण इस्लाम का प्रसार जिस तेजी से पूरब की ओर हुआ, उतनी तेजी से पश्चिम की ओर नहीं। ईसाई और इस्लामी सत्ताओं के बीच चले लम्बे 'धर्मयुद्ध' का भी यही कारण रहा। यूरोप पर पूर्वी रोमन साम्राज्य अथवा बाइजैनटाइन साम्राज्य का प्रभाव पंद्रहवीं सदी तक रहा। तब तक इस्लाम एशिया और अफ्रीका के बड़े भू-भाग का प्रमुख धर्म बन चुका था।

बौद्ध धर्म ढाई हजार वर्ष पहले, यानी ईसा के भी पांच सौ वर्ष पहले भारत में जन्मा और बाद में विश्वधर्म बना लेकिन इसका प्रसार पूर्वीभिमुख हुआ, पश्चिम में यह अधिक से अधिक अफगानिस्तान तक प्रसार पा सका जो एक जमाने में बड़ा बौद्ध केंद्र था, लेकिन बाद में इस्लाम के प्रभाव में आ गया। 'काली आंधी' चंगेज खां ने भी इसे रौंदा था। बौद्ध धर्म चीन, वियतनाम, कम्बोडिया और जापान तक फैला, लेकिन पश्चिम एशिया और यूरोप को यह अपने प्रभाव में नहीं ले सका। लेकिन पूरब की पश्चिम को सबसे बड़ी देन यही है कि अमेरिका सहित समस्त यूरोप की जो धर्म-आस्था है वह पूरब में ही उद्धृत और विकसित हुई है। यह पूरब और पश्चिम का सम्मिलन बिन्दु भी है और इस दृष्टि से यह फॉंक नकली भी लग सकती है। लेकिन आश्चर्य की बात यह है कि यह सब होते हुए भी पूरब के प्रति पश्चिम की दृष्टि सदा औपनिवेशिक रही है। पश्चिम ने पूरब को सदा हीन दृष्टि से ताका खासकर पिछले पांच सौ सालों में।

भले ही गणित और विज्ञान के सूत्र भारत और अरब में विकसित हुए हों, विज्ञान के आधार पर आज जो दुनिया का भौतिक परिवेश निर्मित हुआ है वह पश्चिम की पूरी दुनिया को देन है। भले ही इसके लिए यूरोप को 'अंधकार युग' से गुजरना पड़ा हो लेकिन आधुनिक ज्ञान-विज्ञान का प्रकाश उसी से दुनिया भर में फैला। पश्चिम ने मनुष्य की अपनी भौतिक परिस्थितियों को बदलने की असीमित क्षमता सिद्ध की। यंत्र शक्ति का उपयोग करके उद्योग आधरित एक नई सभ्यता का ही निर्माण पश्चिम ने कर दिया। यही नहीं, पश्चिम में नई चिंतन पद्धतियों एवं दर्शन का भी विकास हुआ। कला, स्थापत्य, राजनीति, अर्थशास्त्र, शिक्षा, चिकित्साशास्त्र, समुद्र विज्ञान और अंतरिक्ष विज्ञान के क्षेत्र में भी नई और युगांतरकारी स्थापनाएँ सामने आईं। कितने ही नये शास्त्र और ज्ञान-विज्ञान की शाखाएँ विकसित हुईं।

लेकिन यह सब कुछ पश्चिम सिर्फ अपने बूते कर सका, ऐसा नहीं है। उसने अपने उद्यमों में पूरब ही नहीं, दुनिया भर के देशों के संसाधनों का उपभोग किया, दोहन किया। अपने कौशलों का इस्तेमाल उसने उपनिवेश बनाने में किया, एक नई तरह की गुलामी की शुरूआत की। पूरब और पश्चिम का पिछले पाँच सौ सालों में अंत:क्रियात्मक संबंध बना, लेकिन यह इकतरफा था और असमानता पर आधारित था, बल्कि लूट इसकी बुनियाद थी। दुनिया को 'सभ्य' बनाने का काम और ईसाई धर्म का प्रचार-प्रसार साथ-साथ चलता रहा। उपनिवेशवाद में 'सभ्यता' और 'आधुनिकता' के नाम पर देसी सत्ताओं और प्रजा को अपने अधीन किया जाता रहा। इसके पीछे काल चिंतन की एक रेखीय अवधारणा थी जिसके आधार पर उपनिवेशों का अतीत त्याज्य, वर्तमान दयनीय लेकिन भविष्य सुखमय था क्योंकि उपनिवेशों का भविष्य अब वास्तव में नई सभ्यता के ध्वजवाहकों से जुड़ गया था, पूँजीवाद जिनकी सबसे बड़ी उपलब्धि बनी।

विकास का जो हल्ला द्वितीय विश्व युद्ध के बाद मचा, उसके पीछे वास्तव में उपनिवेशवादी दर्शन ही था जिसे नई विश्व परिस्थितियों में गरीब, पिछड़े, नव-स्वतंत्र देशों में खास तौर पर, आजमाना था। विकास एक ऐसा चमत्कारी शब्द था जो कल के औपनिवेशिक शासकों को अब भी अपनी पूर्व प्रजा से जोड़े रख सकता था, जिसके सहारे एशिया, अफ्रीका और बाकी दुनिया के संसाधनों तक पहुँच बनाई जा सकती थी। इस अर्थ में विकास पश्चिम और पूरब (बल्कि शेष दुनिया) के बीच का सबसे विश्वसनीय सेतु बना। नव-उपनिवेशवाद, जिसका सबसे प्रगट रूप भूमंडलीकरण है, विकास की मरीचिका पर ही खड़ा है। यूरोप और अमेरिका का अनुगमन दुनिया के लगभग सभी देश कर रहे हैं। वे रास्ता दिखा रहे हैं, हम चल रहे हैं। कहने को दुनिया एक हो रही है, दूरियाँ मिट रही हैं। लेकिन वास्तव में एकाधिकार और

भेदभाव इस विश्व-व्यवस्था का अभिन्न हिस्सा हैं जिसे मुक्त बाजार की आड़ में प्रोत्साहित किया जाता है। लोकतंत्र को इस व्यवस्था की चालक शक्ति बताया जाता है जबकि राजनीतिक संस्थाओं की इसमें कोई हैसियत नहीं, जनपक्षीय राजनीति का तो एक तरह से निषेध ही है। लोकतांत्रिक देशों में भी नीति-निर्माता, नौकरशाह, व्यापारी घरानों और राजनीतिक वर्ग -इनसे मिलकर वह समूह बनता है जो जनता की राजनीति को विकास की राजनीति से विस्थापित कर देता हैं और विकास को राष्ट्रीय जीवन का एक मात्र लक्ष्य मानता या सिद्ध करता है। उत्तर-औपनिवेशिक काल इस अर्थ में औपनिवेशिक काल का ही विस्तार है जिसमें कहने को तो पूरब-पश्चिम, उत्तर-दक्खिन मिले हुए हैं, एक हैं, लेकिन वास्तव में विकसित पश्चिम अपना वैभव बनाए और बचाए रखने के लिए अविकसित पूरब को 'विकास' के रास्ते ले जाने को अमादा है। इस विकास, इस मरीचिका की कीमत क्या है, अब यह गोपन बात नहीं रही। पर्यावरणीय क्षति तो है ही, मानवीय क्षति की तो माप करना भी संभव नहीं। नकली, सतही सरोकारों से मानव समाज को जोड़ दिया गया। भोग मात्र को जीवन मूल्य और मानव-मुक्ति का साधन बना दिया गया। मनुष्य जीवन प्रकृति-द्रोह से होकर अब आत्मद्रोह के चरण में आ पहुँचा है। इसके आगे क्या?

दुनिया भर में दिनोंदिन खोखली होती जाती विश्व अर्थव्यवस्था पर चिंता जताने वालों की भी कभी नहीं। यह बात अलग है कि उनकी अभी सुनी नहीं जा रही, वे अल्पमत में हैं, और यह बात भी जरूर है कि इस भँवर से निकलने का कोई विश्वसनीय रास्ता वे नहीं सुझा पा रहे हैं। जिन देशों और समाजों से इस ढहती व्यवस्था के बदले नई व्यवस्था विकसित करने की अपेक्षा थी, और जिनपर यह जिम्मेदारी भी बनती थी, वे स्वयं इस डूबते जहाज के मस्तूल पर खड़े होकर बड़े बनने की कोशिश कर रहे हैं। चीन, भारत, दक्षिण अफ्रीका, ब्राजील -सब जैसे अधीरता से डूबने की अपनी पारी का इंतजार कर रहे हैं। बस भारत के एक नन्हें पड़ोसी ने अपने तईं इस 'वृद्धि' और 'विकास' को चुनौती दी है। भूटान ने अपने नागरिकों के जीवन की खुशहाली मापने के लिए 'सकल राष्ट्रीय प्रसन्नता' को कसौटी बनाया है। यह अपने आप में बहुत बड़ा बदलाव है जिसमें मानव जीवन की संतुष्टि और सुख के लिए भौतिक उपलब्धियों को एकमात्र मानदण्ड मानने से इनकार कर दिया गया है। प्रकृति, पर्यावरण और मनुष्य के बीच के नैसर्गिक संबंध और अंतरनिर्भरता में ही जीवन की सार्थकता है -हिमालय की गोद में बसा यह छोटा-सा देश पूरी दुनिया को यह संदेश दे रहा है, जिसने हाल ही में लोकतंत्र को अपनाया है। भले ही यह तूती की आवाज से अधिक न हो, लेकिन पश्चिम को पूरब का जवाब है और आवाह्न भी कि आज मानव जीवन के उद्देश्यों को नये सिरे से

परिभाषित करने की जरूरत आन पड़ी है।

विश्वविजयी पश्चिम के विजय रथ के लिए आगे रास्ता नहीं है। जरूरत आज वैकल्पिक विकास तक सीमित नहीं रही, क्यों कि वैकल्पिक विकास की अवधारणा भी विकास के विमर्शों में ही उलझ कर रह जाती है। अब तो समय आ गया है जब हम विकास का विकल्प ढूँढें। यह काम आसान नहीं है लेकिन गांधीजी ने पूरब और बाकी दुनिया की तरफ से पश्चिम को जो जवाब दिया था, वह हर प्रकार से विकल्प का ही रास्ता था। उन्होंने पश्चिमी औपनिवेशिक सत्ता की हिंसा के विकल्प में अहिंसा, झूठ और आडम्बर के विकल्प में सत्य, तथा शोषण और दमन के विकल्प में सत्याग्रह, परतंत्रता के विकल्प में स्वराज, परावलम्बन के विकल्प में स्वावलंबन तथा आर्थिक और राजनीतिक केन्द्रीकरण और एकाधिकार के खिलाफ विकेन्द्रीकरण का मार्ग सुझाया था और सफलतापूर्वक इस पर आगे बढ़े थे। पश्चिमी सभ्यता, पूंजीवादी अर्थतंत्र, उद्योगवाद और राज्यवाद का सबसे ठोस और विश्वसनीय विकल्प तो गांधीजी ने सुझाया। उनके काम का महत्व भारत के स्वतंत्रता आंदोलन तक सीमित नहीं था। भारत के बाद तमाम एशियाई और अफ्रीकी देश औपनिवेशिक दासता से मुक्त हुए, लेकिन हाय! उन्होंने अपनी नई राह नहीं बनाई। स्वयं गांधी के देश ने विकल्प का रास्ता नहीं चुना। स्वतंत्र देश के शासकों ने एक नये प्रकार के उपनिवेशवादी जकड़न में खुद को जकड़ जाने दिया। वे मानो पश्चिम के प्रतिनिधि बन गए और संभावनाओं का अंत कर दिया।

•••

12. औद्योगिक सभ्यता का सीमांत

यह नहीं कि युद्ध के बादल मँडरा रहे हैं लेकिन लगभग पूरी दुनिया में हलचल-सी है। वैसे भी युद्ध की अनुपस्थिति का यह अर्थ नहीं कि शांति है, संघर्ष नहीं है। संघर्षों से अपने ढंग से चीजें बदलती हैं, उनका दुनिया पर प्रभाव पड़ता है। कई तरह के संघर्षों में अभी दुनिया उलझी हुई है -व्यापारिक संघर्ष, सर्वसत्तावादी सत्ताएँ और आर्थिक उपनिवेशवाद तथा संसाधनों पर असमान नियंत्रण एवं वितरण - ये सब स्थितियाँ संघर्ष की उपस्थिति का ही प्रमाण हैं।

लेकिन ये संघर्ष ही इस हलचल को पूरी तरह परिभाषित नहीं करते। कुछ और भी है जो समान रूप से ग्रह के निवासियों को उद्वेलित कर रहा है। वह है यह आशंका कि क्या धरती पर हमारे रहने की दशाएँ बदल रही हैं? यदि हाँ, तो क्या मनुष्य समाज इन बदली हुई दशाओं के साथ अनुकूलन करने में समर्थ या सफल हो सकेगा? क्या सचमुच प्रकृति कुपित है, और इसीलिए दुनिया के सबसे शक्तिशाली देश की भी परीक्षा ले रही है -किस्म-किस्म के चक्रवात जिनमें तीन सौ किलोमीटर तक की रफ्तार से हवाएँ चलती हैं। बाढ़, भूस्खलन, समुद्री चक्रवात और ... सुनामी! ज्वालामुखी भी ताबड़तोड़ फूट रहे हैं। प्रकृति द्वारा प्रस्तुत इन चुनौतियों से जूझने में बहुत शक्ति जा रही है, लेकिन आदतन एक बार संकट टल जाने के बाद हम वापस अपने आप में लौट आते हैं, यानी यथास्थिति में।

अब एक दूसरा दृश्य! एक अधेड़ ग्रीक नागरिक ने एक अध्ययन दल को बताया, " एक आसान लक्ष्य बनाए जाने के कारण मैं अपने देश से उकता गया हूँ। ग्रीस को दिवालिया हो जाने दो। समूचे यूरोप को दिवालिया हो जाने दो। मैं उन्हें रोकना चाहता हूँ कि वे पैसों के लिए मेरा खून न बहाएँ, पैसे मेरे पास हैं ही नहीं!...." ऋण संकट से जूझते ग्रीस में युवाओं का गुस्सा उबल पड़ा। उससे पहले स्पेन में दो हफ्ते की जबरदस्त हड़ताल हुई। वहाँ के युवा सरकार की मितव्ययिता की नीति का विरोध कर रहे हैं। स्पेन के युवा अपने देश के लिए एक बिलकुल नई

राजनीतिक और आर्थिक व्यवस्था चाहते हैं। यही माँग पुर्तगाल तक पहुँच गई और अब इसकी प्रतिध्वनियाँ ग्रीस में भी सुनाई पड़ रही हैं। अंदेशा है कि समय बीतने के साथ यूरोप में हर कहीं इसकी अनुगूँज सुनने को मिल सकती है।

डोमिनिक रेनी एक राजनीतिविज्ञानी हैं और वे पेरिस के थिंक टैंक कहे जाने वाले 'फाउंडेशन फॉर पोलिटिकल इनोवेशन' के जेनरल सेक्रेटरी भी हैं। वे कहते हैं कि यह आंदोलन उन तनावों का प्रतिनिधित्व करता है जिन्हें यूरोप के युवा झेल रहे हैं। यह पीढ़ी राजनीतिक और लोकतांत्रिक अर्थों में अधिक दुर्द्धर्ष है। यह जानना रोचक होगा और अपने देश के लोगों के लिए कुछ चकित करने वाला भी कि यूरोप के युवाओं के गुस्से का सर्वप्रमुख कारण यह है अब उनके समाज और सत्ताओं के पास उन्हें देने के लिए वह सब सुख-साधन और स्वतंत्रता नहीं जिनका उपभोग स्वयं उनके माता-पिता, अर्थात पूर्ववर्त्ती पीढ़ी करती आई थी। रोजगार, केरियर और अवकाश (मुक्त समय) की यूरोपीय युवाओं की यह चिन्ता कोई नई नहीं है। पिछले कुछ दशकों में इन मुद्दों पर निराशा इस हद तक बढ़ी है कि इंग्लैण्ड सहित कई देशों में आव्रजन सम्बंधी नीतियों का भी विरोध हुआ है जिनके अंतर्गत दूसरे देश के लोगों को यूरोपीय देशों में रोजगार मिलता है। कहीं-कहीं निराशा नृजातीय तनावों के रूप में प्रकट होती रही है। यह स्थिति धनाढ्य उत्तरी यूरोप तथा कमतर पूर्वी एवं दक्षिणी यूरोप में बनी रही है।

जैसा कि विश्लेषक कहते हैं ग्रीस, स्पेन, पुर्तगाल आदि देशों में जो युवा देश की सत्ता के खिलाफ खुलकर सामने आए हैं, उन्हें लगता है कि उनके समाज और उनके देश की सरकारों ने उनकी कोई सुध नहीं ली और उनकी आकांक्षाओं को विफल किया है। पिछले महीनों में 'अरब-वसंत' लाने वाले समानधर्मा तरुणों से प्रेरणा लेकर सत्ता और नीतियों को बदलने के संकल्प के साथ वे सड़कों पर आए हैं। मित्तव्ययिता और संयम बरतने की उनकी सरकारों की अपील उनको जैसे मुँह चिढ़ा रही है। हाँ, यह विडम्बना है कि सरकार की वृद्ध लोगों की सामाजिक सुरक्षा और पेंशन सम्बन्धी प्रावधानों का भी वे खुलकर विरोध कर रहे हैं। उन्हें लगता है कि उनके हितों की कीमत पर बूढ़े सब माल काट ले जा रहे हैं। पेरिस स्थित 'फाउंडेशन पफॉर पोलिटिकल इनोवेशन' द्वारा कराए गए एक अध्ययन -'2011, वर्ल्ड यूथ्स' में यह बात उजागर हुई है कि यूरोप आने वाले दिनों में पीढ़ियों के बीच जबरदस्त संघर्ष से दो-चार होगा। वहाँ युवाओं में यह समझ बन रही है कि ज्यों-ज्यों आबादी बूढ़ी होती जाएगी, त्यों-त्यों यांत्रिक रूप से वह सामूहिक धन अवशोषित करती जाएगी जिसकी कीमत युवाओं को ही चुकानी पड़ेगी। उन्हें उन ऋणों का भी भुगतान करना पड़ेगा जो कि वर्तमान जीवन स्तर को संभव बनाने के लिए उगाहे गए थे

लेकिन जिसका वे स्वयं उपभोग नहीं कर पाएँगे। युवाओं को लगता है अब भी बुजुर्ग या अनुभवी लोग उनके लिए बहुत कम जगह छोड़ रहे हैं –उत्तरदायित्व की दृष्टि से भी और सुविधा की दृष्टि से भी।

इस स्थिति को हम इस प्रकार भी समझ सकते हैं कि द्वितीय विश्वयुद्ध के बाद की पीढ़ी ने 'वृद्धि दर' की दौड़ में अपने लिए जिस भोग–विलास का सामान इकट्ठा किया, उसे अपनी भावी पीढ़ी तक पहुँचाने में असफल रही। यह विलास इस तरह अल्पजीवी दिखाई देता है जिसकी उम्र बमुश्किल साठ–सत्तर साल रही। अभी तो यह परिघटना मुख्यत: पूर्वी यूरोप एवं दक्षिणी–यूरोप में ही अधिक परिलक्षित हो रही है लेकिन उत्तरी यूरोप भी इससे शायद ही अछूता रह पाए। उत्तरी यूरोप के देशों ने समय रहते अपनी नीतियों में कुछ सुधार शुरू कर दिए थे।

तो दो सौ साल पूर्व के औद्योगिकीकरण के परिणामों की विवेचना का एक यह आधार भी हो सकता है कि प्राकृतिक संसाधनों के अंधाधुंध दोहन, मानव श्रम के अपरिमित शोषण और मूल निवासियों एवं औपनिवेशिक आबादियों के नृशंस दमन का फलाफल यह कि पश्चिम का उपभोग–स्तर ऊपर उठ जाए, उनके लिए दुनियावी सहूलियतों का ऊँचा से ऊँचा मुकाम हासिल किया जाए, और तब भी वह आगे की पीढ़ियों के लिए कम पड़े। इस पूरी प्रक्रिया में जिस जीवनमूल्य का निर्माण हो उसमें युवतर पीढ़ी अपनी अग्रज पीढ़ी को जरूरत के समय प्रदान की जा रही मूलभूत सुविधाओं पर एतराज करे क्योंकि इसके लिए उसे कमतर सुविधाओं और सुरक्षा से संतोष करना पड़ेगा। पूर्व की महानता का बखान न भी करें तो पिछले दो सौ सालों में 'नई सभ्यता' का निर्माण करके पश्चिम अपने लिए यही जीवनमूल्य सृजित कर पाया है।

युवा दुनिया के अलग–अलग हिस्सों में उबल रहे हैं, अलग–अलग कारणों से। अरब के युवाओं के आक्रोश का कारण सर्वसत्तावादी व्यवस्था का उत्पीड़न, भ्रष्टाचार, गरीबी और बेकारी है। कहीं–कहीं बाहरी हस्तक्षेप भी एक कारण है। वे लोकतंत्र और सत्ता में आम जनता की भागीदारी के लिए भी लड़ रहे हैं, और कठोर दमन के शिकार हो रहे हैं। उस प्रकार के दमन की उमीद यूरोप में नहीं की जा सकती क्योंकि वहाँ लोकतांत्रिक सरकारें काम कर रही हैं। वहाँ भी बेकारी या रोजगार के अवसरों का सीमित होना जरूर एक बड़ा कारण है युवाओं के आक्रोश का, लेकिन वास्तव में द्वितीय विश्वयुद्ध के बाद कायम हुई सामाजिक–राजनीतिक व्यवस्था से उनका विश्वास उठ गया है जिसमें उनकी आकांक्षाओं के लिए जगह ही नहीं बचती, उनके लिए सुखद और सुरक्षित भविष्य का आश्वासन नहीं मिलता। यानी यूरोप और एशिया, दोनों ही महादेशों में युवाओं का अपने यहाँ की व्यवस्थाओं पर भरोसा नहीं

रह गया है।

क्या यह आकस्मिक है कि अरब के तेल भण्डारों से ही यूरोप का बैभव बना है? ये भण्डार दिनोंदिन खाली हो रहे हैं। यही क्यों, यूरोप के कोयला भण्डार भी तो अक्षय नहीं है। दूसरी ओर उपभोग की लालसा बढ़ती ही जा रही है, कम होने का नाम नहीं लेती। उपभोग के लिए उत्पादन, उत्पादन के लिए ऊर्जा, और ऊर्जा के लिए? धरती, उसके संसाधन जो धीरे-धीरे चुक रहे हैं, शेष हो रहे हैं। वैकल्पिक ऊर्जा स्रोतों पर निर्भर हो रहने की कोई स्थिति नहीं है, आगे भी बनती दिखाई नहीं देती। परमाणु ऊर्जा के सक्षम विकल्प के रूप में इस्तेमाल होने पर चेरनोविल और फुकुशिमा जैसे हादसों से बार-बार सवाल उठ रहे हैं। परमाणु हादसों को रोकने की शत-प्रतिशत गारंटी नहीं है, हादसों के प्रभावों पर तो कोई वश ही नहीं है, ऐसे में परमाणु ऊर्जा को सक्षम विकल्प के रूप में कैसे देखा जा सकता है? दूसरी ओर लगातार बिगड़ता पर्यावरण ऊर्जा के परम्परागत स्रोतों -कोयला, गैस, तेल आदि के इस्तेमाल के प्रति सचेत कर रहा है।

यदि यह स्थिति, जिसे हम 'ग्रोथ' (वृद्धि) कहते हैं, उसकी सीमा है तब इसमें कोई संदेह नहीं कि हम उत्तर औद्योगिक समाज के उद्भव के निकट हैं। औद्योगिकीकरण काल की उत्पादन-पद्धति की जहाँ स्पष्ट सीमा बनती दिखाई दे रही है, वहीं सामाजिक और राजनीतिक संस्थाओं की क्षमता और पहुँच लगातार सिकुड़ रही है, हमारे समक्ष उत्पन्न चुनौतियों का मुकाबला करने में इनकी सक्षमता संदिग्ध हो गई है। यहाँ बाजार का जिक्र करना भी जरूरी है। बाजार हमारी कोई मदद नहीं कर पा रहा। वास्तव में बाजार एक ऐसी सामाजिक संस्था है जिसका मूल उद्देश्य मानवीय सृजन क्षमता के विकास के लिए अवसर उपलब्ध कराना, तथा अन्तरनिर्भरता की एक स्थाई व्यवस्था का निर्माण करना रहा है जिसमें लोग एक-दूसरे की जरूरतों की पूर्ति कर सकें। केवल और केवल मुनाफा से जुड़कर बाजार अपनी भूमिका खोकर अपने मूल उद्देश्य से ही भटक गया है। वह अपने आप में एक स्वतंत्र संस्था या कि सत्ता बन गया है जिसकी समाज की मूलभूत आवश्यकताओं के साथ कोई संगति नहीं। बाजार पर समाज का नियंत्रण या तो रहा नहीं, या अपर्याप्त है, उल्टे बाजार ही समाज की संस्थाओं को नियंत्रित करने की कोशिश कर रहा है। यह चने को जल्दी-से-जल्दी भाड़ में झोंकने जैसा है। यदि समाज की सारी शक्ति बाजार को बनाने-बढ़ाने में ही प्रयुक्त होती रही और बाजार यदि खपत की यही गति बनाए रखने में सफल हो गया तो यह जल्द ही हमें बिल्कुल रीता कर देने वाला है।

पश्चिम के आंदोलनकारी युवाओं का ध्यान इस ओर जरूर जाना चाहिए कि धरती की क्षमता अब चुक रही है, उसका धैर्य भी समाप्त हो रहा है, उत्पादन के पुराने

औजार अब काम के नहीं रहे। अब यह संभव नहीं कि उन्हें भी वह सब कुछ (वह ऐश और बेतकल्लुफी!) मिल जाए जो उनके बाप-दादों को नसीब हुआ था। पश्चिमोन्मुखी एशियाई और अफ्रीकी युवाओं को भी पश्चिम के अपने भाइयों की इस जद्दोजहद से सीख लेनी चाहिए और अपना रास्ता खुद बनाने की तैयारी करनी चाहिए। उन्हें इस प्रश्न से भी जूझना चाहिए कि कहीं वास्तव में हम औद्योगिक सभ्यता के सीमांत पर तो नहीं? यहाँ से दुनिया को आगे ले जाने के लिए पुरानी युक्तियों तथा स्थापनाओं से काम नहीं बनने वाला।

यह युवा विश्व है –1.1 बिलियन युवाओं की दुनिया। ज्ञात आँकड़ों में अब तक युवाओं की इतनी बड़ी तादाद दर्ज नहीं है। दुनिया का भविष्य उनके हाथों में है। दूसरी ओर मानव जाति आज जितनी सक्षम कभी न थी। जितना ज्ञान और कौशल उसने अर्जित किया है उसमें यह असंभव नहीं कि वह विश्वास के साथ दूसरी ओर देखे और कदम बढ़ाए।

•••

13. किसकी भाषा है हिन्दी

आज की परिस्थितियों में हिन्दी के लिए मुख्यत: दो नये क्षितिज खुल रहे हैं या कि इसके समक्ष दो जबरदस्त चुनौतियाँ हैं -पहली, भूमंडलीकरण की सर्वग्रासी प्रक्रिया के विरुद्ध सार्थक और निर्णायक प्रतिरोध दर्ज करने की (सनद रहे कि अंग्रेजी इस क्रम में एक नितांत नई भूमिका व अंदाज में सामने खड़ी है -हिन्दी से गले लगने को लालायित, बेताब!) और दूसरी, वृहत्तर समाज की रोजी-रोटी से जुड़ने में समर्थ होने की, उनमें उभरी चेतना के उबाल को प्रणालीबद्ध करके उन्हें किन्हीं बड़े मूल्यों से जोड़ने की। हिन्दी के लिए ये दोनों शायद परस्पर पूरक भूमिकाएँ हों। एक और बहुत महत्वपूर्ण काम हिन्दी को करना है -भारतीय समाज में विभिन्न स्तरों पर ध्रुवीकरणों के नाम पर विघटन की प्रक्रिया को उदासीन करना। हमारे संकटों का कारण कहीं न कहीं हमारी 'आत्मविस्मृति' भी है। हमारी हालत उस 'भुक्खड़' की तरह हो गई है जिसके सामने जो ही कुछ परोसा जाता है उसमें मुँह मार लेता है, जिसे न अपने तन की सुधि है न मन की, न रुचि-अरुचि की, और इसीलिए इसे इस बात का इल्म भी नहीं कि उसके पाचन-तंत्र का क्या होगा!

उपरोक्त भूमिकाओं को अलग से चिह्नित किया गया क्योंकि हमारे चाहे-अनचाहे हिन्दी बाकी काम तो अपनी पैदाइश से ही करती चली आ रही है। लेकिन हिन्दी की एक भाषा के रूप में अपनी विडंबना क्या है ?

आज उत्तर और मध्य भारत का जो इलाका हिन्दी क्षेत्र के नाम से जाना जाता है, सौ-सवा सौ साल पूर्व इसी नाम से नहीं जाना जाता था। मुक्ति आंदोलन अपने स्वप्नों को परिभाषित करने व उन स्वप्नों में साझेदारी के लिए एक बहुभाषी और भाषाई रूप से कहीं अलग-थलग पड़े क्षेत्रों-समुदायों को कैसे एक विकासमान किन्तु सुगम, सुसंप्रेषणीय, साथ ही वैज्ञानिक भाषा के माध्यम से एकजुट कर सकता है -इसका सबसे ज्वलंत उदाहरण है भारतीय स्वातंत्र्य आन्दोलन और हिन्दी के बीच का संबंध। संभवत: सभ्यता के इतिहास का एक अनूठा उदाहरण भी है यह।

जब हम हिन्दी तथा साथ में हिन्दी क्षेत्र, जिसे प्यार से, घृणा से या उपहास से ''गोबर पट्टी'' भी कहा जाता है, की बात करते हैं तो यह संदर्भ याद रखने की जरूरत है। हिन्दी में महान मूल्यों व सपनों की गूँज जज्ब है। और ये स्वप्न किसी खास समुदाय, समाज या राष्ट्र की सीमाओं में आबद्ध नहीं है। इन स्वप्नों ने एशिया और अफ्रीका की किस्मत भी बदली है।

और यहीं हिन्दी की स्थिति और भूमिका भी कहीं अलग और अनूठी है। कहीं यह साध्य है तो कहीं साधन। कहीं कलकल निनाद करती सरिता है तो कहीं दो पाटों को जोड़ता पुल। कहीं स्वप्न है तो कहीं सोच। कही सोच है तो कहीं स्वर। इसीलिए कभी यह इस देश की राष्ट्रभाषा के रूप में स्वाभाविकतया स्वीकार कर ली जाती है तो कहीं इसका प्रभामंडल आतंक भी मचाता है। और तो और इसकी सगी बहनें ही इसके साथ प्रतियोगिता में उतार दी जाती हैं, तो कभी इसे इस या उस कारण से उस भाषा की अनुगामिनी बनने की नियति प्रदान की जाती है जिसके खिलाफ हिन्दी तन कर खड़ी हुई थी। लेकिन आज जब हम हिन्दी के बारे में सोचते है या विचार करते हैं तो लगता है जैसे चुपके से सहसा एक प्रश्न व्यंग्य में मुस्कराता आ खड़ा होता है -किसकी भाषा है हिन्दी? हम सोचते हैं और क्रुद्ध होते हैं -क्या बकवास प्रश्न है। यह भी बताने की जरूरत है भला? लेकिन यह प्रश्न क्या देर तक हमारा पीछा नहीं करता ? हमें अंदर तक तौलता व्यंग्य में उसी तरह मुस्कराता?

किसकी भाषा है हिन्दी? नई सदी की शुरुआत में यह प्रश्न कितना उद्वेलित करता है। क्या बाँग्लाभाषियों, तमिलभाषियों या इसी तरह के अन्य भाषा-भाषियों को भी यह प्रश्न उद्वेलित करता है -किसकी भाषा है बाँग्ला? किसकी भाषा है तमिल? गुजराती किसकी भाषा है? नहीं करता। बिल्कुल नहीं करता। यह प्रश्न उनके सामने खड़े होने की हिम्मत नहीं कर सकता, उनसे हमेशा आँख चुराता रहेगा। इसलिए कि बाँग्ला बाँग्लाभाषियों के अस्तित्व के साथ ही अंतर्गुम्फित है। अब कोई अपने से तो यह सवाल कर नहीं सकता कि मैं किसका हूँ, या फिर आत्मा शरीर से सवाल करे -मैं किसकी हूँ ?

तो क्या हिन्दी उन्हीं अर्थों और पृष्ठभूमि में एक भाषा है जैसे बाँग्ला या मलयाली है? हिन्दी, बाँग्ला या मलयायली की तरह इसको व्यवहार में लाने वालों के लिए उतनी संघनित, कंडेस्ड भाषा नहीं है कि इस क्षेत्र विशेष की स्मृति और परंपराएँ, सामूहिक चेतना और अभिलाषाएँ, कुंठाएँ व अपेक्षाएँ -सब एकाकार हो रहें। लगता है जैसे हिन्दी ठीक सतह पर नहीं हो, ठीक जरा ऊपर ही तैरती हुई अस्तित्वमान हो। जैसे इसमें जो भाव व बोध आता हो वह कहीं छनकर आता हो, सीधे-सीधे और जैसा का तैसा नहीं आता हो। बाँग्ला या मलयाली या अन्य भारतीय

भाषाओं के साथ ऐसा नहीं है। हिन्दी में सोचने वाले, हिन्दी में बातचीत करने वाले और काम करने वाले, हिन्दी समझने वाले किन्तु बोल न सकने वाले, हिन्दी समझने व बोलने किन्तु लिख न सकने वाले -ऐसे कितने ही खानों में विभक्त है हिन्दीभाषी क्षेत्र। हिन्दी क्षेत्र में ही ऐसे इलाके भी हैं जहाँ एक जगह हिन्दी आभिजात्य का प्रमाण है तो दूसरी जगह हीनता की कुंठा।

हिन्दी क्षेत्र में कई उपक्षेत्र या अंचल है, इनकी अपनी संस्कृति है, परंपराएँ हैं, खास सामाजिक-आर्थिक दशाएँ हैं, और परस्पर संवाद के लिए अपनी भाषा या बोली है। हिन्दी इन अंचलों में संवाद की प्राथमिक अभिव्यक्ति नहीं है। इन क्षेत्रों में ठेठ अर्थों में हिन्दी बोली नहीं जाती, सिर्फ लिखी और समझी जाती है। कुमाऊँनी, गढ़वाली, भोजपुरी, मगही, छत्तीसगढ़ी, संथाली, अवधी, ब्रज और अंगिका -इन सब बोलियों के अलग-अलग -'डायलॉग जोन' हैं, और ये बोलियाँ इन क्षेत्रों में संवाद का प्राथमिक माध्यम है। खास बात यह है उपरोक्त में से अनेक बोलियाँ स्वतंत्र भाषा का दर्जा माँगने को उठ खड़ी हुई हैं। इनमें से कुछ की अपनी लिपियाँ भी है, खासकर जनजातीय भाषाओं की। इसलिए हिन्दी क्षेत्र की जब बात होती है तो एक बृहद् इलाके का ऐसा चित्र सामने आता है जिसके कई उपक्षेत्र या अंचल हैं और उनकी अपनी संस्कृति भी है। और अन्तर्क्षेत्रीय संवाद के लिए हिन्दी इस पूरे क्षेत्र में दरअसल एक प्राथमिक भाषा के रूप में नहीं बल्कि एक संपर्क भाषा के रूप में इस्तेमाल की जाती है।

हिन्दी किसकी भाषा है? यह सवाल ज्यों का त्यों बना हुआ है। अगर हम पाँच सौ साल पीछे चलें तो गोस्वामी जी के मन में मानस रचने के पहले शायद यह सवाल आया हो -संस्कृत किसकी भाषा है? फिर उन्होंने सोचा हो, अवधी किसकी भाषा है? आखिरकार अवधी में उन्होंने मानस को रचा और अवधी को बोली से उठाकर एक भाषा का दर्जा दे दिया। जिसे आज हम गोबरपट्टी कहते हैं उसमें मानस के बहाने अवधी क्या अब तक संपर्क भाषा का काम नहीं कर रही है ? यह संदर्भ विचित्र-सा लग सकता है लेकिन वास्तव में अगर देखा जाए तो भाषा का प्रश्न कभी पुराना नहीं पड़ता क्योंकि अभिव्यक्ति का कोई एक व्यवस्थित पैटर्न होता नहीं। इसका रास्ता कभी ऊबड़-खाबड़ और रैखिक तो कभी गोल चक्कर खाने वाला या वर्तुलाकार भी होता है। गोसाईं जी अवध के थे, अवधी बोलते थे, सो उन्होंने मानस लिख डाला अवधी में -यह कहा जा सकता है, लेकिन क्या इसे माना भी जा सकता है? गोसाईं जी संस्कृत के प्रकांड पंडित थे, कहते हैं उन्होंने आरंभ संस्कृत में ही किया लेकिन जाने किस प्रेरणा से अवधी में मानस रच दिया। वह प्रेरणा निश्चय ही भाषा की पहुँच और प्रसार को लेकर रही होगी। संस्कृत के श्लोकों और

अवधी की चैपाइयों में एक ही युग-सत्य धड़कता है लेकिन वाल्मीकि रामायण क्या हमारे मर्म में उसी तरह आ पैठता है जैसे राम चरित मानस? अवधी, जो एक क्षेत्रीय बोली थी, मानस रचे जाने के बाद भौगोलिक सीमाएँ लांघ गई। वह महज एक स्थानिक बोली न रही, भले ही चाहे जिन कारणों से आधुनिक युग में एक भाषा के रूप में उसका विकास बहुत न हो पाया हो। रामचरित मानस की अभूतपूर्व लोकप्रियता के पश्चात भी क्या गोसाईं जी को इस प्रश्न ने फिर सताया होगा - अवधी किसकी भाषा है अथवा बोली है? शायद नहीं। उनके लिए तब यह तथ्य ज्यादा महत्वपूर्ण हो गया होगा कि अवधी समझता कौन है? निश्चय ही बोलने वालों से ज्यादा संख्या समझने वालों की हो गई। अब यह बोलने का सवाल उतना महत्वपूर्ण न रहा, समझने की बात महत्वपूर्ण हो गई। इसीलिए भाषा के संदर्भ में जितना महत्वपूर्ण प्रश्न उसके एक विशेष भौगोलिक क्षेत्र में या स्थानिकता में बोलने वालों को लेकर है उससे ज्यादा महत्वपूर्ण प्रश्न यह है कि उसे समझने वाले कितने हैं और कहाँ तक फैले हैं? शायद भाषा को उसका स्थान उसे समझने वालों से प्राप्त होता है, बोलने वालों से नहीं। और इसी बिन्दु पर आकर हिन्दी की अपनी स्थिति स्पष्ट हो जाती है। हिन्दी की द्वैतियिकता अगर उसे एक ओर से कमजोर करती है तो दूसरी ओर उसे मजबूत आधार भी इसी से मिलता है और दरअसल यहीं आकर हिन्दी की स्थिति अन्य भाषाओं के मुकाबले विशिष्ट हो आती है और वह स्वाभाविक रूप से एक बहुभाषी देश में सबसे ऊँचे आसन की हकदार हो जाती है। और यहीं से इसके अधिकारों व उत्तरदायित्वों का मामला भी शुरू होता है।

हिन्दी दिवस का वार्षिक कर्मकाण्ड आयोजित करके हिन्दी पर कोई उपकार नहीं किया जाता, बल्कि कहीं न कहीं अपने को भाषा और संचार की मुख्यधारा से जोड़ा जाता है। सरकारी, अर्द्धसरकारी, गैर सरकारी विभाग और संस्थाएँ इसी बहाने वह कहने को बाध्य होती हैं जो वह करने में झिझकती हैं। इन विभागों एवं संस्थाओं का ज्यों-ज्यों आम जनता से सम्पर्क बढ़ता जाता है त्यों-त्यों उनपर हिन्दी का दबाव भी बढ़ता है। इस तरह से देखें कि जैसे-जैसे आम जनता की पहुँच 'डिलिवरी प्वाइंट्स' पर बनती जाती है, हिन्दी के लिए अपने आप जगह बनती जाती है। आज की तारीख में बैकों में हिन्दी में लिखे और हस्ताक्षरित चेकों अथवा रेलवे रिजर्वेशन फार्मों की संख्या क्या पिछले बीस वर्षों के मुकाबले बहुत अधिक बढ़ी नहीं है? हिन्दी क्षेत्र पर अगर बाजार का दबाव है तो बाजार पर भी हिन्दी का जबरदस्त दबाव है। आज बाजार हिन्दी की अनदेखी तो कर ही नहीं सकता। उत्पादन, निर्माण और रोजगार के दूसरे क्षेत्रों में भी हिन्दी का कोई विकल्प नहीं है।

एक भाषा (संपर्क भाषा नहीं) के रूप में सिर्फ सौ-डेढ़ सौ वर्ष पुरानी हिन्दी के

पास अपना पूरा एक शास्त्र है। लिपि तो है ही, व्याकरण है, शब्द-भंडार है, शब्दाचार है -कुल मिला कर पूरा एक तंत्र है जो किसी भाषा को सही मायनों में भाषा बनाता है। लेकिन एक ओर जहाँ हिन्दी संस्कृत, अरबी, फारसी तथा कुछ अन्य एशियाई भाषाओं सहित स्थानीय बोलियों से समृद्ध होती है, वहीं दूसरी ओर इसे आंचलिक आग्रहों का दबाव भी झेलना पड़ता है, इस कारण बांग्ला या तमिल भाषाओं की तरह इसका स्वरूप सघन नहीं रह पाता। कभी-कभी तो ऐसा प्रतीत होता है जैसे हिन्दी लगातार छीजती जाती और अपना आधार खोती हुई भाषा हो, या ऐसी अन्नपूर्णा जो दूसरों की क्षुधा संतुष्ट करते-करते अपने से बेखबर एक कांतिहीन कृशकाय स्त्री बन कर रह गई, उसकी धँसी हुई आँखें डूबते हुए भविष्य का संकेत दे रही हों।

हिन्दी साहित्य लेखन में ऐसी प्रवृत्तियाँ उभरी हैं (बल्कि उन्होंने अपना स्थायी स्थान बना लिया भी हो सकता है) जिसमें स्थानिक पीड़ाओं की अभिव्यक्ति के लिए ठेठ स्थानिक भाषा या बोली का प्रयोग हो रहा है और एक भाषा के रूप में हिन्दी का उतना भर ही इस्तेमाल हो रहा है जिससे उस रचना का एक हिन्दी रचना होने का दावा बना रहे। यथार्थ-चित्रण व दृश्यों-संवादों में प्रामाणिकता की बस यही शर्त बच गई है कि एक खास अंचल की मिट्टी की महक कितनी तीखी होकर उभरी है। ऐसा माना जा रहा है कि ग्राम्य या कस्बाई परिवेश का यथार्थ केवल उस परिवेश की भाषा में ही उद्घाटित हो सकता है। और यहाँ हिन्दी का एक सुलभ साधन के रूप में इस्तेमाल होता है, अगर नहीं हो तो आखिर वह रचना पढ़ी किस बूते पर जाएगी? यानी कि साहित्य में भी हिन्दी को एक प्राथमिक और संपूर्ण भाषा के रूप में प्रयोग न कर एक द्वैतियिक भाषा के रूप में प्रयुक्त करने का चलन चल निकला है। मानो मगही क्षेत्र या भोजपुरी क्षेत्र या मिथिलांचल के जन-जीवन का प्रामाणिक और विश्वसनीय चित्रण करने में हिन्दी अपने आप में कहीं असहाय व असमर्थ है। वह तो मानों द्वैतियिक स्तर पर ही अपना सामर्थ्य सिद्ध कर सकती है -अपनी 'पहुँच' की खातिर।

मुंशी प्रेमचन्द्र की कहानी याद आती है -'कफन' जो तत्कालीन भारतीय गाँवों की महाजनी व्यवस्था की अमानवीयता का ही चित्रण नहीं करती, उसके पात्र हिन्दुस्तानी समाज के सामाजिक-संघटन, धर्म-विधान और नैतिक मूल्यों, पर भी मर्मांतक चोट करते हैं। विद्रोह का उनका अपना तरीका है और वह इतना कामयाब है कि उस चोट की तिलमिलाहट को अब भी महसूस किया जा सकता है। चाहे वह मध्य प्रदेश का खरगोन जिला हो या बिहार का भागलपुर, कुमाऊँ हो या बुंदेलखंड -'कफन' की संप्रेषणीयता पर कोई विवाद नहीं है। 'कफन' की ट्रेजेडी और उसका द्रोह हर कहीं एक ही शिद्दत के साथ महसूस किया गया। लेकिन क्या हम यही दावा

हम स्थानीय बोलियों, उनके मुहावरों और क्रिया-विशेषणों से लदी-फदी सार्थक कहानियों के बारे में भी कर सकते हैं?

'कफन' के बाद एक महत्वपूर्ण पड़ाव या कि प्रस्थानबिन्दु है -रेणु का "मैला आँचल"। याद रखने की बात है कि "मैला आँचल" हिन्दी क्षेत्र के एक खास अंचल की कथा कहते हुए भी आँचलिक आग्रहों से मुक्त है। स्वतंत्रता आन्दोलन और गांधी जी के संदेश के बहाने इस सुदूर अंचल में हिन्दी पहुँची है। हर पात्र के मन में स्वतंत्रता के प्रति अदम्य ललक है तो हिन्दी के प्रति अत्यंत सघन आत्मीयता। रेणु के पात्र हिन्दी बोलने की जबरदस्ती कोशिश नहीं करते -वे तो जैसे हिन्दी बोलने के बहाने गांधी जी और उनके संघर्ष का एक संदेशवाहक या ध्वजवाहक होने का गौरव प्राप्त कर रहे हैं, और जो इस क्रम में हिन्दी की मैथिली के साथ कहीं लट्-पट् तो कहीं जुगलबंदी होती है, उसमें उस अंचल का यथार्थ समय के प्रवाह से जैसे अलग छिटक कर खड़ा हो रहता है -अपने समूचे सौंदर्य और यातनाओं समेत, और पाठक को चमत्कृत कर जाता है। क्योंकि यह जुगलबंदी दरअसल परंपरापोषक अथवा परंपरा से त्रस्त किसान और एक ऐतिहासिक जनान्दोलन के बीच होती है। उपन्यास के पात्र और घटनाएँ जैसे अपनी कथा कहने की खुद एक भाषा गढ़ लेते हैं और पूर्णियाँ की जमीन पर जैसे उत्तर भारत के किसानों की नियति की लकीरें खींच देते हैं।

रेणु के परवर्ती लेखकों ने आँचलिकता को जैसे सिर्फ भाषागत स्तर पर साधा वह भी सिर्फ यातना को उकेरने की गरज से। जीवन का सहज सौंदर्य जो भारतीय किसानों की ट्रेजेडी से अक्सर गुत्थमगुत्था होता है और उनमें लड़ने और टिके रहने का ढाढ़स देता है, कहीं पीछे छूट गया। और इस पूरे क्रम में हिन्दी को जैसे एक 'त्याज्य' या "बहुत ही मजबूरी में उपयोग की गई" भाषा के रूप में प्रयुक्त किया गया।

कभी-कभी लगता है हिन्दी जैसे भाषा न हो, एक कूड़ादान हो जिसमें हर किसी को अपने सुझाव फेंकने का आजादी हो। चाहे वह हिन्दी विरोधी हो या हिन्दीसेवी -हर किसी के पास हिन्दी को कुछ न कुछ बताने और समझाने के लिए कुछ है। कोई इसे तत्सम शब्दों से परहेज करने को कहेगा, कोई कहेगा संस्कृतनिष्ठ होने से बचो, किसी को हिन्दी में सहज रूप से जड़ जमाए उर्दू शब्दों से परहेज होगा, तो कोई जबरदस्ती ढूँढ-ढूँढ कर इसमें उर्दू शब्दों को कोंचेगा (एक चलन नुक्ते का चल निकला है जो अंततः हिन्दी और उर्दू के बीच दूरी बढ़ाने वाला ही साबित होगा।), किसी को इसमें अंग्रेजी शब्दों से आपत्ति होगी, तो कोई इसे विभिन्न अंचलों की बोलियों से समृद्ध होने की राय देगा। अब एक ओर जहाँ इसे

'हिंग्लिश' मुँह चिढ़ाता है तो दूसरी ओर इन दिनों हिन्दी साहित्य में उत्सर्जन तंत्र और उत्सर्जन क्रियाओं तथा चुनिंदा 'लोक' गालियों की अभिव्यक्ति के लिए हिन्दी के शब्द-सामर्थ्य की भी परीक्षा हो रही है। कुछ प्रयत्न हिन्दी को उसकी शास्त्रीय परंपरा से अलग काटने के भी हो रहे हैं ताकि यह एक स्मृतिहीन, जड़हीन भाषा बन कर तथाकथित आधुनिक और प्रगतिवादी मूल्यों की अनुगत बनी रहे।

आखिर हिन्दी एक भाषा के रूप में अपनी सघनता और सौष्टव को किस सीमा तक छीजने दे सकती है कि वह एक संपूर्ण भाषा के रूप में जीवित रहे, सिर्फ कामचलाऊ संप्रेषक के रूप में नहीं ? जब कि अभी काम-काज के स्थलों व तकनीकी क्षेत्रों में पैठ जमाने की चुनौती इसके सामने है और सामने है नव साक्षरों के एक विशाल वर्ग की ज्ञान-पिपासा को शांत करने का गुरूतर भार। दूसरी ओर क्या हिन्दी क्षेत्र में ऐसा कोई महान क्षण आएगा जिसमें इस गोबर पट्टी की तकदीर बदलने में हिन्दी की एक प्राणवंत और पूर्ण भाषा के रूप में ऐतिहासिक जरूरत महसूस हो? हिन्दी जिनकी भी भाषा है, वे क्या ऐसा होने देंगे?

•••

14. मीडिया किसकी आवाज है

दसेक वर्ष पहले ही कभी लोकसभा अध्यक्ष सोमनाथ चटर्जी ने मीडिया के कार्यकलापों पर टिप्पणी की। उनका कहना था कि जन माध्यमों में संसद की कार्यवाहियों के लिए स्थान सिकुड़ता चला जा रहा है। अखबार और समाचार चैनल सदन की कार्यवाहियों के दौरान सदस्यों के अवांछित कृत्यों (असंसदीय भाषा का प्रयोग और अमर्यादित आचरण) की तो खूब खबर लेते हैं लेकिन महत्वपूर्ण विषयों अथवा राष्ट्रीय हित से संबन्धित मुद्दों पर हुई सार्थक चर्चाओं का संज्ञान ही नहीं लेते। इससे आम जनता के बीच संसद और संसद सदस्यों की अधूरी अथवा गलत छवि बनती है। जबकि व्यापक जनहित के मुद्दों पर संसद की कार्यवाहियों अथवा पहलकदमियों को जन माध्यमों में पर्याप्त स्थान मिलना चाहिए। अपनी इसी टिप्पणी में हालाँकि उन्होंने यह भी स्वीकार किया कि हाल के वर्षों में संसद में चर्चा और विमर्श के स्तर में उल्लेखनीय गिरावट आई है और इस ओर ध्यान देना भी नितांत आवश्यक है। तब से स्थिति में और गिरावट आ चुकी है।

लेकिन लोकसभा अध्यक्ष की उक्त टिप्पणी से गवर्नेंस और मीडिया के बीच के अंतर्सम्बन्ध के सूत्र खुलते दिखते हैं। इस टिप्पणी में एक और बात साफ झलकती है, वह यह कि लोकतंत्रीय कार्यप्रणाली में सर्वोच्च विधायी संस्था की भी मीडिया से कुछ अपेक्षाएँ हैं और व्यवस्था को चलाने की दृष्टि से इनका महत्व भी है। इससे आज की परिस्थितियों में मीडिया के महत्व और उसकी पहुँच का भी अंदाजा लगाया जा सकता है। ध्यान रहे कि लोकसभा जन प्रतिनिधियों की सर्वोच्च संस्था है जिसमें प्रतिनिधि सीधे चुनकर आते हैं। यह सरकार की कोई संस्था नहीं है जिसे आए दिन मीडिया से कुछ न कुछ शिकायत रहा करती है। वैसे मीडिया से शिकायत सीधे सरकार से जुड़े लोगों को ही नहीं रहती, राजनीतिक दलों, जन संगठनों और स्वयंसेवी क्षेत्र के लोगों को भी आए दिन मीडिया पर दोषारोपण करते देखा जा सकता है। तब सवाल उठता है कि मीडिया किसके लिए काम करता है?

सरकार, विधायी संस्थाएँ, राजनीतिक दल, जन संगठन, स्वयंसेवी संस्थाएँ ये सभी समाज के विभिन्न वर्गों-समूहों का बखूबी प्रतिनिधित्व करते हैं जिनमें समाज के वे वर्ग भी शामिल हैं जो हाशिए पर हैं।

अब इसके उलट एक प्रसंग का स्मरण भी आवश्यक हो जाता है। इस टिप्पणी के चर्चा में आने के आस-पास ही तमिलनाडु के एक बड़े अखबार के दफ्तर पर सत्ताधरी दल के लोगों ने राजनीतिक वंशवादी उत्तराधिकार को लेकर छपे एक समाचार पर गुस्सा उतारने के लिए हमला किया, आगजनी की। इस घटना में कुछ पत्रकार और अखबारकर्मी मारे भी गए। प्रेस पर, मीडिया पर, पत्रकारों पर हमले की यह कोई अकेली और अलग-थलग घटना नहीं थी, और अब तो ऐसी घटनाएँ लगभग आम हो गई हैं। कर्त्तव्य-निर्वहन के दौरान पत्रकार और मीडियाकर्मी मारे जाते है, घायल होते हैं, प्रताड़ित होते हैं। देश का शायद ही कोई इलाका हो जहाँ पत्रकार अथवा मीडियाकर्मियों पर हमले न हुए हों। इससे इतना तो स्पष्ट होता ही है कि मीडिया निहित स्वार्थों के विरुद्ध भी काम करता है -खतरे उठाकर भी। लेकिन तस्वीर पूरी यहाँ भी नहीं है।

धर्म के नाम पर, जात के नाम पर, संस्कृति के नाम पर, क्रांति के नाम पर, राष्ट्रवाद के नाम पर, राष्ट्रीय एकता व अखण्डता के नाम पर, आजादी के नाम पर, पत्रकारों, मीडिया कर्मियों पर हमले होते रहे हैं, आज भी हो रहे हैं। कभी-कभी तो बहुत तुच्छ बातों पर भी वे हिंसा का शिकार बनाए जाते हैं अथवा उनकी प्रताड़ना की जाती है।

मीडिया किसके लिए काम करता है? यह बड़ा अहम सवाल है। एक सरलीकृत जवाब है -जनता के लिए! लोकतंत्र की जितनी भी संस्थाएँ हैं चाहे वह विधायिका, कार्यपालिका या न्यायपालिका ही क्यों न हों अथवा इनसे कोई स्वतंत्र जन संगठन अथवा संस्था -सभी जनता के नाम पर जनता के लिए काम करने का दावा करती हैं। दुनिया में जहाँ कहीं भी लोकतंत्र है वहाँ संस्थाएँ जनता के नाम पर, जनहित के नाम पर ही काम करती हैं। 'जनता' और 'जनहित' शायद उतनी मूर्त्त अवधारणाएँ या प्रतीक नहीं रह गए जितना कि हम समझते हैं। सच कहें तो हो अमूर्तता में ही इन शब्दों, अवधारणाओं की अर्थवत्ता है, लेकिन तब इसके लिए एक स्तर की प्रतिबद्धता तथा दायित्वबोध आवश्यक है। वैसे अगर आज की स्थिति में कोई यह कहे कि मीडिया यानी जन माध्यम वास्तव में जनता का ही माध्यम है और मीडिया सिर्फ जनता के लिए काम करता है तो यह पूरा सच नहीं है। अमरीकी विचारक नोम चोम्स्की अमेरिकी मीडिया के बारे में अत्यंत चुभने वाले, तल्ख विचार रखते हैं। उनका कहना है कि सूचनाओं अथवा समाचारों की कच्ची सामग्री ;तूं दमूद्ध पाँच

स्तरों से छनकर प्राप्तकर्त्ता अर्थात आम जनता तक पहुँचती है। ये पाँच स्तर (अथवा फिल्टर्स) हैं –पैसा (मीडिया का स्वामित्व चंद बड़े कारपोरेट हाथों में है); (विज्ञापन (आय का प्राथमिक स्रोत); (सूचना/समाचार के लिए सरकार, व्यवसाय तथा 'विशेषज्ञों' पर निर्भरता); विरोधी आलोचना अथवा ? Flak (मीडिया को अनुषासित करने के लिए); तथा साम्यवाद–निषेध जो कि राष्ट्रीय धर्म के साथ ही एक नियंत्रण–प्रणाली भी है। सोवियत व्यवस्था के पतन के पश्चात पाँचवे स्तर की उतनी अहमियत नहीं रह गई है।

भारत के सन्दर्भ में देखें तो आजादी के बाद से ही प्रतिपक्षी दलों के साथ–साथ परिवर्तनकामी जमातों में भी अखबार या समाचार जगत की आलोचना के तौर पर 'पूँजीपतियों का अखबार' जैसी टिप्पणी आम रही है। यह भी हुआ है कि अलग–अलग अखबार समूहों को अलग–अलग राजनीतिक विचारधाराओं, बल्कि दलों से जोड़कर देखा गया और उसी के आधार पर पाठक वर्ग भी बने। आज भी यह परिपाटी चली आ रही है। सूचना प्रौद्योगिकी के विकास के साथ इलेक्ट्रॉनिक मीडिया के पाँव पसारने से जिस 'मीडिया जगत' का उदय हुआ है, उसमें भले ही नए–नए स्वामित्व घरानों (आज के हिसाब से कॉरपोरेट समूहों) का उद्भव हुआ हो, यह निर्विवाद सच है कि मीडिया का स्वामित्व अब भी 'बड़ी पूँजी' के साथ जुड़ा हुआ है। फर्क इतना जरूर है कि स्वतंत्रता पूर्व के एक हद तक 'देशप्रेमी' व्यावसायिक घरानों जिनकी 'सोद्देश्यता' निश्चित रूप से पहले जैसी धारदार नहीं रही, के साथ–साथ नवधनिकों (जो कॉरपोरेटस के रूप में सामने आए हैं) का एक समूह उनके साथ प्रतियोगिता करने की तैयारी दिखाता है। इलेक्ट्रॉनिक जनमाध्यमों में तो इन्हीं की तूती बोल रही है। ये अलग जीवन–दर्शन, और मूल्यबोध से लैस हैं और इनकी राजनीतिक प्रतिबद्धता बहुत स्पष्ट भी नहीं है। लेकिन इतना जरूर है कि इस जीवन–दर्शन के पीछे पैसे की महिमा और बाजार का प्रताप है। इनकी मजबूत उपस्थिति से मीडिया की समेकित छवि एक ऐसे व्यवसाय की बनती है जो नई प्रौद्योगिकी और तकनीक से लैस है (जो सूचनाओं के प्रबंधन, नियंत्रण और उपयोग को व्यावसायिक दक्षता की कसौटी बनाता है) और जो आक्रामक है –इतना आक्रामक कि इसके लिए किसी गोपन स्थान की कोई मर्यादा नहीं, जो हर कहीं रहना चाहता है! आज के इस 'कारपोरेट मीडिया' के लिए पाठक या दर्शक कहीं न कहीं, अंतिम तौर पर एक ग्राहक है। और अगर पाठक या दर्शक वास्तव में ग्राहक है, तो उसकी संतुष्टि का पैमाना खुद ग्राहक नहीं तय करता, व्यवसायी या कि सौदागर, यानी कि स्वयं मीडिया तय करता है।

इस तरह मीडिया ही निर्धारित करता है कि मीडिया के विषय क्या हों?

सार्वजनिक महत्व के समाचार अथवा निजी व एकान्तिक प्रसंग? संभवतः दोनों, शर्त यह है कि खबर बिकने योग्य हो, वह बेची जा सके -चाहे वह प्राइम टाइम का 'सेक्सी नम्बर वन' आइटम हो अथवा ट्यूब वेल में फँसे बच्चे को बाहर निकालने का मानवीय उद्यम। मानवीय संवेदना को झकझोरने वाली कोई खबर भी बिकने योग्य हो सकती है -उसकी भी न्यूज वैल्यू हो सकती है। उसी तरह मनुष्य के अंदर के आदिम हिस्त्र भावों, डर और जुगुप्सा को भी भुनाया जा सकता है -क्राइम प्रोफाइल और तंत्र-मंत्र इत्यादि से जुड़ी खबरों और कार्यक्रमों की यों ही होड़ नहीं लगी है। बाजार की दृष्टि से मीडिया एक महत्वपूर्ण काम यह करता है कि वह पहले तो उपभोग की लालसा पैदा करता है, फिर क्रमशः इस लालसा को माँग में परिणत कर देता है। इस प्रक्रिया में वह बाजार का सबसे समर्थ और विश्वसनीय प्रतिनिधि होता है। वैसे अब तक मीडिया का उद्देश्य अंततः स्वतंत्र अभिव्यक्ति की एक सुव्यवस्थित प्रणाली का निर्माण माना जाता रहा है जिससे कि एक ओर तो अभिव्यक्ति और संवाद की मानवीय जरूरतों की पूर्त्ति हो सके तो दूसरी ओर इस जरूरत का उपयोग उदात्त मूल्यों के निर्माण में किया जा सके। स्वतंत्र अभिव्यक्ति लोकतंत्र का प्राण-तत्व है। शायद इसी कारण लोकतंत्र, विशेषकर भारतीय लोकतंत्र में प्रेस अथवा मीडिया को, विधायिका, कार्यपालिका तथा न्यायपालिका के बाद चौथा स्तंभ माना गया। हालाँकि अनौपचारिक तौर पर ही क्योंकि वास्तव में मीडिया को औपचारिक ढाँचे के अंतर्गत नहीं रखा जा सकता। एक तरह से देखें तो मीडिया या प्रेस की यह प्रस्थिति और भूमिका ही उपरोक्त तीनों संस्थाओं को अर्थवान बनाती है। ये संस्थाएँ चाहे जितनी मजबूत रहें अथवा दिखें, यदि इन्हें स्वतंत्र अभिव्यक्ति का पृष्ठपोषण न मिले तो आम जनता के लिए उनके होने का क्या अर्थ रह जाएगा?

मुश्किल यह है कि अभिव्यक्ति हमारे यहाँ अब भी उतनी स्वतंत्र नहीं जितनी कि आमतौर पर हम समझते हैं, अथवा हमें समझाया जाता है। उस पर अनेक तरह के दबाव हैं। अबतक के विमर्श में यह बात बहुत हद तक स्पष्ट हो चुकी है। नहीं तो क्या कारण है कि सूचना को विचार का स्थानापन्न बना दिया जाए, साहित्य और कला को हाशिए पर डाल दिया जाए और उल्टे ज्ञानमूलक समाज के निर्माण का ढिंढोरा भी पीटा जाए? यह अरुचि है, उपेक्षा है या कि इससे भी आगे भय है? ये तीनों ही स्थितियाँ दुर्भाग्यपूर्ण हैं, लेकिन अंतिम स्थिति तो खतरनाक है।

उच्च शिक्षा संस्थानों में अन्य पिछड़ा वर्ग के लिए आरक्षण के मुद्दे पर बवाल मचा, उस दौरान मीडिया की ओ.बी.सी. कोटि के छात्रों के हितों के प्रति कथित उदासीनता अथवा विरोध को लेकर उस पर एक और लांछन लगा -भारतीय मीडिया पर सवर्णों का वर्चस्व है। इसके लिए प्रमाण पेश करने की भी कोशिशें हुईं।

यह लांछन हो या प्रामाणिक आलोचना, इससे मीडिया पर एक और प्रकार के वर्चस्व की बात सामने आई, जो न प्रौद्योगिकी से जुड़ा था, न बाजार से, न ही पूँजी अथवा अर्थतंत्र से। यह सामाजिक व्यवस्था से जुड़ा था। नोम चोम्स्की ने जो अमेरिकी मीडिया के सम्बन्ध में पाँच छननों या फिल्टर्स की बात की है, भारतीय परिस्थिति में इस दृष्टांत (हालाँकि यह कोई अकेला दृष्टांत नहीं है) के बाद एक और फिल्टर की कल्पना की जा सकती है –पूर्वाग्रह, जिसका आधार सामाजिक, धार्मिक, साँस्कृतिक तथा जनसंख्यात्मक (बहुमतवाद या अल्पमतवाद के रुप में) हो सकता है।

समय-समय पर इन पूर्वाग्रहों के प्रभावों को निरीह जनता को झेलना भी पड़ा। वास्तव में मीडिया की तटस्थता एक दुर्लभ चीज है। वह तटस्थ होकर वस्तुनिष्ठता के आग्रह के साथ चीजों को नहीं देख पाता। जबकि एक बहुलतावादी समाज में इस 'व्यावसायिक तटस्थता' के अलावा शायद कमजोर वर्ग-समूहों के प्रति एक सम्वेदनात्मक दृष्टिकोण की अनिवार्यता मीडिया के लिए बनती है। वैसे मीडिया का काम है सही और जरूरी सूचनाएँ सही समय पर लोगों तक पहूँचाना। इस काम में उपरोक्त पृष्ठभूमि में ही मीडिया सही सूचना, जरूरी सूचना और सही समय के सम्बन्ध में अपनी प्राथमिकताएँ निर्धारित कर सकता है और करता है।

पूर्व राष्ट्रपति डा. ए.पी.जे. अब्दुल कलाम ने राष्ट्रपति भवन छोड़ते हुए मीडिया को सलाह दी थी कि वह विकास सम्बन्धी समाचारों को प्राथमिकता दे जिससे कि देश में त्वरित विकास के लिए जरूरी माहौल बनाने में मदद मिले। जाहिर है डा. कलाम की मीडिया से इस अपेक्षा को शिकायत के रूप में ही लेना चाहिए। वे सन् 2020 तक भारत को विकसित राष्ट्र बनाना चाहते थे और विकास उनकी सर्वोच्च प्राथमिकता थी। गवर्नेंस की आवधारणा का भी सीधा सम्बन्ध विकास से है। यह विकास का अपेक्षित स्तर प्राप्त करने का एक माध्यम है। गवर्नेंस के कुछ महत्वपूर्ण भागीदारों या हितधारकों में से मीडिया भी एक है। वास्तव में गुड गवर्नेंस भूमंडलीकरण की प्रक्रिया को मजबूत बनाने का एक जरिया है जो बाजार की शक्तियों से संचालित है। यह कहीं न कहीं बाजारवाद के लाभों का एक हद तक न्यायपूर्ण वितरण भी चाहता है और बाजार के प्रसार और इसकी सफलता के लिए यह जरूरी भी है। इसकी प्रमुख कसौटियाँ हैं –विकेन्द्रीकरण, सूचना का अधिकार, शासन-प्रशासन में पारदर्शिता, जवाबदेही तथा समभाव इत्यादि। मीडिया के अतिरिक्त गवर्नेंस के अन्य भागीदारों में शामिल हैं-सरकार, निजी क्षेत्र, सार्वजनिक क्षेत्र, राजनीतिक दल और नागरिक समाज इत्यादि। यदि हम गौर से मीडिया की भूमिका पर विचार करें तो मीडिया गवर्नेंस के विभिन्न भागीदारों के बीच एक कड़ी के रूप में काम करता है, यह संवाद का सबसे मजबूत और शायद विश्वसनीय पुल है। दूसरी ओर जो गुड

गवर्नेंस के नियामक तत्व हैं, जैसे -विकेन्द्रीकरण, भ्रष्टाचार की रोकथाम, पारदर्शिता, सूचना का अधिकार आदि; अपनी पहुँच ओर ताकत की बदौलत मीडिया इनको पर्याप्त शक्ति और स्थायित्व प्रदान करने में महत्वपूर्ण भूमिका निभा सकता है। लेकिन इस नजरिए से मीडिया ने अपनी कोई भूमिका तय की हो यह स्पष्ट नहीं होता।

दुर्भाग्य से मीडिया की प्राथमिकताओं में अब भी राजनीति और अपराध जगत से जुड़ी खबरें ही शामिल हैं। हालाँकि ऐसा भी नहीं है कि मीडिया उपरोक्त वर्णित विषयों से अनजाना या अछूता बना हुआ है। ऐसे सैकड़ों उदाहरण हैं जबकि मीडिया सर्वसाधारण और कमजोर लोगों के पक्ष में प्रशासन या व्यवस्था पर दबाव बनाने में सफल रहा। मीडिया का आज का जो पूरा वितान है, उसमें ऐसे प्रसंगों के लिए पर्याप्त स्पेस की दरकार है जिसमें एक कमजोर व्यक्ति, समूह या वर्ग के लोकतांत्रिक अधिकारों का मामला जुड़ा हो, और वैसे तो आज विकास को भी लोकतांत्रिक अधिकारों के अंतर्गत लाने की जरूरत है। प्रस्तुति के लिहाज से तो मीडिया के दोनों रूपों प्रिंट तथा विजुअल में साफ-साफ फर्क है ही, शायद विषय और स्पेस के लिहाज से भी दोनों के बीच बड़ी फाँक दिखाई देती है। शायद माध्यम के अंतर से सरोकारों और प्रतिबद्धता के स्तर में भी फर्क आ जाता है। वैसे भी विजुअल मीडिया का फैलाव और पहुँच तो बहुत व्यापक है लेकिन उसमें न ठहराव है, न गहराई। गहरे विश्लेषणों के लिए उसमें गुंजाइष बहुत कम है। इसके लिए प्रिंट माध्यम का ही सहारा लेना पड़ता है। मीडिया के विकेन्द्रीकरण की बात भी अक्सर की जाती है, इस ओर शुरूआत भी हो चुकी है लेकिन अब तक मीडिया के सम्पूर्ण स्वरूप पर इसका कोई विशेष प्रभाव नहीं दिखाई देता।

सबसे महत्वपूर्ण बात यह है कि मीडिया इन चीजों को किस दृष्टि से देखता है और अपनी प्राथमिकताएँ किस प्रकार निर्धारित करता है। जैसा कि कहा जा चुका है, आज का मीडिया बाजार की शक्तियों का सबसे समर्थ प्रतिनिधि है ओर संभवतः इसीलिए सर्वशक्तिमान! आज वह एक सत्ता केन्द्र के रूप में कार्य कर रहा है। यद्यपि वह अपने को व्यापक समाज के प्रतिनिधि के तौर पर पेश करता है और उसी 'अधिकार' से 'जजमेंट' भी देने की कोशिश करता है, जबकि वास्तव में वह समाज का प्रतिनिधि इस हद तक तो कतई नहीं है। बल्कि यदि मीडिया को एक 'सत्ता केन्द्र' के रूप में ही अपनी भूमिका निभानी है तो आम जनता के साथ इसका विरोध अथवा 'विलोम' का रिश्ता बनना तय है और यह भी संभव है कि आने वाले दिनों में मीडिया के खिलाफ भी आंदोलन हो।

•••

15. भारत की केन्द्रीय सत्ता में हिन्दू शक्ति

पहली बार हुआ है कि किसी नई सरकार के सत्ता संभालने पर देश का बुद्धिजीवी समाज संदेह और आशंका से ग्रस्त दीखता है। दक्षिणपंथ लेखकों-बुद्धिजीवियों को यों भी आकर्षित नहीं करता और इसके कारण भी बहुत स्पष्ट हैं। 'दक्षिणपंथ' आपको सीमित करता है, खुलने नहीं देता और प्राय: समाजों और देशों के लिए त्रासदी लेकर आता रहा है। एक बार जड़ जमा लेने के बाद इससे पार पाना आसान भी नहीं रहता। यह भी विचित्र संयोग है कि पिछले दस-पंद्रह सालों में लगभग पूरी दुनिया में दक्षिणपंथ और कट्टर राजशाहियों के विरुद्ध जनमत बना है। भारतीय उपमहाद्वीप ही नहीं, अरब देशों और कुछ अफ्रीकी और लातिन अमेरिकी देशों में भी आम लोगों ने दक्षिणपंथ को निर्णायक चुनौती दी है और तानाशाहियों और राजशाहियों को लोकतंत्र से प्रतिस्थापित किया है। और तब भारत में दक्षिणपंथ का सशक्त अभ्युदय। पहली बार अपने देश पर किसी गैर-कांग्रेसी दल को पूर्ण बहुमत, और वह बहुसंख्यक हिंदू समुदाय के लिए राजनीति करने वाला सांस्कृतिक राष्ट्रवाद के नाम पर हिन्दू राष्ट्रवाद की आकांक्षा रखने वाला दल हो, यह सहज ग्राह्य बात नहीं लगती। वह भी तब जबकि भाजपा को यह जीत वाजयेयी जैसे 'उदार' और 'स्वीकृत' नेता की बदौलत नहीं मिली, बल्कि उग्र और आक्रामक हिन्दुत्व के पैरोकार (बल्कि प्रतीक) माने जाने वाले नरेन्द्र मोदी की अगुआई में मिली है। तो क्या यह माना जाए कि लाख गवर्नेंस और विकास के नाम पर चुनाव लड़ने का दावा करने के बावजूद दिल्ली के सिंहासन पर 'हिन्दू शक्ति' ही विराजमान हुई है? अगर हाँ, तो यह साढ़े चार सौ साल के बाद हो रहा है। 1556 में इतिहासकारों द्वारा मध्यकाल का समुद्रगुप्त (या नेपोलियन) कहे जाने वाले हेमू -हेमचंद्र विक्रमादित्य ने अफगानों, राजपूतों और जनजातीय योद्धाओं को साथ लेकर लगातार बाइस युद्ध जीतने के बाद 7 अक्टूबर, 1556 में दिल्ली में अपना राज्याभिषेक करवाया था और हिन्दू परम्पराओं के अनुसार 'विक्रमादित्य' की उपाधि ग्रहण की थी। लेकिन एक

माह के अंदर ही पानीपत की दूसरी लड़ाई में एक गुमनाम सैनिक का तीर उसकी आँख में चुभ गया और वह लगभग जीती हुई लड़ाई हार गया। और अगर इस अत्यल्प अवधि के शासन को छोड़ दें तो पूरे आठ सौ साल बाद, पृथ्वीराज चैहान के बाद दिल्ली में 'हिन्दू राज' स्थापित हुआ है।

घटनाक्रम को इस तरह से देखना अपने आप में बहुत अजीब है क्योंकि संघ की शाखाओं के बाहर का 'हिन्दू' वास्तव में 'भारतीय' में समाहित मान लिया गया है (था)। हिन्दू भी कोई धार्मिक समुदाय अथवा सम्प्रदाय या पंथ है, और उसके होने का कोई राजनीतिक फलाफल अथवा निहितार्थ भी हो सकता है -इस तथ्य से लगभग समूचा गैर-संघी, गैर-भाजपा राजनीतिक वर्ग बेखबर रहा है। और यह वर्ग तो यह सपने में भी नहीं सोच सकता था कि हिन्दू समुदाय की भी कोई राजनीतिक आकांक्षा हो सकती है, या फिर पिछले हजार सालों में यह समुदाय इस योग्य हो सका कि इसकी अपनी कोई सत्ताकांक्षा हो। अगर सचमुच इस चुनाव में 'उल्टा ध्रुवीकरण' अर्थात हिन्दुओं ने एकजुट होकर मतदान किया है जाने-अनजाने, तो अब समय आ गया है कि इन प्रश्नों को ढकने, इनसे बचने की बजाए इन पर गहराई से विचार किया जाए। यह जरूरी है कि इस चुनाव के 'हिन्दू कोण' पर गंभीरता से विचार किया, जाए, बावजूद इसके कि प्रगतिशील विचारक भाजपा की जीत को 'क्रोनी कैपिटलिज्म' की कारगुजारी ही मानकर संतुष्ट हो जाना चाहते हैं। वैसे इसमें कोई शक नहीं कि बहुराष्ट्रीय कम्पनियाँ भारत के संसाधनों पर गिद्ध-दृष्टि जमाए बैठी हैं और अपने हित में गवर्नेंस और विकास के नाम पर देश की व्यवस्था में बदलाव चाहती हैं। चुनाव प्रचार के दौरान ऐसा भ्रम फैलाया गया मानो भारत किसी भयानक आपदा का सामना कर रहा हो, गर्त में जा रहा हो और उसे तत्काल बचा निकालने की दरकार हो। यथार्थ यह है कि देश के अंदर कोई बड़ा आर्थिक संकट नहीं, अलग-अलग किस्म के उग्रवादी आंदोलनों के बावजूद भारत की अखंडता पर कोई खतरा नहीं, न ही कोई युद्ध की स्थिति है। दरअसल पिछले पाँच सालों के अंदर ताबड़तोड़ घोटालों, बढती् महंगाई, अन्ना हजारे के भ्रष्टाचार विरोधी आंदोलन तथा निर्भया कांड के बाद देश भर में काँग्रेस के खिलाफ जबरदस्त वातावरण बना। इसका लाभ सबसे पहले वैकल्पिक राजनीति का दावा करने वाली आम आदमी पार्टी को मिला। इसी समय चुनाव की घोषणा के बाद राष्ट्रपति प्रणाली की तर्ज पर चुनाव लड़ने के भाजपा के निर्णय से जो स्थिति बनी और पार्टी द्वारा जिस स्तर का और जिस पैमाने पर चुनाव अभियान चलाया गया, उसमें भाजपा ही 'बदलाव' का वास्तविक संवाहक बन गई -भ्रष्टाचार विरोधी आंदोलन और 'आप' की कमाई भी भाजपा के खाते में। लेकिन यह विश्लेषण महत्वपूर्ण होते हुए भी भाजपा की 282

और एनडीए की 335 सीटों का औचित्य पूरी तरह स्पष्ट नहीं कर पाता। वैसे भी पिछड़ों और दलितों की राजनीति करने वाले दलों का सफाया किस प्रकार संभव हो सका –सपा, राष्ट्रीय जनता दल, बसपा और यहाँ तक कि विकास के 'बिहार मॉडल' का दावा करने वाला जेडीयू? फिर क्या यह माना जाए कि नरेन्द्र मोदी की चुनाव सभाओं में उमड़े युवाओं ने जाति, धर्म, वर्ग, क्षेत्र की सीमा लाँघकर 'अच्छे दिनों' की खातिर भाजपा को यह बहुमत दिया? आखिर 1990 के बाद पैदा हुए युवाओं को 'धर्मनिरपेक्षता' को लेकर नरेन्द्र मोदी के साथ जाने में क्या हिचक हो सकती थी, यह पीढ़ी तो मंडल-कमंडल के प्रभाव से प्रायः मुक्त है। उस दौर से दुनिया बहुत आगे बढ़ गई है, भारत आगे निकल आया है –आज का भूमंडलीकृत भारत! भूमंडलीकरण की प्रक्रिया स्थानीय अंतर्विरोधों को ढकने-तोपने, बल्कि पचा जाने का भी सामर्थ्य रखती है।

हमारा दुर्भाग्य यह रहा कि आजादी के बाद देश में धर्मनिरपेक्षता की जो राजनीति चलाई गई, विशेषकर सत्तर के दशक के बाद, उसमें बहुसंख्यक समाज के विखंडन को ही उसका आधार बनाया गया। यह मानकर चला गया, बल्कि विश्वास दिलाया गया कि पिछड़े और दलित हिन्दू इस सीमा तक 'धर्मनिरपेक्ष' हैं, मानो वे हिन्दू समाज के अंग ही नहीं हैं, बल्कि उससे बाहर हैं। उनकी कोई धार्मिक आकांक्षा नहीं हो सकती, आग्रह नहीं हो सकता। एक जाति के रूप में हिन्दुओं के बहुसंख्यक होते हुए भी उनके ऐतिहासिक दमन, सत्ताहीनता, वर्चस्वहीनता के ऊपर हिन्दू समाज के अंदर बहुसंख्यक दलित-पिछड़ी जातियों के ऐतिहासिक दमन की और इसके एवज में क्षतिपूर्ति की बात की गई। यह एक ही 'सिक्के के दो पहलू' जैसा है। इतिहास में हुए अन्याय को आधार बनाकर हिन्दू ('साम्प्रदायिक') राजनीति के पैरोकार स्वतंत्र भारत में सत्ता और व्यवस्था में हिन्दुओं का वर्चस्व चाहते रहे, जबकि इसी आधार पर 'धर्मनिरपेक्ष' दल 'सामाजिक न्याय' के नाम पर पिछड़ों-दलितों के लिए सत्ता की कुंजी माँगते रहे। पहली राजनीति के निशाने पर मोटे तौर पर मुसलमान और 'मुसलमान परस्त' दल रहे जबकि दूसरे प्रकार की राजनीति मुस्लिमों को अपने साथ लेकर 'हिंदू' सवर्णों को अपने निशाने पर लेती रही। धर्मनिरपेक्ष दलों ने सवर्ण-विरोध की आड़ में खुलेआम हिन्दू प्रतीकों पर हमला किया। उन्होंने हिन्दू धर्म को ब्राह्मणों या अधिक से अधिक सवर्णों का धर्म बनाकर प्रस्तुत किया। आमतौर पर 'प्रगतिशील', 'धर्मनिरपेक्ष' और 'सामाजिक न्याय' के पाले में रहने वाले बुद्धिजीवियों ने इस राजनीति का साथ दिया, इसे परिपुष्ट किया। आज इसीलिए भारत की केन्द्रीय सत्ता पर हिन्दुत्ववादियों को आसीन देख वे हतप्रभ हैं। उनके लिए हिन्दुओं का 'एक' होकर मतदान करना कल्पनातीत है। वे सपने में भी

नहीं सोच सकते थे कि अगर 15 या 25 प्रतिशत आबादी को वोट बैंक के रूप में एकजुट होकर मतदान के लिए प्रेरित किया जा सकता है, तो यह काम 85 प्रतिशत आबादी के लिए बखूबी किया जा सकता है। लेकिन अगर पीछे मुड़कर देखें तो पिछले तीस-पैंतीस सालों की राजनीति इसी बात के लिए बहुसंख्यक समुदाय को उकसाती आ रही है। बल्कि स्वतंत्रता पश्चात ही इसकी शुरुआत हो चुकी थी।

अतीत के पुनरावलोकन से यह बात स्पष्ट होती है और इस हिन्दू उभार का औचित्य भी समझ में आता है, बल्कि उसका एक 'वाम' पक्ष भी खुलता दिखाई देता है। यह बात बहुत आश्चर्यजनक लग सकती है। इसका स्रोत इतिहास में है। अन्याय, वंचना, पराजय बोध इसके मूल में है। हिन्दू भारत में बहुसंख्यक जरूर रहे हैं लेकिन पिछले लगभग आठ सौ सालों में हिन्दू जाति एकाध दृष्टांतों को छोड़ कभी शासक जाति नहीं रही -केन्द्र में। एकेश्वरवादी साम्राज्यवाद के बाद प्रोटेस्टेंट उपनिवेशवाद ने लगातार सैंकड़ों साल तक हिन्दुओं को भारत की केन्द्रीय सत्ता से दूर रखा। एकेश्वरवादी केन्द्रीय सत्ता के खिलाफ परिधि पर 'पैगन' (हिन्दू, मूर्तिपूजक, प्रकृतिपूजक, बहुदेववादी) प्रतिरोध कभी इतना सक्षम नहीं बन सका कि वह उसे विस्थापित कर दे। मध्यकाल में इसी दौर में भारतीय समाज विजयी और विजित, मूर्तिभंजक और मूर्तिपूजक, एकदेववादी और बहुदेववादी के बीच सामंजस्य बैठाने की कोशिश कर रहा था। धर्मांतरण भी इस प्रक्रिया का अंग था। स्वैच्छिक धर्मांतरण कोई नयी बात नहीं थी। हिंदू बड़ी संख्या में बौद्ध बने थे, और बाद में इसका उल्टा भी हुआ था। लेकिन बलपूर्वक धर्मांतरण का संभवतः पहला अनुभव भारत को हो रहा था। पहली बार भारतीय समाज ऐसे आक्रांताओं का सामना कर रहा था और उनके सामने परास्त भी हो रहा था जो अपना राजनीतिक ही नहीं, धार्मिक प्रभुत्व भी स्थापित करना चाह रहे थे। इस कोशिश के तहत बलात् धर्मांतरण भी हो रहा था और उपासना स्थलों को भी नष्ट किया जा रहा था। यहाँ न ज्ञान, न किसी विद्या की कुछ चल रही थी, न कोई शास्त्रार्थ था। जो आए थे उन्हें 'असभ्यों' को 'सभ्य' बनाना था। पैगन, नास्तिकों को 'आस्तिक' यानी एक ईश्वर का उपासक बनाना था। मुस्लिम सत्ता जब एक बार स्थापित हो गई तो इसका एक और परिणाम हुआ -कई क्षेत्रों में हिन्दू सामाजिक पदानुक्रम में शोषण और भेदभाव की शिकार 'निम्न' जातियों को इस्लाम के 'समानता' के सिद्धांत में अपनी मुक्ति का मार्ग दिखलाई पड़ा। इन जातियों का इस्लाम (बाद में कुछ हद तक ईसाई में) में सामूहिक धर्मांतरण लगभग लगातार चलता रहा -भले ही छिटपुट रूप से। इससे 'समाहितीकरण' की प्रक्रिया को तो बल मिला ही इस्लाम धर्म और इस्लामी शासकों के प्रति स्वीकार्यता भी बढ़ी -इस हद तक कि तेरहवीं सदी से लेकर उन्नीसवीं सदी के मध्य तक भारत की

केन्द्रीय सत्ता पर कमोवेश उनका नियंत्रण बना रहा।

इसके बाद आया उपनिवेशवाद का दौर। ब्रिटिश उपनिवेशवाद ने समूचे भारत के राजनीतिक स्वरूप को बदल दिया। इसने मुसलमानों को भी कुचला और हिन्दुओं को भी। यह एक ऐसी व्यवस्था थी जिसमें देशी साधनों के दोहन से सात समंदर पार की सभ्यता समृद्ध हो रही थी और भारतवासी कंगाल हो रहे थे। इस दौर में, 19वीं और 20वीं सदी में यूरोप में एक ओर पूँजीवाद का विकास हो रहा था तो दूसरी ओर नयी राष्ट्रीयताएँ सिर उठा रही थीं और इसी आधार पर राष्ट्र-राज्य विकसित हो रहे थे। भारत में उपनिवेशवाद के मुकाबले में राष्ट्रवाद मजबूत हो रहा था तमाम विविधताओं के रहते। राष्ट्रीय एकता और स्वशासन का अधिकार -ये दो चुनौतियाँ इसके सामने थीं। धर्म, भाषा, क्षेत्र, जाति आदि की बहुलता में, सुरेन्द्र नाथ बनर्जी के शब्दों में 'विविधता से एक राष्ट्र का निर्माण' हो रहा था। इस राष्ट्र की कल्पना सबकी अपनी-अपनी थी लेकिन इस राष्ट्रवाद का लक्ष्य साझा था - उपनिवेशवादी शासन की समाप्ति और अपना शासन स्थापित करना। इस प्रक्रिया में राष्ट्रीयताओं के अलग-अलग स्वर भी उभर रहे थे। भारतीय राष्ट्रवाद के समक्ष दो विकल्प थे -सार्वभौमवाद, जिसमें हर पहचान, हर सामाजिक-सांस्कृतिक इकाई को मान्यता थी और जिसकी विश्व-दृष्टि मानव समाज की समस्त इकाइयों के सृजनात्मक सहयोग और सहकार से निर्मित हुई थी। सार्वभौमवाद की जड़ें भारतीय सभ्यता में थीं और इसके पैरोकार और सिद्धांतकार रवीन्द्रनाथ और महात्मा गांधी थे, और कहीं न कहीं विवेकानंद भी। दूसरा विकल्प था यूरोप के राष्ट्र-राज्य को अंगीकार कर लेना। इससे भारत राजनीतिक रूप से एक हो सकता था और राष्ट्रवादियों को यही अभीष्ट भी था। आखिरकार भारत ने यूरोप के राष्ट्र राज्य मॉडल को ही अपनाया।

लेकिन यूरोप में राष्ट्रीयताओं के उदय और राष्ट्र-राज्यों के अस्तित्व में आने का एक नकारात्मक प्रभाव बीसवीं सदी की शुरुआत में ही दृष्टिगोचर होने लगा। यूरोप में राष्ट्रीयता का आधार एक प्रजाति, एक साझा अतीत और भूभाग बना था। भारत में धर्म को राष्ट्रीयता का आधार मानने का आग्रह बढ़ने लगा। अगर धर्म यूरोप में राष्ट्रीयता का आधार होता तो समूचा यूरोप एक राष्ट्र होता। जहाँ हिंदू पुनरुत्थानवादी अखण्ड भारत में हिन्दुओं का वर्चस्व चाहते थे वहीं मुस्लिम राष्ट्रवादियों ने आगे चलकर मुसलमानों के लिए एक देश की ही माँग कर दी। बीसवीं सदी के शुरुआत में अगर मुस्लिम राजनीति आकार ले रही थी, 1906 में ढाका में मुस्लिम लीग की स्थापना के साथ, तो हिन्दू राजनीति भी विनायक दामोदर सावरकर, केशव हेडगेवार और गुरु गोलवलकर जैसे नेताओं की अगुआई में अपने रास्ते चल पड़ी थी। 1914 में हिन्दू महासभा की और 1925 में राष्ट्रीय स्वयंसेवक संघ की स्थापना हुई।

यूरोपीय राष्ट्र-राज्य का सिद्धांत भारत को राजनीतिक रूप से भी एक न रख सका। मुसलमान भारत की शासक जाति रही थी और हिन्दू शासित। स्वतंत्र लोकतांत्रिक भारत में मुस्लिम राष्ट्रवादी अल्पसंख्यक मुसलमानों को बहुसंख्यक (शासक) हिन्दुओं के अधीन देखना नहीं चहते थे। उन्होंने सदियों में विकसित हुए मिट्टी के रिश्ते के ऊपर धार्मिक पहचान को वरीयता दी। भारत का विभाजन हुआ -उसके तीन टुकड़े हो गए (राजनीतिक रूप से दो)। यह हिन्दू राष्ट्रवादियों ही नहीं आम हिन्दू, बल्कि भारतीय के लिए बहुत बड़ा सदमा था। शासित रही जाति के दृष्टिकोण से देखें तो यह बहुत बड़ा धोखा था -जब बराबरी की बात आई तो अलग देश ही बना डाला!

आश्चर्यजनक बात यह है कि हिन्दू और मुस्लिम राजनीति दोनों भारतीय राष्ट्रीय आंदोलन की मुख्यधारा में शामिल नहीं थीं। 1917 का साल बहुत महत्वपूर्ण था। देश के अंदर चंपारण सत्याग्रह से गांधीजी स्वतंत्रता आंदोलन की धुरी बन गए थे, तो देश के बाहर रूस में 'सर्वहारा का राज' स्थापित हुआ था जिसका गहरा और दूरगामी असर भारत पर भी हुआ था। देश के अंदर समाजवादी और वामपंथी धारा का निर्माण हुआ था। स्वयं जवाहरलाल सोवियत समाजवाद से बहुत प्रभावित थे, दूसरी ओर भगत सिंह व चंद्रशेखर आजाद जैसे युवाओं के नेतृत्व में क्रांतिकारी धारा बनी थी, भारत में मजदूरों-किसानों का राज स्थापित करना जिसका उद्देश्य था। इसके पहले की जो क्रांतिकारी जमातें थीं वे राष्ट्रवाद से ओतप्रोत थीं और स्वशासन की स्थापना और अपनी सभ्यता-संस्कृति की रक्षा के उद्देश्य से कार्य कर रही थीं। इस धारा में सक्रिय कई नेता बाद में हिन्दुत्व की राजनीति में सक्रिय हो गए, जैसे सावरकर, हेडगेवार और गुरु गोलवलकर। कुछ लोग ऐसा समझते हैं कि हिन्दुत्व की राजनीति की प्रतिक्रिया में मुस्लिम राजनीति खड़ी हुई और द्विराष्ट्र के सिद्धांत के आधार पर मुसलमानों के लिए अलग देश माँगा। और वास्तव में हिन्दुत्व की राजनीति वह ताकत और विस्तार कभी हासिल नहीं कर पाई जो चालीस के दशक में मुस्लिम लीग को लभ्य हुई। इसका एक बड़ा कारण काँग्रेस और गांधीजी का नेतृत्व था। एक तो काँग्रेस में हिन्दू रुझान के कई बड़े नेता थे जो व्यापक हिन्दू समाज और भावनाओं का प्रतिनिधित्व करते थे। दूसरी बात यह कि स्वयं गांधीजी जिस 'धर्मयुक्त' राजनीति' की बात कर रहे थे और जिन प्रतीकों को इस्तेमाल कर रहे थे वे मूलत: खाँटी देशी थे और कहीं न कहीं आम हिन्दू उनसे गहरे जुड़ा था। दूसरे शब्दों में कहें तो हिन्दू आकांक्षाओं को व्यापक भारतीयता में विन्यस्त कर गांधीजी और स्वतंत्रता आंदोलन के नेताओं ने उपनिवेशवाद के खिलाफ संघर्ष चलाया। यह मात्र संयोग नहीं कि गांधीजी ने 'राम राज्य' का जो प्रतीक देशवासियों के समक्ष

रखा उसमें बहुसंख्यक दमित हिन्दू आकांक्षाओं को अभिव्यक्ति मिलती थी। आश्चर्य नहीं कि मुस्लिम लीग के नेता प्रकारांतर से गांधी को निरा हिन्दू और काँग्रेस को हिन्दुओं की पार्टी कहते थे। तब भी हिन्दू देश (राष्ट्र) के आग्रही लोग स्वतंत्रता आंदोलन से दूरी बनाकर हिन्दू महासभा और राष्ट्रीय स्वयंसेवक संघ जैसे संगठनों के माध्यम से एक समानान्तर धारा चलाते रहे। स्वतंत्रता आंदोलन में इनका योगदान बहुत सीमित था।

आधी सदी पुरानी काँग्रेस चालीस का दशक आते-आते हाँफने लगी थी। उसे जल्द से जल्द आजादी चाहिए थी और इसी में वह तमाम समस्याओं का अंत भी देखती थी। एक ओर मुस्लिम तो दूसरी ओर दलित राजनीति ने उसे त्रस्त कर रखा था। दलित पक्ष तो फिर भी संभाल में था, लेकिन मुस्लिम लीग की 'सीधी कार्रवाई' काँग्रेस पर बल्कि देश पर भारी पड़ी। काँग्रेस बँटवारे के लिए तैयार हो गई -हिन्दू भारत और मुस्लिम पाकिस्तान! अखंड भारत का सपना चकनाचूर हो गया, भारत भूमि तीन भागों में खंडित हो गई। भयानक रक्तपात हुआ। आजादी का रंग फीका पड़ गया। धर्म राष्ट्रीयता का नया आधार बना। जिस राष्ट्रवाद ने यूरोप को दो महायुद्धों में तबाह कर दिया था, उसी ने बदले भेष में भारत को भी तबाह किया।

धार्मिक आधर पर विभाजन के बाद भी भारत में 'हिन्दुओं का राज' नहीं आया बल्कि स्वतंत्रता आंदोलन के पूर्व घोषित लक्ष्यों के अनुरूप एक धर्मनिरपेक्ष राष्ट्र की स्थापना हुई। इस प्रकार बीसवीं सदी के पूर्वाद्ध में ही जो हिन्दू एजेंडा आकार ले रहा था, उसे पहला बड़ा धक्का भारत विभाजन से लगा। एक ओर तो इससे अखंड भारत के टुकड़े हो गए, तो दूसरी ओर इस विभाजन का कारण भी मुस्लिम लीग के साथ हिन्दू संगठनों को भी बताया गया, खासकर काँग्रेस द्वारा क्योंकि हिन्दू नेता भी धर्म के आधार पर हिन्दुओं-मुसलमानों की राष्ट्रीयताओं में फर्क करते थे। अभी यह सदमा ताजा ही था कि स्वाधीनता प्राप्ति के छह माह बाद ही गांधीजी की हत्या कर दी गई -उग्र हिन्दुत्ववादियों द्वारा! यह इतना भयानक दुष्कृत्य था कि इससे हिन्दू एजेंडा एकदम से पीछे, पृष्ठभूमि में चला गया। जनभावना हिंदुत्ववादियों के खिलाफ हो गई, महासभा और राष्ट्रीय स्वयंसेवक संघ पर प्रतिबंध लगा दिया गया। इस घटना से सरदार पटेल जैसे नेता भी निस्तेज हो गए। यहाँ उल्लेख करना आवश्यक है कि पटेल आजादी की मंजिल तक पहुँचते-पहुँचते मुस्ल्मि लीग के लिए सबसे बड़े दुश्मन बन गए थे, इसके पहले गांधीजी लीग के दुश्मन नम्बर एक रहे थे। पटेल खुलकर अपनी बात रखते थे और एकदम सामने आकर लीग को जवाब देते थे, उस समय यह काम करने वाला और कोई था भी नहीं। लेकिन लीग ही नहीं पटेल नेहरू, आजाद सहित समाजवादियों की आँख की भी किरकिरी बने हुए थे। गांधीजी की

हत्या के बाद पटेल सहित काँग्रेस के वे सभी नेता जिनको हिन्दू हितों की परवाह करने वाला माना जाता था, जिनकी पहचान 'संकीर्ण' व 'परम्परावादी' के रूप में थी, 'दब' गए या रक्षात्मक हो गए। पटेल की पहल पर आजादी के फौरन बाद सोमनाथ के जीर्णोद्धार का काम हाथ में लिया गया जिसे के.एम. मुंशी ने पूरा कराया। 1951 में नये मंदिर की आधारशिला रखने स्वयं राजेन्द्र प्रसाद गए थे। नेहरू जी ने तब हिन्दु पुनरुथान का प्रयास कहकर इसकी आलोचना की थी जबकि प्रसाद और मुंशी ने इसे 'स्वतंत्रता का फल' और अतीत में हुए अन्याय को दुरुस्त करना बताया था। राजेन्द्र बाबू को दो और अवसरों पर जानबूझकर परंपरावादी घोषित किया गया। एक बार जब वाराणसी में उन्होंने पारम्परिक ढंग से पुरोहित पूजा की, और दूसरी बार जब आजादी के तुरंत बाद नेहरू जी हिन्दू कोड बिल संसद में लाना चाहते थे तब राजेन्द्र बाबू ने उन्हें टोका था कि देश की एक बड़ी आबादी की संस्कृति और परम्पराओं में दखल देने वाला यह बिल प्रोविजनल एसेम्बली में न लाकर चुनी हुई संसद में प्रस्तुत करना चाहिए। आखिर दो बार के प्रयास के बाद भी प्रोविजनल एसेम्बली में यह बिल पास नहीं हुआ।

स्वतंत्र भारत में राष्ट्र-निर्माताओं ने राष्ट्र निर्माण के प्रयास तेज कर दिए। नेहरुजी के नेतृत्व में उनके सपनों के अनुरूप एक सशक्त समाजवादी भारत का निर्माण अब प्रत्येक देशवासी की कामना थी। सभी भारतवासियों को एक नयी भारतीय पहचान मिली। इस बीच हिन्दू भावनाओं को सहलाने का पहला महत्वपूर्ण प्रयास हुआ सोमनाथ के जीर्णोद्धार से जिसकी चर्चा की गई। इधर विभाजन के बाद भी जो मुसलमान भारत में रह गए, वे अपनी शर्तों पर यहाँ नहीं रुके थे, बल्कि मिट्टी से जुड़ाव और मातृभूमि से प्रेम के कारण ही खतरा मोल लेकर भी यहाँ रह गए। अजीब स्थिति तब बननी शुरू हुई जब कि एक के बाद एक सरकारों ने उनकी तरफ से खुद ही शर्तें बाँधनी शुरू कर दीं -धर्मनिरपेक्षता और अल्पसंख्यक अधिकारों के नाम पर। जबकि, हमारा संविधान किसी भी स्तर पर दो नागरिकों के बीच भेद नहीं करता था, चुनाव जीतने के समीकरणों के तहत 'थोक वोट' की अभिलाषा में मुसलमान जो आजादी के समय कुछ प्रतिशत थे, जबरन राजनीति के केन्द्र में लाए गए। आजादी के बाद समाज सुधार के काम को आगे बढ़ाने के लिए भी सरकार ने हिन्दू विश्वासों और परम्पराओं में हस्तक्षेप करने के लिए तो अपने को अधिकृत माना लेकिन मुस्लिम सहित अन्य पद्धतियों एवं परम्पराओं की ओर से तटस्थ रही। कायदे से 'एक समान नागरिक संहिता' को जल्द से जल्द लागू करने की ओर सरकार को बढ़ना था लेकिन यह 'समाजवादी लक्ष्य' लगातार दूर होता चला गया और आज तो यह असंभव की सीमा के अंदर दीखता है। सरकारों की 'भारतीयता' को बढ़ाने में

रुचि कम रही, विभाजन पैदा करने से मतलब ज्यादा रहा।

मुस्लिम प्रथाओं में सुधार का एक अवसर सर्वोच्च न्यायालय ने शाहबानो मुकदमें के फैसले में उपलब्ध कराया था लेकिन मुस्लिम संगठनों के विरोध के बाद इस निर्णय को संसद द्वारा पलट दिया गया। वास्तव में काँग्रेस और अन्य धर्मनिरपेक्ष सरकारों ने सुविधानुसार 'धर्मनिरपेक्षता' का इस्तेमाल किया, कभी इसका पलड़ा मुसलमानों की ओर झुकाया तो कभी हिन्दुओं के पक्ष में। सलमान रुश्दी व तसलीमा नसरीन के मामलों में मुस्लिम कट्टरपंथ को खुश किया गया तो हुसैन के मामले हिन्दू कट्टरपंथियों को। शाहबानो मामले में जब सरकार की भद हुई तो संतुलन स्थापित करने के लिए अयोध्या में राम मंदिर का ताला खोल दिया गया। यही वह बिन्दु है जहाँ से हिन्दुत्व की राजनीति उग्र हुई और इसने अखिल भारतीय विस्तार पाया। 1951 में जनसंघ की स्थापना के साथ हिंदुत्ववादी संसदीय राजनीति में दाखिल हुए लेकिन लगातार हाशिए पर रहे। 1967 की संविद सरकारों में और इसके दस साल बाद आपातकाल के बाद बनी जनता पार्टी में एक घटक के रूप में जनसंघ शामिल हुआ। 1980 में जनसंघ जनता पार्टी से अलग होकर भारतीय जनता पार्टी बन गया। चार साल बाद श्रीमती इंदिरा गांधी की हत्या के बाद हुए आम चुनावों में पहली बार काँग्रेस 'हिन्दू लहर' पर सवार हो 424 सीटें लेकर संसद में आई। उसके बाद घटनाओं की पूरी श्रृंखला है। दिल्ली में सत्ता के भंगुर प्रयोगों ने भाजपा को स्पेस दिया।

इस बीच साम्प्रदायिकता विरोध के नाम पर ब्राह्मणवाद, सवर्णवाद आदि को लगातार निशाने पर लिया जाता रहा और बहुसंख्यक समाज की चिंताओं और सरोकारों की अनेदेखी की गई। साम्प्रदायिकता विरोध हिन्दू विरोध की सीमा में दाखिल हो गया। हिन्दू दक्षिणपंथी उभार को बुद्धिजीवियों ने घृणा और तिरस्कार से देखा, कभी तार्किक ढंग से ऐतिहासिक परिप्रेक्ष्य में उसे समझने की कोशिश नहीं की गई। देश में शायद ही कोई ऐसा लेखक हो जिसने इन आंदोलनों के बारे में सहानुभूति की एक पंक्ति लिखी हो। बी.एस. नॉयपाल और सैमुएल हट्टिंगटन जैसे विचारकों ने इसे अनहोनी के रूप में न देखकर इसका औचित्य सिद्ध करने की कोशिश की तो हठात वे बौने बुद्धिजीवी सिद्ध किए जाने लगे। कुछ महत्वपुर्ण लेखक जिन्होंने देसी सभ्यता और मूल्यों के अनुशीलन और पुनराविष्कार में आधुनिक सभ्यता के संकटों का हल खोजने की कोशिश की वे हिन्दूवादी घोषित कर दिए गए। हद तो तब होने लगी जब हिन्दू पक्ष में पारित न्यायादेशों की भी आलोचना की जाने लगी। लेखक समाज की तो ऐसी स्थिति बनी कि जो धर्म (हिन्दू) छोड़कर 'सेकुलर' हो जाए वही लेखक होने की अर्हता प्राप्त कर सकता है,

लेकिन इतनी ही कड़ी परीक्षा दूसरे धर्मावलम्वियों के लिए नहीं। और जब यह सब कुछ हो रहा था तो भाजपा और संघ का काडर जमीन पर जनसम्पर्क कर रहा था। उसे मालूम था कि हिन्दुत्व का अर्थ न तो मनुवाद है, न ब्राह्मणवाद। हिन्दू राजनीति अगड़े-पिछड़े-दलित की फाँकों में वैसी नहीं बँटी है जैसी विरोधी उसे देखना चाहते हैं। हिन्दुत्व के लिए कटिबद्ध संघ तो मंदिरों में दलित पुजारियों को आसन दे रहा था ब्राह्मण वर्चस्व के रहते भी। उसके मुख्यालय में, उसकी शाखाओं में किसी की जाति नहीं पूछी जाती। हिन्दू धर्म-पंथ प्रकृति और मनुष्य के साहचर्य से विकसित हुआ है, किसी एक को इसे बनाने, अवतरित करने का श्रेय नहीं है, सबके योग से यह विकासमान रहा है -चाहे वह अवतार हों, व्यक्ति हों, या ग्रंथ। बहुता, बहुलता इसका आधार है लेकिन सायुज्यता इसका मर्म है। इसे खंड-खंड करके देखा-समझा नहीं जा सकता। धर्म या पंथ मानने वालों के विश्वास पर टिकता है। हिन्दू धर्म में विश्वास या आस्था की एक अभिव्यक्ति नहीं है। कर्मकांड और सामाजिक संस्तरण हिन्दुत्व का एकमात्र सत्य नहीं है, बल्कि एक पक्ष है जो स्थिर नहीं है, परिवर्तनशील है। आज का हिन्दू समाज 'मनु के युग' का समाज नहीं है लाख विरोधाभासों के रहते भी। तो चुनाव में जहाँ निशाना साधा जा रहा था लक्ष्य वहाँ था ही नहीं!

भारतीय स्वतंत्रता आंदोलन की धारा अनेक उपधाराओं से मिलकर बनी थी - सभी का भारत की मुक्ति का अपना स्वप्न था, अपनी आकांक्षाएँ और अपेक्षाएँ थीं। इनमें मध्यममार्गियों के अलावा समाजवादी, वामपंथी, हिंदुत्व, दलित और मुस्लिम धारा प्रमुख थी। भारत की स्वतंत्रता जरूर एक साझा लक्ष्य थी लेकिन इसे इनके नेता अपने ढंग से परिभाषित करते थे -इनका अलग-अलग एजेंडा था। गांधीजी, जवाहरलाल, सरदार पटेल, राजेन्द्र प्रसाद, मौलाना आजाद, राजगोपालाचारी, अम्बेदकर, जिन्ना, नरेन्द्र देव, कृपलानी, सुभाषचंद्र बोस, जयप्रकाश नारायण, नम्बूदरीपाद, रणदिवे, डांगे आदि 1946-47 तक देश के प्रमुख नेता थे जो कमोवेश उपरिलिखित धाराओं का प्रतिनिधित्व करते थे। नेताजी सुभाषचंद्र बोस के अभियान तथा सन् 42 को छोड़ दें तो प्रायः शान्तिपूर्ण स्वतंत्रता आंदोलन का अंत भयानक हिंसा और रक्तपात में हुआ, और अचरज और क्षोभ की बात यह कि यह राज्य की हिंसा नहीं थी, राज्य भले ही पृष्ठभूमि में रहा हो। देश स्वतंत्र हुआ तो मध्यममार्गियों की अभिलाषा पूरी हुई -नेहरू, पटेल, प्रसाद नव स्वतंत्र देश के अभिभावक बने। नेहरू जी मध्यममार्गियों के नेता थे ही समाजवादी रुझानों के कारण समाजवादियों और वामपंथियों में भी बहुत लोकप्रिय थे। समाजवादियों और वामपंथियों को नेहरूजी के प्रधानमंत्रित्व में अपना एजेंडा पूरा होता दिखा। पाकिस्तान बनने के साथ मुस्लिम

धारा (लीग) का एजेंडा पूरा हुआ। मुस्लिमों के लिए अलग से पाकिस्तान तो बना ही, समान नागरिकता के आधार पर भारत भी उनका देश! दलित राजनीति की सबसे बड़ी उपलब्धि यह हुई कि संविधान सभा में अम्बेदकर को प्रारुप समिति का जिम्मा सौंपा गया। बची हिन्दू राजनीति जिसके हाथ आया 'जंबू द्वीपे भरत खण्डे' के स्थान पर कटा-फटा देश, रक्तपात, विस्थापन, देशांतरण और .... गांधी-हत्या का कलंक और अपराध बोध! एक धार्मिक समुदाय (वह भी अस्सी प्रतिशत की बहुसंख्या के साथ) के प्रतिनिधित्व का दावा करने वाली हिंदुत्व की राजनीति का एजेंडा तब से अनसुलझा पड़ा है। आश्चर्य की बात यह है कि महासभा, संघ या भाजपा के लोग इसे या तो ठीक से समझते नहीं रहे या देश को समझा नहीं पाए। मुस्लिम विरोध ने इस एजेंडे को पूरी तरह ढक लिया। ऐसे में व्यापक जन समुदाय की सहानुभूति इसके साथ नहीं जुड़ी और यह उचित भी था क्योंकि 15 अगस्त 1947 को जो भारत बना, उसी के लिए जीना-मरना हम सबकी नियति है, कोई इसे बदल नहीं सकता। इसीलिए स्वतंत्र भारत में हिन्दुओं ने अपनी पहचान को 'भारतीय' में समाहित हो जाने दिया, यह श्रेय तो पूरी तरह धर्मनिरपेक्षतावादियों' को जाना चाहिए जिनकी बदौलत इस चुनाव (2014)में हिन्दू वापस हिन्दू हो गये।

•••

16. संधिकाल की धुँध

पिछले डेढ़ बरस में कोई जलियाँवाला नहीं, न सन् 42 जैसा दमन, न आपातकाल का उत्पीड़न -ये सभी प्रत्यक्ष सरकारी दमन के ज्वलंत उदाहरण हैं। दूसरी ओर न देश में न कहीं 1984 दोहराया गया, न कश्मीरी पंडितों जैसा पलायन हुआ, न ही 2002 के गुजरात जैसी कोई घटना घटी -ये सामुदायिक हिंसा के घिनौने उदाहरण हैं जिनमें संभव है सरकार परोक्ष रूप से शामिल रही भी हो। घटनाएँ अनेक हैं आतपों के इस देश में, अब तो तिथि व स्थान तक ठीक-ठीक याद नहीं रह पाता, क्रम में भी उलटफेर हो जाता है। ठीक-ठीक याद नहीं रहता कि मलियाना पहले हुआ था या नेल्ली। उसमें भी पिछली शताब्दी के ढलते वर्षों में बिहार में एक पर एक अंजाम दिए नरसंहारों को तो हम लगभग भूल ही गए हैं जो नयी सदी के आरंभ तक चले। भला हो जो कोर्ट द्वारा अनेक कांडों के अभियुक्तों को बरी करने की खबर से विस्मृति की कुछ धूल उड़ी -आह, ऐसा भी हुआ था! इसे वर्ग संघर्ष कहा गया -ऐसी लड़ाई जिसमें दोनों तरफ के सिपाही आमने-सामने नहीं लड़ते थे, घात लगाकर प्रतिद्वन्द्वी पक्ष (जाति) से जुड़े निरीह लोगों, स्त्रियों बच्चों की हत्याएँ करते थे। खैर, तो ऐसी हिंसाओं में विभिन्न समुदायों के सैकड़ों लोग हत हुए।

फिर भी बेचैनी और घुटन और अब प्रतिरोध तक की नौबत! तीन लेखक मार दिए गए -नरेंद्र दाभोलकर, गोविन्द पनसारे और एम.एम. कुलबर्गी। वर्तमान केन्द्र सरकार के रहते कुलबर्गी की हत्या हुई, शेष दो लेखक पिछली सरकार के कार्यकाल के दौरान ही मारे गए -महाराष्ट्र में, जबकि केन्द्र में और राज्य में कांग्रेस की ही सरकारें थी। कुलबर्गी की हत्या भी कांग्रेस शासन में हुई है, हाँ केन्द्र में जरूर भाजपा की सरकार है। तीन लेखक मारे गए, ऊपर से दादरी कांड में एक निरपराध की एक घिनौने अफवाह, इल्जाम के आधार पर हुई हत्या से सनसनी उबाल में बदल गई। क्या एक लेखक की हत्या एक समुदाय की हत्या के बराबर है, सहिष्णुता के पैमाने का आखिरी छोर? एक सहिष्णु समाज में वे सब उपरिलिखित कांड हो सकते हैं

जिनमें सैकड़ों-हजारों की जाने गईं? लेकिन लेखक की जान जाते ही सहिष्णुता समाप्त, बहुलता और विविधता एकाश्मक एकरूपता में तब्दील? क्या लेखक-हत्या 'ब्रह्महत्या' की तरह है जिसका 'महादोष' राजा पर भी लगना निश्चित था और उसे भी इस महापाप के लिए उतरदायी माना जाता था?

चलिए, लेखक-हत्या भले ही प्राचीन भारतीय समाज के 'ब्रह्म-हत्या' की तरह न भी हो, इतना तो मानना पड़ेगा कि एक लेखक की हत्या एक व्यक्ति की हत्या से कुछ बढ़कर है। वह एक विचार-दृष्टि की भी हत्या है, वह उस स्रोत को जबरन बंद करने जैसा है जहाँ से मनुष्य समाज के लिए शुभत्व की संभावना जनमती है। एक लेखक अथवा साहित्यकार की हत्या सृजन, शोधन व परिष्कार की संभावना की भी हत्या है। हमारे यहाँ चार्वाक, कबीर या रैदास की हत्या नहीं हुई, आर्यभट्ट और भास्कराचार्य को भी नहीं मारा गया। ये सब और इनके जैसे अनेक सर्जक, विचारक, शोधकर्त्ता नये विचारों का संधान कर रहे थे, गणितीय व वैज्ञानिक सूत्रों की खोज कर रहे थे, साथ ही साथ स्थापित मान्यताओं, रूढ़ियों पर चोट भी कर रहे थे, लेकिन किसी सत्ता ने इनका वध करने की नहीं सोची (ब्रह्म-हत्या के महापाप का भय?)। हमारे यहाँ तो सत्ता द्वारा किसी विचारक या शिक्षक को विष का प्याला नहीं दिया गया। नवीन धर्म प्रवर्तक को भी सूली पर नहीं चढ़ाया गया, उल्टे उसकी अभ्यर्थना की गई -बुद्ध देव, तीर्थंकर भगवान महावीर, नानकदेव। उन्हें देव व भगवान कहा गया। यहाँ तक कि दूसरे देशों में प्रवर्तित धर्मों के लिए धर्मस्थल उपलब्ध कराए गए।

भारत में लेखक हत्या इसीलिए इतनी मर्मबेधक और स्तब्धकारी घटना है और इसे लेकर विशेषकर लेखक समाज में ऐसा उद्वेलन मचा है। सत्ता पक्ष इस गहराई में चीजों को देखने में असफल है। वैसे भी लोकतांत्रिक भारत में पत्रकारों की हत्या आम घटना बन चुकी है। ऐसा ही एक और 'मृगया वर्ग' पैदा हुआ है सूचना अधिकार अधिनियम के लागू होने के बाद सूचनाधिकार कार्यकर्त्ताओं का जो सत्ताधारी एवं उनके दलालों का अत्यंत आसान और निरीह शिकार है। अब तक सैकड़ों 'आरटीआई' कार्यकर्त्ताओं की हत्या हो चुकी है। ऐसे में अगर दो-चार लेखक भी मार दिए गए हो तो ऐसा कौन-सा आसमान टूट पड़ा! हत्या तो देश में मृत्यु की एक प्रमुख वजह है आज! बुढ़ापा, रोग और दुर्घटना की तरह।

तीनों हत लेखकों में एक और समानता है -तीनों देशी, क्षेत्रीय भाषाओं के लेखक हैं, गैर-हिन्दी व गैर-अंग्रेजी भाषाओं में लिखने वाले। इससे एक निष्कर्ष निकाला जा सकता है कि यह कट्टर एवं कमजर्फ लोगों के लिए अधिक भेद्य वर्ग है। इनकी हत्या के प्रतिरोध में पहली मजबूत आवाज हिन्दी से आई जो अस्वाभाविक

नहीं, बाद में इस आवाज में दूसरी आवाजें मिलती चली गईं। यह तस्वीर का एक पहलू है।

असहिष्णु वातावरण, घुटन, बेचैनी... ! यह राजसत्ता बनाम आम जनता का मामला नहीं है, बल्कि जनता के एक वर्ग बनाम शेष जनता का है। यह वर्ग सत्तापोषित माना जाता है। यह स्थिति प्रत्यक्ष राज्य दमन से अधिक खतरनाक है। ऐसा कहते और सोचते हुए यह बात ध्यान में रखने और याद करने की जरूरत है - मुसोलिनी का 'बलिला' तथा 'ब्लैक ब्रिगेड', हिटलर का 'जंगस्ट्रम', 'स्टार्म रेजीमेंट' आदि, स्टालिन का 'यूथ ब्रिगेड', पूर्वी पाकिस्तान के रजाकार आदि और हाल ही में रूस में पुतिन समर्थित/समर्थक 'नाशी' (युवा आन्दोलन)। इसमें हम संजय गांधी के समय के यूथ काँग्रेस को भी जोड़ सकते हैं, साथ ही पश्चिम बंगाल के (सत्तासीन) वाम कैडर तथा आज के टीएमसी कैडर को भी, अगर थोड़ी और उदारता बरती जाए। भारतीय उदाहरण बाहरी उदाहरणों की तुलना में कमजोर भले दिखते हों, हैं तो सही। वैसे इन्हें अगर छोड़ भी दें तो गिनाए गए समूहों के अलावा कम्बोडिया के पोलपोट के साथ ही अनेक अफ्रीकी तानाशाहों की भी यूथ ब्रिगेड रही हैं जिन्होंने आम जनता पर बेइंतहा जुल्म ढाए। बांग्लादेश आज तक इनसे त्रस्त है -इनके अवशेषों से। वे वहाँ लेखकों-प्रकाशकों का ही शिकार कर रहे हैं, जबकि सरकार उनकी नहीं है।

ये जो 'फ्री रैडिकल्स' घूमते दिख रहे हैं किन्हीं-किन्हीं संज्ञा-विशेषणों के साथ जो कभी दादरी करवा रहे हैं तो कभी कुछ और, वे हमारे पढ़े-लिखे, सुविज्ञ लेखकों कलाकारों और बुद्धिजीवियों को सर्वसत्तावादियों के उन्हीं पालितपुत्रों की याद दिला रहे हैं जिन्होंने उनकी राह आसान बनाने के लिए लोगों का जीना हराम कर दिया। डर की एक वजह यह है! ये पहले भी थे, लेकिन आज सरकार है इनकी। इनकी ताकत बढ़ी हुई है, हौसला बढ़ा हुआ है। चाहे जिसे गद्दार घोषित कर दें, या पारदेश का एजेंट!

लेकिन क्या सम्प्रदायवाद के नाम पर देश में कहीं बलवा हो रहा है? लोग अपने इलाके छोड़कर भाग रहे हैं? कहीं रेल-सड़क जाम है? कोई रथ यात्रा या सांस्कृतिक मार्च हो रहा है? सामाजिक तनावों के चलते अर्थव्यवस्था के बैठने की नौबत है? स्कूल-कॉलेज़-कार्यालय बंद हैं? नहीं तो फिर इस सीमा तक, इतने तीखे विरोध का औचित्य? कि लेखक अपनी ही स्वायत्त संस्था को सरकारी घोषित कर उसी के कब्जे में दे दें। पाठकों एवं साहित्य-समाज की गुणग्राहकता के बल पर अर्जित मान-सम्मान उन्हें बदनुमा दाग की तरह दिखाई दें?

क्या यह अतिरंजित प्रतिक्रिया इसी कारण नहीं है कि वास्तव में 'हिन्दू'

दक्षिणपंथियों के शासन को सहन करना कठिन हो रहा है? एक वाजिब डर एक गैरवाजिब वैचारिक असहिष्णुता में परिणत नहीं हो रहा है? जनता द्वारा चुनी गई एक वैध सरकार को डेढ़ साल के अंदर ही अवैध बनाने या 'डिस्क्रेडिट' करने के रूप में बौद्धिकों के इस विरोध को आखिर क्यों न देखा जाए जो एक तरीके के 'लेखकीय ऐक्टिविज्म' की शक्ल अख्तियार कर रहा है? यहाँ एक और सवाल प्रासंगिक लगता है कि क्या वास्तव में लेखक का ऐक्टिविस्ट बनना भी उसका लेखकीय दायित्व है, क्या इसके लिए उसका लेखन ही पर्याप्त नहीं? लेखन तो वास्तव में सत्ता और व्यवस्था के विरोध से ही शुरु होता है, वरना लिखने वालों को देश निकाला क्यों दिया जाता और मौत के फरमान क्यों सुनाए जाते! क्यों उनकी किताबें जलाई जातीं! यह कीमत तो अब तक वे अपने शब्दों के लिए चुकाते रहे हैं, जुलूसों में भाग लेने के लिए नहीं!

लेखक या बुद्धिजीवी एक विशेष प्रकार की राजनीति का समर्थक या विरोधी हो सकता है, लेकिन उसका यह स्टैंड स्वयं उसके अपने प्रेक्षण एवं न्यायबुद्धि द्वारा निर्धारित होना चाहिए, राजनीतिक पूर्वाग्रहों अथवा पक्षपातों द्वारा नहीं। उसके लिए यह भी चुनौती है कि वह अपने सोच के परिसर में, चिंतन के दायरे में परविचार, अन्य दृष्टि को भी जगह देता है, या देने को तैयार है या नहीं। क्या एक लेखक एक राजनीतिक कार्यकर्त्ता की तरह प्रतिबद्ध और समर्पित हो सकता है जो सिर्फ और सिर्फ अपने दल के हित को सर्वोपरि रखना चाहता है? अगर हाँ, तो उसकी विश्वसनीयता व्यापक समाज के लिए संदिग्ध बनी रहेगी।

कहने को लेखक का कोई देश नहीं होता, लेकिन वास्तव में हर लेखक का एक अपना देश तो होता है, नहीं होता तब यह सबकुछ भला क्यों होता। और कोई लेखक अपना देश छोड़कर नहीं जाना चाहता, इसीलिए उसकी चिंताओं में सबसे पहले उसके अपने लोग और उनके सुख-दुःख शामिल होते हैं। प्रथमतया इनकी ही मुक्ति के लिए उसे स्वाधीन अंतःकरण की दरकार होती है। अंतःकरण की स्वाधीनता भी लेखक को उपहार में नहीं मिलती, हासिल करना पड़ता है इसे। किसी खास विचार या विचारधारा के साथ सात जनमों का रिश्ता निभाकर और अन्य विचार से आँखें फेरकर तो इसे कतई हासिल नहीं किया जा सकता।

यह संधिकाल है! लेखक को शाश्वत विद्रोही अथवा चिर विपक्षी के रूप में देखना उसकी भूमिका को कम आँकना होगा। दुनिया का हर बड़ा रचनाकार अंततः संवाद और साहचर्य, सम्मिलन और समाहिती के प्रति समर्पित होता है। भेद से अभेद की ओर उसका लेखन प्रवृत्त होता है। वर्तमान स्थिति से भी विकट समय था लगभग पूरे मध्यकाल का। एक पर एक बाहरी आक्रमण, अस्थिरता, धार्मिक व

जातीय वैमनस्य, रूढ़िबद्धता, और क्या-क्या, लेकिन हमारे भक्त कवियों ने प्रेम व भक्ति के पद रचकर सामाजिक सामंजस्य में अपना महान योग दिया, बल्कि देश की नई सांस्कृतिक धारा ही निर्मित कर दी जो आज भी हमें आप्यायित कर रही है।

विरोध के स्वर उठने के साथ संवाद की पहल भी होनी चाहिए। लेखक कोई निरंकुश सत्ता नहीं है कि वह पहल न करे, हाथ न बढ़ाए। यह रेजीम पसंद भले न हो लेकिन आखिर इसके पीछे जनेच्छा है, बहुमत है। अपने देश की सरकार है, ईस्ट इंडिया कम्पनी की सरकार नहीं। विरोध को इसी सीमा में रखना चाहिए। संधिकाल में लेखक को अपनी भूमिका को विरोध से आगे सद्भावना एवं सामंजस्य तक ले लाना चाहिए। दूसरी ओर सहिष्णुता और सामंजस्य हमारा स्वभाव नहीं होता तो क्या भाजपा आज इस मुकाम तक पहुँच पाती? अगर सरकार सचमुच भारतीय मूल्यों एवं परंपराओं में आस्था रखती है तो संवाद और सहकार के लिए उसे आगे आना पड़ेगा। विचारधारा और पूर्वाग्रह का हवाला देकर इस पूरे प्रकरण को वाजिब तरजीह नहीं देना किसी के हक में नहीं होगा। भय, संशय और आशंका की धुँध सरकार की जरा-सी संवेदनशीलता व सदाशयता से छँट सकती है। बदले की कार्रवाई में लेखकों को पुस्तकें लौटाना और पुस्तकें जलाना वास्तव में उन्हीं आशंकाओं को पुष्ट करने जैसा है जिससे बुद्धिजीवी उद्वेलित हैं। लेखक सत्ता के, आपके विरोध में रहेंगे, आप उनसे मोर्चा नहीं ले सकते। इतनी शक्तिशाली अमेरिकी सरकार अपने सबसे बड़े आलोचक नोम चोम्स्की से मोर्चा नहीं लेती है, उन्हें सहन करती है। अमरीकियों को अपनी शक्ति का पता है लेकिन यह भी मालूम है कि चोम्स्की की कीमत क्या है। इतिहास ऐसे दृष्टांतों से भरा पड़ा है जिनमें राजसत्ताओं को बौद्धिक सत्ता की उपेक्षा और अपमान की कीमत चुकानी पड़ी। राजसत्ताएँ आती-जाती रहती हैं, होमर और कालिदास, शेक्सपीयर और तुलसी, तोल्सतोय और रवीन्द्रनाथ बने रहते हैं, बने रहेंगे।

•••

17. एकध्रुवीयता और ध्रुवीकरण की राजनीति

आज का संयुक्त विपक्ष मोटे तौर पर देश के 'सेकुलर समुदाय' का प्रतिनिधित्व करता है जिसमें नब्बे प्रतिशत ऐसे बहुसंख्यक हिन्दू हैं जो अपनी धार्मिक पहचान के प्रति प्राय: बहुत आग्रही नहीं हैं। इनमें से अनेक ऐसे भी हो सकते हैं जो किसी धर्म को नहीं मानते, और ऐसे भी जो यह कहने का भी साहस दिखाएँ कि वे पहले सेकुलर हैं, बाद में हिन्दू। अन्य धर्मों के बहुत थोड़ लोग इस हद तक सेकुलर होने का दावा कर सकते हैं, वे प्राय: अपने धर्म में रहते हुए सेकुलर हैं, सेकुलरवाद उनके अस्तित्व-रक्षा से जुड़ा हुआ जरूर है लेकिन वे 'धर्मविहीनता' की सीमा तक नहीं जाना चाहते, पहचान बनाए रखना भी उनके अस्तित्व से ही जुड़ा मामला है। सेकुलरवाद वर्तमान सत्ता प्रतिष्ठान के विरुद्ध जो भी शक्तियाँ हैं, उन्हें आपस में जोड़ने वाला तत्व है। इसने स्वातंत्र्योत्तर भारत में राजनीति की दशा-दिशा निर्धारित की है, और सत्ता का नियामक तत्व बना रहा है।

दूसरी ओर जो 'हिन्दू' पहचान 'भारतीय' में विलीन हो गई थ और जो कुछ भी हिन्दू था वह भारतीय हो गया था, हिन्दुत्व की राजनीति ने उसे वापस केन्द्र में ला खड़ा किया है, और जो कुछ भारतीय है उसे 'हिन्दू' की परिधि में लेने को सचेष्ट है। हिन्दू को दमित एवं उत्पीड़ित समुदाय प्रमाणित करने में वह सफल रही है, भले ही कुछ सेकुलरवादियों को हिन्दू को एक समुदाय मानने में ही हिचक हो। हिन्दुत्व कम से कम वहाँ तक समावेशी है जहाँ तक वह हजारों जातियों-उपजातियों एवं समूहों, पंथों-सम्प्रदायों को अपनी परिधि में लेकर एक पहचान से जोड़ देता है। इस अर्थ में इतना सर्वसमावेशी, सर्वस्पर्शी और सार्वदेशिक कोई अन्य विचार इसके मुकाबले खड़ा नहीं हो पा रहा। कम्युनिज्म तो बिल्कुल नहीं, समाजवाद के वर्तमान संस्करण को लोग अस्वीकार चुके हैं। बची कांग्रेस और उसका सेकुलरवाद-दोनों एक दूसरे के बिना अधूरी पहचान रखते हैं। सेकुलरवाद एक स्वतंत्र विचार या

अवधारणा के रूप में किसे संबोधित कर रहा है–अल्पसंख्यक समुदाय, विशेषकर मुसलमानों को। इनके साथ जुड़ कौन रहा है? हिन्दुओं की आबादी का 'वह छोटा हिस्स' जिसमें या तो कांग्रेस, कम्युनिस्ट और कुछेक क्षेत्रीय दलों के नेता कार्यकर्ता शामिल हैं, या फिर बुद्धिजीवियों का वह तबका जो या तो इन दलों से जुड़ा है, जिसका अब तक देश के विभिन्न राजसहायता प्राप्त अथवा कुछेक 'स्वशासी' संस्थानों में वर्चस्व रहा है और विगत तीन वर्षों में इसकी (वर्चस्व) की हानि हुई है। इसीलिए सेकुलरवाद वास्तव में कांग्रस–वामनीत ऐसे ही राजनीतिक दलों–समूहों का गठबंधन है जिससे आज के भारत का विपक्ष बनता है। अब से सेकुलरवाद को सुविधा के लिए विपक्ष के रूप में ही अभिहित करेंगे। विपक्ष भी कहीं न कहीं सामाजिक आधार पर ध्रुवीकरण करके हिन्दुत्ववादी ध्रुवीकरण का प्रत्युत्तर देना चाहता है। वह हिन्दुत्व के आगे मोटे तौर पर अल्पसंख्यकों और दलितों का गठजोड़ खड़ा करना चाहता है; पिछड़ा वर्ग अब इसके प्रभाव क्षेत्र से लगभग पूरी तरह निकल चुका है, फिर भी नाम लेने के लिए, पिछड़े भी। यों तो दलित जातियों ने भी पिछले चुनावों में अपनी दलीय प्राथमिकता बदल ली है, लेकिन इसे अभी स्थाई प्रवृत्ति मानना जल्दबाजी होगी।

सवाल है कि कांग्रेस, वामपंथी, समाजवादी, अम्बेदकरवादियों एवं कुछेक मुस्लिम अल्पसंख्यक दलों–संगठनों की व्यापक–बहुध्रुवीयता हिन्दुत्ववादी एकध्रुवीयता के आगे निष्प्रभ क्यों है? सवाल यह भी है कि क्या इस एकध्रुवीयता का जवाब सामाजिक ध्रुवीकरण से ही दिया जा सकता है? वैसे सच तो यह भी है कि सामाजिक ध्रुवीकरण की राजनीति करके ही कांग्रेस, समाजवादी और अम्बेदकरवादी आज तक सत्ता सुख भोगते रहे हैं। इन्होंने जातियों के आधार पर ध्रुवीकरण किया जबकि भाजपा को धर्म के बड़े और व्यापक आधार पर ध्रुवीकरण करने की जमीन दे दी, ऐसे देश में जहाँ जहाँ बहुसंख्यकों की आबादी कोई पचास–पचपन प्रतिशत नहीं, अस्सी प्रतिशत है।

मुश्किल यह है कि इसी जातीय ध्रुवीकरण की कोशिश के तहत भाजपा को पिछड़ा विरोधी, दलित विरोधी, यहाँ तक कि महिला विरोधी बताने की रणनीति भी नाकाम हो चुकी है। मंत्रिमंडल में इन वर्ग–समूहों के प्रतिनिधित्व ने विपक्ष के इस दावे को खारिज कर दिया है। उत्तर प्रदेश चुनावों में भाजना को इनका व्यापक समर्थन भी हासिल हुआ। महिलाओं को प्रतिनिधित्व और जिम्मेदारी सौंपने के लिहाज से भी भाजपा अपने प्रतिद्वन्द्वियों के मुकाबले कहीं आगे खड़ी नजर आती है। विदेश एवं रक्षा जैसे अहम मंत्रालयों को महिलाएँ संभाल रही हैं, और बखूबी

संभाल रही है। विदेश मंत्रालय शुरुआत में जितना 'ओवरशैडोड' नजर आता था, आज वैसा नहीं दिखता। सुषमा स्वराज वहाँ अपनी दमदार उपस्थिति दर्ज कर रही हैं। निर्मला सीतारामन को रक्षा मंत्रालय की जिम्मेदारी देना असाधारण और अभूतपूर्व निर्णय है, वे इस पर खरी नहीं उतरें, इसका कोई कारण फिलहाल नहीं दिखाई देखा।

वास्तव में भाजपा की कोशिश प्रकारांतर से न केवल हिन्दू समुदाय के ध्रुवीकरण की है, बल्कि इस प्रक्रिया में वह अन्य, यानी अल्पसंख्यक समुदायों के 'असंतुष्ट' वर्गों को भी अपने साथ समेटना चाहती है। इसका सबसे ज्वलंत उदाहरण 'तीन तलाक' का मुद्दा है। इस मुद्दे पर विपक्ष का खुलकर पीड़ित मुस्लिम महिलाओं के पक्ष में नहीं आना उसके लिए बड़ी शर्मिन्दगी भले न हो, सत्तापक्ष के लिए फायदेमंद ही रहा, जबकि उसके साथ तमाम, बल्कि उनकी मानें तो देश के सभी प्रगतिशील तत्व और जमात जुड़े हुए हैं, एक 'दकियानूसी' और 'पुरातनपंथी' दल को सत्ता से बाहर करने के लिए उद्धत हैं।

यदि वर्गीय आधार या शुद्ध जनपक्षीय आधार पर भी ध्रुवीकरण की बात सोचें तो भाजपा के वर्तमान नेतृत्व ने विपक्ष की संभावित बढ़त को यहाँ भी रोक के रखा है। वित्तीय समावेशन की योजनाओं के बाद नोटबंदी की कार्रवाई को सरकार ने गरीबों के हक में उठाया गया कदम बताया। नोटबंदी की जितनी चाहें भर्त्सना कर लें, अगर सचमुच वह आम जनता को आकर्षित नहीं करता तो देश में बलवा हो गया होता। इस मुद्दे पर भी विपक्ष ही नहीं, मीडिया ने भी संयम और जिम्मेदारी का परिचय नहीं दिया और खामख्वाह सरकार को ही सहानुभूति भी बटोरने का मौका दे दिया।

सवाल है कि क्या देश में सचमुच रामराज्य आ चुका है? आम जनता के दु:खों-क्लेशों का अंत हो चुका है? यदि नहीं तो क्यों विपक्ष ठोस, जमीनी मुद्दों पर सरकार को घेरने में विफल रहा है? क्यों जनता में उसकी विश्वसनीय अपील नहीं बन रही? विपक्ष विरोध को अंधविरोध की हद तक ले जाकर राई को पर्वत बताने की कोशिश करता है और स्वयं धाराशायी हो जाता है। मध्य प्रदेश और महाराष्ट्र में किसानों के आक्रोश का लाभ उठाने में हड़बड़ी दिखाई, और बात आगे बढ़ी नहीं। विश्वविद्यालयों में छिटपुट घटनाओं के आधार पर छात्र असंतोष का देशव्यापी माहौल बनाने में भी अब तक सफलता नहीं मिली, हाँ छात्र संघ के दो-एक चुनाव जीत गए। यह तात्कालिक (अभूतपूर्व नहीं) लाभ मिल गया संतोष के लिए। यहाँ तक कि विदेश नीति और रक्षा मामलों पर भी विपक्ष सरकार को नाकारा ही साबित करने पर तुला रहा, चाह वह प्रधानमंत्री की विदेश यात्राएँ हों (पाकिस्तान सहित),

कश्मीर या 'सर्जिकल स्ट्राइक' हो या फिर 'डोकलाम विवाद' ही क्यों न हो। विपक्ष ऐसा जताता रहा मानो देश बिल्कुल असुरक्षित हाथों में हो और महाविपत्ति से दो-चार हो।

सही है कि केन्द्र सरकार चुनाव के दौरान किए गए कई गगनचुम्बी दावों को पूरा करने में अब तक सफल नहीं रही है, हाँ यह जरूर है कि सरकार पर भ्रष्टाचार का कोई दाग नहीं लगा है। पार्टी अध्यक्ष के पुत्र की कमाई पिछले तीन सालों में कई गुना बढ़ जाने का आरोप जरूर लगा है लेकिन वह सरकार में नहीं है और मामला न्यायालय में है। दूसरी ओर विपक्ष के सरकार की 'ग्रॉस' विफलता के दावे भी खोखले रहे हैं। विपक्ष अपने ही खेमे में भ्रष्टाचार के अभियुक्त नेताओं के प्रति ढुलमुल रवैया रखता है, मुश्किल यह भी है कि कमोवेश वामपंथियों को छोड़ लगभग हर दल के नेता पर भ्रष्टाचार के आरोप हैं, इसमें सबसे नई पार्टी भी शामिल है। ऐसे में विपक्ष स्वयं विश्वसनीयता का संकट झेल रहा है। समय-समय पर मुद्दे उठते हैं, उफान आता है और फिर सब कुछ सामान्य!

विपक्ष जिस 'अघोषित आपातकाल' की दुहाई देता है, वह कितना वास्तविक है, इसी से स्पष्ट हो जाता है कि वैसे तो संवाद का स्तर दोनों ओर से गिरा है-वह भी शीर्ष-स्तर से, तब भी आज तक किसी प्रधानमंत्री को इतने अपशब्द नहीं कहे गए, इतना नीचा नहीं दिखाया गया जितना कि इस 'तानाशाह प्रधानमंत्री' को, देश ही में नहीं, विदेश में भी। इसमें असहिष्णुता का रोना रोने वाले वे तमाम बुद्धिजीवी भी शामिल हैं जो मानो इसी ताक में लगे रहते हैं कि किस बात पर प्रधानमंत्री को सीधे निशाने पर लिया जा सकता है। अगर किसी ने भूलकर भी सरकार के किसी कदम की तारीफ क्या कर दी, उसे तत्काल 'भक्त' घोषित करके अछूत बना दिया।

विपक्ष को अब चैंकने और चैंकाने का भाव छोड़कर यह मान लेना होगा कि 'हिन्दू' आज की राजनीति में 'त्याज्य' शब्द नहीं रह गया और मुस्लिम-केन्द्रित राजनीति का दौर अब रहा नहीं जैसा कि वह सेकुलर राजनीति का पर्याय रहती चली आयी थी। उसे यह स्वीकारना होगा कि ऐसा होता हुए भी अरब, बल्कि मुस्लिम देशों के साथ भारत के संबंधों में बेहतरी ही आयी है। यह नये दौरे की नई किस्म की राजनीति है। इसकी आलोचना पुराने ढर्रे पर, पुरानी कसौटियों पर करेंगे तो कुछ हासिल होने वाला नहीं है। बिहार चुनावी मॉडल की सफलता कम से कम इन पंक्तियों के लेखक के लिए शुरू से ही संदिग्ध थी, हाँ, पंजाब की सफलता (उपचुनाव सहित) विपक्ष के लिए जरूर एक उम्मीद है, और उसका आधार यह है कि गुण-दोष के आधार पर सरकार व सत्ताधारी दल की आलोचना की जाए और

जनता के बीच जाया जाए तो जनता आपकी बातों पर जरूर ध्यान देती है। लोकतंत्र में विपक्ष का होना जरूरी है, और उसकी विश्वसनीयता और जनपक्षधरता उससे भी जरूरी।

•••

18. बांग्लादेश की नई राह

[इतिहास को गति निराली है। वर्ष 2013 में काका के व्यस्ततम चौक शाहबाग में लोग 1971 के युद्ध अपराधियों को दंडित करने की मांग को लेकर उमड़-उमड़ कर आ रहे थे। पर शाहबाग की क्रांति थी, जिसमें बांग्लादेश के बहुसंम्पर-अल्पसंख्यक स्त्री-पुरुष और युवा-सबकी भागीदारी थी। आज वहीं मुद्दा इस कदर उल्टा पड़ा कि बांग्लादेश के राष्ट्रपिता को बंगबंधु मुजीबुर्र रहमान की निशानियों को ही मिटाने पर कट्टरपंथी तत्व तुल आए हैं। फिर तो वहाँ के अल्पसंख्यक हिंदुओं का यरी हाल हो सकता था जो कि देखने में आ रहा है। वे अकेले और बेसहारा है। उनकी कोई राजनीतिक हैसियत नहीं है, न ही किसी भी स्तर पर ने नीतियों को बदलने या प्रभावित करने की क्षमता रखते हैं। तब भी अस्थिरता-प्रवण बांग्लादेश में किसी भी उठा-पठक की गाज उन्हीं पर गिरती है। उपमहाद्वीप में विकास के मामले में दूसरे नंबर पर रहनेवाला बांग्लादेश आज अराजकता की आगोश में है।

आज को ठीक तरह से समझने के लिए कल को भी जानना- समझना जरूरी हो जाता है। 16 मार्च 2013 को जनसत्ता के लिए मैंने एक लेख लिखा था जो अविकल रूप में यहां प्रस्तुत है।]

शाहबाग की क्रांति कई मायनों में खास है। ढाका के इस व्यस्त चैक पर जो लोग उमड़-उमड़ कर आते रहे उनका वास्ता वर्तमान से कम, इतिहास से ज्यादा है। वे अरब वसंत के क्रांतिकारियों की तरह जनविरोधी सरकार को उखाड़ फेंकने नहीं आए, बल्कि चालीस साल पहले मुक्ति संग्राम के दौर में पाकिस्तानी सेना की छत्रछाया में अपने ही देश के नर-नारियों को मारने और सताने वाले चरमपंथी युद्ध-अपराधियों को दंडित करवाने के लिए उन्होंने कमर कस ली जो आज तक आजाद घूमते रहे हैं। इन पर देशद्रोह और मानवता के विरुद्ध अपराध का मुकदमा चल रहा है। बांग्लादेश की युवा पीढ़ी इस मामले पर अधिक संवेदनशील और मुखर दिखाई दे रही है। शाहबाग की लड़ाई बंगाली राष्ट्रवाद और इस्लामी कट्टरपंथ की बीच है।

वहाँ की सरकार अभी स्वयं बंगाली राष्ट्रवाद का प्रतीक बनी हुई है और मुक्ति संग्राम के 'निर्दयी विश्वासघातियों' को कठोर दंड दिलवाने के लिए कटिबद्ध दिखाई दे रही है।

बांग्लादेश मुक्ति संग्राम में जितने नागरिकों को संहार हुआ वह द्वितीय विश्वयुद्ध के बाद का सबसे बड़ा, सबसे भीषण नरसंहार था। गैर सरकारी सूत्र मरने वालों की संख्या तीस लाख से ऊपर बताते हैं, कुछ अन्य सूत्र तीन लाख से ऊपर। स्वयं पाकिस्तान सरकार छब्बीस हजार नागरिकों के संहार की बात स्वीकार करती है। भारत आने वाले पूर्वी पाकिस्तान के शरणार्थियों की संख्या से भी इस बात की पुष्टि होती है कि पाकिस्तानी सेना और उसके द्वारा खड़ी की गई मिलिषिया ने लाखों लोगों को मारा था। यों तो पोलैण्ड और चेकोस्लोवाकिया में सोवियत टैंक उतारे गए थे तब भी नागरिक आबादी निशाना बनी थी। वैसे ही कोरिया और वियतनाम युद्ध में भी बड़ी संख्या में नागरिक हत हुए थे, लेकिन द्वितीय विश्वयुद्ध के बाद सबसे बड़ा और वीभत्स नरसंहार पूर्वी पाकिस्तान में हुआ माना जा सकता है। इसके बाद अस्सी के दशक में कम्बोडिया के खमेररूज शासन में पोलपोट ने लाखों हमवतनों को मारा। वास्तव में पाकिस्तानी सेना ने भी अपने हमवतनों (भले ही पूर्वी पकिस्तानी, बंगाली) का संहार किया, उनका जिनका पाकिस्तानी राष्ट्र के निर्माण में भारी योगदान था, बल्कि पश्चिमी पाकिस्तान से भी अधिक।

इस क्षेत्र में 'धर्मिक राष्ट्रीयता' के बीज तो अंग्रेजों ने 1905 में ही बो दिए थे जब जनसंख्या के धार्मिक चरित्र एवं संकेन्द्रण के आधार पर बंगाल का विभाजन किया था –मुस्लिमबहुल पूर्वी बंगाल और हिन्दूबहुल पश्चिमी बंगाल। हालाँकि राष्ट्रवादी आंदोलन के दबाव में अंग्रेजों को साम्प्रदायिक विभाजन का यह फैसला बदलना पड़ा और बंगाल पुनः 1912 में एक हो गया। लेकिन यह कैसे माना जाए कि बंग–भंग और पाकिस्तान की मांग, और बाद में भारत के विभाजन और पाकिस्तान के जन्म के बीच कोई संबंध नहीं है। बंग–भंग ने यह तो साबित कर ही दिया था किसी इलाके का भूगोल आबादी की धार्मिक आस्थाओं के आधार बदलना संभव है। भारत–विभाजन कहीं न कहीं, बल्कि स्पष्ट रूप से बंग–भंग की ही एक व्यापकतर, वृहत्तर पुनरावृत्ति था। इसमें पश्चिमी भारत को भी धार्मिक आधार पर शेष भारत से अलग कर दिया गया। वास्तव में बंग–भंग भारत के साम्प्रदायिक आधार पर विभाजन का एक प्रयोग ही था, उसकी पूर्वपीठिका था। अंग्रेजों को तत्काल हासिल यह था कि काँग्रेस के नेतृत्व में राष्ट्रवादी आंदोलन कमजोर पड़े, मुसलमानों को इससे (काँगेस से) दूर रखकर। बंग–भंग के अगले ही साल 1906 में और वह भी ढाका में मुस्लिम लीग की स्थापना हुई। पुनः 1909 में मॉर्ले–मिंटो सुधार के

तहत मुसलमानों के लिए साम्प्रदायिक प्रतिनिधित्व की व्यवस्था का प्रस्ताव आया। 1907 में ही पूर्वी बंगाल के कोमिल्ला में दंगे हुए, बाद में जिसकी कड़ी भी बनी जमालपुर तथा अन्य स्थानों में। इसी दौरान ऐसे पर्चे भी छापे और बांटे गए जिसमें मुसलमानों से हिन्दुओं से पूरी तरह दूर रहने की अपील की गई। इसकी उग्र प्रतिक्रिया स्वदेशी आंदोलन के कार्यकर्त्ताओं में हुई।

भले ही 1912 में बंगाल का एकीकरण हो गया लेकिन भारत के साम्प्रदायिक विभाजन की नींव पड़ चुकी थी और वह भी बंगाल में। बाद के दशकों में हालाँकि मुस्लिम राजनीति में उत्तर भारतीय अधिक प्रभावी रहे, और अलीगढ़, लाहौर और फिर कराची जैसे शहर मुस्लिम राजनीति के केन्द्र रहे, लेकिन इस पूरी राजनीति का अभ्युदय ढाका से ही हुआ था। बाद में जिन्ना ने पाकिस्तान के लिए जो 'सीधी कार्रवाई' की धमकी या चेतावनी दी तो उसके पीछे असली ताकत ढाका और पूर्वी बंगाल की ही थी। सीधी कार्रवाई का सबसे ज्यादा असर भी बंगाल में ही दिखाई दिया।

पूर्वी बंगाल, भारत विभाजन के पश्चात् पूर्वी पाकिस्तान बना, जो पाकिस्तानी राष्ट्रीयता की उद्भव-भूमि था। क्या विडम्बना है कि पाकिस्तानी राष्ट्रीयता की रक्षा और पाकिस्तानी राष्ट्र को एकजुट रखने के नाम पर पाकिस्तान निर्माण के पच्चीस साल के अंदर ही पूर्वी पाकिस्तान के लाखों लोगों को मारा गया। वजह? पाकिस्तानी राष्ट्रीयता के ऊपर बंगाली राष्ट्रीयता का हावी होना! विभाजन की राजनीति भी कैसे खेल खेलती है! पक्ष और पाले कैसे बदलते रहते हैं! लेकिन यह बंगाली राष्ट्रीयता अंध 'इस्लामी राष्ट्रीयता' से अलग कैसे पाँव पसार सकी जिसने भारत विभाजन के माध्यम से हजार साल की साझी विरासत को छिन्न-भिन्न कर दिया था? दरअसल सत्ता प्राप्ति की मुहिम में साझेदारी या उसकी अगुआई का अनिवार्य परिणाम यह नहीं कि सत्ता-भोग में भागीदारी, वह भी बराबर की, हो ही। पूर्वी पाकिस्तान गरीब था और समाज के प्रभावशाली तबके में शिक्षक, वकील डाक्टर और किरानी जैसे कुछ पेशेवर लोग थे। पश्चिमी पाकिस्तान संपन्न था। यहाँ रईस थे, इजारेदार थे, कारखानेदार थे, जमींदार थे, और फौजी थे। पाकिस्तानी सेना में लगभग सभी अधिकारी पश्चिमी पाकिस्तानी थे, उसमें भी पंजाबी अधिक थे। पूर्वी पाकिस्तान के अधिकारी नाम-मात्र को थे। बहुत सालों बाद एक मेजर जेनरल हुआ था। नये देश के इस सम्पन्न, प्रभुत्वशाली तबके ने एक ओर तो अधिक से अधिक राजनीतिक और आर्थिक शक्ति अपने हाथों केन्द्रित कर ली, तो दूसरी ओर ये सत्ता के षड्यंत्रों में भी शामिल हो गए, वह भी इस तरह कि राजनीति में लगातार सेना हावी होती चली गई। पाकिस्तानी राष्ट्रीयता की उद्भव-भूमि पूर्वी पाकिस्तान अपने पश्चिमी समकक्ष के

पीछे लंग भरता रहा–बढ़ती आबादी, बेकारी, भुखमरी, बाढ़, अकाल व बीमारी से त्रस्त।

मुस्लिम लीग को अवामी लीग ने विस्थापित कर दिया जो शुरू में तो अपने को अधिक पाकिस्तानी जताती रही, लेकिन राजनीति, अर्थव्यवस्था और प्रशासन में लगातार उपेक्षा से बंगाली राष्ट्रीयता धीरे-धीरे पाकिस्तानी राष्ट्रीयता पर हावी होती चली गई। स्वाभाविक है कि इस नई राजनीति में हिन्दुओं के लिए भी जगह थी जो भले ही संख्या में बहुत कम रह गए थे, तब भी जिनकी आर्थिक स्थिति बेहतर थी। इस नई राजनीति को अल्पसंख्यकों की दरकार थी और इसके लिए उसे साम्प्रदायिक विद्वेष और विभेद की नीति को छोड़ भारत की 'धर्मनिरपेक्ष' राजनीति का अनुसरण करना था। 1953 में ही ऑल पाकिस्तान अवामी मुस्लिम लीग में से पार्टी ने 'मुस्लिम' का परित्याग कर दिया। अब तक बांग्ला को पाकिस्तान की एक राजभाषा का दर्जा मिल चुका था गो कि बहुत जद्दोजहद के बाद। 1948 में ही नोटों-सिक्कों, और स्टैम्प टिकटों आदि से बांग्ला लिपि गायब कर दी गई और उसके स्थान पर उर्दू आ गई। भारी आक्रोश पैदा होने के बाद स्वयं जिन्ना को ढाका जाना पड़ा जहाँ उन्होंने निर्णायक रूप से उर्दू की तरफदारी की और उसके पक्ष में फैसला सुना दिया। इसके बाद ही 1952 का बांग्ला भाषा आंदोलन खड़ा हुआ। तब तक 1949 में ऑल पाकिस्तान अवामी मुस्लिम लीग की स्थापना ढाका में हो चुकी थी, मुस्लिम लीग के खिलाफ बंगाली राष्ट्रीयता को मजबूत करना जिसका ध्येय था। बाद में 1956 में पाकिस्तान की नेशनल एसेम्बली में अवामी लीग और रिपब्लिकन पार्टी की गठबंधन सरकार को बहुमत मिलने के बाद लीग के नेता हुसैन शहीद सुहरावर्दी पाकिस्तान के प्रधानमंत्री बने। उन्होंने जब पूर्वी पाकिस्तान को पश्चिम के समकक्ष लाने की कोशिशें शुरू कीं तो राष्ट्रपति इस्कंदर मिर्जा ने उनसे इस्तीफा ले लिया। इन्हीं मिर्जा ने 1958 में मार्शल ला लागू कर जिस जनरल अयूब खान को मार्शल ला प्रशासक बनाया उसी ने राष्ट्रपति मिर्जा को अपदस्थ कर दिया। बाद में सुहरावर्दी ने अयूब खान के खिलाफ एक गठबंधन बनाया लेकिन 1963 में बेरूत के एक होटल में वे मृत पाए गए।

शेख मुजीबुर्रहमान के नेतृत्व में अवामी लीग की राजनीति पूर्वी पाकिस्तान को पाकिस्तान की मुख्यधारा की राजनीति से लगातार अलग कर रही थी लेकिन इसके लिए जिम्मेवार स्वयं पाकिस्तानी राजनीतिज्ञ और सेना थी। शेख मुजीब के छह सूत्री मांगपत्र पाकिस्तानी सरकार के समक्ष रखते ही समझदारों को अहसास हो गया था कि विलगाव में पड़ा पूर्वी भाग अब अलग रास्ता अख्तियार करने के लिए तैयार था। लेकिन विडम्बना यह कि भुट्टो जैसा नेता भी परिस्थिति की गंभीरता का अंदाजा नहीं

लगा पा रहा था। 1970 के आम चुनावों में मुजीब की अवामी लीग को पूर्वी पाकिस्तान की 169 में से 167 सीटें मिलीं जबकि पश्चिमी पाकिस्तान की 138 में से एक भी नहीं। सरकार बनाने का मुजीब का दावा खारिज कर दिया गया और इस प्रकार 'बांग्लादेश' के निर्माण का आधार पूरी तरह तैयार हो गया और इसी के साथ भयानक दमन और उत्पीड़न का वह दौर शुरू हुआ जिसके बारे में ऊपर बताया गया। 'ऑपरेशन सर्चलाइट' पूर्वी पाकिस्तान को एकदम से रौंद डालने के लिए शुरू किया गया। एक विचित्र बात यह थी कि तब के पूर्वी पाकिस्तान में इस्लामी कट्टरपंथी 'द्विराष्ट्र सिद्धांत' के आधार पर अब भी 'एक पाकिस्तान' के पक्षधर थे और पाकिस्तानी सेना का खुलकर साथ दे रहे थे। इनके कई गुट थे, जैसे रजाकार, अलशम्स, अलबद्र इत्यादि। बांग्ला राष्ट्रवादियों एवं उनके समर्थकों को मारने और यातनाएँ देने में इन्होंने बढ़-चढ़कर हिस्सा लिया था। इनपर हजारों बेगुनाहों के खून का इल्जाम था, सैकड़ों स्त्रियों के साथ इन्होंने बलात्कार किया था। इन्होंने लोगों के अंग-भंग किए थे।

1975 में तख्ता पलट और शेख मुजीब की हत्या के बाद बांग्लादेशी समाज के ये तत्व एकदम निर्भय हो गए। लगातार सैन्य शासन के दुष्चक्र में फँसा देश तब भी इनके जुल्म और अपराध नहीं भूल सका। अवामी लीग जो नेपथ्य में चली गई थी, 1990 में मार्शल लॉ हटने के बाद पुनः उभर कर आई और इसने लोगों को मुक्ति संग्राम की याद दिलाई। अवामी लीग की नेता शेख हसीना वाजेद शेख मुजीब की बेटी हैं। हसीना दूसरी बार प्रधानमंत्री बनी हैं। कट्टरपंथी पहले सैन्य शासन और अब बांग्लादेश नेशनलिस्ट पार्टी के साथ हैं, पूर्व राष्ट्रपति जियाउर्रहमान की बेवा खालिदा जिया जिनकी नेता हैं। ये वही जनरल जियाउर्रहमान थे जिन्होंने सैनिक तख्ता पलट कर मुजीब की हत्या के पश्चात गद्दी हथियाई थी।

2008 के आम चुनाव के पहले देश में सेना समर्थित एक 'केयरटेकर' सरकार थी जिसपर तटस्थ रहकर चुनाव कराने की जिम्मेदारी भी थी लेकिन जिसने भ्रष्टाचार का बहाना लेकर दो साल चुनाव टाला था। इस सरकार ने मतदाता सूची को बहुत हद तक दुरुस्त कर दिया था और इससे कहीं न कहीं अवामी लीग की ही राह आसान हुई और उसे भारी बहुमत मिला। देश में राजनीतिक स्थिरता, लोकतंत्र की मजबूती तथा कट्टरपंथियों को हाशिए पर डालना इस सरकार की प्राथमिकता रही। हसीना सरकार में महिलाएँ भी हैं, अल्पसंख्यक भी और कुल मिलाकर इस सरकार की उपलब्धियाँ पूर्ववर्ती सरकारों से बेहतर ही रही हैं। सत्ता में आने के पहले भी शेख हसीना ने मुक्ति संग्राम के युद्ध अपराधियों को दण्ड दिलवाने का वादा किया था। सत्ता में आते ही हसीना ने युद्ध अपराधियों के खिलाफ कानूनी कार्रवाई तेज कर दी।

दूसरी ओर सुप्रीम कोर्ट ने केयरटेकर सरकार की व्यवस्था को अपने एक निर्णय में लोकतांत्रिक आदर्शों एवं सिद्धांतों के विरुद्ध ठहराया। इसे देखते हुए हसीना सरकार एक संविधान संशोधन प्रस्ताव लेकर आई, ताकि संसद में प्रचंड बहुमत के रहते इसे पारित करवा लिया जाए। बांग्लादेश नेशनलिस्ट पार्टी ने इसके विरुद्ध अभियान छेड़ दिया और सड़क पर आ गई। कट्टरपंथी और युद्ध अपराधी भी इसमें शामिल हो गए। खालिदा जिया ने तो वाशिंगटन पोस्ट में अमेरिकी सरकार से देश में लोकतंत्र बचाने के लिए हस्तक्षेप तक की अपील कर दी जिसकी व्यापक प्रतिक्रिया हुई और उनपर देशद्रोह का मुकदमा चलाने की माँग हुई।

इसी बीच 4 फरवरी 2013 को युद्ध अपराध ट्रिब्युनल ने जमाते इस्लामी के सहायक महासचिव अब्दुल कादेर मुल्ला को उम्र कैद की सजा सुनाई। मुल्ला पर तीन सौ हत्याओं का आरोप है। बांग्लादेश के राष्ट्रवादियों तथा आज की युवा पीढ़ी को यह फैसला मान्य नहीं हुआ। युद्ध अपराधियों को मृत्युदंड से कमतर कुछ भी नहीं की माँग करते वे ढाका के शाहबाग चैक पर आ गए और वहीं डेरा डाल दिया। अब लड़ाई इस्लामी चरमपंथियों और बांग्ला राष्ट्रवादियों के बीच है। इस्लामी तत्वों ने हिंसा और खूनखराबा में कोई कसर नहीं छोड़ी। शाहबाग आंदोलन के एक सक्रिय कार्यकर्त्ता व ब्लॉगर की हत्या के बाद आंदोलन और उफान पर आ गया और समूचे बांग्लादेश को इसने गिरफ्त में ले लिया। वास्तव में शाहबाग आंदोलन ने शेख हसीना सरकार को मजबूती प्रदान किया। उसके फैसलों को वैधता प्रदान किया। हर उम्र, लिंग और वर्ग के लोग, इसमें शामिल रहे लेकिन युवाओं की संख्या सबसे अधिक रही, वह भी लड़कियों की। यह लोग एक खुला, लोकतांत्रिक, प्रगतिशील और स्त्री संवेदी समाज चाहते हैं और इसके लिए कोई भी कीमत चुकाने को तैयार हैं। यह आंदोलन की शक्ति का ही परिणाम है कि शेख हसीना सरकार ने बी.एन.पी. और चरमपंथियों के आगे झुकने से मना कर दिया है। उसने केयरटेकर सरकार की व्यवस्था से भी इनकार कर दिया है, चुनावों की निष्पक्षता के लिए उसने मजबूत चुनाव आयोग को पर्याप्त माना है।

भारत के राष्ट्रपति के हाल की यात्रा शेख हसीना सहित सभी बांग्ला राष्ट्रवादियों के लिए बड़ा सम्बल रही है। इससे वास्तव में बंगाली राष्ट्रवाद को और मजबूती मिली है। कुछ तत्व भारत में बांग्लादेश के चरमपंथियों का समर्थन कर रहे हैं और उनकी माँगों को जायज ठहरा रहे हैं। ये लोग प्रकारान्तर से आज भी द्विराष्ट्र के सिद्धांत को जायज ठहराने की कोशिश कर रहे हैं जबकि बांग्लादेश के उदय ने इसका खोखलापन चालीस साल पहले ही उजागर कर दिया। हाल के वर्षों में एक भरोसेमंद पड़ोसी मित्र देश के रूप में बांग्लादेश ने भारत की सुरक्षा चिंताओं के प्रति

संवेदनशीलता दिखाई है, और तत्परतापूर्वक उन सभी आतंकी एवं चरमपंथी समूहों के खिलाफ कार्रवाई की है जो अपनी गतिविधियाँ उसकी जमीन से संचालित कर रहे थे। दोनों सरकारों का साझा लक्ष्य है –क्षेत्र में शांति, स्थिरता और विकास। अब भारत को आगे बढ़कर इस सौहार्द को स्थाई बनाने की कोशिश करनी चाहिए। बांग्लादेश के साथ दोस्ती राष्ट्रहित का मामला है। एक मुख्यमंत्री की जिद और दृष्टिहीनता के कारण भारत तिस्ता नदी जल बँटवारे पर अपनी प्रतिबद्धता पूरी नहीं कर पाया है। इसके बाद भूमि–सीमा विवाद हल करने का वादा राष्ट्रपति मुखर्जी कर आए हैं। पता नहीं इसका क्या अंजाम होगा। भारत की सकारात्मक पहल हर तरह से दोनों देशों के हित में होगी। यह अवसर गँवा देना दोनों देशों के लिए नुकसानदेह साबित होगा।

•••

19. मिस्त्र की क्रान्ति का संदेश

यह 25 जनवरी 2011 के एक हफ्ता पहले की बात है। मिस्त्र में चार नागरिकों ने भूख, बेकारी और जिल्लत से तंग आकर खुद को आग लगा ली थी, यानी आत्मदाह। वे मरने का और तरीका भी चुन सकते थे लेकिन उन्हें सिर्फ मरना नहीं था, प्रतिरोध दर्ज करते हुए मरना था। यह मरण नहीं आत्मोत्सर्ग था एक निष्ठुर, निरंकुश सत्ता के विरुद्ध जिसमें मनुष्योचित गरिमा के साथ जीना संभव नहीं रह गया था। सोचकर अचंभा होता है -चारों नागरिकों ने आत्मदाह का ही रास्ता चुना, जहर खाने का नहीं, न ही नील या स्वेज या भूमध्यसागर में डूबने का। इतनी आग प्रतिरोध की ज्वाला को प्रज्ज्वलित करने के लिए पर्याप्त सिद्ध हुई, लेकिन यह सीधे-सीधे नहीं हुआ। आत्मदाह की अग्नि ने सबसे पहले स्पर्श किया छब्बीस वर्षीया एक युवती अस्मा महफूज को। नागरिकों की आत्मदाह की इस घटना से वह बेहद उद्वेलित हुई। तब तक ट्युनिशिया में आग लग चुकी थी और दुनिया को यह संदेश मिल चुका था कि अरब लोग भी अपनी आजादी और अधिकारों के लिए खुलकर सामने आ सकते हैं, बंद-व्यवस्था को चुनौती दे सकते हैं। कोई-कोई घटना कैसे इतिहास का निर्माण करती है। आगे आने की ठानी इस बार इस अरब लड़की अस्मा ने। उद्देश्य उसका भी आत्मोत्सर्ग का ही था, रास्ता अलग था। प्रताड़ित होकर मरने के पहले उसने अपनी समूची मानवीय शक्ति के साथ प्रतिकार का संकल्प लिया। कई बार एक व्यक्ति आगे आता है और पीढ़ियों के लिए रास्ता बना जाता है। अस्मा महफूज ने फेसबुक पर ऐलान किया मैं शांति और आजादी के लिए इस जालिम सत्ता को ललकारने अकेले ही तहरीर चौक (मुक्ति चौक) पहुँच रही हूँ, जो मेरे साथ आना चाहता है आ जाए। मैं सिर्फ आधे घंटे में तहरीर चौक पहुँचकर सत्ता को ललकारूँगी ... ।

यह 25 जनवरी के हफ्ता भर पहले की बात है। अस्मा अपने कहे अनुसार आधे घंटे के अंदर तहरीर चौक पहुँची और सरकार के खिलाफ नारे लगाने शुरू कर दिए।

धीरे-धीरे वहाँ भीड़ इकट्ठी होती गई। पुलिसवाले भी आए और उसे एक भवन के अंदर ले जाने की कोशिश करने लगे। उन्होंने उससे पूछा, तुम यह सब क्यों कर रही हो? अस्मा का जवाब था -मैं अपने लोगों की आजादी और बेहतर जीवन के लिए ऐसा कर रही हूँ। मुझे इसका हश्र भी मालूम है, मुझे यंत्रणा दे-देकर मार दिया जाएगा, तब भी मैं इसके लिए तैयार हूँ। सुरक्षाकर्मियों ने कहा -हम भी त्रस्त हैं, आजादी हमें भी चाहिए, लेकिन करें क्या, मजबूर हैं। अस्मा ने कहा, आप जो चाहे करें, मुझे तो यही करना है।

साथ की भीड़ ने सुरक्षाकर्मियों को अस्मा को अंदर ले जाने नहीं दिया। विद्रोह का जन्म हो चुका और 25 जनवरी का दिन नियत किया गया और इस दिन सभी काहिरा व मिस्रवासियों से तहरीर चौक पहुँचने की अपील की गई। दो हफ्ता का समय बीत चुका है, प्रदर्शनकारी लाखों की संख्या में अब भी वहीं डटे हुए हैं। सत्ता में शीर्ष-स्तर पर एक राष्ट्रपति मुबारक को छोड़कर कई बड़े फेरबदल हुए हैं लेकिन लोग अपनी मूल माँग पर कायम हैं मुबारक को जाना होगा।

मिस्र के इस जनविद्रोह में अनेक विलक्षण बातें हुई। सबसे पहले तो यह भ्रम टूटा कि इस्लामी दुनिया में लोकतंत्र, आजादी और मानवाधिकार के लिए जनांदोलन या विद्रोह नहीं हो सकता। मिस्र की घटना वास्तव में लोकतांत्रिक चेतना का विस्फोट है जिसे वहाँ के युवाओं ने अंजाम दिया है और इसके लिए किसी नेतृत्व या नेता की मुँहजोही नहीं की। स्वतःस्फूर्त ढंग से उन्होंने अपने को संगठित किया और पूरे अनुशासन के साथ निरंतरता में आंदोलन चलाया। जिस लोकतांत्रिक मर्यादा का अब तक उन्होंने पालन किया है वह तो खुले लोकतांत्रिक देशों में भी दुर्लभ है। उनका आंदोलन शांतिमय है। वे निहत्थे हैं और बलिदान की भावना के साथ सड़क पर हैं। इसकी जो नैतिक अपील है वह इस आंदोलन का कद बहुत, बहुत ऊँचा कर देती है। सेना अब तक बल प्रयोग की हिम्मत नहीं जुटा सकी है। मुबारक समर्थक झुंडों ने आंदोलनकारियों पर जगह-जगह हमले किए लेकिन उसका कोई असर आंदोलनकारियों की संकल्प-शक्ति पर पड़ा हो, ऐसा दिखाई नहीं देता। उल्टे वे और भी दृढ़ और सर्तक हुए हैं।

मिस्र की सेना ने तहरीर चौक पर अपने ही लोगों पर बल प्रयोग करने से इन्कार कर दिया (25 जून, 1975 को जयप्रकाश नारायण ने ऐसी ही अपील सेना से की थी जिसके बाद देश में अगले ही दिन आपातकाल लागू कर उन्हें और हजारों लोगों को कैद कर लिया गया था।) और इस प्रकार इतिहास में एक और तियानयेनमन चौक कांड होने से बच गया। काश कि तियानयेनमन के शांतिपूर्ण आंदोलनकारी युवा इतने सौभाग्यशाली होते। तियानयेनमन और तहरीर के बीच फर्क विचारधारा की

कट्टरता का है, वह किसी धार्मिक या साम्प्रदायिक अथवा नृजातीय कट्टरता से कम कट्टर नहीं होती, शायद अधिक होती है। मिस्र में व्यक्ति की तानाशाही है, चीन में पार्टी की, संभवतः इसीलिए चीन की लाल सेना को हजारों अपने ही लोगों को टैंकों के नीचे कुचल देने में भी संकोच नहीं हुआ। नेपाल में 2006 के अप्रैल माह में राजा ज्ञानेन्द्र के जाने की तारीख वहाँ राजनीतिक दलों के गठबंधन ने तय की थी। काठमाण्डू में जन-ज्वार का अद्भुत दृश्य उपस्थित हुआ, लेकिन शाही सेना की गोली वहाँ भी नहीं चली और राजा को जाना ही पड़ा, और अंततः नेपाल में संसदीय लोकतंत्र की स्थापना हुई। म्याँमार (बर्मा) के लोग रह गए। वहाँ सैन्य जनरलों का समूह (जुंटा) शासन करता रहा है।

लोकतंत्र में शासन की वैधता का पक्ष कितना महत्वपूर्ण है, यह इस बात से भी पता चलता है कि म्याँमार में सैन्य तानाशाहों को आखिर जाली ही सही, चुनाव कराने ही पड़े जिसमें सरकार समर्थित दल को जितवा कर एक भूतपूर्व जनरल को राष्ट्रपति बना दिया गया। ऑग सान सू की इस घटना को भी लोकतंत्र की दिशा में बढ़ा हुआ एक कदम मानती हैं। कुल मिलाकर लोकतंत्र के इस युग में दुनिया भर के देशों के नागरिकों के मन में एक बात स्पष्ट है कि जो शासन लोकतांत्रिक नहीं है, वह वैध भी नहीं, अवैध है। अब तक अरब जगत विशेषकर वहाँ का सत्ता-प्रतिष्ठान जैसे इस बात से अनजान था। उन्हें भ्रम था कि अरब लोगों की कोई लोकतांत्रिक आकांक्षा नहीं हो सकती। इजराइल और इस्लाम की दुहाई देकर एकछत्र, निरंकुश शासन चलाया जा सकता है। अब वे सकते में है, और अपने-अपने देशों की राजनीतिक प्रणाली में तेजी से सुधार करने में जुट गए हैं जिसमें जनता की जरूरतों और आकांक्षाओं की अभिव्यक्ति के लिए भी जगह बने। ट्युनिशिया को देखिए, यमन को देखिए, यहाँ तक कि सीरिया और जार्डन (शाह हुसेन का देश) भी ताबड़तोड़ सुधार की घोषणाएँ कर रहे हैं। कोई अगला चुनाव लड़ने से तौबा कर रहा है, तो कोई अपनी संतानों को उच्च पदों से हटाकर बगल का रास्ता दिखा रहा है।

मिस्र का एक और संदेश बहुत मजबूत है और दुनिया भर के लोकतंत्रों के लिए दिशा-निर्देश भी है -आप लोकतंत्र, जनभावना, विकल्प का अभाव, यहाँ तक कि अराजकता को भी कारण बताकर अनंत काल तक सत्ता पर काबिज नहीं रह सकते। यह प्रवृत्ति न केवल लोकतांत्रिक नहीं है बल्कि मूल रूप में लोकतांत्रिक भावना एवं मर्यादाओं के विरुद्ध है। हमारे देश में प्रधनमंत्री से लेकर मुख्यमंत्री तक -महान-सुजान से लेकर सामान्य तक -सालों-साल पद पर बने रहने का रिकार्ड बनाते रहे हैं और इसे जनता की इच्छा या आदेश बताते रहे हैं। इस कसौटी पर तो महान लोकतंत्रवादी माने जाने वाले जवाहरलाल नेहरू भी औसत नेता के कद में दिखते हैं।

उन्होंने तथा इंदिरा गांधी ने अलग-अलग लगभग दो-दो दशकों तक प्रधनमंत्री पद का उपभोग किया। कम से कम दो पदावधि के बाद भी अगर ये नेता पद-त्याग देते और दूसरी पंक्ति में से नेतृत्व को उभरने देते तो आज भारत की तस्वीर दूसरी होती। यही क्यों, ज्योति बाबू ने भी शासन का एक अविश्वसनीय और अटूट रिकार्ड अपने नाम कर लिया। अपने जीवन के नौवें दशक तक पहुँचते भी जनता की 'इच्छा' को वे ठुकरा न सके। इन नेताओं ने अपनी अपरिहार्यता सिद्ध करने की लिप्सा में लोकतांत्रिक मर्यादाओं की अनदेखी की। नेल्सन मंडेला इनसे कितना आगे निकल गए हैं। रंगभेद से मुक्त दक्षिण अफ्रीका के लिए उन्होंने अब तक का संभवत: श्रेष्ठतम संविधान जनता के लिए बनवाया और खुद एक पदावधि बिताने के बाद ही राष्ट्रपति पद अपने एक सहयोगी म्बेकी के लिए खाली कर दिया। वास्तव में निरंकुशता केवल एकतंत्रीय शासन या सर्वसत्तावाद का प्रतिफल ही नहीं है, बल्कि यह लक्षण लोकतांत्रिक व्यवस्था में भी बखूबी उभर सकता है। भारत से अच्छा इस बारे में किसका अनुभव है। इसलिए जो वास्तव में लोकतांत्रिक है वह इस ओर से अवश्य सचेत होगा कि लोकतांत्रिक शासन में राजनीतिक पद का उपभोग किस सीमा तक, तथा कितने समय तक करना चाहिए।

मिस्र में आने वाली पीढ़ियाँ इस बात पर गर्व करेंगी कि महँगाई, बेरोजगारी, भ्रष्टाचार, निरंकुशता एवं दमन के खिलाफ इस प्रतिरोध आंदोलन में स्त्रियों ने न केवल भाग लिया बल्कि आगे आकर अदम्य साहस एवं संकल्पशक्ति के उदाहरण भी प्रस्तुत किए। यदि अस्मा महफूज ने अकेले बगावत की चिंगारी भड़काई तो शाहिरा अमीन ने भी सरकारी सेंसरशिप के खिलाफ 'व्यक्ति के विरोध' के महत्व का अनूठा उदाहरण प्रस्तुत कर दिया। शाहिरा पेशे से वरिष्ठ टीवी पत्रकार हैं और सरकारी टीवी चैनल में एंकर के पद पर कार्य करती रही हैं। जब तहरीर चौक की खबरों को सेंसर किया जाने लगा तो उन पर यह इतना भारी गुजरा कि उन्होंने फौरन इस्तीफा दे दिया। अब वे स्वयं इस आंदोलन में शामिल हैं। हर आयु एवं वर्ग की महिलाएँ इस आंदोलन में भाग ले रही हैं। इससे समूचे अरब जगत की राजनीतिक ही नहीं सामाजिक सत्ता भी हिल गई है। स्त्रियों का यह चकित करने वाला इसलिए लगता है कि मध्यपूर्व एवं खाड़ी देशों में राजनीति और समाज में महिलाओं की भागीदारी नगण्य रही है, लेकिन यहाँ से, समय के इस बिन्दु से स्पष्ट संकेत मिल रहे हैं कि वहाँ चीजें हमेशा के लिए बदल जाने वाली हैं।

स्वतंत्रता मनुष्य मात्र की प्राथमिक और अंतिम आवश्यकता है, और शासन प्रणाली के रूप में आज लोकतंत्र ही इसकी गारंटी करने वाला एक माध्यम है। अगर लोकतंत्र अन्य देशों के लोगों की जरूरत है तो यह अरब लोगों का भी अधिकार है

और इसके आगे कोई सत्ता आड़े नहीं आ सकती, चाहे वह राज्य की सत्ता हो या धर्म की। धर्म-सत्ताओं की गिद्ध-दृष्टि भी इस आंदोलन पर लगी है और वे इस जन-उभार का धार्मिक औचित्य सिद्ध करने में लगे हैं। जबकि तहरीर चौक पर ईसाई और मुसलमान साथ-साथ यह लड़ाई लड़ रहे हैं और कह रहे हैं कि हम एक हैं। रोटी, आजादी और नागरिक अधिकार उनकी साझा जरूरते हैं और इसके लिए कंधे से कंधा मिलाकर जद्दोजहद रहे हैं। इसलिए आने वाला युग भी लोकतंत्र का युग है। मिस्र का संदेश यह है कि जिन देशों में निरंकुशता है, वे अपने बंद दरवाजे जल्द से जल्द खोलें और जिनके दरवाजे पहले से खुले हैं वे यह सुनिश्चित कर लें कि जनता को वास्तविक अधिकार मिले हुए हैं और अधिकार-वंचना के चोर दरवाजे नहीं खुले हैं।

(फरवरी 2011 में राष्ट्रपति होस्नी मुबारक को सत्ता छोड़नी पड़ी। सुरक्षा बलों की सर्वोच्च परिषद् SCAF ने शासन अपने हाथों में लेकर चुनाव करवाए जिसमें मुस्लिम ब्रदरहुड समर्पित मोरसी 2012 में राष्ट्रपति निर्वाचित हुए। अरब वसंत पर इस्लामी शक्तियाँ हावी हो गईं। मोरसी ने एक निरंकुश संविधान देश पर लादने की कोशिश की जिसका भारी विरोध हुआ। 2014 में उन्हें सेना से सत्ता से हटा दिया और सेनाध्यक्ष अब्देल फतेह अल सीसी राष्ट्रपति बन गए, और अभी तीसरी बार राष्ट्रपति निर्वाचित हुए हैं। सेना के दखल ने मिस्र का वह अंजाम नहीं होने दिया जोकि बाद में ट्यूनीशिया और यमन का हो गया। यमन आज हूती के शिकंजे में है और ट्युनीशिया भी सर्व सत्तावाद की गिरफ्त में है। लगभग समूचा अरब इस्लामी आतंकवाद के साए में है। अरब बसंत को कट्टरता की निर्दयी हवाएँ लील गईं, अब सिर्फ यादें बचीं।)

•••

20. पूँजीवाद, राष्ट्रवाद और महायुद्ध

साल 2014 में प्रथम विश्वयुद्ध के सौ साल पूरे हुए। इसी साल लोकसभा चुनाव भी हुए। यह चुनाव का साल रहा। और चीजों के अलावा 'राष्ट्रवाद' भी चर्चा में रहा, भले ही सांस्कृतिक राष्ट्रवाद। कई लोगों को लगता रहा कि इस चुनाव के बाद भारत की राजनीतिक-सांस्कृतिक व्यवस्था में एक बड़ा अंतर आने वाला है। भारत धर्मनिरपेक्षता का रास्ता छोड़ सांस्कृतिक राष्ट्रवाद की राह पकड़ सकता है। अनेक विश्लेषकों को यह चिंता सताती रही कि अगर सचमुच ऐसा हुआ तो भारत अपने रास्ते से भटक जाएगा, भारत का जो एक विचार है वही खो जाएगा।

प्रथम विश्वयुद्ध परिणाम, प्रभाव व व्यक्ति की दृष्टि से सचमुच एक भयानक युद्ध था जिसमें कोई नब्बे लाख सैनिकों को जान गँवानी पड़ी। ब्रिटेन के मार्फत मित्र देशों की तरफ से लड़ते हुए 47,746 भारतीय सैनिक हत हुए जबकि 65126 गंभीर रूप से घायल हुए। एक उपनिवेश के लिए यह भूमिका असाधारण ठहरती है। यूरोप, अफ्रीका, और एशिया के कितने ही इलाके बर्बाद हो गए। युद्ध में जर्मनी, आस्ट्रिया हंगरी, एवं तुर्की के साम्राज्य के साथ ही रूस का साम्राज्य भी नष्ट हो गया। युद्ध में एक तरफ जर्मनी आस्ट्रिया, हंगरी, तुर्की तथा बुल्गारिया केंद्रीय शक्तियों के रूप में थे जो दूसरी ओर इंग्लैंड, फ्रांस, रूस, अमेरिका, इटली और जापान मित्र देश थे। पहले इटली जर्मनी के साथ था लेकिन एक संधि के उल्लंघन को कारण बताकर उसने पाला बदल लिया। मित्र देशों में रूस को छोड़कर सभी गणतंत्रीय व्यवस्था वाले देश थे। रूस में राजशाही थी, युद्ध के दौरान ही 1917 में बोल्शेविक क्रांति के पश्चात रूस युद्ध से अलग हो गया। वहाँ साम्यवादी क्रांति ने राष्ट्रवाद को खारिज कर सोवियत संघ का निर्माण किया। अमेरिका पहले तटस्थ था लेकिन जर्मनी ने उसके जहाज डुबोकर जबरन उसे युद्ध में घसीटा। इसी प्रकार लगातार कमजोर पड़ते तुर्की ने बाल्कन क्षेत्र पर अपने दावे को लेकर जर्मनी और आस्ट्रिया की तरफ से युद्ध में हिस्सा लिया।

एक तरफ पूर्वी यूरोप के बाल्कन क्षेत्र तो दूसरी ओर उत्तरी अफ्रीका के मोरक्को संकट को प्रथम विश्वयुद्ध का प्रमुख कारण माना जाता है। कुछ विद्वान इस युद्ध को यूरोपीय युद्ध भी कहते हैं और वे एक तरह से सही भी हैं। युद्ध वास्तव में यूरोप की जटिल से जटिलतर होती जाती राजनीतिक और आर्थिक परिस्थितियों के कारण संभव हुआ। 1914 से पिछले सौ साल में यूरोप बड़े परिवर्तनों से गुजर रहा था। वहाँ प्राय: सामंतवादी राजनीतिक व्यवस्था कायम थी जबकि औद्योगिक क्रांति के प्रादुर्भाव से आर्थिक व्यवस्था लगातार बदल रही थी। समाज तेजी से पूँजीवाद की ओर बढ़ रहा था जिसकी सामंती मूल्यों व व्यवस्थाओं से कोई संगति नहीं बैठ सकती थी। किसान उद्योगों के मजदूर बन रहे थे। मजदूर और पूँजीपति वर्ग के अलावा विशेषकर पश्चिम यूरोप में मजबूत मध्यवर्ग विकसित हो रहा था। यूरोपीय समाज और राजनीति गहरे संकट से गुजर रही थी।

फ्रांस की क्रांति ने यूरोपीय राजव्यवस्था ही नहीं मूल्य व्यवस्था पर भी अमिट छाप छोड़ी थी। उस समय इंगलैण्ड को छोड़ लगभग समूचे यूरोप में कठोर राजशाही चल रही थी। ये राजव्यवस्थाएँ क्रांति तो क्या किसी भी परिवर्तन का निषेध कर रही थी और असंभव बना रही थी। फ्रांस की क्रांति की विफलता के बाद नेपोलियन बोनापार्ट के सर्वसत्तावाद का उदय हुआ। नेपोलियन कुलीन राजवंश का न होकर मामूली परिवार का एक सिपाही था जो सेनापति के पद तक जा पहुँचा था। बाद में क्रांति के मात्र दस वर्ष बाद उसने अपने को फ्रांस का सम्राट घोषित कर दिया। उसके लगभग चालीस युद्धों और विजय अभियानों ने समूचे यूरोप की राजनीति और भूगोल को बदल दिया। उसने अनेक राजशाहियों को गणतंत्र में बदल दिया। इसी दौर में यूरोप में एक शब्द 'राष्ट्रवाद' या 'राष्ट्रीयता' जादू की तरह सबके सर चढ़कर बोल रहा था। बाद में तो मानो यह शब्द यूरोप का नियंता ही बन गया, बल्कि शेष दुनिया पर भी यह जादू चल गया और आज तक इसका असर कायम है। नेपोलियन के अभियानों ने अगर पुराने साम्राज्यों को ध्वस्त किया तो नई राष्ट्रीयताओं को भी पहचान दी और उन्हें मुक्त किया। वास्तव में नेपोलियन की शक्ति का उत्स भी राष्ट्रवाद ही था जिसे पहले फ्रांस की क्रांति ने नई अभिव्यक्ति और गरिमा प्रदान की थी। वास्तव में फ्रांस की अपनी राष्ट्रवादी चेतना का पूरे यूरोप में प्रसार हुआ जो आखिरकार नेपोलियन और फ्रांस के ही खिलाफ गया। नेपोलियन द्वारा रौंदे गए इटली और जर्मनी में एकीकरण का मार्ग प्रशस्त हुआ। इटली सैंकड़ों सालों से एक विघटित और विस्मृत राष्ट्र था जबकि जर्मनी का पूरा क्षेत्र अलग-अलग शासकों मुख्य रूप से प्रशा के अधीन रहा। नेपोलियन ने रोमन साम्राज्य को तोड़ दिया जो 'पवित्र' माना जाता था और जो कुछ भी नया नहीं होने दे सकता था। रोमन साम्राज्य

के पतन का लाभ जर्मनी को मिला और आगे चलकर जर्मन राज्यों के आपस में मिलने से जर्मनी एकीकृत और मजबूत राष्ट्र के रूप में उभरा। दूसरी ओर इटली के साथ उसका समृद्ध गौरवशाली अतीत था, और कुछ नहीं। इटली के राष्ट्रवादियों पर फ्रांस की राज्यक्रांति का गहरा प्रभाव था। उन्होंने इस क्रांति की इटली में पुनरावृत्ति के उद्देश्य से नेपथ्य में एक भूमिगत संगठन 'कारबोनारी' भी बना लिया था। इटली के मैजिनी जिसे इटली का धड़कता हृदय कहा गया था, ने अपनी रचनाओं से राष्ट्रप्रेम का ज्वार पैदा कर दिया। इसे यूरोप के सर्वशक्तिशाली मेटरनिख (ऑस्ट्रिया का चांसलर) ने देश निकाला दिया तब भी उसका अभियान दूसरे देशों से ही लगातार चलता रहा। इधर इटली के एक राज्य के चतुर प्रधानमंत्री काबूर, देशभक्त योद्धा गैरीबाल्डी (जिसकी द थाउजैंड टुकड़ी विख्यात थी) तथा पीडभोंट के उदार उत्साही और साहसी शासक एमैनुअल के प्रयासों से आखिरकार इटली का एकीकरण संभव बना। 1840 में एमैनुअल ने रोम को इटली की राजधानी बना दिया।

इधर प्रशा में बिस्मार्क के चांसलर बनते ही यूरोप में नई तरह की कूटनीति और गुप्त संधियों के युग की शुरूआत हुई। बिस्मार्क ने अपने शतरंजी चालों में पूरे यूरोप को उलझाया। पहले उसने ऑस्ट्रिया के विरुद्ध युद्ध छेड़ दिया, और बाद में उससे संधि भी कर ली। उसने अंदर ही अंदर फ्रांस के विरुद्ध सैनिक तैयारियाँ शुरू कर दी और दूसरी ओर पूरे यूरोप को अपनी कूटनीति की बदौलत उसके खिलाफ कर दिया। उसने जर्मनी की अर्थव्यवस्था, शिक्षा और प्रशासन पर भी विशेष ध्यान दिया। उसने राज्य नियंत्रित आर्थिक विकास की नीति अपनाई। लौह अयस्क और कोयले की प्रचुरता के साथ ही इस्पात उत्पादन में जर्मनी अग्रणी देश बन गया। वहाँ हुई वैज्ञानिक ओर तकनीकी प्रगति का पूरा लाभ बिस्मार्क ने सैन्यीकरण में लगाया। जर्मनी एक मजबूत समुद्री ताकत बन गया और इंग्लैण्ड को चुनौती देने की स्थिति में आ गया। जर्मनी एक राष्ट्र के रूप में अभी नया था और उसकी प्रगति विस्मित करने वाली थी लेकिन यूरोप के कई देशों में पूँजीवादी विकास ने कच्चे माल और नये बाजार की सतत तलाश को अनिवार्य बना दिया। और इनमें एशिया और अफ्रीका में उपनिवेश बनाने की होड़ चली थी। इंग्लैण्ड उपनिवेशवाद का अगुआ था और वास्तव में यूरोप की आंतरिक प्रतिद्वंदिता में वह सीधे शामिल भी नहीं था। उसकी आर्थिक जरूरतों की पूर्ति के लिए भारत जैसे विशाल उपनिवेश पहले ही मौजूद थे। फ्रांस, पुर्तगाल, नीदरलैंड और स्पेन उसके पीछे थे। जर्मनी की बढ़ती आर्थिक जरूरतों ने उसे भी देर से ही सही उपनिवेश बनाने की होड़ में शामिल कर दिया। उसने किसी तरह पश्चिम अफ्रीका, टोगोलैंड तथा कैमरून में उपनिवेश बनाने में सफलता प्राप्त कर ली। बिस्मार्क ने जर्मनी का एकीकरण करके उसे यूरोप का प्रमुख

शक्तिशाली देश कर दिया, तो इसके पीछे की मूल प्रेरणा जर्मन राष्ट्रवाद ही थी। यह भावना इतनी मजबूत थी कि बिस्मार्क को अपने कार्यकाल में चर्च की गतिविधियों को नियंत्रित करने में भी कोई संकोच नहीं हुआ। राष्ट्रवाद ने धार्मिक और सांस्कृतिक क्षेत्र में परिवर्तन और नियंत्रण को भी संभव बना दिया। जर्मनी की सफलता ने यूरोप में राष्ट्रवाद के बुखार को बढ़ा दिया। अनेक दमित राष्ट्रीयताएँ सर उठाने लगीं। लोग अपने अतीत, अपनी भाषा, अपनी संस्कृति के प्रति अतिशय आग्रही होने लगे और अपनी राष्ट्रीयता में मुक्ति का मार्ग तलाशने लगे। पूँजीवाद इनमें अपना भविष्य देख रहा था। पुरानी व्यवस्था उसके मार्ग की अड़चन थी। पूँजीवाद और राष्ट्रवाद एकदूसरे के लिए खाद बन रहे थे। ऑस्ट्रिया-हंगरी तथा तुर्की साम्राज्य के अधीन पिसती राष्ट्रीयताएँ अब सर उठा रही थी। राष्ट्रवाद की यह बयार अब एशिया को पहुँच चुकी, जापान का इसने एक आधुनिक शक्तिशाली राष्ट्र के रूप में कायाकल्प कर दिया था। औद्योगिक विकास का उपयोग जापान ने साम्राज्यवादी प्रसार में किया। उसने चीन जैसे विशाल देश को हरा दिया और दूसरी ओर रूस के लिए भी खतरा बनने लगा। यूरोप की राजनीति में अलग-थलग पड़े इंग्लैण्ड ने रूस को नियंत्रित करने के उद्देश्य से जापान से संधि की। वह भी बराबरी के स्तर पर। यह एक ऐतिहासिक घटना थी। जापान अब प्रशांत क्षेत्र और पूर्वी एशिया में इंग्लैण्ड का हित साधन कर सकता था और इंग्लैण्ड अब निश्चिंत होकर यूरोप की राजनीति में दखल दे सकता था।

इस दौर की प्रायः हर घटना दूसरी अगली घटना से जुड़ी थी, और आखिरकार महायुद्ध की तैयारी से ही जुड़ी थी। यूरोप और पूरी दुनिया के लिए दुर्भाग्य की बात यह थी कि औद्योगिक क्रांति के सुफल का उपयोग यूरोप के देश आर्थिक विकास के साथ बल्कि उससे ज्यादा शस्त्रीकरण के लिए कर रहे थे ताकि अपना कद ऊँचा किया जा सके और दूसरे को नीचा दिखाया जा सके।

आखिरकार बाल्कन क्षेत्र का तनाव बहाना बन गया और 28 जुलाई 1914 को युद्ध छिड़ गया। इसके कुछ ही दिन पहले ऑस्ट्रिया के राजकुमार फर्डिनैंड के सर्बिया दौरे के मौके पर सरायेवो में उसकी हत्या कर दी गई। ऑस्ट्रिया ने सर्बिया को दस सूत्री एजेंडा को पूरा करने के लिए 48 घंटे का अल्टीमेटम दिया। सर्बिया ने आठ मांगें मान लीं लेकिन ऑस्टिया ने सर्बिया पर आक्रमण कर दिया। इस कदम से रूस ने सर्बिया के पक्ष में ऑस्ट्रिया के विरुद्ध मोर्चा खोल दिया। कई इतिहासकार रूस के इस कदम को ही युद्ध का प्रमुख तात्कालिक कारण बताते हैं। इसी के बाद जर्मनी ने रूस के विरुद्ध युद्ध की घोषणा कर दी। अब तक फ्रांस, इंग्लैण्ड और रूस की संधि हो चुकी थी। फ्रांस रूस की मदद को आगे आया। जर्मनी के बेल्जियम पर हमले के

बाद इंग्लैण्ड भी जर्मनी के विरुद्ध युद्ध में शामिल हो गया। धीरे-धीरे पूरा यूरोप ही नहीं उसके उपनिवेश भी युद्ध में उलझते चले गये। अमेरिका और जापान भी ऑस्ट्रिया, हंगरी, जर्मनी और तुर्की के खिलाफ युद्ध की संलग्न हो गए। चार साल चले इस युद्ध की समाप्ति 11 नवम्बर, 1918 को हुई। जर्मनी की लाख कोशिशें भी उसे हार से नहीं बचा सकीं, उसके राजा विलियम द्वितीय को भागना पड़ा और इसी के साथ युद्ध समाप्त हो गया। जर्मनी का राजतंत्र समाप्त हो गया वहाँ गणतंत्र स्थापित हो गया। वास्तव में आज विश्व भर में जो लोकतंत्र की पताका फहर रही है उसके पीछे प्रथम विश्वयुद्ध में मित्र राष्ट्रों की विजय एक कारण रहा है। उन्होंने युद्ध में लोकतंत्र की रक्षा के संकल्प के साथ भाग लिया था। और अंततः जर्मन, ऑस्ट्रिया और तुर्क साम्राज्य को हरा दिया था, बचा रूसी साम्राज्य तो वह 1917 की क्रांति में ही ध्वस्त हो गया। युद्ध के बाद लोकतंत्र एक शासन पद्धति के रूप में और लोकप्रिय हुआ।

इस एक फायदे के बदले युद्ध के नुकसानों का पलड़ा बहुत भारी था। वास्तव में युद्ध ने उलझनें सुलझाने के बदले बढ़ा दीं। विजयी देशों की स्वार्थ-लिप्सा और धर्मांधता ने, एक और महायुद्ध की पृष्ठभूमि तैयार कर दी। विजित देशों की भूमि और संसाधनों की बंदरबांट ने इन देशों में उग्र राष्ट्रवाद की भूमि तैयार कर दी।

विजयी लोकतंत्रों में से किसी ने अपने उपनिवेशों की जनता की लोकतांत्रिक आकांक्षाओं को ध्यान नहीं रखा, बल्कि ब्रिटेन ने तो भारत में अपना दमन तेज कर दिया। युद्ध समाप्ति के अगले ही साल जालियाँवाला बाग का नरसंहार हुआ। यही नहीं, दमनकारी रॉलेट ऐक्ट भी पास हुआ। बाद में जर्मनी के मानमर्दन से हिटलर के नेतृत्व में नाजीवाद का जन्म हुआ जबकि इटली में मुसोलिनी ने फासीवाद का परचम लहराया। इतिहास का यह एक रोचक तथ्य है कि इटली और जर्मनी दोनों नवएकीकृत देश थे और लंबे संघर्ष के पश्चात राष्ट्र के रूप में स्थापित हुए थे। इटली के पास तो इमैनुअल पीडमोंट की उदार राजसत्ता तथा मैजिनी सरीखे लेखकों-विचारकों का विरासत भी थी। इसमें एक नाम और जोड़ा जा सकता है पिअस नवम का जिसने पोप चुने जाने के पश्चात पहली बार परिवर्तनकारियों के प्रति सहिष्णुता और उदारता का रुख अपनाया था। वैसे भी इटली की राजनीति और सामाजिक जीवन में प्रशा जैसी उग्रता और दमन नहीं रहा था। ऐसे देश में मुसोलिनी जैसे निरंकुश तानाशाह का उदय चकित करता है। तथ्य यह है कि 1919 में पेरिस की संधि में मित्र राष्ट्रों ने जर्मन सम्राट और सेना का बदला जर्मन राष्ट्र, जर्मन जनता से लिया गया। दूसरी ओर यह संधि न इटली को संतुष्ट कर सकी, न ही जापान को। यही तीन असंतुष्ट देश अगले कहीं अधिक विनाशकारी महायुद्ध में पूरी दुनिया को

झोंकने वाले थे। प्रथम महायुद्ध का पहला सबक यह है कि पूँजीवादी प्रतियोगिता केवल आर्थिक क्षेत्र में सीमित नहीं रह जाती, अंततः राजनीति, समाज, राष्ट्र यहाँ तक कि पूरी दुनिया को अपने चंगुल में फँसा लेती है। मुनाफा बढ़ाते जाना और इस प्रक्रिया में अव्वल बने रहने की हर संभव कोशिश, औद्योगिकीकरण के साथ बाजार विस्तार और उसके साथ उपनिवेशों के संसाधनों की लूट –इसका अंतिम परिणाम युद्ध और ध्वंस ही होता है। हमारी आज की दुनिया में भी ये परिस्थितियाँ मौजूद हैं। दूसरा सबक यह है कि राष्ट्रवाद मनुष्य समाज में विभाजन का एक बड़ा और प्रमुख आधार है, इसे शांति, सुरक्षा, सहअस्तित्व, मनुष्यता और विश्वबंधुत्व के मूल्यों की मर्यादा में बांधना जरूरी है। अंध राष्ट्रवाद केवल और केवल विनाश ले आता है। यूरोप में तकनीकी विकास, मुनाफा और राष्ट्रवाद के मेल ने पूरी दुनिया में भारी तबाही मचाई।

यह नहीं कि युद्ध से बचने के प्रयास नहीं किए गए। अमेरिका, इंग्लैंड, जर्मनी, फ्रांस और रूस आदि देशों में बुद्धिजीवी शांति की अपीलें करते रहे लेकिन युद्धोन्मत नेताओं पर इसका कोई प्रभाव नहीं पड़ा। रूस के जार निकोलस ने एक सम्मेलन जरूर आयोजित किया लेकिन इसमें किसी भी देश ने कोई प्रतिबद्धता नहीं दिखाई और युद्ध रोकने में इसकी कोई भूमिका नहीं बन सकी।

•••

21. वर्तमान की आधारभूमि है इतिहास

इतिहास केवल इति का आख्यान नहीं। इतिहास की एक सजीव भूमिका यह है कि वह हमारा निर्माण भी करता है। इतिहास इसीलिए केवल बीता हुआ कालखंड नहीं है, वर्तमान की आधारभूमि भी है। हमारे आज के पीछे बीता हुआ कल है, और आने वाले कल के पीछे आज होगा। इतिहास की अगर कोई निर्माणकारी भूमिका नहीं होती तो हम इतिहास-इतिहास क्यों रटते? क्यों इतिहास को तोड़ने-मरोड़ने की बात होती? क्यों गलत इतिहास लिखने की शिकायत होती, और क्यों आखिर इतिहास के पुनर्लेखन की मांग होती? यह सारा कुछ इसीलिए है कि इतिहास वर्तमान के प्रवाह में व्यतिक्रम पैदा कर सकता है, दखल दे सकता है और उसे मोड़ सकता है। इतिहास वर्तमान के माध्यम से हमारे भविष्य का स्वरूप निर्धारित कर सकता है।

सत्ताएँ अपनी वैधता के लिए, स्थिरता के लिए और विस्तार के लिए भी इतिहास का आश्रय लेती हैं। इतिहास का आश्रय मुख्यत: दो कारणों से लिया जाता है या यूं कहें कि इतिहास में मौजूद दो प्रकार के प्रसंगों के कारण उसकी भूमिका वर्तमान में बनती है। पहला, अतीत का गौरव। इसके पीछे सुस्थिर व सुदीर्घ शासन, वीरता के आख्यान व गाथाएँ, उन्नत जीवन-स्तर और शैली, उच्च मूल्य बोध और उच्च दर्शन एवं ज्ञान की परंपराएँ होती हैं। किसी इलाके या आबादी या शासक जाति को पराजित और अधीन करना भी अतीत के गौरव का विषय हो सकता है। इंग्लैंड के लोगों को अपने इतिहास पर इस बात के लिए गर्व हो सकता है कि अभी सौ साल पहले तक ब्रिटिश साम्राज्य में सूर्यास्त नहीं होता था, यानी पूर्व से पश्चिम तक उसका विस्तार था। इतिहास का आश्रय लेने का दूसरा कारण होता है अतीत में हुआ अन्याय, बेदखली, विस्थापन या पराधीनता। यह ऐसे है कि इंग्लैंड के लोगों की गर्वानुभूति जिस कारण से है, भारत सहित उसके उपनिवेश रहे देश के लोगों के लिए वही कारण दमन, उत्पीड़न और अधीनता का ग्लानिपूर्ण अनुभव बन जाता है।

इतिहास में हुआ अन्याय इतिहास में जाने का बड़ा कारण है क्योंकि आज उसकी भरपाई करनी है, बदला चुकाना है, क्षतिपूर्ति लेनी है। इतिहास में हुए अन्याय की वसूली वर्तमान से होती है। इस वसूली का माध्यम विप्लव और क्रांति भी होती है।

19वीं सदी के उत्तरार्ध में जब इटली विभाजित था, विखंडित था, उसके भूभाग पर विदेशी सत्ताएँ काबिज थीं, वह रोम का प्राचीन गौरव था जिसे कवि मैजिनी (या मेत्सिनी) ने अपने कंठ में धारण किया। अतीत के गौरव की उस पुकार ने इटली के एकीकरण को संभव बनाया। राष्ट्रों और समाजों के इतिहास में कई ऐसे उदाहरण हैं जिनमें अतीत के गौरव की पुनर्स्थापना के आमजन के प्रण ने यथास्थिति को तोड़ दिया और नई व्यवस्थाएँ बनाईं। जिन दिनों यूरोप में ओटोमन और प्रशा साम्राज्यवाद, यहाँ तक की पोप का शासन भी शासन को उदार और जनपक्षीय बनाने की मांगों को कुचल रहा था, इटली और जर्मनी के एकीकरण की उस समय असंभव लग रही कल्पना साकार हो रही थी। साझा प्रजातीय विरासत, भाषा, संस्कृति और इतिहास के आधार पर आखिरकार यूरोप में राष्ट्र-राज्यों के आधार पर यूरोप का भू-राजनीतिक मानचित्र बदल गया। इसकी शुरुआत वास्तव में सोलहवीं सदी में ही हो चुकी थी, लेकिन इसे पूर्णता मिली उन्नीसवीं सदी के उत्तरार्ध में। इन राष्ट्रीयताओं को जिन साम्राज्यों ने सदियों से दबा कर रखा था, प्रथम विश्व युद्ध में उनका भी अंत हो गया। साम्राज्य से मुक्त राज्यों में लोकतंत्र की स्थापना हुई। साम्राज्यवाद से राष्ट्रवाद की ओर के इस संक्रमण में इतिहास संबंधी दोनों कारक महत्वपूर्ण, बल्कि निर्णायक रहे -अतीत के गौरव की पुनर्स्थापना तथा अतीत में हुए दमन की क्षतिपूर्ति। यहाँ यह भी याद रखना जरूरी होगा कि एकीकृत जर्मनी और इटली में कालांतर में राष्ट्रवाद उग्र राष्ट्रवाद में परिणत हो गया। जर्मनी में हिटलर ने राष्ट्रवाद के साथ प्रजातिवाद का घोल तैयार किया और एक ओर यहूदियों की नस्ली सफाई में लगा तो दूसरी ओर प्रजातीय अहंकार में पूरे यूरोप को रौंदने में प्रवृत्त हुआ। इटली का तानाशाह बनने के बाद मुसोलिनी की महत्वाकांक्षा भी विश्व-विजय, यानी यूरोप विजय की बनने लगी। सोवियत साम्यवाद को रोकने की मूल प्रेरणा से हिटलर और मुसोलिनी ने 1936 में 'रोम-बर्लिन एक्सिस' संधि की। 1936 में ही हिटलर ने जापान के साथ कॉमिन्टर्न (कम्युनिस्ट इंटरनेशनल) के खिलाफ संधि की। बाद में 1940 में जर्मनी, इटली और जापान ने त्रिपक्षीय संधि की, और इस प्रकार धुरी राष्ट्रों का एक पक्ष बना। बाद का इतिहास सबको मालूम है। ज्ञातव्य है कि जापानी राष्ट्रवाद के पीछे भी एक प्रमुख कारण अतीत की ओर वापसी का आग्रह था।

यही कारण है कि अतीत की बात करने, यहाँ तक कि गौरव को छोड़ अन्याय की बात करने को भी 'पुनरुत्थानवाद' कहकर खारिज कर दिया जाता है। कम्यूनिस्ट

क्रांति में एकदम नई व्यवस्था के निर्माण के लिए पुरानी को धो-पोंछकर मिटा देने का हर प्रयास राज्य द्वारा किया जाता है। इसमें अतीत यानी इतिहास का संपूर्ण निषेध है। क्योंकि जरा-सी दरार से भी प्रतिक्रांति का खतरा हो सकता है। सोवियत राज्यों में धर्म-संस्कृति के बुर्जआ केंद्र भी बंद किए गए। सोवियत संघ में शामिल अनेक देशों में इस्लाम मुख्य धर्म था, जबकि रूस, यूक्रेन, जॉर्जिया आदि में ईसाई। चीन में तो छठे दशक में सांस्कृतिक क्रांति को अलग से अंजाम दिया गया। किसी आस्था के लिए कोई जगह नहीं रहने दी गई, न जमीन पर न दिमाग में। 1959 में एक विशुद्ध बौद्ध देश तिब्बत को भी हथिया लिया गया और उसे भी साम्यवादी बनाने की जोर-जबरदस्ती आज तक चल रही है। वहाँ के, यानी चीन के उईगर मुसलमान तथा 'हुई' जैसे गैर-मुसलमान अब भी लगभग दो करोड़ की संख्या में हैं। तुर्क मूल के उईगरों की धार्मिक स्वतंत्रता कहीं अधिक प्रतिबंधित है। एक अन्य कम्युनिस्ट देश उत्तर कोरिया की आबादी लगभग समरूप है, वहाँ धर्म-संप्रदाय की कोई चर्चा नहीं मिलती। यह जानना भी दिलचस्प है कि अभी तक सर्वहारा क्रांति में ही व्यवस्था बदलने के लिए अतीत को या इतिहास को माध्यम नहीं बनाया गया। लेकिन क्रांति पश्चात स्मृतिहीनता का नृशंस दबाव बनाया गया, जैसा कि ऊपर उल्लेख है। अब तस्वीर का दूसरा पहलू यह है कि बीसवीं सदी में पहले महायुद्ध में लगभग चार करोड़ तथा दूसरे महायुद्ध में सात से आठ करोड़ लोग मारे गए। दूसरी ओर सर्वहारा क्रांति के नाम पर स्थापित कम्युनिस्ट सत्ताओं में अनुमानतः आठ से दस करोड़ लोग हत हुए। 1997 में फ्रांस में प्रकाशित 'दि ब्लैक बुक आफ कम्युनिज्म' इस संख्या को नौ करोड़ से भी अधिक बताता है। किसी भी अनुमान से यह संख्या करोड़ों में ही ठहरती है। फिर हासिल क्या हुआ? स्मृति गई, इतिहास गया और जीवन भी नहीं बचा। और तो और, वह व्यवस्था भी नहीं रही। सवाल है कि ऐसी व्यवस्था की जरूरत और औचित्य क्या है जिसके लिए इतना भयानक दमन करना पड़े, इतने व्यापक स्तर पर?

सोलहवीं-सत्रहवीं सदी में 'गोरे' होने की अपनी जिम्मेदारी निभाने यूरोप के देशों से समुद्री बेड़े नए इलाकों की खोज में निकले और यूरोप को छोड़ लगभग समूची दुनिया, खासकर अफ्रीका और एशिया में उपनिवेश बनाए। उपनिवेशीकरण का सबसे प्रभावी और अचूक हथियार है विस्मृतिकरण। उपनिवेशितों को उनकी स्मृति और इतिहास से काटकर स्मृतिहीन आज्ञाकारी समुदाय में बदल देना जिसके पास केवल वर्तमान है और जो अब अपने औपनिवेशिक मालिकों की सेवा में ही अपने सुखद भविष्य की कल्पना करे। उपनिवेशित स्मृति खोता है, फिर भाषा हारता है, और आखिरकार देश हार जाता है! हर जगह उपनिवेशीकरण की यही कहानी है।

स्वयं हमारे देश में अभी भी यह कहानी समाप्त नहीं हुई है। यहाँ आज भी भारतीय मानस पर अतीत को भूलने और अपनी भाषा से कटने यानी अपने मूल से कटने का दबाव है। यह दबाव अफ्रीकी देशों के ऊपर भी है जिन्होंने बरसों-बरस लड़ कर औपनिवेशिक शासन से मुक्ति पाई। तो फिर यह तो एक अकाट्य तथ्य है कि औपनिवेशिक सत्ता, बाहरी आधिपत्य से लड़ने के लिए अपने मूल से जुड़ना अनिवार्य ही नहीं, बल्कि एक पूर्व-शर्त है। इसीलिए तो औपनिवेशिक दमन में पिसते भारतीय समाज को उसके मूल स्वरूप की पहचान कराने के लिए हमारे सांस्कृतिक और राजनीतिक नेता लगातार प्रयास करते रहे। महर्षि दयानंद ने वेदों की महिमा गई और वेदों की ओर लौटने का आह्वान किया, श्रीरामकृष्ण परमहंस ने भक्ति को सामासिकता से जोड़ा। उनके ही शिष्य विवेकानंद ने हिंदू धर्म की दिव्यता से आधुनिक संसार का परिचय कराया और कहा, हिंदू होने में गर्व का अनुभव करो। यह आत्मगौरव ही पहले तुम्हें आत्मग्लानि और फिर विदेशी सत्ता से मुक्ति दिलाएगा। अपनी धरती और संस्कृति बचाने के लिए तो सबसे अधिक संघर्ष आदिवासी समाज ने किया। वे आज भी अपने मूल से जुड़े रहने का संघर्ष कर रहे हैं। गांधीजी ने स्वराज के संघर्ष को 'रामराज्य' की कल्पना से जोड़ा। अपने मूल से जुड़ने का आह्वान भारत की प्रत्येक भाषा का कवि करता है। राष्ट्रकवि मैथिलीशरण गुप्त किस कातर भाव से कहते हैं -'हम कौन थे, क्या हो गए हैं, और क्या होंगे अभी..'

जब स्वतंत्रता सम्मुख थी, साझी स्मृति, साझे अतीत से हिंदुओं-मुसलमानों को काटकर नई कहानियाँ गढ़ी जा रही थीं। इसका परिणाम हुआ रक्त रंजित भारत-विभाजन, और आज तक यह एक अनसुलझा एजेंडा है। यह स्मृतिहीनता आगे की पीढ़ियों तक ले जाई गई है। पाकिस्तान में जो इतिहास पढ़ाया गया है वह मूल से विच्छिन्न करने वाला ही है। सच्चाई यह है कि पाकिस्तान का हद से हद एक मजहब तो है, संस्कृति नहीं है। इसका सांस्कृतिक मूल तो भारत में है।

इतिहास पर बात करते समय यह बात हमेशा ध्यान में रखने की है कि विजेताओं का और अधीनों या विजितों का इतिहास भले एक प्रकार की घटनाओं से बना हो, उनका इतिहास-बोध अलग होता है। इसी प्रकार जो मुख्यधारा में हैं और जो हाशिए पर हैं, उनकी भी इतिहास की के प्रति दृष्टि अलग-अलग हो सकती है। यहाँ यह भी सोचने और याद रखने की बात है कि मध्यकाल में और बाद में जहाँ-जहाँ इस्लाम का प्रसार हुआ और इस्लामी सत्ताएँ स्थापित हुईं, स्थानीय आबादी का एक प्रकार से संपूर्ण स्मृति-लोप हो गया। उनकी सांस्कृतिक चेतना नई आस्था से प्रतिस्थापित हो गई।

राजनीति और इतिहास के बीच के अंतर्संबंधों पर बात करते हुए यह देखना जरूरी है कि हमारे राजनेता बातें कहते हुए 'हजारों सालों के इतिहास' का हवाला देने लगते हैं। इसमें उनका प्रयोजन दो या अधिक समुदायों के साझा इतिहास को खंडित करना होता है, अलग-अलग करना होता है। हालांकि यह भी एक सच्चाई है कि भारी विविधताओं वाले भारतीय समाज की प्रमुख इकाइयों का इतिहास एक-दूसरे के विरुद्ध जाता है। लेकिन सम्मिलन और समाहितीकरण की सतत प्रक्रिया से हमारा समाज आगे बढ़ता रहा है। वोट की राजनीति ने हमारी सांस्कृतिक चेतना और इतिहास-बोध को खंडित कर दिया है। मुश्किल यह है कि इतिहास एक गंभीर विषय है, इससे खेल करने, इससे मनमानी करने के क्या परिणाम हो सकते हैं, यह बताया जा चुका है। एक बड़े नेता का इतिहास-बोध भी गहन होता है। वह इतिहास से सायुज्यता के, जोड़ने के सूत्र निकालता है। इतिहास हमें सबक दे, सीख दे, विवेक दे -वहीं तक प्रयोज्य है। इतिहास से हम क्या लें और क्या रहने दें, यह विवेक ही हमारे भविष्य में बने रहने की शर्त है। यही इतिहास की निर्माणकारी भूमिका है।

स्मृति अस्तित्व का आधार है। एक व्यक्ति की स्मृति होती है तो एक जाति और राष्ट्र की भी स्मृति होती है। हमें तय करना है कि अपने वर्तमान को किस प्रकार साधें और बरतें कि उससे भविष्य की समृद्धि हो, वह आलोकित हो। हम अपने-अपने अतीत और इतिहास से आगे समस्त मानव जाति का नया इतिहास रचने की ओर बढ़ें, इसी में हमारी सार्थकता है। हमारे आज को और भविष्य के इतिहास को यही हमारा योगदान होगा।

•••

22. हम संवेदनहीन क्यों बनते जा रहे हैं

सृष्टि में, जीवन में एक शाश्वत विरह है। हम सभी एक ही तत्व से उद्भूत हो अलग-अलग अस्तित्व बने मानो पुनः एक होने की आकुल प्रतीक्षा में है, जैसे ग्रह-नक्षत्र, आकाशगंगाएँ पृथक होकर भी एक-दूसरे के चक्कर काट रहे हैं, परिक्रमा कर रहे हैं क्योंकि उनका मूल एक ही है। आधुनिक मनुष्य इस विरह को, इस मूल वेदना को नहीं समझ पा रहा है। उसने सुख और भोग की लालसा और लब्धि के लिए अपने लिए ऐसी व्यवस्थाएँ निर्मित कर ली हैं जिनमें उसने वेदना और दुःख के कृत्रिम स्रोत और साधन विकसित कर लिए हैं। वह अपने ही विनिर्मित दुःखों से घिरा है और उनसे छुटकारा पाने की कोशिश में और अकेला पड़ता जा रहा है। उसे अपना ही दुःख सबसे बड़ा लगता है। वह अपने विस्तारित अस्तित्व के विषय में न सोच पा रहा है, न देख पा रहा है। अपने से बाहर आकर वह आक्रामक बन रहा है, और इसके उल्टे अपने में सिमट कर आत्महंता। संवेदनहीनता वहाँ है जहाँ से दूसरे को देखने, जानने, समझने की जिज्ञासा ही न हो, और उससे जुड़ने की कोई अनिवार्यता या दबाव अपने अंदर अनुभव ही न हो।

हम एक हिंसक और नृशंस समय में जी रहे हैं तो इसका मूल कारण यही है कि हमारे सामने जो पूरी विश्व व्यवस्था है वह संवेदनशील मनुष्यों का समाज नहीं चाहती। कहने को यह मानव सभ्यता के उत्कर्ष का दौर है। विज्ञान और प्रौद्योगिकी के क्षेत्र में अकल्पनीय उपलब्धियाँ अर्जित की गई हैं। एक ही साथ विकास और विनाश के अपरिमित साधन विकसित किए गए हैं। किसी भी व्यक्ति, समाज या देश की भौतिक उपलब्धियाँ ही उसकी उन्नति का संकेतक बन गई हैं। पूंजी, चाहे वह जिस साधन से भी अर्जित की गई हो, हमारे जीवन का लक्ष्य बन गई है। पूंजी भी असीमित क्योंकि उपभोग की लालसा की भी कोई सीमा नहीं है। भोगवादी पूंजीवादी व्यवस्था ने मनुष्य मात्र के लिए अच्छा, सार्थक जीवन जीने का पैमाना बदल दिया है। हमारे शास्त्रों में परोपकार की जो महिमा बताई गई है उसमें आदमी

के लिए देने और देते जाने का कर्तव्य और धर्म निर्धारित किया गया है, और इसे ही मनुष्य जीवन की उपलब्धि माना गया है। वास्तव में कहीं ना कहीं प्राकृतिक उपादान, जैसे वृक्ष, नदियाँ आदि हमारे जीवन मूल्यों के नियामक रहे हैं। शायद इसीलिए प्रकृति के प्रति एक साधारण व्यक्ति का भाव विनयशील ही रहा है। आज जैसी हिंसा धरती के प्रति हो रही है उसकी कल्पना सौ-डेढ़ सौ साल पहले कठिन थी, कम से कम भारतीय समाज में। संवेदनहीनता और हिंस्र भाव ने समूची धरती को ही अपने घेरे में ले लिया है। यही कारण है कि आज धरती पर जीवन के अस्तित्व को ही खतरा उत्पन्न हो गया है। कठिनाई यह है कि खतरे से निपटने के लिए जो उपाय किए जा रहे हैं वह फौरी और ऊपरी हैं। इसलिए उनकी सफलता संदिग्ध है। प्रश्न यह है कि वह जीवन दृष्टि कैसे बदली जाए जो हमें आज इस मुकाम पर ले आई है जहाँ हर एक व्यक्ति दूसरे व्यक्ति का प्रतियोगी है, सहयोगी नहीं। जहाँ मानवीय मूल्यों के ऊपर धन और तकनीक का प्रभुत्व इस सीमा तक बन गया है कि जैसे मनुष्य एक आर्थिक, यांत्रिक प्राणी मात्र बनकर रह गया हो। तकनीक द्वारा मानवीय उद्यम का विस्थापन हो रहा है। मानवीय श्रम की महिमा घट गई है। वह यंत्रों के मुकाबले दोयम दर्जे की चीज बनता जा रहा है। यह एक और प्रकार की दशा है अमानवीयकरण की। दूसरी ओर अनियंत्रित जनसंख्या वृद्धि अपने साथ अमानवीयकरण की स्थितियाँ ले आती है। त्रासदियों की आवृत्ति, उनका बार-बार घटना, बड़े पैमाने पर घटित होना त्रासदी के प्रति संवेदनहीन बना देता है। जैसे, पहले आबादी कम थी, रेलगाड़ियाँ कम थीं, रेल दुर्घटनाएँ कभी-कभी घटती थीं और लोगों की स्मृति में रह जाती थीं। आज की स्थिति है -बढ़ी हुई आबादी, भारी संख्या में रेलें और आए दिन रेल दुर्घटनाएँ। इसे लोग अब रोजमर्रा की बात मानने लग गए हैं और प्राय: चर्चा भी कम ही करते हैं। इस प्रकार मनुष्य के सामाजिक और सांस्कृतिक जीवन के आधार सिमटते जा रहे हैं। अहिंसा, करुणा, दया जैसे मानवीय गुणों को आज का मनुष्य अपने ही अस्तित्व के लिए चुनौती मानने लगा है, मानो इनका पालन करने से उसका अस्तित्व ही संकट में पड़ जाएगा। ऐसे में नैतिकता आज के जीवन में एक बोझ है जिसे ढोते हुए आप जीवन की दौड़ में पिछड़ जाएँगे। साहित्य, कला, धर्म-अध्यात्म -इन सबके मूल में संवेदना है। यहाँ तक कि मानव मुक्ति के लिए जो भी विचार आए या जो स्वप्न आज तक देखे गए, उनके मूल में भी संवेदना, परदु:खकातरता ही रही, यानी संवेदनशील मन ही रहा। आखिर अपने आदर्शों की खातिर लोग अपना उत्सर्ग कर देते हैं, बलिदान हो जाते हैं -यह संवेदना की ही पराकाष्ठा तो है। उन्नीसवीं और बीसवीं सदी में राजनीति विश्व स्तर पर अनेक बदलावों का माध्यम बनी और इनमें से ज्यादातर का लक्ष्य एक बेहतर और कहीं अधिक मानवीय दुनिया

का निर्माण करना रहा। लेकिन इसी काल में राजनीति विभिन्न रूपों या संस्करणों के सर्वसत्तावाद का भी माध्यम बनी जिसके कारण भयानक संहार हुआ। दो-दो विश्व युद्ध दुनिया पर लादे गए, परमाणु बम का प्रयोग हुआ। इस स्तर की हिंसा के बाद भी दुनिया में, मनुष्य समाज में संवेदना बची रह गई तो इसका कारण यही है कि वास्तव में संवेदना और समानुभूति हमारे अस्तित्व की ही अपरिहार्यता है। जब हम दूसरों के कष्टभोग के प्रति संवेदित होंगे, उनके सहायक होंगे तभी अपने कष्टों में उनके साथ और सहयोग की अपेक्षा हम कर सकते हैं।

पिछली सदी इस अर्थ में भी युगांतरकारी रही कि इस दौर में राजनीतिक क्रियाओं और अभियानों ने सामाजिक-आर्थिक नीतियों, यहाँ तक की विधानों को निर्बलों, बहिष्कृतों के पक्ष में सफलतापूर्वक बदला। भारत में स्वतंत्रता आंदोलन ने केवल अंग्रेजी राज से मुक्ति नहीं दिलाई बल्कि साधारण भारतीय जन को वंचितों, महिलाओं, पददलितों और अस्पृश्यों के प्रति संवेदित किया, उन्हें राष्ट्र की मुख्य धारा से जोड़ा। आज यह समूह हमारी हमारे संसदीय लोकतंत्र में बहुत ताकतवर है। ये सरकारें बना सकते हैं और गिरा सकते हैं। राजनीतिक दलों ने अपने हक में इन्हें वोट बैंक के रूप में इस्तेमाल करना शुरू कर दिया क्योंकि इनके वोट की ताकत सत्ता तक पहुँचा सकती है। अब प्रतिद्वंद्वी दलों के अलग-अलग वोट बैंक बन गए और उनके बीच प्रतिद्वंद्विता भी शुरू हो गई। यहाँ राजनीति की भूमिका समाज और व्यवस्था को बदलने या उसे बेहतर बनाने के लिए ही नहीं, बल्कि राजसत्ता प्राप्त करने के एकमात्र माध्यम के रूप में सीमित हो गई। राजनीति जोड़ने के लिए नहीं, तोड़ने के लिए प्रयुक्त होने लगी। इसका असर हमारी आपसदारी पर पड़ा और जमीनी स्तर पर वैमनस्य बढ़ा, सामाजिक जीवन विषाक्त बना। हमारी संवेदना भी मानो बंट गई। कोई घटना घटती है तो अपनी राजनीतिक सोच, सलंग्नता और पसंद के मुताबिक पीड़ित या प्रभावित व्यक्ति या समूह के प्रति हम अपनी संवेदना और सहानुभूति प्रदर्शित करते हैं। किसी दुर्घटना या त्रासदी के पश्चात राजनीतिक दलों की जैसी प्रतिक्रिया आती है, वह उनके अपने आग्रहों (और विवशताओं) के अनुरूप होती है। वह सहज मनुष्योचित प्रतिक्रिया प्रायः नहीं होती। इस कारण भी हमारी सामान्य संवेदनशीलता का ह्रास हुआ है। घटनाएँ घटती हैं -वीभत्स से वीभत्स, लेकिन हम उस स्तर तक संवेदित नहीं होते जिस स्तर तक होना चाहिए। राजनीति, सच कहें तो शवों का भी बंटवारा कर देती है। आम आदमी की संवेदना नेपथ्य में रह जाती है। ऐसी स्थिति में राज्य की नागरिकों के प्रति कितनी संवेदना बचेगी?

लोकतांत्रिक देश में भी विरोध को कुचला जाता है। विरोध प्रदर्शनों में जो गिरे

हुए हैं, घायल हैं -पुलिस उन पर भी लाठियाँ बरसाती है। संवेदनहीनता में झूठ और सच समतुल्य हो जाते हैं, फिर नीति और विवेक कहाँ तक बच पाएगा। संवेदनशून्यता इस प्रकार हमारे आम जनजीवन में घर कर जाती है। आप में संवेदना है भी तो शक्तिमत की लाठी आपको बोलने नहीं देगी।

दूसरी ओर राजनीति को जब हम विश्व स्तर पर देखते हैं तो बड़े, विकसित और सामर्थ्यशाली देशों के बीच एक स्थायी प्रतिद्वंद्विता चल रही है। यह यूरोप में राष्ट्र-राज्यों के अस्तित्व में आने के बाद से ही शुरू हो गया। इसका मूल उद्देश्य धरती के संसाधनों पर आधिपत्य जमाना रहा है। बीसवीं सदी में अमेरिका एक तरफ एक ताकतवर देश के रूप में उभरा, लगभग उसी समय रूसी क्रांति के बाद साम्यवादी सोवियत संघ अस्तित्व में आया। दूसरे महायुद्ध में पूंजीवादी और साम्यवादी साथ रहे लेकिन युद्ध के पश्चात दो ध्रुव बन गए-अमेरिका सहित पश्चिमी यूरोप के देश (उत्तर अटलांटिक संधि संगठन नाटो) जो पूंजीवादी कल्याणकारी राज्य थे, तथा सोवियत संघ के साथ पूर्वी यूरोप के देश (वारसा संधि के अंतर्गत कम्युनिस्ट देश)। दुनिया में एक और किस्म का युद्ध शुरू हुआ -शीत युद्ध जो कि 1991 में सोवियत संघ के विघटन के बाद ही समाप्त हुआ। आज की तारीख में लगता है कि भले ही कहने को वह शीत युद्ध का दौर रहा हो, वह भी अत्यंत हिंसक दौर रहा जिसमें दोनों ओर के अनेक देशों के लाखों लोग मारे गए। क्रांतियों के दौरान और उसके बाद भी अनेक समाजवादी देशों में और तटस्थ देशों में भी हजारों लोग हताहत हुए। कई देश विचारधारा के नाम पर बंट भी गए। वैसे इस शीत युद्ध की निरंतरता आज तक कायम है। ऊपर राख दिखती हो भले ही, नीचे अंगारे दबे पड़े थे जो रूस-यूक्रेन युद्ध में ज्वालामुखी के लावे की तरह बाहर उबल पड़े। वारसा संधि के देशों का भले एक संगठन के रूप में अस्तित्व बना नहीं रह गया हो, नाटो देश और उनकी संधि अभी कायम है। वारसा संधि के ही एक देश यूक्रेन ने जब नाटो में शामिल होने का निर्णय लिया तो रूस ने इसे अपनी प्रभुसत्ता और क्षेत्रीय अखंडता के लिए चुनौती माना और उस पर आक्रमण कर दिया। दो साल हो गए, यह भयानक युद्ध अब भी जारी है जिसमें जन-धन-संसाधन की अपरिमित क्षति हो रही है, पर्यावरण नष्ट हो रहा है वह अलग। पश्चिम एशिया की स्थिति उतनी ही विस्फोटक बनी हुई है, वह भी दशकों से। मोटे तौर पर देखें तो लगभग एक तिहाई दुनिया युद्ध ग्रस्त है। युद्ध और संघर्ष जब लंबा चलता है तो लोग उसके आदि हो जाते हैं। संवेदना कुंद हो जाती है, युद्ध भी मानो एक आम स्थिति बन जाता है। अब सवाल उठता है कि युद्ध इतने-इतने वर्षों तक आखिर क्यों चलते रहते हैं? क्या युद्ध की स्थिति जबरन पैदा कराई जाती है दो देशों के बीच या एक ही देश के

अंदर दो विरोधी गुटों के बीच? देखने की बात यह है कि विश्व अर्थव्यवस्था में विशेषकर विकसित देशों की अर्थव्यवस्था में हथियार–उत्पादन का हिस्सा और भूमिका बहुत महत्वपूर्ण है। हथियार बेचना शायद सबसे अधिक मुनाफे वाला धंधा है। अब हथियार उत्पादन चलता रहे, इसके लिए उसकी खपत भी तो होनी चाहिए। और वह तो तभी संभव है जब दो या अधिक देश उलझें। आजकल हथियार–निर्माण और उत्पादन तथा खरीद के पक्ष में यह तर्क दिया जाता है कि यथास्थिति बनाए रखने के लिए यह जरूरी है। श्रेष्ठ हथियार शत्रु देश को आक्रमण करने से रोकते हैं। यही तर्क परमाणु हथियारों के बारे में भी दिया जाता है। इस तर्क से हथियारों की होड़ पैदा होती है, फिर इसका लाभ किसको मिलता है? अब इस पूरी स्थिति को मनुष्यता के पैमाने पर देखेंगे तो मानव सभ्यता का भविष्य ही धुंधला नजर आने लगता है। दुनिया का कोई धर्म इस स्थिति को बदलने में सक्षम नहीं दिख रहा क्योंकि धर्म–मजहब आपस में प्रतियोगी हैं, यह तो एक बात है। दूसरी बात यह कि एक ही धर्म–पंथ को मानने वाले एक–दूसरे को मिटाने पर अमादा हैं। रूस–यूक्रेन ईसाई देश हैं। मध्य–पूर्व के युद्धग्रस्त और कलहग्रस्त देश एक ही धर्म–पंथ इस्लाम को मानने वाले हैं। वे एकमात्र छोटे से यहूदी देश इजराइल को भले घेरे हुए हैं लेकिन वे उसके अस्तित्व और आक्रामकता को लेकर एकमत नहीं है, एक नीति पर नहीं है। अफ्रीका के भी कुछ देश लंबे समय से युद्धग्रस्त हैं या फिर गृहयुद्ध झेल रहे हैं – सूडान, सोमालिया, इथियोपिया, कांगो, रवांडा आदि देश। अब इन देशों की स्थिति शायद ही किसी को उद्वेलित करती है। कुछ संवेदनशील विश्व नागरिक भी इसे उनकी नियति मान लेते हैं और संतोष कर लेते हैं।

इस प्रकार चाहे वह राष्ट्रीय स्तर पर हो या अंतरराष्ट्रीय स्तर पर, राजनीति में संवेदना की अनुपस्थिति इस युग का सबसे बड़ा संकट है। संवेदना का आश्रय स्थल साहित्य है, कलाएँ हैं। इसी से साहित्य को मनुष्यता का मार्ग प्रशस्त करने वाला प्रकाश स्तंभ या वह मशाल कहते हैं जो राजनीति को, समाज को रास्ता दिखाता है। साहित्य मूल्यों का.कोषागार भी है। अफसोस कि साहित्य ने राजनीति का अनुगामी बनकर अपनी स्वायत्तता खो दी, गरिमा गिरा दी। इसीलिए आज लेखक–साहित्यकारों की भी कोई प्रभावी अपील समाज में नहीं रह गई। आज कोई लेखक–साहित्यकार किसी विषय पर राय भी देता है तो उसकी राजनीतिक पृष्ठभूमि टटोली जाती है। स्वयं उसके समानधर्मा साहित्यिक यह काम आगे बढ़कर करते हैं। इस वजह से भी आम आदमी का सांस्कृतिक आधार सिमटा है।

दूसरी ओर टीवी चैनलों की कारपोरेट पत्रकारिता ने समाचारों का वस्तुकरण करके रही–सही कसर भी पूरी कर दी है। नकारात्मक और त्याज्य खबरों की

बारम्बारता, नकारात्मकता का महिमा मंडन, साधारण समाचारों को भी सनसनीखेज बनाकर प्रस्तुत करना, निरर्थक और स्तरहीन बहसों और चर्चाओं को प्रश्रय जिससे कि सामुदायिक संबंधों में तनाव पैदा हो, जनमानस पर समाचारों के प्रभाव को लेकर असंवेदनशीलता -यह सब वे कारण हैं जिनसे हमारा सामाजिक और राष्ट्रीय जीवन नकारात्मक रूप से प्रभावित होता है। चैनलों ने युद्धों और विभीषिकाओं के प्रति भी जनमानस को असंवेदनशील बना दिया है। जिन समाचारों से वितृष्णा होनी चाहिए, उन्हें भी मनोरंजक और ग्राह्य बनाने की कोशिश होती है, आदमी उनमें भी रस लेने लगता है। यह बहुत दुःखद और दुर्भाग्यपूर्ण स्थिति है।

सबसे अधिक चिंता का विषय तो यह है कि इन परिस्थितियों में भावी पीढ़ी को, अपने बच्चों के हाथ में कैसी दुनिया हम सौंप रहे हैं -सौमनस्यता और सहानुभूति के उजाड़ में क्या वे उसे शाश्वत विरह का मूल्य समझ पाएँगे जो संवेदना के रूप में हमारे मन में उमड़ती है, जो वास्तव में एक अस्तित्व को दूसरे से जोड़ती है!

23. बंधन गुलाम मानसिकता के

गुलामी चली जाती है, अपने चिह्न छोड़ जाती है –प्रतीकों के रूप में स्थूल और प्रवृत्तियों तथा आदतों और मानसिकता के रूप में अभौतिक चिह्न अथवा अवशेष। भौतिक अवशेष तो आसानी से मिट जाते हैं या मिटा दिए जा सकते हैं, लेकिन अभौतिक अवशेषों की उम्र लंबी होती है। इनसे मुक्त होने के लिए अलग से प्रयास संगठित करने पड़ते हैं, और वास्तव में यह गुलामी के विरुद्ध एक और संघर्ष ठानने जैसा उद्यम होता है।

स्वतंत्रता के अमृत काल में आजादी के 75 वर्ष बाद गुलाम मानसिकता की बात करना अपने आप में एक विडंबना ही है। सचमुच अगर मानसिकता के रूप में भी गुलामी के अवशेष बच गए थे तो उनको तिरोहित करने के लिए पचहत्तर वर्ष पर्याप्त से बहुत अधिक है। इसका अर्थ यह हुआ कि स्वतंत्रता पश्चात भी हमें परतंत्रता के प्रतीकों एवं व्यवहार प्रतिमानों के साथ जीना सुविधाजनक लगा। इसके विरुद्ध अलग से संघर्ष करने की, अभियान चलाने की जरूरत हमें महसूस नहीं हुई। लेकिन आज अगर इन बंधनों –गुलाम मानसिकता के बंधनों की जकड़न हमें महसूस हो रही है तो इसका अर्थ यही है कि हमारा राष्ट्रीय जीवन इनसे प्रभावित हो रहा है, उसका प्रवाह अवरुद्ध हो रहा है। साथ ही, स्वतंत्रता का सुफल अभी सबको लब्ध नहीं हो सका है। इसका एक और कहीं गहरा अर्थ यह हो सकता है कि इनसे हमारी राष्ट्रीयता के आधार पर आघात हो रहा है, और तब यह सच में एक अत्यंत शोचनीय स्थिति है।

गुलाम मानसिकता अथवा मानसिक पराधीनता का एक सीधा अर्थ है अपनी सोच में मौलिकता का नवीनता का अभाव। इसके स्थान पर अपने स्वामी की दृष्टि से जगत व्यापार को देखना, उनके ही आदर्शों को अपना जीवन आदर्श बनाना, उनके प्रतीकों को अपना मानना, उन्हीं की भाषा बोलने में गौरव अनुभव करना। पराधीन मानसिकता का एक और मजबूत लक्षण है अधीनता और अनुकरण में ही जीवन की

उपलब्धि मानते हुए दूसरों को अपने अधीन और अनुगामी बनाने की लालसा और प्रयत्न। सवाल उठता है कि स्वतंत्र भारत में हमारे स्वामी कौन हैं जिन्हें अपना आदर्श मानकर उनका अनुकरण करना है? मानसिक पराधीनता के दृष्टिकोण से हमारे स्वामी, उपनिवेशक स्वामी वही अंग्रेज अब तक बने हुए हैं जो पचहत्तर वर्ष पहले चले गए थे। हमारी गुलाम मानसिकता की जड़ दो सौ वर्षों के उपनिवेश काल में है।

उपनिवेश काल में हमारे कई राजनीतिक एवं सांस्कृतिक नेता और कतिपय बुद्धिजीवी यह मानते रहे थे कि हमारे लिए केवल राजनीतिक स्वतंत्रता ही नहीं, मानसिक और वैचारिक स्वतंत्रता भी जरूरी है। औपनिवेशिक मानस के रहते हम पूर्ण स्वराज के लक्ष्य को नहीं प्राप्त कर सकते। कविगुरु रवींद्रनाथ ठाकुर ने 1905 में अपनी पुस्तक 'स्वदेशी समाज' में औपनिवेशिक शासन का एक विकल्प ही प्रस्तुत किया और स्वदेशी को पहले विचार के स्तर पर अपना लेने का स्पष्ट आग्रह उसमें था। औपनिवेशिक मानस स्वदेशी समाज की स्थापना नहीं कर सकता था। अपनी रचनाओं में कविगुरु ने 'आत्मा की स्वतंत्रता' की बात कही है। 1908 में गांधी जी ने हिंद स्वराज में वैकल्पिक सभ्यता की प्रस्तावना रखते हुए यह बात भी सामने रखी कि यदि हम यूरोपीय सभ्यता और उसके प्रतीकों को ही अपना आदर्श मानते रहे तो कभी स्वराज प्राप्त नहीं कर सकेंगे। मानसिक पराधीनता के विरुद्ध सबसे व्यवस्थित स्थापना रखी चिंतक और दार्शनिक कृष्णचंद्र भट्टाचार्य ने। उन्होंने कहा कि 'मनुष्य का दूसरे मनुष्य के ऊपर प्रभुत्व सबसे अधिक स्पष्टता के साथ राजनीति में प्रतिबिंबित होता है, लेकिन कहीं कम प्रगट रूप में लेकिन निश्चित रूप से एक संस्कृति का प्रभुत्व दूसरी संस्कृति में विचारों के क्षेत्र में प्रतिबिंबित होता है। यह प्रभुत्व वास्तव में अधिक गंभीर परिणामों का कारण बनता है क्योंकि साधारणतया इसे अनुभव ही नहीं किया जाता।' आगे वे यह भी कहते हैं, ''भले ही पश्चिमी शिक्षा ने हमारा भला किया हो, उसका हमारी प्राचीन शिक्षा के साथ आत्मसातीकरण नहीं हुआ। दोनों पद्धतियों का तुलनात्मक मूल्याँकन किए बिना पश्चिमी पद्धति को श्रेष्ठ मान लिया गया। उस 'प्राच्य संसार का भारतीय मानस' सांस्कृतिक चेतना की निचली तहों में दब गया है। यह एक सामान्य व्यक्ति के ऊपर किसी प्रेत के सवार होने जैसा है।''

विडंबना इतनी बड़ी कि यह प्रेत पश्चिमी मूल्यों और मानकों का, आज भी साधारण भारतीय, बल्कि उनमें भी पढ़े-लिखों पर कहीं अधिक बल के साथ सवार है। कई विचारकों ने विखंडित भारतीय मानस की चर्चा की है। आश्चर्य यह है कि इतनी ताकीदों और चेतावनियों के बावजूद हमने 'आत्मा की स्वतंत्रता' तो दूर, विचार-स्वातंत्र्य का, पराधीन मानस से मुक्ति का रास्ता भी नहीं पकड़ा। स्वतंत्र

भारत में भी वैचारिक परिसर में औपनिवेशिक मानस या मानसिक पराधीनता से मुक्ति की बात जोर देकर की गई, लेकिन स्वयं हमारी सरकारों की इसमें कोई दिलचस्पी नहीं थी। स्वातंत्र्योत्तर भारत के राजनीतिक विचारों एवं विकास क्रम पर यदि गहराई से विचार करें तो कांग्रेस और वामदलों को छोड़कर लगभग सभी राजनीतिक दल ऐसे मुद्दों को लेकर चले हैं जो कहीं ना कहीं औपनिवेशिक मानसिकता पर चोट करते हैं और भारतीय जनमानस को स्वराज के मूल्यों से भी कुछ न कुछ जोड़ते हैं, चाहे वह शिक्षा का सवाल हो, भाषा का सवाल हो, अर्थनीति या राजव्यवस्था का सवाल हो। स्वयं लोकतंत्र को मजबूत और सर्वव्यापी बनाना, एक विकेंद्रित राजनीतिक-आर्थिक व्यवस्था, पंचायती राज और ग्राम स्वराज्य, चौखंभा राज्य आदि सभी संकल्पनाएँ विउपनिवेशीकरण का ही आग्रह रखती हैं। दूसरी ओर स्वतंत्र भारत में सरकारों का जोर स्थिरता पर रहा, स्थिरता उसी प्रणाली की जो अंग्रेज हमें सौंप गए थे, बल्कि स्वयं हमने संविधान के माध्यम से जिन्हें अपना लिया था।

मानसिकता तो एक विशेष परिवेश और व्यवस्था में पनपती है, दृढ़ होती है। उपनिवेश काल की व्यवस्था अगर स्वतंत्र भारत में भी जारी रही तो गुलाम मानसिकता के बंधन तो और मजबूत होते गए। उसको तो कायदे से चुनौती मिली ही नहीं कि क्योंकि स्वयं सत्ता उसको प्रश्रय देती रही। आज हमें यह सोचना चाहिए कि स्वतंत्रता पश्चात हमने नया क्या गढ़ा जिसे मौलिक रूप से अपना कहें? स्वभाषा के स्थान पर औपनिवेशिक शासन की भाषा ही स्वतंत्र भारत की नियंता बनी रही। आज तो स्थिति यह है कि मध्यवर्गीय स्कूली बच्चे किस्से -कहानियाँ भी अंग्रेजी में पढ़ते-समझते हैं। आज भी अंग्रेजी शासन की, वर्चस्व की भाषा है। कोई प्रधानमंत्री हिंदी या कोई देसी भाषा कैसी बोलते हैं, इस पर कोई ध्यान नहीं देता, अंग्रेजी कितनी अच्छी तरह बोलते हैं -यह उनकी परीक्षा होती है। महान प्रधानमंत्री अंग्रेजी भी अच्छी बोलते हैं! गैर-हिंदी प्रदेशों में अंग्रेजी ही संपर्क भाषा के रूप में काम करती है, पढ़े-लिखे तबकों के बीच विशेष रूप से। दिल्ली और मुंबई जैसे शहरों के प्रभु वर्ग की भाषा, कहीं-कहीं तो मातृभाषा अंग्रेजी है। हिंदी लेखकों का भी अंग्रेजी मोह और अंग्रेजी जानने, न जानने की कुंठा वितृष्णा पैदा करती है। भाषा की दृष्टि से तो हम अंग्रेजी राज में ही रह रहे हैं, उन्हीं की प्रजा की तरह हैं। सर्वोच्च न्यायालय की भाषा भी अंग्रेजी है। हिंदी से कमाने-खाने वाले फिल्मी दुनिया के लोग भी अंग्रेजी झाड़ कर अपनी विशिष्टता प्रदर्शित करते हैं। हाल ही में प्रतियोगिता परीक्षाओं में भाषाई विकल्प की सुविधा मिली है लेकिन इसके प्रभाव लंबे समय बाद ही दृष्टिगोचर होंगे।

यह तो रहा स्वतंत्र भारत में अपनी भाषा का हाल! शिक्षा प्रणाली को लेकर नया क्या हुआ जिसे हम अपना कहते? अपनी भाषा रही नहीं, अपनी शिक्षा प्रणाली भी नहीं बन सकी। उन्नीसवीं सदी में जो अंग्रेजों ने शिक्षा व्यवस्था बनाई उसे ही हम आज तक चला रहे हैं। हम स्वतंत्र हुए, इसका आभास हमारी शिक्षा प्रणाली ने नहीं होने दिया -न विषयवस्तु के स्तर पर, न व्यवस्था और संगठन के स्तर पर। बस हमने इसमें अपनी तरफ से संस्थाएँ जोड़ीं। पिछले कुछ दशकों में 'ज्ञान आधारित अर्थव्यवस्था' का हल्ला मचा और स्थिति आज यह बन आई है कि ज्ञान अब पैसे से खरीदा जा सकता है। यह कम से कम भारत के इतिहास में पहली बार हुआ। अब तक ज्ञान साधना से अर्जित किया जाता रहा था। शिक्षा प्रणाली किसी राष्ट्र के ध्येय को, चरम मूल्यों को, आदर्शों को प्रतिबिंबित करती है। इस पर पीढ़ियों के निर्माण का गुरुतर दायित्व होता है। यदि स्वतंत्रता-प्राप्ति के बाद भी हमारी शिक्षा प्रणाली अपरिवर्तित रही तो इसका अर्थ यह हुआ कि हमने यूरोप और पश्चिम के राष्ट्रीय मूल्यों और आदर्शों को ही हूबहू अपना लिया। हमने भी वही पहुँचना तय किया जहाँ कि वे पहुँचे हुए हैं और अभी और आगे जाना चाहते हैं, हालांकि आगे रास्ता है नहीं। मतलब कि पश्चिम के अनुगमन को ही हमने स्वयं अपनी नियति बना लिया। अनुगामी, गुलाम मानसिकता के साथ ही हमने स्वतंत्र भारत की पीढ़ियों को शिक्षित-प्रशिक्षित किया। अब कैसे अंग्रेजी जाती, कैसे कोई भारतीय भाषा उसके सामने खड़ी होती, उसका स्थानापन्न बनती? कैसे भारत में इंडिया का वर्चस्व नहीं बनता? औपनिवेशिक भारत का अंग्रेजी पढ़ा-लिखा वर्ग जिसे गांधी जी ने 'हृदयहीन' कहा था और जो औपनिवेशिक शासन का मजबूत स्तंभ था, स्वतंत्र भारत में उसी की तूती बोलती रही तो अचंभा कैसा?

शिक्षा व्यवस्था में कुछ भी 'भारतीय' रखा ही नहीं गया। बस ब्रिटेन और पश्चिम का अंधानुकरण -एक ऐसे देश में जहाँ तक्षशिला, नालंदा, विक्रमशिला जैसी विश्व-स्तरीय संस्थाएँ डेढ़-दो हजार साल पहले थीं। प्राचीन भारतीय विद्या संस्थान जैसा एक संस्थान हम खड़ा नहीं कर पाए। विवेकानंद, टैगोर और गांधीजी भारतीय पद्धति की शिक्षा के समर्थक थे। टैगोर ने शांतिनिकेतन और विश्व भारती जैसी संस्थाएँ खड़ी कीं। ब्रह्म समाज और आर्य समाज ने भी इस दिशा में कुछ मौलिक प्रयास किए लेकिन उन्हें भी तो राष्ट्रीय शिक्षा की मूल धारा में ही अंततः समाहित होना था। आखिर तो कविगुरु के विश्वभारती की भी मौलिकता नष्ट करके उसे भी प्रचलित विश्वविद्यालयी ढांचे में ढाल दिया गया। गांधीजी के बुनियादी विद्यालयों का भी यही हश्र हुआ। एक अभिनव कोशिश भारत के प्रथम राष्ट्रपति डॉ. राजेंद्र प्रसाद ने की थी। उन्होंने प्राचीन नालंदा विश्वविद्यालय को पुनर्जीवित एवं

पुनर्स्थापित करने के लिए नालंदा में 1951 में 'नव नालंदा महाविहार' की स्थापना की। उनकी कल्पना थी कि यह नया विहार समूचे एशिया के लिए ज्ञान का प्रकाश स्तंभ बनेगा। ज्ञातव्य हो कि नव नालंदा महाविहार का आदर्श ऑक्सफोर्ड और कैंब्रिज नहीं बल्कि स्वयं प्राचीन नालंदा महाविहार और विक्रमशिला विश्वविद्यालय था, यानी शुद्ध भारतीय ज्ञान परंपरा की पुनर्स्थापना की ठोस चेष्टा राजेंद्र बाबू ने की, लेकिन स्वयं उनकी ही सरकार का अपेक्षित सहयोग इस शिक्षा केंद्र को नहीं मिला। इसका विकास अपेक्षित स्तर तक नहीं हो सका। अभी कुछ वर्ष पहले एक नये 'नालंदा यूनिवर्सिटी' की स्थापना बड़े धूमधाम से की गई लेकिन ध्यान रहे कि इसका आदर्श पश्चिमी शिक्षा संस्थाएँ हैं। भारतीय ज्ञान परंपरा और परंपरागत शिक्षा पद्धति से इसका कोई संबंध नहीं।

हद तो यह कि स्वतंत्रता पश्चात अपनी जरूरतों की राज व्यवस्था का निर्माण भी हम नहीं कर सके। सत्ता के हस्तांतरण और ब्रिटिश तरीके की संसदीय प्रणाली को अपनाने के बाद इसकी जरूरत ही कहाँ बची। आजकल संविधान को लेकर एक भारी संरक्षणवादी और शुद्धतावादी रवैया दिखाई देता है, मानो संविधान राष्ट्र के ऊपर ईश्वर प्रदत कोई चीज है। 1954 में जयप्रकाश नारायण ने कांग्रेस के साथ प्रजा सोशलिस्ट पार्टी के सहयोग के नेहरू जी के प्रस्ताव पर एक 14 सूत्री कार्यक्रम भेजा था। इस पत्र की शुरुआत में ही उन्होंने नेहरू जी को लिखा कि 'मुझे हैरत है कि आपने ऐसे संविधान को स्वीकार कैसे कर लिया?' इन 14 सूत्री कार्यक्रम का पहला ही बिंदु संविधान संशोधन था। यह सचमुच सोचने की बात है कि एक इतने बड़े गौरवशाली अतीत वाले नव-स्वतंत्र देश ने औपनिवेशिक शासन तंत्र को ज्यों का त्यों कैसे अंगीकार कर लिया! फिर मामूली फेरबदल से उपनिवेश काल में पलता रहा शासक-शासित संबंध आखिर किस प्रकार बदला जा सकता था। तो स्वतंत्र देश की प्रजा भी प्रत्यक्षतः कलेक्टर और दारोगा के अधीन ही रही, उनके राजनीतिक वरिष्ठ या बॉस जो ब्रिटिश पार्लियामेंट और यहाँ असेंबली और वायसराय हाउस में बैठते थे, अब भारतीय संसद और विधानसभाओं में बैठते थे, केवल उनका रंग और कुछ हद तक वेशभूषा बदल गई थी। लोकतंत्र में अगर लोक का शासन स्थापित हुआ मान भी लें, तो तंत्र वही पुराना अत्याचारी, शोषक, उत्पीड़क औपनिवेशिक तंत्र था। ऐसे में कलेक्टर या किसी भी राज्य कर्मचारी से एक साधारण नागरिक का कैसा संवाद हो सकता था?

लोकतंत्र में भी तो राजशक्ति की ही महिमा बननी थी। आज भी भारतीय प्रशासनिक सेवा में आना सबसे बड़ी उपलब्धि है क्योंकि उसमें पावर है, प्रिविलेज है, प्रेस्टीज है(और आज बहुत पैसा भी)। पचहत्तर वर्ष बाद ब्रिटिश काल की

इंडियन इंपीरियल सर्विस और इंडियन सिविल सर्विस अब 'इंडियन एडमिनिस्ट्रेटिव सर्विस -आई ए एस' नाम की केंद्रीय सेवा उपनिवेश काल का जीवंत अवशेष है जिसके हाथ में ग्राम स्तर, जिला स्तर, राज्य स्तर से लेकर केंद्र स्तर तक का प्रशासन। है। हमारा जिला अथवा जनपदीय प्रशासन पूरी तरह कलेक्टर अथवा जिलाधिकारी केंद्रित है जबकि स्थानीय स्तर पर थाने का दरोगा सबसे अहम पदधारी है। यह व्यवस्था अपनी उपनिवेशक काल के मुकाबले कहीं अधिक उत्पीड़क है। मानव-अधिकार हनन के मामलों का अंबार इस तथ्य की पुष्टि करता है। नौकरशाही किसी भी शासन की जरूरत होती है लेकिन भारत की नौकरशाही एक स्वतंत्र लोकतांत्रिक देश की नौकरशाही जैसी क्या वास्तव में है? सच्चाई यह है कि कुछ कमियों के बावजूद पीठ पीछे अगर न्यायपालिका ना हो तो एक आम भारतीय नागरिक की कोई हैसियत नहीं। जनता की सेवा के नाम पर संस्थाएँ या विभाग चलते हैं लेकिन उनका संचालन और कार्यप्रणाली ही ऐसी ही है कि जनता ही उनकी सेवा-टहल में लगी रहे, जी-हुजूरी और खुशामद करे, पैरवी करे और जायज कामों के लिए भी घूस दे। जैसे पुराने कानूनों को औपनिवेशिक अवशेष मानकर हटाया गया, उसी प्रकार इस प्रशासनिक व्यवस्था को भी लोकतंत्र के मूल्यों और मर्यादाओं के अनुरूप ढालना होगा यदि हम सचमुच गुलाम मानसिकता से मुक्त होना चाहते हैं। हमें एक नई लोक संवेदी राज व्यवस्था के निर्माण के लिए अब प्रस्तुत होना चाहिए। यह नई व्यवस्था कैसी हो इस पर बहुत कुछ पहले ही कहा जा चुका है।

एक और भारी कमी रह गई स्वातंत्र्योत्तर भारत के नेतृत्व में। उपनिवेश काल में अंग्रेजों ने जिन संरचनाओं को अपने औपनिवेशिक हित में बल्कि औपनिवेशिक लूट के लिए तोड़ा-फोड़ा था, उनकी पुनर्रचना की ओर ध्यान क्यों नहीं दिया गया? जो कुछ लंबे दो सौ सालों में ध्वस्त हुआ, उसे फिर से खड़ा करने की कोशिश ही नहीं हुई, हुई भी हो तो प्राथमिकता में यह बात नहीं रही। यह बात एक चैतन्य नागरिक को सचमुच अवसन्न करती है। अंग्रेजों ने ग्राम व्यवस्था, उसके आत्मनिर्भर अर्थतंत्र को तहस-नहस किया था। उत्पादक इकाइयों को जबरन बंद करा कर वि-उद्योगीकरण, de-industrialisation की मुहिम चलाई थी। हमारे किसानों को कंगाल और दस्तकारों को पंगु बना डाला था। हमारे ग्राम समुदाय की शक्ति, उसका स्वत्व खींच लिया था। आश्चर्य, स्वतंत्रता पश्चात ग्राम पुनर्निर्माण हमारे पुनर्निर्माण के संकल्पों में शामिल नहीं था। किसानों को उनके हाल पर छोड़ दिया गया, जो खड़े हुए थे तो आजादी मिली थी। कुछ छिटपुट सहकारी खेती के प्रयास हुए वे विफल ही रहे। जमीदारी उन्मूलन पूरी तरह से हुआ नहीं, भूमि वितरण का काम नहीं हुआ, भूमि संबंध नहीं बदले। सामुदायिक विकास योजनाओं और कार्यक्रमों को भी

अपेक्षित सफलता नहीं मिल सकी और कृषि और ग्रामीण क्षेत्र पिछड़ते गए। साथ ही ग्रामीण और शहरी भारत के बीच फांक बढ़ती चली गई। वह तो 1962 और 1965 के युद्धों का सबक था जो हमारा ध्यान कृषि और किसानों की ओर गया। यह सरकार की प्राथमिकताओं का हाल रहा, तो दूसरी ओर समुदाय दलों के वोट बैंक में बंटता-छंटता चला गया, आज लगभग बिखर चुका है। सबसे दर्दनाक बात हुई आजाद भारत के हुक्मरानों के हाथों कि पंचायत चुनाव में भी वह अपनी नाक घुसेड़ने लगे, दलीय आधार पर चुनाव होने लगे। तो समुदाय जो कुछ उपनिवेश काल के बाद बचा भी रह गया हो, उसे भी भारत की लोकतांत्रिक राजनीति ने तोड़ डाला। लोकतंत्र के नाम पर राज करने, राज भोगने की प्रवृत्ति, अपने ही देशवासियों पर शासन करने की ललक और लालसा राजनीति का मूल उद्देश्य बन गई है। यह अपने ही लोगों को उपनिवेशक की दृष्टि से देखने जैसा है। हमारे कर्णधारों ने भारतीय जनता के लिए स्वतंत्रता का अर्थ इतना संकुचित कर दिया कि वह केवल अंग्रेजी शासन से मुक्ति भर रह गया। बाकी तो जनता को बांटने का औपनिवेशिक एजेंडा अब तक जारी है। भेद और अलगाव के नित नए आधार खोजे जाते हैं ताकि सत्ता सुलभ हो। आखिर तो सत्ता की राजनीति की जरूरत है यह। करोड़ों रुपए खर्च कर चुनाव लड़े जाते हैं। कहाँ से आता है यह पैसा? इतना खर्च करके किसे लाभ पहुँचता है? आखिर चुनावी खर्च में जनता का ही अपना हित कोई तो नहीं हो सकता!

गुलाम मानसिकता की जड़ कहाँ है, हम इतने आत्महीन और आत्मद्रोही क्यों हैं, इन गहन प्रश्नों का उत्तर तलाशने का यह उपक्रम यह कहे बिना पूरा नहीं हो सकता कि देशी के प्रति गहन वितृष्णा या कि घृणा ही हमें 'प्रगतिशील' पहचान देती रही है। स्वतंत्रता के छिहत्तर वर्षों बाद हमें अनुगमन वृत्ति से बाहर आना चाहिए और स्वाधीनता के उस स्वर्ग की ओर कदम बढ़ाना चाहिए जिसकी कल्पना गुरुदेव रवींद्रनाथ ठाकुर ने की थी।

•••

24. नव-चैतन्य के महावट - रवींद्रनाथ

बचपन में ही जिन विभूतियों की छवि ने मन के अंदर अपना स्थाई निवास बना लिया, उनमें प्रमुख है गुरुदेव रवींद्रनाथ ठाकुर! उनके बड़े-बड़े लहरदार बाल, धवल दाढ़ी, तीखे नैन-नक्श, प्रशस्त ललाट और बड़ी-बड़ी गहरी चिंतनशील आंखें! यों भारत के किसी भी बच्चे का सीधा रिश्ता गुरुदेव रवींद्रनाथ ठाकुर से उसी समय बन जाता है जबकि वह स्कूल में राष्ट्रगान गाने लगता है और उसे बताया जाता है कि हमारे राष्ट्रगान के रचयिता कौन हैं। बच्चों के लिए काम करनेवाले, उनके लिए लिखनेवाले, उन्हें शिक्षित करनेवाले अन्य लेखक भी दुनिया में हुए, लेकिन इतनी कम वय में बच्चों का इतना सघन और उतना ही आत्मीय रिश्ता शायद ही किसी अन्य व्यक्ति या रचनाकार से बना हो जितना कि भारतीय बच्चों का गुरुदेव रवींद्रनाथ से।

तमाम वैचारिक झंझावात आते रहने के बावजूद अंतर्मन में जो एक छवि अप्रतिहत रही आज तक, वह छवि कविगुरु रवींद्रनाथ की है। उन पर बात करने के लिए हमें उनके समय में जाना होगा, जिसे नवजागरण या पुनर्जागरण काल कहा जाता है। 'नवजागरण एक बहुपक्षीय, बहुमुखी, बहुस्तरीय, बहुविषयी और बहुस्पर्शी परिघटना है जिसकी विविध व अनेक अभिव्यक्तियां हैं। रवींद्रनाथ भारतीय पुनर्जागरण के सबसे बड़े प्रतीक पुरुष इसलिए बन जाते हैं कि उनके बहुमुखी प्रतिभासंपन्न व्यक्तित्व में यह सभी अभिव्यक्तियां अपने सुंदरतम रूप में एक साथ झलक उठती हैं, मानो पुनर्जागरण को रवींद्रनाथ में एक ठौर ही नहीं मिलता, बल्कि उत्कर्ष प्राप्त हो जाता है।'

सौ साल पहले की दुनिया क्या थी? दुनिया के आधे से अधिक देश पराधीन थे, पश्चिमी देशों, विशेषकर ब्रिटेन के उपनिवेश थे। प्रथम विश्वयुद्ध (1914-1919) में जरूर साम्राज्यों का पतन हुआ, अनेक देशों, अधिकतर यूरोपीय देशों में लोकतंत्र का मार्ग प्रशस्त हुआ, लेकिन उपनिवेशों की स्थिति में कोई अंतर नहीं

आया। भारत तो सन् 1858 में ही सीधे ब्रिटिश सत्ता के अधीन आ गया था। जो अंग्रेज 17वीं शताब्दी की शुरुआत में ही व्यापार के लिए आ गए थे, वे अगले डेढ़ सौ सालों में इतनी पैठ बना चुके थे कि 1757 के प्लासी युद्ध, जिसमें कि वास्तव में बंगाल के नवाब सिराजुद्दौला अंग्रेजों से नहीं गद्दारों से लड़कर हार गया था, जीतने के बाद भारत के शासक और नियंता ही बन बैठे। इसी के बाद औपनिवेशिक शोषण और दमन की वास्तविक शुरुआत हुई। औपनिवेशिक शासन में केवल आर्थिक शोषण और राजनीतिक स्वत्व-हरण नहीं होता बल्कि इसके भी ऊपर सांस्कृतिक दमन होता है। सांस्कृतिक दमन की प्रक्रिया बहुत गहन और स्थाई प्रभाव छोड़ने वाली होती है जिसमें विजित समुदाय, यहां ब्रिटिश उपनिवेशक, पराजित मूल निवासियों अथवा प्रजा को यह विश्वास दिलाने की, मनवाने की हरचंद कोशिश करता रहता है कि वह वास्तव में मूल प्रजा से सांस्कृतिक रूप से भी श्रेष्ठ है। उसकी जाति (रक्त) श्रेष्ठ है, भाषा श्रेष्ठ है, आस्था और पूजा पद्धति श्रेष्ठ है। पहनावा-पोशाक, खान-पान, रहन-सहन, रुचियां, परंपराएं और प्रथाएं तथा जीवन शैली - हर दृष्टि से पराजितों से श्रेष्ठ है, और उन पर शासन करने के योग्य है और उनकी अधीनता स्वीकार करने में ही पराजितों के जीवन की सार्थकता है, उत्कर्ष है। एक जीवित समाज जिसमें चैतन्य अभी बचा हुआ हो, वह इस दलन को स्वीकार नहीं कर पाता। भारत को सांस्कृतिक रूप से पराधीन बनाने के लिए ईस्ट इंडिया कंपनी ने अट्ठारहवीं सदी के उत्तरार्ध में ही अंग्रेजी शिक्षा को लागू किया। बंगाल विजय के बाद वे उत्तर भारत में लगातार एक पर एक क्षेत्रों को, सूबों को अपने अधीन करते जा रहे थे। अंग्रेजी शिक्षा प्राप्त वफादार पढ़ा-लिखा बुद्धिजीवी, और वफादार बिचौलिया जमींदार वर्ग - भारत में उपनिवेशवाद को जमाने में यह दो सबसे मजबूत स्तंभ रहे जिनकी नींव अट्ठारहवीं सदी के अंत तक डाल दी गई थी और आजादी के अमृत काल तक भी यह उखड़ी तो क्या, ठीक से हिल भी नहीं सकी है। विऔपनिवेशिकीकरण की जब बात होती है तो उसका सबसे मजबूत और प्रासंगिक संदर्भ यहां है। हमें यह मानने में आज हिचक नहीं होनी चाहिए कि हमारा स्वातंत्र्योत्तर शासन-प्रशासन और राजव्यवस्था उपनिवेशवादी शासकीय ढांचे का ही विस्तार है। वह उपनिवेशवादी मूल्यबोध और तौर-तरीकों से ही चलता है, बस अंग्रेज अनुपस्थित हैं या कि उनकी प्रगट नहीं प्रच्छन्न उपस्थिति है। हमारे बहुलतावादी विविधतापूर्ण समाज में विभाजन के नए-नए आधार ब्रिटिश परिपाटी वाले संसदीय लोकतंत्र में हमारा राजनीतिक वर्ग तलाशता ही रहता है। इसे भी व्यापक समाज नहीं, समुदाय नहीं, खंडित समाज के कुछ खंडों, हिस्सों या जनसमूह के मतदाता चाहिएं।

स्वाधीन बुद्धि और चेतना का आह्वान करने वाले और सत्य के मार्ग पर अकेले

ही चल पड़ने की पुकार लगाने वाले विश्वकवि रवींद्रनाथ को आज इसी पृष्ठभूमि में याद करना सार्थक होगा।

वास्तव में उपनिवेशवाद और विदेशी शासन से लड़ने के लिए केवल राजनीतिक मोर्चा पर्याप्त नहीं था। सांस्कृतिक स्तर पर इसका ठोस प्रतिकार आवश्यक और अपरिहार्य था। यह संयोग मात्र नहीं कि उन्नीसवीं शताब्दी में भारत में एक सशक्त सांस्कृतिक नेतृत्व उभरा - उत्तर से लेकर दक्षिण तक, और हमारे अंदर भारत का जितना भी बोध बचा हुआ है उसका श्रेय इसी को है - चाहे वह साहित्य और कला हो, शिक्षा हो, या आस्था या धर्म हो। जिस परिघटना को नवजागरण कहा गया और राजा राममोहन राय जिसके अग्रदूत माने गए, वह वास्तव में सांस्कृतिक दमन की देसी बौद्धिक प्रतिक्रिया थी। यह एक दोहरी प्रक्रिया थी, इसके दो पक्ष थे - एक आत्मान्वेषण और आत्म परिष्कार का था, और दूसरा औपनिवेशिक शासन के मार्फत आए पश्चिम के ज्ञानोदय से उद्भुत आधुनिक ज्ञान-विज्ञान विज्ञान और दूसरे साधनों के सार्थक उपयोग का था। यह देखने की बात है कि यदि ईसाई मिशनरियां और उनके सरपरस्त कंपनी अधिकारी यह दंभ भर रहे थे कि समस्त हिंदू धर्मग्रंथ मिलकर इंग्लैंड की एक अच्छी लाइब्रेरी के एक अलमारी के रेक में रखी पुस्तकों की भी बराबरी करने लायक नहीं थे, उसी समय वेदों-उपनिषदों में 'एक ब्रह्म' की सत्ता को प्रमाणित करने की कोशिशें हो रही थीं। हमारे धर्मग्रंथों के निकष पर ही अनर्थक लोकाचार और प्रथाओं को समाप्त करने का आह्वान किया जा रहा था। यहां तक की मूर्ति पूजा को भी अवैदिक मानकर वेदों की ओर लौट चलने का आह्वान किया जा रहा था। अंग्रेजी शिक्षा का प्रसार हो रहा था तो संस्कृत और मातृभाषा के महत्व पर भी जोर दिया जा रहा था। बाद में तो बहुदेववाद और मूर्ति पूजा को औचित्य प्रदान किया गया, यह काम परमहंस रामकृष्ण और विवेकानंद ने किया। पश्चिमीकरण की तेज बयार के बीच भी भारत के प्राचीन गौरव और विश्व को भारत की देन पर सशक्त ढंग से सप्रमाण बातें की गईं।

इसी वातावरण में रवीन्द्रनाथ की स्वातंत्र्य चेतना विकसित हुई। उनके अत्यंत धनाढ्य पितामह द्वारकानाथ ठाकुर राममोहन राय के समकालीन और सहयोगी थे। पिता देवेंद्रनाथ ब्रह्म समाज के उद्देश्य और उसकी गतिविधियों को विस्तार देने वाले महापुरुष थे। केवल 11 -12 वर्ष की उम्र में रवीन्द्रनाथ पिता के साथ हिमालय गए थे। इस यात्रा का उन पर बहुत प्रभाव पड़ा पड़ा। कई अर्थों में वह विद्रोही थे और प्रचलित के विकल्प के संधान में लगे रहते। उन्हें स्कूल में औपचारिक शिक्षा नहीं दिलाई जा सकी। वह ईश्वर विश्वासी थे लेकिन युक्तियुक्तता के अंत-अंत तक पक्षधर रहे। आस्था और युक्तियुक्तता अथवा rationality - इन दोनों को उन्होंने

जीवन में साधा। वह असाधारण प्रतिभा के धनी थे। प्रतिभा भी बहुमुखी। एक ही साथ वे दार्शनिक रवींद्रनाथ, शिक्षक रवींद्रनाथ , कवि रवींद्रनाथ थे। वे साहित्यकार तो थे ही, चित्रकार, गायक और संगीत के गहरे जानकार भी थे(जीवन के अंतिम वर्षों में वे चित्रकारी की ओर आकर्षित हुए और केवल दो वर्षों के अंदर कोई दो हजार चित्र बनाए)। इसीलिए यह कहा जा सकता है कि नवजागरण अथवा नव-चैतन्य के मूल्य यदि किसी एक व्यक्ति में परिभाषित और मूर्तिमान हुए थे, तो वह रवींद्रनाथ ही थे, उनकी सर्वतोमुखी प्रतिभा और उदात्त चिंतन, देश-कातर, जन-विह्वल मन और, अपार, अगाध संवेदना इसके सर्वथा उपयुक्त थी। पराधीन मानस में उन्होंने भयमुक्त मन एवं और गर्वोन्नत माथे का भाव शिल्प गढ़ा। पराधीन देश में वे विश्वकवि हुए, विश्व भारती की उन्होंने स्थापना की और विश्व प्रकृति के साथ एकाकार होना उनके जीवन का ध्येय रहा। उन्होंने ब्रिटिश भारत में अंग्रेजी के वर्चस्व के युग में बांग्ला की महिमा बढ़ाई। विश्वबोध और अध्यात्म भाव से आप्यायित रचनाओं की बदौलत साहित्य का नोबेल प्राप्त किया। एक जिम्मेदार विश्व नागरिक के रूप में उन्होंने विश्व शांति और बंधुत्व का पाठ अंतरराष्ट्रीय समुदाय को पढ़ाया। इसके लिए उन्होंने चीन, जापान यूरोप और अमेरिका की यात्राएं कीं और राष्ट्रवादी भावनाओं के उफान के बीच निर्भय होकर राष्ट्रवाद के खतरों के प्रति सचेत किया। उन्होंने ग्यारह बार विदेश यात्राएं की। मनुष्य का संपूर्ण विकास उनके समग्र चिंतन और कार्य के कर्म के केंद्र में रहा। उनके लिए मनुष्य होने का भाव अन्य सारे भावों के ऊपर था। वे मनुष्य की स्वतंत्रता के रास्ते की हर बाधा और वर्जना को मानो हटा देना चाहते थे। शिक्षक और शिक्षा शास्त्री रवींद्रनाथ इसीलिए बच्चे को एक वर्जनाहीन वातावरण में मुकुलित होते देखना चाहते थे। वे संकीर्णता से कितनी दूर और औदात्य के लिए कैसे अभीप्सित थे, इसे उनकी प्रसिद्ध रचना 'बंग माता' में देखा जा सकता है। वह कहते हैं – 'हे स्नेहार्त बंगभूमि, अपने बच्चों को पाप-पुण्य में, सुख-दुख में, उत्थान-पतन में बड़े होने दो, अपने घर रूपी गोद में चिरकाल के लिए बच्चा बनाकर मत रखो। देश-देशांतर में जिसका जहां स्थान हो, उसे ढूंढने दो। पग-पग पर क्षुद्र निबंधों के फंदों से उसे बांधकर भला मानुस बनाकर मत रखो। जी-जान से दुख सहन करके अपने आप अच्छे बुरे के साथ संग्राम करने दो, तुम अपने स्वयं अपने क्षीण, शांत, गुणी बच्चों को पकड़े रखकर ग्रहहीन, भाग्यहीन बना रही हो। हे मोहग्रस्त जननी, अपने सात कोटि बालकों को तू ने केवल बंगाली बना कर रखा है, उन्हें मनुष्य नहीं बनाया। '

उन की प्रसिद्ध कविता 'एकला चलो रे' ने कितनी ही पीढ़ियों को अनुप्राणित किया है। सोच कर आश्चर्य होता है कि जिस समय स्वतंत्रता के लिए साथ चलने

की समवेत पुकारें उठ रही थीं, प्रयाण गीत गाए जा रहे थे, उस समय कविगुरु ने अकेले ही चलने की यह पुकार लगाई थी -

'यदि तुम्हारी पुकार पर
कोई नहीं आता
अकेले ही चले चलो..'

जिस पथ पर कविगुरु चलने को कह रहे हैं - किसी भी कीमत पर चलने को कह रहे हैं, 'चाहे कोई न बोले, सभी मुख मोड़ लें, सभी लौट चलें, जब कोई दीया भी न जले और बदली-आंधी में द्वार सब बंद हों, तू अपनी बात मुक्त कंठ से बोल, पथ के कांटों से लहूलुहान चरण तल लिए, वज्र शिखा से अपने ही हृदय-पंजर को जलाकर प्रकाश किए चला चल, अकेला ही चला चल..' - वह स्वतंत्रता का, मुक्ति का ही पथ नहीं है? अकेले ही चले चलने का यह आवाहन पराधीन मानस को जगाने का, उसे स्वातंत्र्य चेतना बनाने का आवाहन है!

उपनिवेशवाद से संघर्ष करते हमारे पूर्वज केवल प्रतिक्रिया और प्रतिशोध तक सीमित नहीं रह कर कैसे सार्वभौम मूल्यों के प्रति समर्पित रहे, सोचकर विस्मय तो होता ही है, गर्व से मस्तक ऊंचा हो जाता है। सार्वभौमवाद के तीन प्रतिमान हमारे यहां हुए - रवींद्रनाथ, विवेकानंद और मोहनदास गांधी। संयोग देखिए कि यह तीनों विभूतियां उन्नीसवीं शताब्दी के सातवें दशक में जन्मीं - रवींद्रनाथ 1861 में, विवेकानंद 1863 में, और गांधीजी 1869 में। यह तथ्य भी कम विस्मित नहीं करता कि ये तीनों विभूतियां तीन क्षेत्रों से थीं - रवींद्रनाथ साहित्य, शिक्षा एवं कला से; विवेकानंद धर्म से, और गांधीजी राजनीति से। तीनों महापुरुषों में एक बात समान थी - सार्वभौम चिंतन और अंतरराष्ट्रीयतावाद! इन्होंने अपने-अपने तरीके से अपने-अपने क्षेत्र में विश्व पटल पर भारत को मान-प्रतिष्ठा दिलाई और दुनिया भर के लोगों ने भी उन्हें अपना ही माना। इन तीनों में एक और बात समान थी - भारतीय सभ्यता और जीवन मूल्यों में अगाध श्रद्धा! तीनों महामानव भारत के खोए हुए स्वत्व को पुनः उपलब्ध कराना चाहते थे और इसी एक लक्ष्य के लिए उनके सारे प्रयास, सारे उद्यम और पुरुषार्थ समर्पित थे।

महात्मा गांधी ने कविगुरु को ऋषि कहा था। केवल काव्यकर्म और साहित्य सृजन से उनके अंदर का ऋषित्व संतुष्टि नहीं पाता था। भारतीय जन को घोर दैन्य से मुक्ति कैसे मिले, अशिक्षा और अंधविश्वास का घटाटोप कैसे छंटे, भारतीय ग्रामीण जीवन कैसे पुनर्संघटित हो, कैसे उसका खोया गौरव वापस मिले - इस पर वे केवल चिंतन नहीं करते थे, बल्कि इसके लिए जमीन पर उतर कर काम भी करते थे। 191 में उन्होंने शांति निकेतन नामक विद्या केंद्र खोला जो कि प्राचीन गुरुकुल परंपरा

का एक सामुदायिक विद्यालय था। वास्तव में बोलपुर में उनके पिता ने इसी नाम से एक आश्रम 1863 में ही स्थापित किया था जो आगे चलकर इस रूप में उनके पुत्र के काम आया। यह संस्था अंग्रेजों की विद्यालय व्यवस्था से बिल्कुल अलग, उसके समानांतर काम कर रही थी। यहां शुरुआत में साधनों का बहुत अभाव था। जैसा कि देवी प्रसाद ने इसके बारे में लिखा है – 'गरीबी वह प्राथमिक पाठशाला है जिसमें सारी मानव जाति अपना पहला पाठ और सबसे अच्छा अभ्यास पाती है।' रवींद्रनाथ ने प्रचलित स्कूल को बच्चों के लिए विद्यागार नहीं कारागार माना था। आगे चलकर अनेक क्षेत्रों में अनेक विभूतियां इसी शांतिनिकेतन से निकलकर आईं। शांतिनिकेतन के बारे में कितना कुछ लिखा गया है। शिवानी ने एक बड़ी सुंदर पुस्तक लिखी है – 'आमादेर शांतिनिकेतन'।

शिक्षा के अलावा ग्रामीण जीवन को रूपांतरित करने के उद्देश्य से 1919 में उन्होंने 'श्री निकेतन' की स्थापना की, शांति निकेतन से कुछ ही दूरी पर। यहां किसानों, दस्तकारों को खेतीबाड़ी और कारीगरी और दस्तकारी की शिक्षा दी जाती थी। 195 में अपनी प्रसिद्ध पुस्तिका 'स्वदेशी समाज' में वह इसकी कल्पना कर चुके थे। हां, यह उल्लेखनीय है कि शांति निकेतन की स्थापना के लिए उन्हें पुरी का अपना मकान बेचना पड़ा। उनकी पत्नी मृणालिनी देवी ने उन्हें इसके लिए अपने गहने दे दिए। 1913 में मिले नोबेल पुरस्कार की कुल राशि एक लाख बीस हजार भी उन्होंने शांतिनिकेतन में ही लगा दिए। एक ग्राम सहकारी बैंक खोला गया सस्ते ऋण देने के लिए जिससे कि किसानों की आर्थिक कठिनाई दूर हो। इतना कुछ होने के बाद भी 193 के दशक के अंत से ही शांतिनिकेतन चलाना आर्थिक रूप से अवहनीय हो चला था। उन्होंने गांधीजी को सहयोग के लिए एक मार्मिक चिट्ठी लिखी थी। प्रत्युत्तर में स्वयं गांधी जी ने शांति निकेतन के लिए चंदा इकट्ठा किया था। गुरुदेव ने शांतिनिकेतन में विश्व भारती विश्वविद्यालय की स्थापना भी की, इस उद्देश्य से कि संसार के सभी देशों के छात्र-शिक्षक वहां एकत्र हों। विश्व भारती का आदर्श वाक्य गुरुदेव के विचारों के अनुरूप ही है – यत्र विश्वम्भवत्येक नीड़म्, अर्थात, जहां सारा संसार ही एक घोंसला बन जाए। अपनी विदेश यात्राओं के दौरान उन्हें अनुभव हुआ था कि विभिन्न देशों की जनता के बीच मैत्री भाव और सद्भावना से ही संसार का कल्याण हो सकता है। यह विडंबना ही है कि विश्व भारती भले ही एक प्रतिष्ठित विश्वविद्यालय है लेकिन वह प्रचलित विश्वविद्यालयी ढांचे के अंतर्गत आता है, उसमें गुरुदेव रवींद्रनाथ टैगोर की स्वतंत्र शिक्षा केंद्र की कल्पना का समावेश शायद ही है।

वास्तव में संस्था निर्माण कवि गुरु के व्यक्तित्व का अत्यंत महत्वपूर्ण और

प्रबल पक्ष है। अपने चिंतन और कल्पना को साकार करने के लिए उन्होंने लिखने-बोलने के अलावा यह काम भी पूरी श्रद्धा और समर्पण की भावना के साथ किया।

भारत की मुक्ति, उसके प्राचीन गौरव और वैभव की पुनः उपलब्धि गुरुदेव का सबसे बड़ा स्वप्न था। गौर से देखिए तो उनके सारे प्रयास इसी ओर एकाग्र थे। आखिर तो विश्व कल्याण का मार्ग भारत मुक्ति के रास्ते से होकर ही गुजरता था। भारत की स्वाधीनता के लिए जब भी परिस्थिति की पुकार हुई गुरुदेव प्रस्तुत हुए। 1905 के बंग-भंग का उन्होंने पुरजोर विरोध किया। स्वदेशी आंदोलन को हर प्रकार से समर्थन दिया। 1905 में ही उन्होंने 'स्वदेशी समाज' में उपनिवेशवाद का एक प्रकार से विकल्प प्रस्तुत करने की कोशिश की। पुस्तिका आगे चलकर स्वतंत्रता सेनानी नेताओं के लिए पाथेय नहीं बनी हो, ऐसा संभव नहीं। यह थोड़े आश्चर्य का विषय जरूर है कि 1908 में छपे 'हिंद स्वराज्य' जैसी इसकी चर्चा नहीं हुई। कुछ विद्वान मानते हैं कि गांधीजी का मार्ग गुरुदेव ने पहले ही सुगम कर दिया था। यह सच है कि उपनिवेश काल में भारत जो कुछ गवां चुका था उसे पुनः प्राप्त करने, राष्ट्रीय जीवन में उसे पुनः स्थापित करने का अग्रणी प्रयास गुरुदेव रवींद्रनाथ का ही था। धर्म के क्षेत्र में यह काम पूरी तेजस्विता के साथ स्वामी विवेकानंद कर रहे थे। सच कहें तो यह सब प्रयास एक-दूसरे के पूरक थे। एक के बिना दूसरे की सफलता संदिग्ध हो जाती।

उसी प्रकार 1919 के जलियांवाला बाग हत्याकांड की खबर सुनकर गुरुदेव को ऐसा सदमा पहुंचा कि वह कई दिनों दिनों तक ज्वर में रहे। इस वीभत्स घटना के विरोध में उन्होंने अपनी ब्रिटिश नाइटहुड की उपाधि वापस कर दी। वायसराय को उन्होंने लिखा – 'I wish to stand, shorn, of all special distinctions, by the side of those of my countrymen who, for their so called insignificance, are liable to suffer degradation not fit for human beings....The time has come when badges of honour make make our shame glaring in the incongruous conte&t of humiliation.'

रवींद्रनाथ के संकीर्ण राष्ट्रवाद के विरोध में खड़े रहने के कारण यह नहीं मान लेना चाहिए कि उनमें राष्ट्रभक्ति किसी से कम थी। इसके समर्थन में तो एक प्रकार से उनका संपूर्ण साहित्य ही है लेकिन उनकी दो रचनाएं इस दृष्टि से अनुपम हैं-'जन गण मन..' और 'भारत तीर्थ', साथ ही 'ओ आमार देशेर माटी(ओ मेरे देश की मिट्टी)। 'भारत तीर्थ' 1910 में तथा 'जन गण मन' 1911 में लिखी गई। कुछ लोगों ने वितंडा किया कि 'जन गण मन' कवि गुरु ने किंग जॉर्ज पंचम की स्तुति के लिए लिखा था। यह एकदम निराधार और असत्य धारणा है। सच्चाई यह है कि उनके एक मित्र ने उनसे इंग्लैंड के राजा के स्वागत में स्तुति लिखने का आग्रह किया था। इससे

उन्हें विस्मय तो हुआ ही, 'ताप' यानी क्रोध भी हुआ था। उन्होंने स्तुति तो लिखी लेकिन उस भारत भाग्य विधाता की जिसने 'दु:स्वप्न और आतंक के काल में अपनी गोद में लेकर एक माता की तरह इस पुण्यभूमि की रक्षा की थी', 'जिसकी करुणा के अरुण राग पर जगता है सोया भारत', 'अभेद्य अंधकार वाली काली रात के दौरान पीड़ित, मूर्च्छित देश में जिसका मंगल भाव जागृत था अविचल, नतनयन, अनिमेष...' स्पष्ट है कि ये पंक्तियां किसी राजा के लिए नहीं लिखी गईं, राजाओं के राजा सर्वांतर्यामी भगवान के लिए लिखी गईं। बांग्ला के लेखक-आलोचक पटना विश्वविद्यालय के बांग्ला विभाग के यूनिवर्सिटी प्रोफेसर रहे प्रोफेसर पूर्णेन्दु मुखोपाध्याय(अब दिवंगत) ने अपनी एक पुस्तिका में इस विषय पर सप्रमाण प्रकाश डाला है।

रवींद्रनाथ संस्कृति-पुरुष थे। वे राजनीति में जब-तब आवश्यकतानुसार भूमिका लेकर भी स्वयं को और शांतिनिकेतन को उससे अलग ही रखना चाहते थे। राजनीतिक स्वतंत्रता के भी ऊपर उनका चरम लक्ष्य था आत्मा की मुक्ति। वह मनुष्य की चेतना को विश्व प्रकृति के साथ एकाकार करना चाहते थे। उनका मनुष्य में अटूट विश्वास है अपने अंतिम दिनों में उन्होंने विचार व्यक्त किया -

'एक दिन भाग्य चक्र पलटा खाएगा और अंग्रेजों को अपना भारतीय साम्राज्य छोड़ कर जाना होगा। लेकिन किस तरह के भारत को भी पीछे छोड़ जाएंगे?.. जीवन के प्रथम भाग में मेरा हार्दिक विश्वास था कि सभ्यता दान ही यूरोप की आंतरिक संपत्ति है, आज जब जीवन से विदा होने का दिन समीप आ रहा है, मेरे इस विश्वास का दिवाला निकल चुका है।... लेकिन मनुष्य के प्रति विश्वास खो देना पाप है। अंतिम समय तक इस विश्वास की रक्षा करूंगा।... जो लोग प्रबल और प्रतापी हैं, उनकी शक्ति, गर्व और आत्माभिमान अजेय नहीं है। निश्चय ही इस सत्य का हमें प्रमाण मिलेगा।' इसके आगे वे जो कुछ कहते हैं वह महर्षि अरविंद के 'अतिमानसयुक्त मानव' के आह्वान की भी याद दिलाता है -

'महामानव का आगमन है
दिशा-दिशा में घास का तिनका-तिनका रोमांचित है
देवलोक में शंख बज उठा -
जय-जय-जय रे मानव अभ्युदय!'

ई.पी. थॉमसन ने उचित ही लिखा है कि अनेक आक्रमणों और उठापटक के बावजूद भारत का नागरिक समाज एक नैतिक यथार्थ के रूप में सुरक्षित रहा है, ऐसा कविगुरु का मानना रहा है। नागरिक समाज को समुदाय कहना अधिक सही होगा जिसके बारे में रवींद्रनाथ कहते हैं - 'भारत अपने शासकों और विजेताओं के संघर्षों

व षड्यंत्रों से तटस्थ बना रहा है क्योंकि उसके घर, उसके खेत, उसके पूजा के मंदिर, उसके विद्यालय जहां उसके शिक्षक और विद्यार्थी सरलता, निष्ठा व ज्ञान के वातावरण में एक साथ रहते रहे थे, जहां सरल नियमों और शांतिपूर्ण प्रशासन के अंतर्गत ग्राम स्वशासन चलता रहा था, ही उसकी सच्ची पहचान थे। उसे अपने यहां के साम्राज्यों की चिंता नहीं थी।' 'स्वदेशी समाज' में उन्होंने आलंकारिक भाषा में इस विषय में लिखा है -'राजा-राजा की लड़ाइयों का कोई अंत नहीं लेकिन हमारा मर्मध्वनि वाला वेणुकुंज कायम रहा, आम और कटहल की वनछाया में। हमारे देवालय बनते रहे, अतिथिशालाएं स्थापित होती रहीं, पुष्करनियां बनती रहीं, गुरु महाशय गणित पाठ कराते रहे, संस्कृत पाठशाला में शास्त्र का अध्ययन बंद नहीं हुआ, चंडी-मंडप में रामायण का पाठ चलता रहा, और कीर्तनों से गांवों का प्रांगण मुखरित होता रहा। समाज के बाहर से कोई अपेक्षा नहीं रखी और बाहर के उपद्रवों से उसकी श्री भ्रष्ट नहीं हुई..' यह केवल संयोग नहीं कि शिक्षा के संदर्भ में गांधीजी ने उपनिवेशकाल-पूर्व के ग्रामीण भारत में एक सुंदर वृक्ष - 'ब्यूटीफुल ट्री' की कल्पना की थी जिसकी, उन्हीं के शब्दों में उपनिवेशवादियों ने जड़ों को भी नष्ट कर उसे सुखा दिया और भारत का साधारण जन अशिक्षा और निरक्षरता के अंधकार में डूब गया। स्वतंत्रता स्वतंत्रता पश्चात लेखक-विचारक धरमपाल ने अपने शोध से प्रमाणित कर दिया कि ब्रिटिश-पूर्व भारत के गांव आत्मनिर्भर और संपन्न थे, शिक्षा समुदाय का विषय था और शिक्षा सबको सुलभ थी - सभी जातियों के बच्चों को।

इसके अतिरिक्त अपने स्वप्न चिंतन और सरोकारों से बच्चों को जोड़ना, उनके बीच रहना, उनमें रमना, उनको पढ़ाना, उनके लिए रचना करना रवींद्रनाथ को अलग से विलक्षणता प्रदान करता है। उनका बाल साहित्य भी विश्व साहित्य की धरोहर है। उनकी 'तोते की कहानी' दिशाहीन, खोखली प्रचलित शिक्षा व्यवस्था की अमानवीयता को उजागर करती, बच्चे के पक्ष में लिखी गई अप्रतिम रचना है। यह बच्चों के लिए लिखी गई किंतु बड़ों को संबोधित और उनकी आंख खोलने वाली कहानी है। विदेश यात्राओं में वे स्वस्थ-प्रसन्न बच्चों को देख खूब प्रफुल्लित होते थे, लेकिन अगले ही क्षण सींक-से हाथ-पांव और घड़े जैसे उदर वाले गरीब भारतीय बच्चे याद आते थे और उनका हृदय क्रंदन कर उठता था। यह कितनी ग्लानि और लज्जा की बात है कि आज भी भारत में ऐसे बच्चे हैं।

गुरुदेव को आज याद करना अपने अंदर के बंधनों को खोलने और अपने चित्त को खुला आकाश देने जैसा उपक्रम है। आज हम जैसी स्थिति में हैं, जैसा भारत आज है, उसमें सबसे बड़ा काम समुदाय को फिर से खड़ा करने का, जागृत करने का है। आज राजनीतिक भारत के ऊपर सांस्कृतिक भारत को खड़ा करने, उसे तरजीह देने

का समय आ गया है। राजनीति तोड़ती है, संस्कृति जोड़ती है। राजनीति को भी आज अपनी भूमिका पर विचार करने की जरूरत है। गुरुदेव रवींद्रनाथ ने कभी राजनीति के समाजीकरण की बात कही थी – आज इससे पहले शायद ही इस बात की ऐसी तीव्र और आकस्मिक आवश्यकता अनुभव की गई हो।

•••

25. भारतीय राज्य को शुद्ध भारतीय मूल्यों में संस्कारित करने वाले राष्ट्र- उन्नायक डॉ. राजेंद्र प्रसाद

भारत कोकिला सरोजिनी नायडू ने डॉ. राजेंद्र प्रसाद के संविधान सभा का अध्यक्ष निर्वाचित होने पर 11 दिसंबर 1946 को संविधान सभा में उनकी प्रशंसा में कहा था –'राजेन बाबू के चरित्र एवं गुणों का बखान करने के लिए सोने की कलम चाहिए जिसकी निब मधु में डुबोई हुई हो।' इसी अवसर पर राजेंद्र बाबू को समर्पित अभिनंदन भाषण के प्रथम वक्ता दार्शनिक एवं शिक्षक डॉ. सर्वपल्ली राधाकृष्णन ने अपने उद्‍गार इन शब्दों में व्यक्त किया –' ... यह आकस्मिक संयोग नहीं कि हमारे अस्थाई अध्यक्ष डॉक्टर सच्चिदानंद सिन्हा तथा स्थाई अध्यक्ष डॉ. राजेंद्र प्रसाद दोनों बिहार से हैं। वे विहार की भावना से संस्कारित हैं, सदाशयता की दुर्जेयता –भारत का ईश संदेश! महाभारत में कहा गया है कि सदाशयता, मृदुलता कठोरतम तथा कोमलतम वस्तुओं से भी पार पा सकती है। कुछ भी ऐसा नहीं है जिसे सदाशयता से जीता न जा सके, इसलिए यही हमारा सबसे क्षिप्र अस्त्र है। कोमलता, सदाशयता ही वह सबसे बड़ा हथियार है जो भारी से भारी विरोध का भी शमन कर सकता है। हम इसके प्रति सच्चे नहीं रहे हैं। हमने अपने ही लाखों-करोड़ों लोगों के साथ छल किया, उनके साथ बुरा किया। आज का यह अवसर है कि हम अतीत के अपने समस्त अपराधों का प्रायश्चित करें।..... डॉ. राजेंद्र प्रसाद इसी सदाशयता की साकार प्रतिमा है। वह अच्छाई की आत्मा हैं। उनमें अपार धीरज और साहस है –उन्होंने बहुत सहा है। मुझे विश्वास है कि मेलजोल, सामंजस्य और सौहार्द की वह भावधारा जो सिंधु घाटी की शिव प्रतिमा से आरंभ होकर महात्मा गांधी और डॉ. राजेंद्र प्रसाद तक पहुँची है, वह हमारे प्रयत्नों एवं पुरुषार्थ को अभिप्रेरित करेगी।..'

इस प्रसंग में यह जानना भी जरूरी है कि 11 दिसंबर 1946 को अस्थाई अध्यक्ष डॉक्टर सच्चिदानंद सिन्हा के समक्ष स्थाई अध्यक्ष पद के लिए चार नाम/ प्रस्ताव आए। पहले प्रस्तावक थे आचार्य जे.बी. कृपलानी जिनका समर्थन सरदार पटेल ने किया था। दूसरे प्रस्तावक थे हरेकृष्ण महताब और समर्थक नंदकिशोर दास।

तीसरे प्रस्तावक डॉक्टर प्रकाशम थे जो समय से अपना प्रस्ताव प्रस्तुत नहीं कर सके, और चौथे प्रस्तावक स्वयं डॉक्टर सर्वपल्ली राधाकृष्णन थे। यह अत्यंत विरल घटना थी, और आज भी है, कि इन चारों प्रस्तावकों ने एक ही नाम प्रस्तावित किया था – डॉ. राजेंद्र प्रसाद। इस प्रकार डॉ. राजेंद्र प्रसाद सर्वसम्मति से संविधान सभा के स्थाई अध्यक्ष चुने गए जिनके नेतृत्व में दुनिया का सबसे बड़ा संविधान बना। आगे 1950 में अंतरिम राष्ट्रपति और 1952 में प्रथम विधिवत निर्वाचित राष्ट्रपति बने, और 1957 में दूसरे कार्यकाल के लिए पुनः राष्ट्रपति निर्वाचित हुए। लेकिन इन तीनों अवसरों पर राजेन बाबू के साथ कंधे से कंधा मिलाकर आजादी की लड़ाई लड़ने वाले, अग्रिम पंक्ति के नेता और प्रथम प्रधानमंत्री जवाहरलाल नेहरू उनके साथ नहीं थे, बल्कि विरोध में थे।

यह तो रही कुछ प्रमुख साथियों–सहकर्मियों की बात। महात्मा गांधी राजेन बाबू को अपना परम विश्वस्त सहयोगी मानते थे। एक बार उन्होंने कहा था कि राजेन बाबू उनके कहने पर विष पी जाने में भी शायद न हिचकिचाएँ। तो उनके नेता उनके बारे में ऐसी राय रखते थे, उन पर अगाध विश्वास करते थे। यहीं राजेन बाबू के बारे में उनके अमेरिकी समकक्ष, राष्ट्रपति जॉन एफ. कैनेडी की उनके बारे में व्यक्त की गई राय को प्रस्तुत करना भी प्रासंगिक होगा –“भारत के बाहर डॉक्टर प्रसाद स्वभावतः ही भारतीय गणराज्य के राष्ट्रपति के रूप में अपनी सुदीर्घ सेवा के लिए ही सर्वाधिक प्रसिद्ध हैं। उन्होंने इस पद को महान गौरव और वैशिष्ट्य से मंडित करने के उपरांत 1962 में अवकाश ग्रहण किया। भारत की भांति अन्यत्र यह बात सर्वदा नहीं जानी जाती कि डॉ. प्रसाद के गुणों ने सार्वजनिक सेवा के क्षेत्र में ही नहीं, अपितु कानून, साहित्य और शिक्षा के क्षेत्र में भी अभिव्यक्ति पाई थी। इनमें से प्रत्येक क्षेत्र में उन्होंने असाधारण उपलब्धियों के कीर्तिमान स्थापित किए हैं।...”

उपरोक्त प्रसंग और उदाहरण से डॉ. राजेंद्र प्रसाद के व्यक्तित्व की विराटता का अनुमान लगाया जा सकता है। वे बिहार के थे और बिहार, बल्कि भारत के प्राचीन गौरव की याद दिलाते थे। स्वयं एक आम बिहारी उन्हें किस दृष्टि से देखता था, यह हिंदी भाषा के मूर्धन्य मनीषी आचार्य शिवपूजन सहाय के इस कथन से स्पष्ट हो जाता है ‘बाबू हम बिहारियों के गृह देवता हैं।’ इससे बड़ी बात किसी व्यक्ति के लिए शायद ही कभी कही गई हो।

आमतौर पर लोगों की धारणा रही है कि राजेंद्र बाबू 1917 में गांधी जी के संसर्ग में आए और चंपारण सत्याग्रह से ही उनके सार्वजनिक जीवन की शुरुआत हुई। यह बात सही नहीं है। लगभग छह दशकों का उनका सार्वजनिक जीवन रहा, लेकिन राजेन बाबू इस मायने में भी विलक्षण थे कि कमसिन उम्र में ही केवल

अपनी मेधा के बल पर उन्हें राष्ट्रव्यापी (उपमहाद्वीपव्यापी) ख्याति मिली। और छात्र जीवन में ही उनके सार्वजनिक जीवन की नींव पड़ चुकी थी। 1902 में कोलकाता में सतीश चंद्र मुखर्जी के 'डॉन सोसाइटी' के सदस्य बन गए थे, और 1906 के कोलकाता कांग्रेस में उन्होंने एक स्वयंसेवक के रूप में भाग लिया था। वे कॉलेज यूनियन के सचिव भी चुने गए थे। यही नहीं, उन्होंने प्रेसीडेंसी कॉलेज के साथियों के साथ मिलकर कोलकाता में 'बिहार क्लब' की स्थापना की थी। 1906 में पटना में बंगाल के बंटवारे (1905) के विरोध में पहला छात्र सम्मेलन आयोजित किया गया था। इसमें उन्होंने स्वदेशी आंदोलन का पूर्ण समर्थन किया था। बाद के वर्षों में इस सम्मेलन की अध्यक्षता डॉक्टर सच्चिदानंद सिन्हा, परमेश्वर लाल, दीप नारायण सिंह, मजहरूल हक, सरफुद्दीन, हसन इमाम से लेकर महात्मा गांधी, एनी बेसेंट और सरोजिनी नायडू जैसी हस्तियों ने की थी।

वास्तव में 1917 में गांधी जी से हुई भेंट के पहले 1916 में ही वे बिहार प्रदेश कांग्रेस कमेटी के सहायक सचिव नियुक्त हुए थे और बाद में कई वर्षों तक संगठन में अपनी सेवाएँ दीं। तो गांधीजी का सहयोगी और 'अनुयायी' बनने के पहले से ही राजेंद्र प्रसाद एक 'कांग्रेस जन' थे। यह बात जरूर है कि चंपारण सत्याग्रह ने उनके जीवन की दिशा बदल दी। 1918 में वे गांधी जी के नेतृत्व में ही गुजरात के खेड़ा सत्याग्रह में शामिल हुए जहाँ उनकी भेंट जीवनपर्यंत साथी और सहयोगी बने रहे सरदार वल्लभभाई पटेल से हुई। अब तक एक अत्यंत सफल वकील के सुविधाजनक जीवन और उसकी विलासिता को वे पूर्णतया त्याग चुके थे, और अपने को पूरी तरह राष्ट्रीय आंदोलन को समर्पित कर दिया था।

यहाँ यह बात भी लोगों को अवश्य विस्मित कर सकती है कि अपने समय के दो सबसे बड़े व्यक्तित्वों ने स्वयं डॉक्टर राजेंद्र प्रसाद से मिलने की पहल की थी। पहले व्यक्ति थे गोपाल कृष्ण गोखले जिन्हें गांधी जी अपना राजनीतिक गुरु मानते थे। वे राजेंद्र प्रसाद जैसे कुशाग्र और मेधावी युवा को अपनी 'सर्वेंट आफ इंडिया सोसाइटी' (भारत सेवक समाज) से जोड़ना चाहते थे। अपनी पारिवारिक जिम्मेदारियों एवं पढ़ाई-लिखाई के दबाव में राजेंद्र बाबू ने विनम्रतापूर्वक इस संगठन से जुड़ने में अपनी असमर्थता जताई थी। दूसरे व्यक्ति स्वयं गांधीजी थे जो 1917 के अप्रैल में चंपारण जाने के क्रम में पहले पटना पहुँचकर सीधे राजेन बाबू के आवास पर ही पहुँचे थे, जबकि उन दोनों में तब तक कोई औपचारिक परिचय भी नहीं था। इन बातों से तब के युवा डॉ. राजेंद्र प्रसाद की हैसियत का अंदाजा लगाया जा सकता है।

आगे, संक्षेप में, राष्ट्रीय स्वाधीनता आंदोलन में उनकी भूमिका बढ़ती चली गई। वे बिहार के सर्वप्रमुख नेता बन गए। अप्रैल 1919 में रॉलेट एक्ट के विरोध में हुए

आंदोलन का उन्होंने नेतृत्व किया। जलियाँवाला बाग के भीषण नरसंहार के बाद देश भर में क्षोभ और रोष की लहर थी। 1919-21 के दौरान रॉलेट ऐक्ट के विरोध के अलावा गांधीजी के नेतृत्व में असहयोग आंदोलन में राजेंद्र बाबू की अग्रणी भूमिका रही। उन्होंने पटना विश्वविद्यालय के सीनेट और सिंडिकेट से त्यागपत्र दे दिया और पटना में एक राष्ट्रीय कॉलेज की स्थापना की। उन्होंने बिहार विद्यापीठ की स्थापना की और स्वयं गांधी जी ने इन दोनों संस्थाओं का उद्घाटन किया। उन्होंने आगे नमक सत्याग्रह में भी भाग लिया और बिहार लौटकर सविनय अवज्ञा आंदोलन की बागडोर संभाली जो दो चरणों में चला। इसी दौरान एक सच्चे लोक सेवक की भूमिका में उतरने और जिम्मेदारी संभालने का उन्हें अवसर मिला 1934 में। हाँ, तब तक वे 1927 में श्रीलंका तथा 1928 में यूरोप की यात्रा कर आए थे। ग्रैट्ज, वियना में युद्ध-विरोधी कार्यक्रम में भाग लेने के दौरान उन पर आक्रमण भी हुआ था और वे घायल हो गए थे।

15 जनवरी 1934 को बिहार में एक विनाशकारी भूकंप आया जिसमें हजारों लोगों की जान चली गई और व्यापक पैमाने पर संपत्ति की क्षति हुई, लोगों के घर उजड़ गए। वे उस समय पटना के बांकीपुर जेल से पीएमसीमच इलाज के लिए आए थे। अंग्रेज सरकार ने उन्हें रिहा कर दिया, राहत कार्यों में उनका सहयोग लेने की खातिर। इतने बड़े पैमाने पर राहत कार्य चलाना और लोगों के पुनर्वास की व्यवस्था करना अकेले अंग्रेज सरकार के बूते के बाहर की बात थी। राजेन बाबू ने बिहार रिलीफ कमिटी का गठन किया और पूरे कांग्रेस संगठन समेत तमाम नौजवानों और आम लोगों को भूकंप पीड़ितों की सेवा में लगा दिया। इस कार्य में उनके सहयोगी बने युवा जयप्रकाश नारायण। स्वयं अस्वस्थ होकर भी राजेन बाबू दिन-रात राहत कार्य का संचालन और देखरेख करते रहे। इस विपदा के दौरान उन्होंने अदम्य साहस, समर्पण और चरित्र का अतुलनीय उदाहरण प्रस्तुत किया। राहत कार्यों पर हुए पूरे खर्च का उन्होंने ऑडिट करवाया जो कि एक करोड़ चौंतीस लाख रुपए का आया था। विस्मित करने वाली बात थी कि केवल एक रसीद नहीं मिली तेरह आने की। अगले ही वर्ष 1935 में क्वेटा में भूकंप आया तो राजेन बाबू ने वहाँ भी सघन राहत कार्य चलाया।

1934 में राजेन बाबू को विपदा की स्थिति में प्रदर्शित किए गए साहस, संगठन कौशल, और समर्पण के कारण देश भर में अपूर्व सराहना और श्रद्धा प्राप्त हुई। उन्हें इस वर्ष कांग्रेस का अध्यक्ष नियुक्त किया गया। बाद में 1939 में नेताजी सुभाष चंद्र बोस के त्रिपुरा कांग्रेस में सभापति चुने जाने और बाद में त्यागपत्र दे दिए जाने के बाद विकट स्थिति में राजेंद्र बाबू को दूसरी बार कांग्रेस अध्यक्ष बनाया गया। तीसरी

बार वे कांग्रेस के अध्यक्ष तब निर्वाचित हुए जब नवंबर 1947 में कांग्रेस अध्यक्ष पद से आचार्य जे.बी. कृपलानी ने पार्टी अध्यक्ष के अधिकारों और भूमिका पर नेहरू जी से मतभेद होने पर इस्तीफा दे दिया। उल्लेखनीय है कि इन अवसरों पर राजेंद्र बाबू संकटमोचक की भूमिका में अवतरित हुए थे। तीसरी बार अध्यक्ष बनने के समय वे पहले से ही संविधान सभा के अध्यक्ष होने के अतिरिक्त अंतरिम सरकार में खाद्य मंत्री का पदभार भी संभाले हुए थे। 27 नवंबर 1949 को संविधान सभा की अंतिम बैठक में उनका अध्यक्षीय वक्तव्य हर दृष्टि से ऐतिहासिक और अपूर्व था जिसमें उन्होंने भारत के प्राचीन गौरव, उसकी महान संस्कृति और जीवन मूल्यों का बखान तो किया ही, उसकी अशक्तताओं की भी चर्चा की और बड़े बलिदानों के बाद मिली स्वतंत्रता को बचाए रखने, आम भारतीय को उसका वास्तविक अनुभव कराने और नव-भारत को प्रगति और समृद्धि के पद पर सामूहिक प्रयत्नों एवं पराक्रम से आगे ले चलने का आह्वान भी किया।

1950 से लेकर 1962 तक राजेन बाबू भारत के राष्ट्राध्यक्ष रहे। 1952 से लेकर 1962 तक प्रथम निर्वाचित राष्ट्रपति। इस लंबे कार्यकाल के दौरान कुछ मुद्दों पर प्रधानमंत्री नेहरू के साथ उनके मतभेद रहे। उनको लेकर राजेन बाबू पर ही सवाल उठाए गए, और उनकी उदार और विराट छवि को मलिन करने की कोशिशें होती रहीं। प्रगतिशील और रेडिकल समूहों में उन्हें संकीर्ण और पुनरुत्थानवादी तक कहा गया। उनका पक्ष जानने-समझने और सामने लाने की कोशिश ऐसे तत्वों द्वारा तो क्या तटस्थ लोगों ने भी शायद ही की। यहाँ उन प्रसंगों और मुद्दों की संक्षेप में चर्चा की जा रही है।

1950 में अंतरिम राष्ट्रपति नेहरू जी तब के गवर्नर जनरल चक्रवर्ती राजगोपालाचारी को बनाना चाहते थे जबकि कांग्रेस जनों का बड़ा बहुमत राजेन बाबू के पक्ष में था। नेहरू जी ने ऐसा संदेश प्रसारित करवाया कि राजेंद्र बाबू इस पद के इच्छुक या उम्मीदवार नहीं हैं। राजेन बाबू ने पत्र लिखकर नेहरू जी के इस व्यवहार पर आपत्ति जताई। सरदार पटेल भी इस प्रकरण में शामिल थे। आखिरकार कांग्रेस जनों के भारी दबाव के आगे नेहरू जी को झुकना पड़ा।

1950 के 15 दिसंबर को सरदार पटेल की मृत्यु हो गई। अंत्येष्टि में भाग लेने के लिए नेहरू जी के मना करने के बावजूद राजेन बाबू यह कहकर मुंबई गए कि अपने इतने पुराने साथी और एक महान स्वतंत्रता सेनानी के प्रति अंतिम सम्मान प्रकट प्रकट करना राष्ट्रपति के रूप में भी वह अपना दायित्व समझते हैं।

1951 का वर्ष प्रसाद और नेहरू संबंधों के लिए बहुत विषम रहा। पहले राजेंद्र प्रसाद ने एक निर्वाचित राष्ट्रपति के अधिकारों को लेकर प्रधानमंत्री से पत्र-व्यवहार

किया। उनका तर्क था कि भारत के राष्ट्रपति की स्थिति वही नहीं हो सकती जो ब्रिटेन में राजा की है, कारण कि भारत के राष्ट्रपति का निर्वाचन होता है, उसके कर्तव्य और अधिकार निर्धारित हैं। गलती करने पर उसे दंडित भी किया जा सकता है, उसके लिए महाभियोग का प्रावधान है। ऐसी स्थिति ब्रिटेन के राजा की नहीं है, इसलिए वह पूरी तरह अधिकारविहीन है और एक प्रतीक मात्र की उसकी हैसियत है। भारत के निर्वाचित राष्ट्राध्यक्ष को पूरी तरह अधिकारविहीन नहीं बनाया जा सकता, यह राजेन बाबू का मत था जिसे संवैधानिक स्थिति का हवाला देकर खारिज कर दिया गया।

1951 में ही गंभीर मतभेद की स्थिति तब हुई जब नेहरू जी हिंदू धर्म-आस्था में सुधार लाने, उसे प्रगतिशील बनाने के लिए हिंदू कोड बिल ले आए। इस विषय पर राष्ट्रपति ने यह निर्णय लिया कि भारत की बहुसंख्क जनता की प्राचीन काल से व्याप्त धार्मिक आस्था में परिवर्तन का अधिकार किसी विधिवत निर्वाचित सरकार को ही हो सकता है। ध्यातव्य है कि उस समय तक प्रथम आम चुनाव नहीं हुए थे और अंतरिम सरकार काम कर रही थी। परिणामस्वरूप राजेंद्र बाबू के दृढ़ रवैये और अकाट्य तर्क के आगे सरकार को झुकना पड़ा।

इसी वर्ष 1951 में प्रसिद्ध सोमनाथ मंदिर के जीर्णाद्धार के बाद प्राण-प्रतिष्ठा समारोह में राष्ट्रपति ने जाना तय किया था। उनके इस निर्णय का नेहरू जी और उनके सहयोगियों, वामपंथियों, समाजवादियों ने घोर विरोध किया। लेकिन इस मुद्दे पर राजेन बाबू अपने निर्णय पर अटल रहे। वे गए और वहाँ जो कुछ कहा उसे सरकारी माध्यमों में नहीं जाने दिया गया, केवल पत्र-पत्रिकाओं में ही उसे स्थान मिला। उन्होंने कहा -‘ ’..हमें यह पुनीत अवसर देखने का सौभाग्य इसलिए प्राप्त हुआ है कि जिस प्रकार भगवान विष्णु के नाभि-कमल में ब्रह्मा वास करते हैं, उसी प्रकार मानव के हृदय में सर्जनात्मक शक्ति और श्रद्धा सर्वदा वास करती है, और वह सब शस्त्रास्त्रों से, सब सेनाओं से और सम्राटों से अधिक शक्तिशाली होती है। सोमनाथ का यह मंदिर आज फिर अपना मस्तक ऊंचा करके संसार के सामने यह घोषित कर रहा है कि जिसे जनता प्यार करती है, जिसके लिए जनता के हृदय में अक्षय श्रद्धा और स्नेह है, उसे संसार में कोई भी मिटा नहीं सकता। आज इस मंदिर की प्राण-प्रतिष्ठा पुन: हो रही है, और जब तक इसका आधार जनता के हृदय में बना रहेगा, तब तक यह मंदिर अमर रहेगा।... धार्मिक असहिष्णुता से विद्वेष और अनाचार बढ़ाने के अतिरिक्त और कोई फल नहीं होता है -यही इतिहास की शिक्षा है और इसको हम सबको गांठ बांध रखना चाहिए।‘ ’

यह एक आश्चर्यजनक तथ्य है कि अनेक देशों के आमंत्रण के बावजूद राष्ट्रपति

डॉ. राजेंद्र प्रसाद को यूरोप और अमेरिका के दौरे करने को नहीं मिले। 1956 में वे नेपाल गए, 1958 में उन्होंने जापान, इंडोनेशिया और मलाया की सरकारी यात्राएँ की। 1959 में वे कंबोडिया, वियतनाम, लाओस और श्रीलंका गए। 1960 में उन्होंने रूस की यात्रा की और उनका वहाँ की सरकार और लोगों ने अभूतपूर्व स्वागत किया। वहाँ से लौटकर उन्होंने भारत सरकार को रूस की भाषा के प्रश्न को सुलझाने तथा कृषि व्यवस्था को समुन्नत बनाने की दिशा में प्राप्त उपलब्धियों के आधार पर कुछ जरूरी सुझाव भेजे जिनका कोई नतीजा नहीं मिला, न ही कोई जवाब प्राप्त हुआ।

28 नवंबर 1960 को सेंट्रल लॉ इंस्टीट्यूट के उद्घाटन समारोह में राजेन बाबू ने विधिवेत्ताओं को भारत के संविधान का सम्यक अध्ययन और इससे जुड़े प्रासंगिक विषयों पर शोध करने की सलाह देते हुए इस बात पर विचार करने को कहा कि भारत के निर्वाचित राष्ट्रपति के कतिपय वास्तविक अधिकार क्यों नहीं होने चाहिएं? उसकी स्थिति को इंग्लैंड के वंशानुगत शासन वाले राजा की स्थिति के समकक्ष कैसे रखा जा सकता है? उस अवसर पर प्रधानमंत्री राष्ट्रपति के स्वागत को स्वयं उपस्थित थे। राष्ट्रपति के भाषण का कोई अंश न तो सरकारी और न ही गैर सरकारी जन माध्यमों में प्रकाशित या प्रसारित किया गया। यह हमारे महान लोकतंत्रवादी प्रधानमंत्री के समक्ष उनकी उपस्थिति में हुआ।

डॉ. राजेंद्र प्रसाद महात्मा गांधी के बाद कांग्रेस के चोटी के तीन नेताओं (नेहरू, पटेल और प्रसाद) में से एक थे। एक महान राजनेता होने के अतिरिक्त वे एक अत्यंत प्रखर लेखक और संस्कृति-चिंतक थे, विधिवेत्ता तो वह आला दर्जे के थे ही। राष्ट्रपति कैनेडी ने उनके इन गुणों की चर्चा यूं ही नहीं की। भाषा, साहित्य और संस्कृति पर उनका चिंतन अपने समकालीनों से कहीं बहुत ऊंचे और उदात्त स्तर का था। उन्होंने इन प्रश्नों पर जितनी गहनता और गहराई से विचार किया, वह एक राजनेता के लिए आश्चर्यजनक है। वास्तव में वह एक भाषाशास्त्री, शिक्षाशास्त्री, संस्कृति-चिंतक राजनेता थे। भाषा का प्रश्न उनके लिए अत्यंत महत्व का रहा शुरू से ही। इस मामले में वह अपने समकालीनों से बिल्कुल अलग दिखाई देते हैं। वे स्वयं हिंदी, अंग्रेजी, संस्कृत, उर्दू, फारसी, गुजराती, बांग्ला और तमिल भाषाएँ भी जानते थे। बहुभाषिकता को वह वरदान मानते थे। 'साहित्य,शिक्षा और संस्कृति' पुस्तक उनके उच्च संस्कृति-चिंतन का ठोस प्रमाण है। उनका मानना था कि जो समाज अपनी भाषा खो देता है, वह अपनी संस्कृति और अपने पूर्ण स्वत्व से भी हाथ धो बैठता है। वे अंध-पश्चिमीकरण के विरुद्ध थे और अपनी जमीन से गहरे जुड़े थे। आरंभ से ही, 1929 से ही उनका हिंदी प्रचारक संस्थाओं से जुड़ाव बना जो अंत तक बना रहा। वे अनेक बार हिंदी साहित्य सम्मेलन के सभापति मनोनीत हुए। वे मानते थे

कि भाषा ही स्वराज का माध्यम है, स्वभाषा से ही स्वराज की प्राप्ति हो सकती है। वे हिंदी को राष्ट्रभाषा की अधिकारिणी इसलिए मानते थे कि इसमें अंतर-प्रांतीय संवाद संभव था। हिंदी ही समूचे राष्ट्र में संवाद स्थापित करने वाली भाषा थी। हिंदी संस्थाओं से उनकी दो अपेक्षाएँ थीं -पहली, हिंदी भाषा का बहुविध प्रचार-प्रसार, और दूसरी, हिंदी में उच्च कोटि के साहित्य के निर्माण को प्रोत्साहन। उन्हें यह अफसोस रहा कि वह भारत का संविधान किसी भारतीय भाषा में नहीं बनवा सके।

साहित्य की राजनीतिक भूमिका, साहित्य के उत्थान और राष्ट्र के उत्थान में अन्योन्याश्रय संबंध पर भी वह गहन चिंतन करते हैं और संसार के अन्य देशों के इतिहास के उदाहरण प्रस्तुत करते हैं। भाषा के प्रश्न पर उन्होंने अपनी विख्यात पुस्तक 'इंडिया डिवाइडेड' में भी विचार किया है। इसमें उन्होंने धर्म को नहीं बल्कि भाषा को राष्ट्रीयता का प्रमुख आधार माना है। आगे चलकर आखिर भाषा के सवाल पर ही पाकिस्तान भी खंडित हुआ, बंगालियों ने बांग्लादेश का निर्माण कर लिया। डॉ. राजेंद्र प्रसाद का इतिहास-बोध चकित करता है। उनका भूगोल, इतिहास, अर्थशास्त्र का ज्ञान भी विस्मय में डालता है। छह सौ पृष्ठों की 'इंडिया डिवाइडेड' (1946) उनके ज्ञान की व्यापकता और अंतर्दृष्टियुक्त मीमांसा-शक्ति का प्रमाण है। भारतीय समाज, इसके इतिहास, मूल्यबोध और परंपराओं के साथ ही समकालीन वैश्विक परिस्थितियों की गहरी समझ से पाठक चमत्कृत होता है। उन्होंने भारत की सांप्रदायिक समस्या का गहराई में विश्लेषण करके भारत विभाजन की व्यवहार्यता को प्रश्नांकित किया है, उसकी व्यर्थता पर प्रकाश डाला है। उन्होंने पूरे बल के साथ द्विराष्ट्र के सिद्धांत को अस्वीकार किया है। इस उपक्रम में उन्होंने 1931 और 1941 की जनगणना के आंकड़ों का भी विश्लेषण किया है। पाकिस्तान निर्माण की कुल छह स्कीमों से जुड़ी सैद्धांतिकी का उन्होंने पूर्ण खंडन किया है। इस विषय पर इतनी गहनता से शायद ही कहीं और विचार किया गया हो। यह एक जरूर पढ़ी जाने वाली किताब है। यहाँ यह तथ्य रेखांकित करने योग्य है कि डॉक्टर राजेंद्र प्रसाद स्वयं एक ऐसा एकीकृत, एकबद्ध सेकुलर भारतीय राज्य की आकांक्षा करते थे जिसमें विभिन्न समुदायों को सांस्कृतिक स्वायत्तता प्राप्त हो।

डॉ. राजेंद्र प्रसाद के व्यक्तित्व एवं कृतित्व पर गहरी दृष्टि डालने पर यह स्पष्ट होता है कि वह भारतीय राज्य और समाज के विऔपनिवेशिकीकरण की जरूरत को सबसे अधिक और तीव्रता से महसूस करने वाले राजनेता थे। उनका भाषा-चिंतन और शैक्षिक विमर्श भारत में सच्चे स्वराज की स्थापना को प्रेरित और लक्षित है। वे यह बात गहराई से समझते थे कि भारतीय गांवों में अभी प्राचीन भारत के गौरव के कुछ चिन्ह मौजूद हैं, कि इस महादेश की संस्कृति और विराट मानव जीवन-व्यापार

को विग्रह-दृष्टि और निरुद्ध भाव से नहीं देखा-समझा जा सकता। 1949 में लखनऊ विश्वविद्यालय के दीक्षांत समारोह में उनके शब्द थे-"...अपने विश्वविद्यालयों को पुनः संगठित करते समय हम भारत के प्राचीन महाविद्यालयों की उज्जवल परंपरा और आदर्श को न भूलें। अंग्रेजों ने हमारी शिक्षा पद्धति अभारतीय बना दी है। स्वतंत्र भारत की शिक्षा हमारे देश की प्राचीन संस्कृति के अनुरूप होनी चाहिए। उसकी जड़ इस भूमि में हो न कि विदेश की संस्कृति में। इसका यह अर्थ नहीं कि अन्य देशों से हमें कुछ सीखना ही नहीं है। हमें गुणग्राहकता का पाठ तो सीखना है और सिखाना है।" अपनी इस कल्पना को साकार करने के लिए 1951 में उन्होंने प्राचीन नालंदा विश्वविद्यालय को पुनर्जीवित करने के लिए 'नव नालंदा महाविहार' की आधारशिला रखी और इसे भविष्य के पूरे एशिया के ज्ञान-केंद्र के रूप में देखा।

1934 में ही डॉक्टर राजेंद्र प्रसाद को 'हिमालय' में 'देशरत्न' से अभिहित किया गया था। 1934 में ही गदाधर प्रसाद अम्बष्ट ने उन पर पुस्तक लिखी थी 'देशपूज्य श्री राजेंद्र प्रसाद'(बिहार हिन्दी मंदिर, पटना 1934)। वे सचमुच अनमोल रतन थे राष्ट्र के -देशरत्न। भारतीय लोक चेतना के वास्तविक प्रतिनिधि, भारतीय राष्ट्र के धीरोदात्त नायक, राष्ट्र पुरुष! लोकतांत्रिक राज्य-व्यवस्था को दृढ़ बनाने और संरक्षित करनेवाले, प्राचीन और अर्वाचीन को एक साथ साधने वाले, भारतीय राज्य को शुद्ध भारतीय मूल्यों में संस्कारित करने वाले राष्ट्र-उन्नायक!

•••

26. गांधी-लोहिया-जयप्रकाश : तीन द्युतिमान तारे

भारत के चित्त पर पिछले दो सौ सालों में जिस राजनीतिक व्यक्तित्व का सबसे गहरा, सबसे व्यापक और स्थाई प्रभाव पड़ा है, जो अपने जन्म के डेढ़ सौ वर्ष बाद भी विद्वानों, राजनीतिकों ही नहीं, सर्व सामान्य भारतीय जन की चर्चाओं में रहता है -चाहे जिस भी कारण से, वह निर्विवाद रूप से गांधीजी ही हैं, मोहनदास करमचंद गांधी। अफगानिस्तान की सीमा से लेकर बर्मा (म्याँमार) तक कश्मीर से लेकर कोलंबो तक जिस एक नेता को गांव-कस्बे-शहर, जंगल-मैदान-पठार-पहाड़ में लोग जानते थे, उसे अपना मानते थे, वह महात्मा गांधी ही थे। ऐसी सर्वव्यापी उपस्थिति गांधीजी के पहले शायद ही किसी जन नेता की रही हो। शासक, व्यापारी, कलाकार, विद्वान से लेकर मजदूर, किसान, पददलित वर्ग -गांधीजी किसी के लिए भी अनजान नहीं थे। यह आधुनिक इतिहास की अपने आप में विरल घटना है। सवाल है कि गांधीजी की ऐसी सार्विक पहुँच और उपस्थिति कैसे बनी कि वह अपने आप में संपूर्ण भारत को जोड़ने वाली एक कड़ी बन गए? कांग्रेस की भी अखिल भारतीय उपस्थित गांधीजी के माध्यम से ही बनी।

वे 1915 में दक्षिण अफ्रीका से लौटे। तब गोरों का आतंक था और वे उनसे लड़ाई जीत कर आए थे। कांग्रेस के नरम दल के नेता गोपाल कृष्ण गोखले को गांधीजी में भारत के लिए संभावना नजर आई। दक्षिण अफ्रीका में आजमाए अहिंसक प्रतिकार का उपयोग वे भारत में भी कर सकते थे। लेकिन यह तो पूरा एक महादेश था गोरों के कब्जे में। यह किसी एक शहर, प्रांत या क्षेत्र का मामला नहीं था। कल का एक गौरवशाली देश या कि महादेश औपनिवेशिक शोषण और दमन में पिसकर ग्लानि और गर्त में गिरा पड़ा था -आत्महीन और आत्मविस्मृत। गोखले ने गांधी जी को कहा -मोहन, पहले तुम भारत को देखो और जानो। गांधीजी ने भारत को जानने के लिए यात्राएँ कीं। उन्होंने जीवन भर यात्राएँ कीं। उन्होंने भारत को केवल देखा और जाना नहीं बल्कि भारतीय जन के साथ एकात्मता स्थापित की। उनके बीच उनके जैसे

होकर रहे, उनके कष्टों का अनुभव उनके साथ रहकर किया। उनकी मुक्ति के उपाय में लगे। सत्य, अहिंसा, अपरिग्रह स्वनिग्रह के अस्त्रों से संसार की सबसे क्रूर सत्ता के प्रतिकार के साथ-साथ सत्य और न्याय पर आधारित एक नवीन सभ्यता के संधान और निर्माण में लगे। प्रतिकार, संघर्ष और रचना की पूरी सैद्धांतिकी ही विकसित की जिसका एक प्रमुख पक्ष आत्म-परिष्कार भी था। लोगों ने उन्हें अवतार व उद्धारक माना, वंदनीय माना। जैनेंद्र ने उन्हें अकाल पुरुष कहा और सोहनलाल द्विवेदी ने उन्हें युगावतार माना।

गांधीजी के पीछे निहत्थे, बलहीन, निस्तेज, गोरी सरकार ही नहीं अपने ही लोगों द्वारा पीड़ित और बहिष्कृत स्त्री-पुरुषों की पंक्ति बनती चली गई। इसमें न भाषा बंधन बनी, न जाति, न क्षेत्र। भारत की मुक्ति के लिए यह फ्रंटलाइन तैयार हो रहा था, अभूतपूर्व मोर्चा जिसे उपनिवेशवादी सत्ता से टकराना था, भारत में स्वराज लाना था। ऐसा नहीं कि गांधीजी के पहले भारत में राष्ट्रीय भावना थी ही नहीं, हमारे पुरखे 1857 का प्रथम स्वतंत्रता संग्राम लड़ चुके थे और इसका अकथनीय मूल्य उन्हें चुकाना पड़ा था। जगह-जगह छोटे-बड़े विद्रोह होते रहे थे पिछले डेढ़ सौ सालो में, खासकर आदिवासियों ने विद्रोहों की एक श्रृंखला ही बना दी थी। इसके अलावा भी कहीं स्थानीय शासकों और काश्तकारों का विद्रोह था, तो कहीं संन्यासियों-फकीरों का। लेकिन गांधीजी ने पहली बार भारत के वंचित और बहिष्कृत समाज को भी भारतीय राष्ट्रवाद से जोड़ा। यह काम तब तक स्वतंत्रता आंदोलन की कोई धारा नहीं कर सकी थी, वह भी लगभग अखिल भारतीय स्तर पर। महिलाओं को राष्ट्रीय आंदोलन से बड़े पैमाने पर जोड़ना भी अपने आप में अभूतपूर्व कार्य था।

गांधीजी कई अर्थों में अपने पूर्ववर्ती या समकालीन नेताओं से अलग थे। एक तो सत्य-अहिंसा के मार्ग पर चलकर रामराज्य स्थापित करने के लिए उन्होंने निर्बलों को आत्मबल की लाठी पकड़ाई, साध्य-साधन का अंतर मिटा दिया, फिर एक राजनीतिक लड़ाई को आध्यात्मिक उत्थान और उपलब्धि से जोड़ दिया। यहीं वे आत्मद्रोही, प्रकृतिद्रोही पूंजीवादी सभ्यता के विकल्प प्रस्तुत करने की ओर बढ़ते हैं। ध्यान में रखने की बात है कि 1917 में पूंजीवाद का विकल्प साम्यवाद के रूप में रूस में व्यापक हिंसा और दमन के माध्यम से ही आया था। इन दोनों व्यवस्थाओं का फर्क इतना था कि उत्पादन के साधनों का स्वामित्व समाज की ओर से राज्य ने संभाल लिया था। उत्पादन के तौर-तरीके वही थे, प्राकृतिक संसाधनों का अंधाधुंध दोहन। ऊपर से मजदूर-कामगार-किसान पार्टी के दास हो गए। उनका अपना स्वत्व भी न रहा। सर्वहारा अपनी ही तानाशाही में बेजुबान कठपुतली बना दिया गया।

गांधीजी भारतीय स्वराज के आंदोलन को मानव जाति के लिए तीसरे विकल्प

–सहज, प्रकृति संवेदी और मानवीय सभ्यता की स्थापना का माध्यम बनाना चाहते थे। केवल अंग्रेज को भारत के बाहर करना उनका उद्देश्य नहीं था, बल्कि उपनिवेशवादी भारत के स्थान पर कैसे भारत का निर्माण करना है, उनकी मूल चिंता यही थी।

गांधीजी मानते थे कि अंग्रेजों ने दो तरह से भारत को सांघातिक क्षति पहुँचाई थी, एक तो उन्होंने ग्राम-व्यवस्था को नष्ट कर दिया, दूसरे कि भारत की पारंपरिक शिक्षा प्रणाली को ध्वस्त कर दिया जो कि ब्रिटिश-पूर्व भारत में बहुत हद तक समावेशी थी। यही क्षेत्र राष्ट्रनिर्माण की उनकी सर्वोच्च प्राथमिकता में थे। 1934 में सरदार पटेल को लिखे पत्र में उन्होंने कहा –'ग्राम उद्योग संघ के पीछे विचार यह है कि जो कुछ गांव में उत्पादित हो सकता है वह हो, और उसे ग्रामीण क्षेत्र से ही खरीदा जाए। इससे हम पर जो गांव का ऋण है, उसे कुछ हद तक चुका सकते हैं। ग्राम उत्पादित कागज, कलम, स्याही, छुरी, साबुन, चीनी, आटा, गुड़, चावल आदि का उपयोग करना यदि हम अपना प्रमुख कर्तव्य मान लें तो लाखों रुपए गांव की झोली में जाएँगे और इससे गांव का महत्व बढ़ेगा। तभी ग्राम स्वराज का हमारा सपना साकार होगा जो कि एक अहिंसक स्वराज होगा।' ऐसी कल्पना थी गांधी जी की ग्राम पुनर्निर्माण को लेकर। विकेंद्रीकरण उनका कोई फैंसी आइडिया, यानी काल्पनिक या हवाई ख्याल नहीं था, बल्कि भारत की परिस्थितियों में इसका ठोस वास्तविक आधार था। विकेंद्रित अर्थव्यवस्था के साथ ही उद्योग-व्यापार के स्वामित्व यानी उत्पादन के साधनों पर सीधे राज्य के नियंत्रण के स्थान पर उन्होंने ट्रस्टीशिप का विचार दिया –उद्योगपति अपने को मालिक नहीं ट्रस्टी माने। खेद की बात है कि स्वतंत्र भारत में गांधी जी के वारिसों ने ही इन पर ध्यान नहीं दिया, गांधी विचार को ही त्याग दिया, केवल उनका नाम ढोते रहे। गांधीजी तो अलग वैकल्पिक राजनीतिक व्यवस्था चाहते थे लेकिन 1943-44 तक आते-आते वे मानो कांग्रेस के लिए निष्प्रयोज्य हो गए। पढ़े-लिखे तथाकथित आधुनिक और प्रगतिशील (गांधीजी के कथन में हृदयहीन बुद्धिजीवी) गांधीजी की अनदेखी और अवहेलना करते थे जबकि आम भारतीय के लिए वे बापू और महात्मा थे। आज भी गांधीजी की राजनीति, उनके कतिपय निर्णय और बयानों पर प्रश्न उठाए जा सकते हैं। लेकिन सभ्यता-चिंतन में अब भी वे अनन्य हैं और बने रहेंगे।

जिन दिनों गांधीजी कांग्रेस के एकछत्र नेता थे, उन्होंने 1934 में कांग्रेस छोड़ दिया, संगठन से अलग हो गए गोकि संगठन पर उनका अप्रत्यक्ष नियंत्रण बना रहा। 1934 में ही सविनय अवज्ञा आंदोलन के उतार के समय कांग्रेस के अंदर समाजवादियों ने कांग्रेस सोशलिस्ट पार्टी बना ली। इसके पीछे जयप्रकाश नारायण, आचार्य नरेंद्र देव, राम मनोहर लोहिया, अच्युत पटवर्धन, युसूफ मेहरअली आदि नेता थे। ये लोग

कांग्रेस को समाजवादी आदर्शों से जोड़ना चाहते थे और स्वतंत्र भारत में एक समाजवादी राज्य की स्थापना करना चाहते थे। ये लोग गांधीजी का खुलकर विरोध करते थे जबकि जवाहरलाल को अपना ही नेता मानते थे। वैसे जवाहरलाल कभी भी खुलकर उनके पक्ष में नहीं आए और समाजवादी दूर-दूर से इन पर अपना प्यार और विश्वास लुटाते रहे। जवाहरलाल गांधी जी के बाद का जो पदानुक्रम था, उससे बाहर आना नहीं चाहते थे। गांधीजी के बाद जवाहरलाल, सरदार पटेल और राजेंद्र प्रसाद की तिकड़ी थी। मौलाना आजाद को भी इसमें जोड़ा जा सकता है लेकिन चलती इन्हीं तीनों की थी। समाजवादी जवाहरलाल को छोड़ पटेल और प्रसाद को संकीर्ण और अनुदार मानते थे। बरसों इनके बीच वैचारिक दूरी बल्कि मनमुटाव बना रहा।

यहाँ जयप्रकाश को छोड़ पहले लोहिया पर आते हैं। डॉक्टर राम मनोहर लोहिया 1910 में जन्मे थे। जयप्रकाश से भी 8 वर्ष छोटे जवाहरलाल से कोई 21 साल छोटे। उन्होंने काशी हिंदू विश्वविद्यालय और कोलकाता विश्वविद्यालय से पढ़ाई की और आगे की पढ़ाई के लिए जर्मनी चले गए। वहाँ उन्होंने अर्थशास्त्र में पीएचडी की, विषय था 'नमक सत्याग्रह की आर्थिकी' (इकोनॉमिक्स ऑफ साल्ट सत्याग्रह)। वे 1933 में भारत लौट आए और पूरी तरह से स्वतंत्रता आंदोलन में कूद पड़े। उन्होंने मार्क्सवाद का गहन अध्ययन किया था और समाजवादी आदर्शों से प्रभावित थे। 1934 में कांग्रेस सोशलिस्ट पार्टी की स्थापना में वे भी शामिल थे। वे गांधीजी से शुरुआती मुलाकातों में प्रभावित हुए, हालांकि गांधीजी से शुरू में ही टकराव की स्थिति भी बनी। जवाहरलाल ने उन्हें कांग्रेस के विदेश विभाग में रखा जहाँ वे दो वर्ष तक रहे। लोहिया प्रखर मेधा के मौलिक विचारक थे। यूं वे अन्य सोशलिस्टों की तरह जवाहरलाल से प्रभावित रहे लेकिन बाद में बाद के वर्षों में उनके प्रबल विरोधी बन गए। लोहिया ऐसे समाजवादी थे जिसका मार्क्सवाद के

मूलभूत सिद्धांतों से मतभेद था। मार्क्स ने वर्गों की उत्पत्ति का कारण आर्थिक माना था जबकि लोहिया का मानना था कि वर्गों की उत्पत्ति के तीन आधार हैं - जाति, संपत्ति और भाषा। इस प्रकार वे द्वंदात्मक भौतिकवाद में विश्वास रखते हुए भी हिंसक क्रांति के विरुद्ध थे। वे क्रांति के लिए अहिंसक सिविल नाफरमानी या सविनय अवज्ञा का आश्रय लेना चाहते थे। वे रूढ़िवादी मार्क्सवाद को मृत सिद्धांत मानते थे और संगठित समाजवाद को मरणासन्न संगठन। डॉ. लोहिया विकेंद्रित समाजवाद के समर्थक थे जिसका आधार छोटी मशीनें, सहकारी श्रम और ग्राम सरकार मिलकर बनाते थे। लोहिया केवल वर्ग की समाप्ति नहीं जाति व्यवस्था का भी उन्मूलन चाहते थे और इसी आधार पर स्वतंत्र भारत में सोशलिस्ट पार्टी की नीतियाँ उन्होंने बनाईं और लगातार जूझते रहे। वास्तव में गांधीजी और कांग्रेस की

कई नीतियों के विरोधी होते हुए भी समाजवादी अलग गुट बनाकर भी कांग्रेस से अलग होने का साहस नहीं जुटा सके। वे स्वतंत्रता आंदोलन की मुख्यधारा में शामिल रहना चाहते थे और उपनिवेशवाद की समाप्ति के लिए कटिबद्ध थे। इस लक्ष्य में कम्युनिस्टों की तरह का दोहरापन नहीं था। इसीलिए रूढ़िवादी समाजवाद से मतभिन्नता होने के अलावा भी समाजवादी वास्तव में राष्ट्रवादी थे। राष्ट्रवाद और समाजवाद का युग्म हमेशा से समाजवादियों का आदर्श रहा, हालांकि बीते कुछ दशकों में राष्ट्रवाद पर इनका जोर कम हो गया जैसा कि समाजवादी आदर्शों से भी उनका विचलन हुआ। यहाँ यह भी बात ध्यान देने की है कि जितना वे मार्क्सवाद से हटे उतने ही वह गांधीजी के निकट आए। गांधीजी और कांग्रेस से वे केवल रणनीतिक तौर पर ही निकट नहीं थे बल्कि यह कहीं न कहीं उनका सैद्धांतिक ठौर भी था।

जवाहरलाल एक कड़ी थे जो समाजवादियों का राजनीतिक लाभ भी उठाते थे कांग्रेस संगठन पर दबाव बनाने के लिए। गांधीजी से डॉक्टर लोहिया का द्वंद्वात्मक संबंध रहा। लोहिया और उनके सोशलिस्ट साथियों ने उनके अहिंसा और विकेंद्रीकरण के विचार को माना। लोहिया विकेंद्रित अर्थतंत्र और विकेंद्रित राज व्यवस्था के हिमायती थे। लेकिन गांधीजी जहाँ कर्म आधारित वर्ण व्यवस्था के हिमायती थे, वहीं लोहिया जाति विनाश के सिद्धांत पर चले। दूसरी ओर गांधीजी दलविहीन लोकतंत्र के माध्यम से स्वराज लाना चाहते थे जबकि लोहिया संसदीय लोकतंत्र चलाना चाहते थे भले ही राजसत्ता का ढांचा 'चौखंभा राज' का हो जिसके चार स्तर हों - ग्राम, जिला, प्रांत और केंद्र। उन्होंने संसदीय लोकतंत्र में भागीदारी और समाजवादी सरकार को संभव बनाने के लिए अपने साथियों को तीन सूत्र दिए -वोट (अधिकार प्रयोग), जेल (विरोध-प्रतिरोध), और कुदाल (रचना)। ये तीनों सूत्र गांधी विचार से प्रेरित हैं। वैसे डॉक्टर लोहिया और उनके साथियों ने अहिंसक प्रतिरोध की गांधीजी की विरासत को आगे बढ़ाया। उन्होंने सिविल नाफरमानी या सविनय अवज्ञा का प्रयोग कर समाजवादी राजनीति को आगे बढ़ाया। लोहिया जी परतंत्र भारत में कोई पच्चीस बार और स्वतंत्र भारत में बारह बार जेल गए। हर बार उनकी रिहाई न्यायालय के आदेश पर हुई, कांग्रेस शासन ने उन्हें नहीं छोड़ा। स्वतंत्र भारत में उनके साथ दुर्व्यवहार भी हुआ। डॉक्टर लोहिया गोवा मुक्ति (1946) के लिए भी सक्रिय रहे, साथ ही नेपाल में राणा शाही के खिलाफ भी आंदोलन किया(1951)। इसके अलावा एक विरल घटना में वह 1964 में अमेरिका में रंगभेद के खिलाफ आंदोलन करते भी गिरफ्तार हुए।

स्वतंत्रता पश्चात 1948 में कांग्रेस सोशलिस्ट पार्टी कांग्रेस से अलग हो गई

और केवल सोशलिस्ट पार्टी रह गई। पार्टी बाद में प्रजा सोशलिस्ट पार्टी और फिर संयुक्त सोशलिस्ट पार्टी बन गई। जयप्रकाश 1954 में पार्टी से अलग होकर सर्वोदय आंदोलन में शामिल हो गए। लोहिया जी ने समाजवादियों के लिए चार मौलिक कार्यक्रम दिए -दाम बांधो, जाति तोड़ो, अंग्रेजी हटाओ और हिमालय बचाओ। ये चारों कार्यक्रम अर्थनीति, समाज नीति, भाषा नीति और रक्षा नीति से संबंधित हैं और वास्तव में राष्ट्र निर्माण के कार्यक्रम हैं। विश्व शांति के लिए उन्होंने विश्व संसद स्थापित करने की मौलिक कल्पना की। गांधीजी के उपवास और वैयक्तिक सत्याग्रह को तजकर डॉक्टर लोहिया ने सक्रिय जन प्रतिरोध का रास्ता अपनाया। वह अपने को कुजात गांधीवादी कहते थे। वे भारत की परंपरा के सकारात्मक तत्वों और प्रतीकों का समाजवादी आंदोलन को गति देने के लिए उपयोग करना चाहते थे और करते थे। जाति के साथ ही स्त्री के मामले में भी उनके मौलिक विचार और स्थापनाएँ थीं। डॉ. लोहिया ने समाजवादी भारत के निर्माण के लिए सप्त क्रांति का आह्वान किया जिसमें चार प्रकार की असमानताएँ (लैंगिक, प्रजाति, जातीय, आर्थिक असमानता), औपनिवेशिक शासन का खात्मा, नागरिक स्वतंत्रता, तथा सत्याग्रह के पक्ष में अहिंसक मार्ग का अनुसरण शामिल हैं। इसमें लगभग सभी बिंदुओं पर गांधी विचार का प्रभाव दिखाई देता है। लोहिया जी ने कहा, 'स्वतंत्रता और रोटी अवियोज्य हैं'। संसदीय राजनीति में उनका यह कथन बार-बार उद्धृत किया जाता है -'जिंदा कौमें पांच साल इंतजार नहीं करतीं।' यह भी कि 'सड़कें सूनी हों तो संसद आवारा हो जाती है।' लोहिया समाजवादी सरकारों के कर्तव्यों और तौर-तरीकों को लेकर कितने संवेदनशील और सख्त थे यह इस बात से स्पष्ट हो जाता है कोच्चि गोलीकांड में सात लोगों के मरने के बाद उन्होंने केरल के सोशलिस्ट मुख्यमंत्री से इस्तीफा मांगा था। इसको लेकर पार्टी में गंभीर मतभेद उभरे थे। यह भी सच है कि डॉक्टर लोहिया को अपने ही साथियों के हाथों लांछन और अपमान सहना पड़ा।

डॉ. लोहिया गैर-कांग्रेसवाद के जनक थे और 1967 में नौ राज्यों में गैर-कांग्रेसी सरकारें स्थापित करने में सफलता पाई थी। इसमें उन्होंने जनसंघ और भारतीय कम्युनिस्ट पार्टी को एक चटाई पर बैठाया था।

1967 में डॉक्टर लोहिया के आकस्मिक और असामिक निधन से समाजवादी आंदोलन को गहरा धक्का लगा। समाजवादी पहले ही गुटों में बंटे थे, फिर दलों में बिखर गए। उनका कोई सर्वमान्य नेता नहीं रहा जबकि लोहिया जी के बाद भी अनेक प्रखर और वैचारिक रूप से प्रतिबद्ध समाजवादी मौजूद थे।

डॉ. लोहिया के निधन के दस साल बाद तानाशाही बनाम लोकशाही के मुद्दे पर समाजवादियों को फिर से एक जगह पर ले आए जयप्रकाश नारायण, जो कल तक

उनके सबसे बड़े नेता थे और अब संपूर्ण क्रांति के प्रणेता आह्वानकर्ता लोकनायक जयप्रकाश थे। जेपी आंदोलन में समाजवादियों ने जोर-शोर से हिस्सा लिया था। लोकतंत्र को बचाने के लिए कम्युनिस्ट पार्टियों को छोड़ लगभग सभी दल जनता पार्टी में शामिल हुए। जनसंघ दूसरा प्रमुख घटक था जनता पार्टी का। 1977 में आपातकाल के बाद हुए चुनाव में जनता पार्टी की जीत को दूसरी आजादी कहा गया। जयप्रकाश ने 1942 के बाद दूसरी बार देश का नेतृत्व किया था। इस समय तक वे गांधीवादी सर्वोदय नेता बन चुके थे बल्कि इससे भी आगे निकल गए थे -सर्वोदय से संपूर्ण क्रांति की ओर।

गांधीजी के असहयोग आंदोलन का जयप्रकाश पर गहरा प्रभाव पड़ा था। वे आईएससी से आगे की पढ़ाई के लिए अमेरिका चले गए। गांधीजी और जयप्रकाश का संबंध द्वन्द्वात्मक था। जयप्रकाश की अनुपस्थिति में उनकी पत्नी प्रभावती गांधीजी के साबरमती आश्रम में रहीं, उनकी पुत्री की तरह। गांधीजी का उन पर प्रभाव इस सीमा तक हुआ कि प्रभावती ने बिना अपने पति जयप्रकाश से बात किए आजीवन ब्रह्मचर्य का व्रत ले लिया। पत्नी के संकल्प को जयप्रकाश ने जीवन भर निभाया। इस प्रकार जयप्रकाश के सर्वथा निजी जीवन में भी गांधीजी ने प्रभाव डाला था। लेकिन दोनों के बीच वैचारिक दूरी गांधीजी के जीवित रहते बनी रह गई। यह वैचारिक दूरी प्रभावती जी के साथ भी तब तक बनी रही।

जयप्रकाश 1929 में भारत लौटने के बाद से ही भारतीय परिस्थितियों में समाजवाद की प्रयोज्यनीयता पर विचार करते रहे। उपनिवेशवाद इसमें सबसे बड़ी रुकावट था इसलिए उन्होंने स्वयं को ब्रिटिश साम्राज्यवाद का दुश्मन नंबर एक घोषित किया। वे स्वातंत्र्यचेता समाजवादी थे, वे ऐसे समाजवाद में विश्वास रखते थे जिसमें 'मनुष्य न तो पूंजी का दास होगा न ही दल या राज्य का गुलाम होगा।' जयप्रकाश 1940 से गांधी विचार के निकट आए जबकि रामगढ़ कांग्रेस में अपने प्रसिद्ध प्रारूप प्रस्ताव 'स्वराज की रूपरेखा' में अन्य बातों के अतिरिक्त यह भी प्रस्तावित किया कि गांव को यथासंभव स्वशासी तथा आत्मनिर्भर बनाने के लिए ग्राम जीवन का पुनर्गठन किया जाएगा। उन्हें यह भी चिंता है कि समाजवाद कहीं भौतिकवाद में परिणत या रिड्यूस ना हो जाए। इसी प्रस्ताव में वे जातीय पदानुक्रम वाले भारतीय समाज में सामाजिक न्याय को सुनिश्चित और सुलभ कराने का संकल्प व्यक्त करते हैं। आगे 1946 में 'समाजवाद की मेरी तस्वीर' में वे आर्थिक और सामाजिक लोकतंत्र की तस्वीर प्रस्तुत करते हैं और लोकतांत्रिक समाजवादी के रूप में सामने आते हैं। स्वतंत्रता पश्चात सोशलिस्ट पार्टी मोटे तौर पर लोकतांत्रिक समाजवाद को अपने लक्ष्य के रूप में स्वीकार करने लगी थी। 1950 में जयप्रकाश

कहते हैं कि 'समाजवाद का उद्देश्य स्वतंत्र मनुष्यों के समाज का निर्माण करना है जिसमें ऐसे मानवीय मूल्यों का समावेश हो जिनका बलिदान दलीय हितों या सिद्धांतों या उद्देश्य पूर्ति के लिए नहीं किया जा सकता।' इससे भी आगे बढ़कर वह कहते हैं कि समाजवाद यदि गांधीवाद से नहीं जुड़ेगा तो संकट में पड़ेगा। वे लगातार, कहीं तीव्र गति से गांधीजी के विचारों के निकट आ रहे थे। 1951 में ही उन्होंने 'समाजवाद और सर्वोदय' शीर्षक लेख में तीन स्तरों पर समाजवादियों को गांधीवाद से जोड़ने को कहा -पहला, गांधीवाद के नैतिक और आचारिक आधार, अधिक स्पष्ट रूप से साध्य और साधन के ऐक्य को मनाना होगा। दूसरा, संघर्ष और प्रतिकार की विधियों और औजारों -सत्याग्रह और सविनय अवज्ञा जैसे अहिंसक प्रतिरोध के साधनों को अपनाना होगा। तीसरा, राजनीतिक और आर्थिक विकेंद्रीकरण को लक्ष्य बनाना होगा ताकि सर्वसत्तावाद से बचा जा सके।

उल्लेखनीय तथ्य यह है कि जयप्रकाश जैसे-जैसे समाजवाद से आगे लोकतंत्र, वैयक्तिक स्वतंत्रता, विकेंद्रीकरण और वास्तविक लोकतंत्र जैसे विषयों पर चिंतन कर रहे थे, वैसे-वैसे वे संसदीय लोकतंत्र में रुचि और आकर्षण खोते जा रहे थे। वे समुदायवादी या सामुदायिक लोकतंत्र की ओर बढ़ने लगे थे। 1952 में इक्कीस दिनों के उपवास के बाद उन्होंने द्वंद्वात्मक भौतिकवाद को सदा के लिए त्याग दिया।

सोशलिस्ट पार्टी में न केवल वैचारिक मतभेद बढ़ रहा था बल्कि व्यक्तित्वों की टकराहट भी खुलकर सामने आ रही थी। 1954 में लोहिया ने कोच्चि गोली कांड के प्रायश्चित स्वरूप सोशलिस्ट मुख्यमंत्री का इस्तीफा मांगा। इसको लेकर पार्टी में तीखे मतभेद हुए जो कभी समाप्त नहीं हुए। सोशलिस्ट पार्टी का बैतूल अधिवेशन ऐसा था जिसने जयप्रकाश का रहा-सहा मोह भी तोड़ दिया। वे सर्वोदय आंदोलन को नजदीक से देखते रहे थे -'सबै भूमि गोपाल की' मंत्र में उन्हें भारत की भूमि समस्या के हल के अलावा एक ग्राम और समुदाय आधारित अहिंसक क्रांति आसन्न दिखाई दे रही थी। 1954 में उन्होंने दलीय राजनीति से अपने को एकदम अलग कर सर्वोदय को जीवन दान की घोषणा बोधगया में कर दी। जिस व्यक्ति को देश के अगले प्रधानमंत्री के रूप में देखा जाता था (तब भी जबकि वह विरोधी दल में थे और 1952 और 1957 के चुनाव हार चुके थे), उसका यह अप्रत्याशित कदम पूरे देश को हिलाने वाला था। वे विनोबा भावे के साथ प्राणोंपण से इस अहिंसक प्रयोग में लगे। सर्वोदय आंदोलन में गति आई। दूसरी ओर वैकल्पिक राजनीतिक व्यवस्था पर उनका चिंतन लगातार चलता रहा।

1959 में जयप्रकाश ने अपनी प्रसिद्ध कृति 'भारतीय राज्य की पुनर्रचना-एक सुझाव' में एक विकेंद्रित वास्तविक लोकतांत्रिक राज्य का मॉडल प्रस्तुत किया

जिसमें भारत की प्राचीन ग्राम्य-व्यवस्था (ग्राम कम्यून) और गांधीजी के ग्राम स्वराज और विकेंद्रित अर्थव्यवस्था की झलक थी। साथ ही यह वैकल्पिक राज व्यवस्था अनुषंगी विकेंद्रित अर्थव्यवस्था पर अवलंबित थी। यह व्यवस्था ग्राम, प्रखंड, जिला और राज्य से होती यानी नीचे से ऊपर, केंद्र तक पहुँचती थी। बाद में 1961 में जयप्रकाश ने अपने विचारों को और परिमार्जित कर 'लोक स्वराज' में प्रस्तुत किया। यह संसदीय लोकतंत्र का वैकल्पिक संदर्श यानी मॉडल था, और गांधीजी की कल्पना को कहीं और आगे बढ़कर मूर्तिमान करने वाला था। यह जयप्रकाश का मौलिक वैचारिक योगदान है जिसमें लोकतंत्र को अधिक से अधिक भूमिस्थ और वास्तविक बनाने का यत्न दिखाई देता है। जयप्रकाश गांधी जी की ही तरह भारतीय गांवों को फिर से खड़ा करना चाहते थे जिन्हें उपनिवेशवाद ने पूरी तरह नष्ट कर दिया था। कहीं न कहीं उनका यह भी विश्वास था कि भारत में जो जातिग्रस्तता दिखाई देती है, उसके पीछे भी उपनिवेशवादी नीतियाँ और अंग्रेजों की बनाई जमींदारी जैसी उत्पीड़क व्यवस्था थी। इसी दौर में जातीय भेदभाव और शोषण बहुत बढ़ा। आम भारतीय किसान अपनी पारंपरिक शिक्षा प्रणाली से कटकर निरक्षर बना दिया गया। इसके पीछे जातिगत भेदभाव की नीति होती तो 1947 में साक्षरता का प्रतिशत केवल 15 नहीं हो सकता था। जयप्रकाश ने डॉक्टर धर्मपाल को उपनिवेश काल में भारत की शिक्षा पर शोध करने के उनके निश्चय के लिए प्रोत्साहित और प्रेरित किया और अपनी विख्यात शोध पुस्तक 'अ ब्यूटीफुल ट्री' धर्मपाल ने उन्हीं को समर्पित की है। ध्यातव्य है कि ए.एन. सिन्हा इंस्टिट्यूट ऑफ़ सोशल स्टडीज पटना ने डॉ. धर्मपाल को सीनियर फेलोशिप प्रदान की थी। जयप्रकाश आरंभ से ही इस संस्थान से जुड़े थे। धर्मपाल ने यह सिद्ध कर दिया स्वयं ईस्ट इंडिया कंपनी और ब्रिटिश सरकार के दस्तावेजों से कि भारत में जो परंपरागत शिक्षा प्रणाली थी वह समावेशी थी। हर गांव में हर जाति के बच्चे पाठशालाओं में पढ़ते थे। जिस बुनियादी शिक्षा की वकालत गांधी जी ने की थी वह ग्रामीण भारत में सुलभ थी। शिक्षा का प्रबंध का भार स्वयं स्थानीय समुदाय उठता था। जब गांव की व्यवस्था बदली, समुदाय की शक्ति हर प्रकार से क्षीण होती चली गई, और जहाँ गांव दरिद्र हुए वहीं ग्रामवासी निरक्षर होने को अभिशप्त हो गए।

जयप्रकाश गांधी जी की तरह वर्ण व्यवस्था के पक्ष में कुछ नहीं कहते लेकिन जातिगत बंधनों को तोड़ने और भेदभाव और शोषण-दमन को समाप्त करने का आवाहन अंत तक करते हैं। वे यह भी मानते हैं कि आरक्षण व्यवस्था के अंतर्गत एक न्यूनतम आर्थिक स्तर का ध्यान रखना आवश्यक है ताकि वास्तविक जरूरतमंदों तक उसका लाभ पहुँचे(बाद में सर्वोच्च न्यायालय ने क्रीमी लेयर का प्रावधान किया)।

वास्तव में जयप्रकाश के सामुदायिक चिंतन में एक तरह से देखें तो जाति का स्थान एक प्रकार से गौण है जबकि लोहिया जाति को कभी नहीं भूलते। वे जातीय शोषण को हजारों वर्ष से चल रहा उत्पीड़न मानते हैं। वे ब्राह्मण-बनिया को भी अपने समाज चिंतन में लक्ष्य करते हैं। और आगे बढ़कर 'सौ में पिछड़ा पावे साठ' की वकालत करते हैं। लोहिया संसदीय राजनीति के माध्यम से सामाजिक बदलाव चाहते हैं। वहीं जयप्रकाश संसदीय लोकतंत्र में संभावना नहीं देखते, और कहते हैं कि संसदीय राजनीति अभी और गिरेगी, टूटेगी-फूटेगी, उसके मलबे से लोकनीति जन्म लेगी जो जनता को, लोक को शक्तिमत बनाएगी। लोकशक्ति का राज्यशक्ति पर वास्तविक अंकुश तभी संभव हो सकेगा। तभी भारत में वास्तविक जनतंत्र स्थापित होगा। जयप्रकाश एक न्यायपूर्ण विश्व व्यवस्था के लिए भी अपने स्तर से सक्रिय थे। इसमें वह एशिया और अफ्रीका के देशों की भूमिका को बहुत महत्वपूर्ण मानते थे। वे 'वर्ल्ड पीस ब्रिगेड' के अध्यक्ष मंडल के सदस्य भी थे।

जिस दौर में जयप्रकाश लोकतंत्र की नई सैद्धांतिकी गढ़ रहे थे, नई स्थापनाएँ प्रस्तुत कर रहे थे, देश के समक्ष उपस्थित ज्वलंत मुद्दों -कश्मीर, नागालैंड, विदेशी आक्रमण आदि पर खुलकर अपनी राय व्यक्त कर रहे थे और इस क्रम में 'जयप्रकाश गद्दार है' जैसी तोहमतें झेल रहे थे; पंचायती राज, चुनाव सुधार, प्रतिनिधि वापसी का अधिकार, भ्रष्टाचार मुक्त व्यवस्था, राज्यवाद की बढ़त में व्यवस्था में अंतिम आदमी की साझेदारी की मांग कर रहे थे -देश सत्तर के दशक के आरंभ में ही सर्वसत्तावाद की ओर बढ़ रहा था। बेतहाशा महंगाई, भ्रष्टाचार, बेरोजगारों की बढ़ती फौज से समाज में बेचैनी और तनाव भर रहा था और शासन दमन का रास्ता अपनाने पर तुला था। इधर सर्वोदय आंदोलन में ठहराव आया था। ठीक इसके विपरीत हिंसक क्रांति के प्रयोग चल रहे थे, पड़ोसी देश के शासनाध्यक्ष को अपना नेता मानने वाले समूह और दल सक्रिय हो रहे थे। ऐसे में जयप्रकाश ने 'लोकतंत्र के लिए युवा' (यूथ फॉर डेमोक्रेसी) का आह्वान किया। परिस्थितियाँ ऐसी बनीं कि 1973 में गुजरात के बाद 1974 में बिहार में छात्रों का जबरदस्त आंदोलन हुआ। जयप्रकाश ने इसका नेतृत्व करके उसे देशव्यापी जन-आंदोलन बना दिया। गांधीजी के अहिंसक प्रतिकार के अस्त्रों का उन्होंने प्रयोग किया जिन्हें सर्वोदय ने छोड़ दिया था। उन्होंने युवा आक्रोश को एक क्रांतिकारी स्वरूप देने का कार्य किया और 'संपूर्ण क्रांति' का आह्वान किया -अर्थव्यवस्था से लेकर अध्यात्म तक जिसमें समाविष्ट था। उन्होंने लोकतांत्रिक राजनीति में संवेदना, नैतिकता और अंततः अध्यात्म का योग किया। संपूर्ण क्रांति के आवाहनकर्ता जयप्रकाश वंचितों के वर्ग संगठन और शांतिपूर्ण वर्ग संघर्ष को भी सत्याग्रह का एक रूप मानते हैं। वे वंचितों का हक नहीं मिलने पर

हिंसक संघर्ष की भी आशंका व्यक्त करते हैं। सबसे बड़ी बात, वे अपने इन वैचारिक और दैहिक उद्योगों से भारत के प्राचीन गौरव को पुनर्स्थापित करना चाहते हैं जैसा कि गांधी जी स्वराज के रूप में रामराज्य स्थापित करना चाहते थे।

गांधी-लोहिया-जयप्रकाश -इन तीनों विभूतियों ने स्वतन्त्रता आंदोलन काल से ही भारत की कई पीढ़ियों को प्रभावित ही नहीं किया, उनका मार्गदर्शन किया है, आज भी कर रहे हैं। आज जैसा भी भारत है, इसमें उनका योगदान अप्रतिम है। भारतीय समाज, राजनीति और राजव्यवस्था पर इनकी अमिट छाप है जो कभी मिट नहीं सकती, धुंधली नहीं हो सकती।

•••

www.ingramcontent.com/pod-product-compliance
Lightning Source LLC
LaVergne TN
LVHW100818051026
849519LV00006B/2121
* 9 7 8 9 3 5 8 6 9 2 0 1 3 *